六鄉書

喻大翔 著

作家出版社

图书在版编目（CIP）数据

六乡书 / 喻大翔著 .—北京：作家出版社，2023.7
ISBN 978-7-5212-2372-9

I.①六… Ⅱ.①喻… Ⅲ.①散文集-中国-当代 Ⅳ.①I267

中国国家版本馆 CIP 数据核字（2023）第 119285 号

六乡书

作　　者：喻大翔
责任编辑：朱莲莲
艺术篆刻：沈爱良
封面设计：张子林
出版发行：作家出版社有限公司
社　　址：北京农展馆南里 10 号　　邮　　编：100125
电话传真：86-10-65067186（发行中心及邮购部）
　　　　　86-10-65004079（总编室）
E-mail:zuojia @ zuojia.net.cn
http://www.zuojiachubanshe.com
印　　刷：中煤（北京）印务有限公司
成品尺寸：146×210
字　　数：313 千
印　　张：14
版　　次：2023 年 7 月第 1 版
印　　次：2023 年 7 月第 1 次印刷
ISBN 978-7-5212-2372-9
定　　价：50.00 元

目录

第三辑　心乡

第四辑　衣乡

第五辑　学乡

第六辑　他乡

代序一　高谈与美唱

李元洛

"人生七十古来稀"，世人大都耳熟能详甚至常于口头或书面征引，但许多人视之为俗谚口碑，却不知它出于千年前杜甫的《曲江二首》之二，他才是这一名言的版权拥有者。喻大翔自云"行年七十"，从数十年所写散文作品中遴选而成散文集《六乡书》，"也算是对自己七十周岁的一个纪念"。他索序于我，我年近九十矣，心有余而力不逮，只能匆匆命笔，作一篇千字短文以报，权当点燃一挂俗云"千子鞭"的祝贺的鞭炮。

除了身为公民或云国民的那一张，喻大翔另有两张在不同场合出示的身份证，一张是"学者"，一张是"诗人"。他数十年中先后在华中师范大学、海南师范大学、同济大学等高校任教，学术有专攻，主要研究和讲授包括台港与海外的中国现当代文学、散文与诗歌（后期还讲授格律诗），讲台上舌灿莲花，而且述而有作，《用生命拥抱文化——中华20世纪学者散文的文化精神》《两岸四地百年散文纵横论》《现代中文散文十五讲》，就是他专门且专题的散文研究代表作，前者至今仍为空谷足音，有导夫先路之功。在 20 世纪中文散文研究方面，他视野开阔，观念新锐，因此而被中国社科院《文学评论》这一权威刊物青眼有加，评文誉为"当代站在最前沿的两个学者之一"。喻大翔不仅是苦守书斋而皓首穷经的学者，重逻辑思维而长于理性思辨，而且他也三心二意，情有别钟，是一位少年时代即和诗相近相亲年既老而不衰的诗人，长于诗性思维而敏于诗意感悟，虽是传道授业解惑与学术研究之余的业余，结集的诗作也有《永远的藩篱》，以及《舟行纪——同济百年诗传》为证。

　　喻大翔既是学者也是诗人，或者说他首先是一位饱学而严肃的学者，其次是一位浪漫的青春不老的诗人。他以学者与诗人的身份进行散文创作，其作品自然就具有学者的素养和诗人的气质，二者相辅相成，既有学者的腹笥丰盈，指挥如意，厚重而不流于浅薄；也有诗人的赤子情怀，飞扬想象，鲜活而不堕于枯涩。《六乡书》中各乡的风光风景虽然各不相侔，因题材有别抒写角度与笔墨有异而自成面目，如《心乡》《衣乡》《学乡》中收录之文，就呈现出更多的学人本色，而"故乡""情乡""他乡"中列之作，则表现出更多的诗人风采。但总而观之，《六乡书》的突出特色与整体风格，却是学术与诗的互相渗透，美美与共，在当代散文创作中独具一格。如果以比喻来形容，《六乡书》就是学术与诗调和而成的另类鸡尾酒，它色彩缤纷而滋味可口绵长，等待有心的读者前来斟酌品赏。

　　《六乡书》附录了喻大翔的一篇重要论文，即《中国散文的五大特质》，从"中国"与"五大"之界定，此文属于所谓"宏大叙事"，颇有"振衣千仞岗，濯足万里流"之概。确实，此文是喻大翔于古今散文研究多年所形成的对中国散文文体特征的系统认识与表述，也寄寓了他对于优秀杰出散文的期待与理想，当然无疑也是他自己创作散文的座右之铭。因此，对于读者而言，《六乡书》如果是一方风光特异的亮丽风景，此文就是最可信赖的导游或者导读。作者正是用自己的散文创作实践自己的散文理论，努力让理性与感性、诗意与哲理、议论与故事携手同行，甚至将小说、戏剧、论文等跨散文体裁融化在自己的文本中。听其言而观其行，观其行而听其言，慧心的读者当会在两相参照的阅读中别有会心。

喻大翔所论列中国散文的五大特质，我只对第四项"语言的日常性"略有"微词"。他认为"五四以来，散文语言更加口语化，生活化"，这虽然不错，但五四以来至今的优秀散文也颇为注意吸收古典汉语"文"的多种优质，风格也并非单纯以"清淡"或"素淡"见长，似不能以"语言的日常性"一言以蔽之，更不便扩而论之未限定现当代而无分古今的"中国散文"。大翔所服膺的当代散文大家余光中的散文即是如此，他论散文语言应"文白交融"的诸多论述也应称洞见卓识。不过，喻大翔所云"五大"，仍然堪称堂堂之阵、正正之旗，尤其是压阵之"体裁的兼类性"，更应称为他发人之所未发的创见。这一观念他在二十多年前的论著中首先提出，言之不足，故重言之，《中国散文的五大特质》又特为标举。在《六乡书》中，第二辑中的《私语六题》《逃离与回归》、第三辑中的《灵宙五重奏》、第四辑中颇具创造性的《衣乡》、第五辑中的《文学史上的同济人》、第六辑中的《九华山醉雾》等等，都应是他理想中的"兼类散文"，或者说是其有关理论的成功实践与实验。因此，《六乡书》不仅具有学术与诗交融的特色，也具有明显的"兼类性"。附带一提的是，我曾写有《唐诗之旅》《宋词之旅》《元曲之旅》(修订新版易名为《唐诗天地》《宋词世界》《元曲山河》),以及《清诗之旅》《绝句之旅》五书,大翔曾撰评文定义为"诗文化散文",美其名曰,深得我心。我也有心为散文这一古老的文学体裁注入新鲜血液,为文体的新变与创造略尽微忱,故将游记、诗论、诗词评赏、读书札记、抒情与叙事散文等形式一炉而炼。其时尚不知大翔"兼类性"之高论,今日得知,欣然色喜而让它们对号入座,并祈理论的发明人今后对投奔者"多多关照"。

有人嘲讽理论家、评论家只能纸上谈兵而不谙创作,如棉花匠只会弹(谈)不会唱,大翔兄教学与创作并兼,研究与实践同胜,既会谈又会唱,而且是高谈与美唱。他虽年届七十,但今日的七十已非"古稀之年",而是风华还茂大有作为的壮岁。而我确乎是夕阳西下几时回矣,在夕阳的余晖中为大翔的《六乡书》燃放祝贺的鞭炮,原定千字,噼里啪啦,竟此情难已而燃放了两挂"千子鞭"。

2023 年 6 月 9 日于长沙

代序二　散文的诗，诗的散文

潘耀明

　　我未结识喻大翔兄之前，已经阅读过大翔兄与刘秋玲合编的《朦胧诗精选》(华中师范大学出版社，1986 年)，虽然后来我与好几个著名朦胧诗人如舒婷、顾城、北岛等人都有结交，但在此之前，我对中国朦胧诗的认识，是从这本书开始的。

　　可以说，大翔很早便关注中国的朦胧诗，所以我要特别提到这本书，我想说大翔不光是一位学者、散文家，还是诗人。他写新诗，也写古诗。

　　拜读他这部《六乡书》，在散文中也夹杂着诗，全书也满溢着诗意，恍如"在山谷，倾听薄暮 / 如缕的细语"(昌耀《在山谷：乡途》)。

　　大翔的《六乡书》，把故乡放在榜首：

　　　　如今，只在偶然的一个凌晨，穿着城市的皮鞋，滑着滚圆的露珠意态恍然地回到我的村庄。倘露珠一干呢，故乡，我不是要摔跌在这漫天红土遍地水泥森林的海岛之上了吗？哦，故乡，是你的历史养育了我，也是你的历史让我疏离和背弃了你。现在，不又是你的历史召唤我回归你，寻找你吗？

故乡……

——《几回梦里到故乡》

这是诗的语言，是诗的散文，还是散文的诗？！

因故乡的贫瘠，为了生活，他曾"离弃了"她，但是故乡，永远是心中亲昵的名字。

大翔把《致母亲》《致父亲》列入《故乡》一辑，其用心是显而易见的。因为故乡有最眷念的亲人。他的《致母亲》读后令人掉泪！

在文末，我们读到对于这位抚育了七个兄弟姊妹、只活了四十九岁对他充满了舐犊之情的母亲，是一生的牵挂，他动情地写道："我知道，写母亲，写您，要用雪一样的纸，血一样的墨，用您坟头大树一样的笔，而我不能。但我深信，用不了几个十年，我会重新回到您疲惫的怀中，在那梦寐的竹摇窠里，我真希望，您用爱，再一次将我窒息呀，母亲！"

作者因在异地开会，连与母亲临别的一刻也见遗了，引为憾事，所以他宁愿有一天回到襁褓时母亲因疲惫睡着了，差一点让他窒息的那一刻，去重温那一份窒息的爱，是深沉的伤痛、也是意短情长的由衷表露。

在《致父亲》一文中，他对于"苦干能干、善于交际又不畏强权的能量"的父亲感到惊讶和钦佩。但作者在感情上与对母亲的爱怜，又是另一番感慨。他对父亲的感情毕竟是复杂得多。他对父亲把美丽健康的大妹嫁给"患有严重的肺气肿和哮喘病、腰弯背驼几乎到九十度"的男人，大不以为然，妹妹更因这段不幸的婚姻而自断，但当作者看到父亲因此而流泪，他反而感到自已的不孝。

已逝的家人、故乡在作者笔下的文字，都是亲切可诵的。孩提时的记忆，往往是最为明澈的，《过年》仪式令人回味："年三十的子时，父亲和各户的家长们，先放一串短鞭，然后端一大木盘菜肴和一小壶红薯酒，到几百米以外的野地做一种仪式，烧香磕头，以酒洒地，口中念念有词，谓之'出行'，至今想起来仍然感到神秘莫测。"

作者的《与木兰同乡》一文，作了对同乡的木兰很详尽的考据，他翻查了古籍、府志，乃至《易经》，大胆假设，小心求证，钩沉抉微，用以证明"同乡的木兰"是有根有据的，他写道：

当我阅读完这些府志的时候，我真的很骄傲，我与花木兰同乡。但也很内疚，这是我第一次写作关于木兰文化的文章，今后将会有更多的努力。在散文结束之际，我真诚地建议故乡黄陂可以采取更多有力的措施，筑牢黄陂木兰文化的生发地、成长地、研究地与发展地，在地名更改（如将黄陂区改为木兰区、将姚集街道改为木兰街道、将滠水河至少将仙河段改为木兰河、将大城村改成木兰村，顺便也将姚集之外的木兰乡改为木兰湖乡，等等）；双龙古镇——包括木兰故居、大小城寨、护城河的建设；木兰古籍资料整理与中外研究成果出版工程；筹建木兰文化纪念馆等方面，提上日程，加大力度，发挥优势，让千秋木兰成为民族的千秋文化伟业。

作者早年曾与我协商在他的故乡、也是他铁定的木兰故乡湖北黄陂举办一场旅游文化活动，厘清目前木兰的故乡多种说法，大抵是因为笔者一直在推广旅游文化，可见作者是有心人。后来也不知为什么这个活动没有做成，倒是作者把他与金庸一段未竟的缘分作了详细的交代——

且说二〇〇六年在笔者的安排下，大翔与金庸有一次会晤，他拟在翌年同济大学百年校庆之际，诚邀金庸赴会，发表演讲和聘任顾问教授，当时金庸满口答应。大翔回去后，还由大学常务副校长向金庸亲自致函，加以落实，结果大学有人从中作梗，新任领导人撤销这次邀请。事后大翔把这桩原为文坛盛事被腰斩的往事，原原本本写出来，以叩祭金庸亡魂，情恳意切，令人动容。

我很喜欢作者的一组《梦话》，文字极短，似梦呓，又像诗，却又很朦胧，大有可以意会，不可言传之概：

黑黑黑黑黑黑……

所有能透进光亮的孔洞都被黑色封堵死了。连空气也是黑的。我掏出我的肺叶，像浸在墨汁里的一团棉絮，晒干了，粉末飘动，我吓得用力扔出去，着地时有嚓嚓的响声。如厚重的皮靴踩在煤渣上。（《梦话·一》）

一个山岗上，有一个大洞，洞里有水，不竭。鼓得很满很满。重要的是水呈墨灰色，很稠很稠，发出一种骇人心魂的吞噬之声。

……

我再仔细观察这水，简直是所有恶魔魂灵的集汇处。只要你站在洞口，你就有被吸进去的危险。那个水面，像是千万张嘴巴在翕张，随时要吞掉一切人。

都害怕了。没人敢去玩水。(《梦话·二》)

梦。故事都忘了，只得一言：

川大逝远，溪小难流。(《梦话·十一》)

人生是一大梦，做梦、梦醒，似是而非，似非而是，难以深究个中意味，这是禅和易经的境界了。

在第二辑《情乡》，作者有一篇《写情书》，读后兴味盎然。作者在文首开宗明义写他对情书的妙解，颇谙其中三昧：

写过情书的人不一定就没有缺憾，而没有写过情书的人一定是有缺憾的。

写情书可能是最为超功利的人类精神活动之一，几年、几月、几天，哪怕短到几个小时，十分的单一又十分的复杂，高度的清纯又高度的紧张，无限地希望又无限地绝望。感情像喷泉像小溪像瀑布像大海，动荡不定以至飞溅以至澎湃，没有激动对方之前自己就先毁了，只为描绘，只为表白，只为发泄：要么颓败，要么死亡，要么造一个新我，这是真的情书。

笔者读过不少名家的情书，可以做到"超功利"，可谓凤毛麟角，但是写得肉麻兮兮的，却比比皆是。

当年沈从文为了赢得美人，一反常态"造了一个新我"——在爱人面前，刻意建立一个卑下的"奴隶"形象。

且看文坛大家沈从文写给他三三——张兆和的情信里的一段：

> 我曾做过可笑的努力，极力去和别的人要好，等到别人崇拜我，愿意做我的奴隶时我才明白，我不是一个首领，用不着别的女人用奴隶的心来服侍我，但我却愿意做奴隶，献上自己的心，给我爱的人。我说我很顽固地爱你，这种话到现在还不能用别的话来代替，就因为这是我的奴性。

> 三三，莫生我的气，许我在梦里，用嘴吻你的脚，我的自卑处，是觉得如一个奴隶蹲到地下用嘴接近你的脚，也近于十分亵渎了你的美丽。

一个堂堂教授，对一个自己的女学生做出奴隶般的表白，可见他爱得疯狂，愿意为爱豁出一切，包括尊严。作为大学教授的学生的三三——张兆和不为所动，曾断然表态："我顽固地不爱他！"

沈从文因这段单向的师生恋，不得不离开上海，远到青岛教学。流淌着苗裔好勇性格血液的沈从文，仍然不气馁。当他转到青岛大学教学期间，仍然死心不息地一径给上海的三三写情信。

对一个四年来从未间歇给自己写情意绵绵的信的大教授，张兆和到底不是一块顽石，她终于被打动了："自己到如此地步，还处处为人着想，我虽不觉得他可爱，但这一片心肠总是可怜可敬的了。"

可见，沈从文是用很露骨很媚态的情信打动他的三三的。

我认识的一个当代大学者，在他太太面前一直说他是太太一条哈巴狗——意喻他对太太言听计从，至于外人信不信已不重要，起码他令他太太有一种油然而生的优越感。对大学者而言，已达到实际功效了。

我执编的《明报月刊》曾刊登过多封梁实秋写给他黄昏恋人韩菁菁的情信，每一封信都是情意绵绵、热情如火，文字的露骨与媚骨兼而有之，最终果然打动了对方芳心而得善果。

由上述可知，情信的要旨是要把对方捧得高高的，把自己身份放得低低的，不惜委以泥尘，卑微兼下贱，成功机会很大。

读到大翔《树的象征·椰子树》，很有同感。作者在海南岛生活很长一段时间，对南国的树木花卉有过深入观察，他把椰子树所呈现的姿态和精神都写活了：

> 清风徐来，椰叶沙沙颤动。潇洒倜傥，风神入骨，尽显阴柔与清秀；台风劲扫，椰叶在黑云暗雨中如疯如狂，吼声裂岛，却并未伤其筋骨，阳刚迸射而无畏无敌。还有巧夺天工的椰雕呢？还有如泣如诉的椰胡呢？椰子树的观赏价值在其干，在其叶，在其壳，也在其声。

椰子树在作者笔下有潇洒倜傥的风神，"尽显阴柔与清秀"，也有阳刚迸射"无畏无敌"的风骨。

我多次踏足千岛之国的菲律宾，椰子树几乎如影随形，无处不在，她的姿态有伟岸的一面，也有随风而起舞的婆娑，舞蹈家邓肯曾经向她学过许多优美的舞蹈语汇。

海南岛是丰饶的，作者除了写椰子树，还写凤凰木、山枇杷，他激情地写道："植物把生命植进我们。我们把生命植进植物。岂止植物，整个生物、大海、天空、台风、气流……给我们以肌肤、血浆、形象、感觉、语言、声音、知识、思维习惯与生活方式。"

……

作者展现一阕大自然雄美的交响乐！

拜读大翔的新作，我读到《诗与星》——"有一颗星星说：/我就是宇宙/一首小诗说：/我是宇宙的诗"，假设这部作品是作者感情的宇宙，那么，我们在字里行间处处能发现闪烁星星的明亮和温柔。

2023 年 6 月 11 日于香港日月斋

第一辑　故乡

致母亲

　　母亲，要是我当面跟您说些赞美的话，您一定满脸赤红地背过身去，为我倒一杯水，或翻开抽屉，拿起一根针……您一定感到奇怪，因为您的儿子从未做过这种表白。

　　在离故乡很近的大城里，我坐在深秋的孤寒中给您写信。窗外阴云低垂，沉重而灰蓝的烟雾在遍山几近枯黄的法国梧桐叶丛中浸漫。有一只鸟，悲哀且凄凉的低吟被一丝冷风送进了窗隙。什么也不想干，我只想跟您说话，母亲。而此前我一个字都不敢写，甚至不敢想起您。在您面前，我有巨大的怯懦和无限的愧疚啊，母亲。

　　祖母在世的时候，常讲您和我的故事，说是菩萨保佑我活下来的。五十年代，我们住着乡村一进好几家、整个村子连成一片的老式房子。我家住在最高也最深的第五进，一天晚上，我躺在类似那种又长又深的老式浴缸的竹摇窠里，您俯下身子给我喂奶。祖母那时在第三进跟人家聊家常，她突然觉得气氛不对，拔腿就往自家跑。您太累了，母亲，奶头在我幼嫩的唇里，而您睡着了。祖母突来神力，把您一下子掀起来的时候，我已窒息得满脸青白，鼻孔里已探不到气息了。您惊呆了，您不知所措。您哭了。您才十八岁，母亲。您从此把整个青春献给了我们兄妹七个。您用生命，用无法表达也不用表达的爱庇护着我，无论我在武汉，在海口，在人生的海角天涯……

上大学的第一年，暑期的一天，我到镇上一个同学家，天黑许久才动身回来。我不惯于走夜路，何况阒无一人的山路。孤独的脚步声，小时就听到的关于路两旁水塘与坟地奇怪的传说，更使我一步一惊心。正当我不得不走，又不敢勇往直前的时候，有一种声音像阳光一样从遥远的夜空缓慢而急促地传来，将夜路的崎岖与险恶一块一块一团一团一寸一寸地撕裂……

"传家……传家……"

是您啊母亲，您在喊我的乳名，断断续续而几近声嘶力竭。您那时身体就不好，总是那样疲惫、瘦弱和苍白。我极尽音量来回应您，但总觉力气不够，我竟没有能力到达您母爱的期待。等我走近您的时候，母亲，您竟一人站在光秃秃的山岗上，手拿一根竹棍，而旁边的山坡就是一大堆乱坟，那是乡下胆怯的人夜晚最怕走过的地方。我素知您的胆小和慈悯，连鸡也不敢捉杀，而您更深谙儿子的脾性，您是为了我才成了这个夜晚的英雄啊，母亲。那根深红色的竹棍，也许就是竹摇窠的一部分，而此刻，它比一杆枪一根神杖更富有力量。

二弟昨天来我的学校，言谈间忽然说："妈妈要是在，今年刚好六十了。"我顿时热血一迸，泪，险些就要流溢了。我是最大的不孝之子啊，母亲。1983 年，当我在上海收到家中的电报，知您得了绝症的时候，我整个地陷入了绝望的无底深渊。钱呢？医生呢？希望呢？母亲呢？我几乎长期处在惊魂不定之中。

您是早有胃病征兆的，但您从不叫病，从不提出看医生，一天到晚种、洗、缝、煮，且老是依着孩子们的口味，烧那些铁硬的饭来吃。每餐每顿，桌上新鲜的菜蔬到您碗中的，往往残剩无几。而变色变味的总舍不得扔掉，归您一人独享了。无知的贫穷且饥饿的我们，抱着侥幸的心理，直到换取了您宝贵的生命。母亲，您是病得直到不能进食的时候才被送往武汉的医院的。开刀半年后，您就在四十九岁的盛年，在每一个母亲都可以从容调整自己的更年期时，离我们远去了。

死，这是我那时最惧怕的一个字，以至于不敢面对。母亲，您给了我男儿之身，而我却给了您临终前最大的缺憾。我巨大的怯懦是您走后我最不能原谅自己的。您永别我们的那些天，我正在北方参加一个散文会议，家里无法通知我。其实，我深层的动机是想回避您的死亡啊，母亲。我不忍看到家人万状的痛苦，我更不忍看到病魔把活生生的您折磨成一架瘦骨的惨象，又在一筹莫展的儿子面前停止呼吸。我无力救助您，却采取了逃避的态度，我是多么缺乏您那样的勇敢与坚强啊！当人们还夸奖我，说我尽到了一个孝子的心意的时候，只有您才知道我的怯懦和虚伪啊，母亲，但您从不揭穿我。

在您生前和别后的十一个春秋里，这是我第一次给您写信，母亲。这篇短章，不能追述您一生大爱的一二，也不能忏悔我不可原谅的自私。我知道，写母亲，写您，要用雪一样的纸，血一样的墨，用您坟头大树一样的笔，而我不能。但我深信，用不了几个十年，我会重新回到您疲惫的怀中，在那梦寐的竹摇篮里，我真希望，您用爱，再一次将我窒息呀，母亲！

母亲姓吴，名恒珍，湖北红安下石塘边人。

——原载《羊城晚报》1996 年 2 月 25 日

致父亲

父亲，在我七十周岁的时候，我试着给您写一封信，您看得到吗？

哦，儿子真是粗心，您老人家不识字，那我只能一个人倾诉了，您应该听得见吧？

记得你是一九二九年腊月二十日出生的，如果您还活着，今年应该是九十四岁的高寿了。那天，也许漫天大雪，也许没有雪，但肯定一片苦寒，天地冻瑟不止。您所在的湖北黄陂北乡，虽不像北方这么奇冷，但冬天从来不好过活。我小时候，两个手背经常冻伤，很多年冬季脚后跟都烂出大洞，痛痒难忍更难熬。祖母和母亲一针一线纳出来的土布棉鞋，根本挡不住从北方南下的寒潮、寒风与寒彻心魂的大雪。

但您好像从来都是乐呵呵的，跟我们的母亲养育了七个孩子，四男三女，且都长大成人。这一个功绩，不知道该由谁来褒奖；这一份大恩，我们也不知道该如何报答。

父亲，好像您一出生，苦难就伴随着了，而山一样的责任也压在您肩上了。

您有两个父亲和两个母亲。第一个父亲叫喻国青，住在塆子的北头。土改的时候，被划为二地主，跟着同塆的头地主喻国芝（也是亲哥哥）管理乡下的土地、耕种与账务等事宜（听说是1947年买下的，第三年就解放了），因为头地主在汉口打码头，顾不了乡下的营生。也不知道什么原因，您却跟着您的母亲、一个弟弟和一个妹妹外出讨饭了。到过哪些地方？受到了哪些白眼？是怎么活下来的？更加不可思议的是，您的父亲为什么不管不顾你们母子四人？这一切您都没有告诉我们，也没有档案可以调查。唯一的答案，就是您的弟妹和您的母亲，土改时都被划为贫农。我们小时候，一直为有这个成分而备感侥幸，也备感光荣。

您的第二个父亲叫喻国泰，住在塆里的中间第五进。他农忙时种一些田地，农闲时做裁缝，游走四乡，听说还被人请到汉口去过，见过大场面。他有一根带弯把的粗木拐杖，走夜路时必带的防身秘器，因为抽出来就是一把三棱剑，放些寒光。"文革"之前我和弟弟经常拿出来玩。还有不少长方和四方的马口铁饼干盒，空的。我们小时候拿来装土装水，做游戏了。喻国泰1949年前也置办了少量田亩，土改时，被划为小土地出租。

下面这个故事是您老人家亲口告诉我的，1952年，国泰家有一个童养媳，年方十六。二十刚出头的您经过协商，就过继到他家成为顶梁柱了。在此前后两年，两个家庭发生了不少大事：国青与国泰两个长辈相继谢世；您本来在汉口的一家运输公司学开汽车，再过几月就可上路当司机了。但为了结婚，为了成家立业，你把这个机会让给了弟弟，自己回乡做了一辈子农民，从来没有听您埋怨过后悔过。

很多时候，并不是安心种地就可以安身立命的。谁也没有想到，一个二地主，一个小土地出租，这两个莫名其妙的成分，不仅影响到您，也影响到了我们七个子女的成长。

乡村经常会有一些不可解释的奇迹。比如您不识字，但认得了人民币；您没有上过一天学堂，但您竟然会珠算，且闭着眼睛也不会打错（您还会下象棋，夏天的某个黄昏，经常在大椿树下跟人乱吼一气。我这个臭棋篓子，就是从您那儿继承来的，您大概赖不掉的吧）。于是，您被推举为小队（自然村）的会计，十几户人家，百来号人，也从来没出过什么差池。不幸的是四清运动来了，您竟然被打成"牛鬼蛇神"，这四个写在白纸上的大字，贴在我家厚厚的松木大门上，也贴在我七十年的记忆中。

"文革"来了，您混得更惨。大约70年代初吧，有一天，大队上来了几个干部，大约有书记、民兵连长、妇联主任，威风凛凛。先召集几个骨干开了一个小会，随后召开全塆子大会，每个家庭每个人都得参加。然后，民兵连长带着几个外塆来的佩戴着红袖章的年轻人，将您的双手反捆起来，把头摁下去，再摁下去，再一脚踢着您跪下去，并将一顶尖尖的高筒纸帽戴在您头上。那是个夏天，又是一天中最热的下午三点左右，帽子掉下来好几次，又被他们摁上去好几次。我记忆中，您是从来不戴帽子的，但现在必须戴着，不然，他们就会从背后不断地踢您。汗水从您的下巴不停往下滴，母亲躲在人群里不敢抬眼睛。我的眼泪忍了又忍，终于开始混着汗水往下流淌了。我那时十七岁左右，因为两个祖父的原因，不让我读高中，是我们塆里六个同学中，唯一辍学在家务农的新农民。我站在会议室（其实是一家农户的客厅）高大门槛的外面，半偷看半忐忑半害怕半悲戚半忧虑半迷惘，我觉得天都塌下来了，不知如何是好。我活了七十岁，心情从来没有那天下午那么复杂过，那么不能形容。

但你很快就忘记了，第二天照吃照喝照下田，从没有听您说要上吊要投水的。是一家之主的重责让您无暇乱思，还是你玩你的我玩我的大智慧，让一个不识字的农民本就畏无所畏呢？父亲，您十分贫贱和低微，就像路上的丝茅草，春天长出来了，夏秋被人踩平了，踩死了，冬天被雪埋住了，第二年春上又冒出来了。

父亲，我至今为您的苦干能干、善于交际又不畏强权的能量感到十分惊讶。

那个时代，农村凋敝，农民劳动强度非常大。家里不断在添加人口，最多时达到十口之多，垮北头还有一个独居的母亲（我们称呼乐婆婆）需要您天天去照顾。能活着极其不易，更不要说活得好。60 年代初，您还得过肺结核，据说是继承了您父亲的富贵病，非常严重，如果不是开汽车的亲弟弟不断从西安寄送雷米封等救命药回来，您早就被阎王爷叫走了。可是病好了，您又像从前一样，早出晚归；犁耙浇种，无一不会，又无一不精。小队里凡遇疑难农事和重大祭奠，哪怕您被打倒了，被批斗了，他们还是悄悄地找您出主意。很长一段时间，您绝对是全垮四季播种耕作的第一权威。即使到了 70 年代初，上面不断催交公粮，小队收成不好，且因家里劳动力不足，不断克扣我们家应该分得的粮食，逼得我和管婆婆（喻国泰的遗孀）上山挖野菜，极端时全家人还吃过观音土。我趴在管婆婆的双腿上，让她用纺线的又长又尖的楻子，将我铁一样的大便，一点一点挑出来。但看着您满身泥巴、一脸汗水地忙活，疲惫中仍然无比自信的样子，我们一家人还是挣扎着快乐着，觉得总有熬过去的一天。

那个时代，您走得最远的地方就是武汉了，没见过什么大世界，但您人前人后大大方方，特善于结交各色人等，引为至交的也不在少数。不远的仁和公社，有一个泥瓦匠叫丁和岚，与您年纪相当，说话结巴，胡子如乱草，但他是个异才，能镂石刻字，还能垒墙造屋，用现在的话说，大约就是一个名副其实的土木工程师了。更奇的是，他还能打鼓说书，说唱的时候，一点也不结巴。您不知怎么结交到了他，于是，手头稍微宽裕一点，您就跟他大吃大喝（酒）、大抽（烟）大赌（博），不亦快哉！又于是，为了避免火烧连营的悲剧（河西边有个垮子曾一夜之间化为灰烬），叶家垅的第一家从旧式民居中突围出来的单门独户的干打垒式新屋，就在丁师傅的尺子与锤子底下诞生了，那是我们的新家。再于是，在新家的大门前，异才丁师傅摇身一变成为说书艺人，连说唱了七个夜晚的《薛仁贵征东》，轰动乡里。这里不得不补充一点：那时父亲劳动一天挣十个工分，却只相当于人民币一分钱的分值，而且是到了年底才结算的。一句话，平时没收入，就靠种粮种菜过活，那"宽裕一点"从哪来呢？他的弟弟不是在西安开汽车吗？乐婆婆由他赡养，每月必按时寄回十元八元的。天无绝人之路，父亲大概每每是从乐婆婆的库存里，悄悄地挪出了一些银两。

父亲，有一件事，大概是您终生不会忘记的吧。约莫是在我读小学四年级的时候，您跟同垸的一个长辈杠上了。他是国泰爹爹这边房下的，脸黑如包公，但凡说话必声色俱厉，从不露悦色，我们小孩子见到他都害怕，躲得远远的。他时任小队长，是全垸的头，也是大队甚至公社的红人。但不知为什么，您不买他的账，仇越积越深。全垸的喻姓，过去都是一家人，家人们做调解，大队干部也来调解，双方仍不能握手言和。这下子可坏了，包公一声令下，从武汉调来他哥哥的三个男孩子，二三十岁上下，以前回乡见到过，个个身强力壮，且有学过武功的，说明天就回来了（那时公共汽车的车程三小时左右），要干掉您。那天晚上，头一次见到您有些慌张，在亲友们的建议下，您带着我和弟弟，连夜疾走到红安县的外婆家，躲了好几天才回来。这是我第一次旷课，也是我第一次和最后一次跟着父亲您奔遁。您的硬扛强权的性格，也深深地嵌入到我的骨髓之中。

这封信写得有些长了，父亲，您再耐心等等，说两件您可能不太高兴的事。

一是您太耽于烟酒和各种赌博游戏了。你有肺病，前后发作了两次，但您从青年到中年时代，一天至少抽一包烟，且都是劣质烟。有那么几年，您还号召塆里人种烟叶，自己卷自己吸，基本没有节制。问题是您还喝酒，都是白酒。我小的时候，每到过年前，塆里人必合作起来做四件事：杀猪、打鱼、打糍粑，还要酿很烈的红苕酒。就我的记忆，您就喝醉过很多回了，通宵昏睡，不省人事。你喝酒，差不多到了酗酒的边缘。您可能是在苦闷中解放自己，但却像用一根麻绳捆住了我的母亲，每一次都急得她团团转，那种焦虑，不是家人的安慰能够宽释的。您对于乡村的博戏无所不通，骨牌（牌九）、麻将、上字、斗地主，样样精通。说实话，小的时候非常欣赏您入戏的风采，摸一张牌您就知道和了没有；摸骨牌那更是百发百中，一边摸着牌，您就一边收机（把三家的押钱都收入囊中），没有错过一次。但您有些过于沉迷了，常常通宵不归家，妈妈点着马灯，拄着那根拐杖，带着我去找您，在陌生人家的鼎沸人声和烟雾缭绕中等您，可不是一次两次啊！这些，接近于损毁了我妈妈的幸福，也接近于折损了您自己的寿命。

父亲，您为家庭的生存与幸福的确做出了巨大奉献、付出了巨大牺牲。但有时候，您的决定也过于主观了一些、武断了一些，因为，命运掌握在命运手里，很多时候个人决定不了，这跟您没有读书很可能是有些关联的。在我读大学的时候，您通过熟人，将大妹许给了黄陂县城一个姓曹的男子，并说那个人家都是工薪阶层，生活不成问题，不会再受苦了。当年春节，我在叶家垅的家里见到了来拜年的那个男子，没想到，他有严重的肺气肿和哮喘病，腰弯背驼几乎到了九十度，差不多看不见他的面容，且他的喉腔中不断发出呼呼的风声。我对父亲的选择发出了质疑，我美丽而健康的妹妹，怎么就这样送给了一个病夫呢？果不其然，不到两年时间，我妹妹在那个家的床头写下一个字"死"（她以前根本不会写字的），就喝了农药，告别人间了。母亲临死之前，一直催问我：桂香呢？她怎么不来看我呢？我们一直瞒着她，怕她经受不了这个家庭自管婆婆走了之后，十三年来最大的变故与打击。但为了尊重母亲的愿望，在她咽气之前的几小时，弟弟还是俯下身去，告诉了她不愿意听到的消息。生命尽头的母亲眼角有泪，但她说不出话，只轻轻叹了一口气，永远地走了。

有一天，我们在海口的家里提到了这件事，我终于忍不住抱怨了。没想到您竟老泪纵横，吓得我赶紧设法安慰您。父亲，这是我第一次看到您流泪，我真是天大的不孝啊！

您留在喻姓族谱里的名字叫喻佑明。我们这一宗的字辈联是这样排列的：长存厚泽成天佑，大启人才锦国光。

2023 年 2 月 28 日于天津旅次

几回梦里到故乡

　　我真没有想到，我怎么一下子就来到故乡的。

　　丝茅草满地生出柔嫩的芽尖，苜蓿的花星在南风的抚弄下一闪一闪。孩子们提着小竹篮在挑地菜，新泥与地菜的香味一齐扑入鼻中，且这些小孩我一个都不认识。有一个还在割茼蒿，断茎里流出浆液，那特殊的香气有些熏人，我起初都不敢闻呢。有一年春天，就在塆前的稻场凹，我和母亲、父亲，还有许多的大人们一块儿拔早秧草，田埂上长着一丛一丛的茼蒿，母亲掐了一把，拿回家炒着吃，我从此就喜欢了。很久很久以后，我在一张报上读到一则很小的美食消息，说吃茼蒿能治心脏病，还能降低血压，有不少的好处。但我生活的城里从未见到过又肥又绿且多少带点八角茴香味的植物。而母亲，也不能再为我掐茼蒿了。

　　我走着，却又觉得并没有迈开双腿，像扶着大商场里的自动扶梯，徐徐前进，这塆前塆后的一岗一岭一草一木像过电影一般，在我瞳孔里一幕一幕地交替。原来我踏在一颗一颗密集的露珠上，晶莹的露珠如滑轮般在我脚下滚动。我飘过了大水塘，来到长塝田和六斗丘。一片一片的紫云英，豪放地开着，成群的蜜蜂在采蜜；一田一田的油菜花，嫩黄地灿烂着，粉状的香味沾满了我的鼻翼和鼻孔。紫红与金黄把整个村庄都包围了，把整座垄、整个大地都染透了。我看不见我的塆子，只看到无尽的春天的颜色。我移动在这些花尖之上，像一只鹰在滑翔着。一不小心，碰在田埂的一棵乌桕树上，我跌下来，鲜血从大腿肚上往下流。我急忙用手去捂，但老是挣扎不起，恍恍惚惚的，不知如何是好。最后一看，抓紧的却是腿上的被子。

现在该是深夜了吧，我醒在没有故乡的床上，就我一个孤独的自己。

真的，我不晓得那是何年何月的故乡，是我哪一个记忆中的塆子了。小时印象最深刻的一支歌是《麦苗儿青来菜花儿黄》，学唱时正是春天。此后屡屡从潜意识里冒出来，后面的歌词早已抽离了，不重要了，只记起麦苗菜花里我少年的故乡，故乡里的塆子与田垄，田垄里醉人的一花一叶的气息。此后不久，塆里同在一个班里读书的几个同伴突然发疯地学吹笛子。笛子很简单，一毛钱左右买到的，无非在老硬的竹管上烧出七个孔来，撮起嘴唇就吹。开始是单音，也很硬，很唐突，却吹得人头昏脑涨，后脑勺经常发出飞动的萤火虫一般忽亮忽暗的声音。那时节我正偷吸了第一支香烟，经济牌的，好像只要几分钱一包。其实也只吸了几口，跟吹笛的滋味如出一辙，差点儿就晕倒了。学吹的第一支歌是《工作队下乡来》，那时刚刚学，旋律都不准，同伴们就觉得了不得，放学的路上边走边吹。特别是到了塆前的山岗上，一下坡大家就鼓足力气一齐吹下去，以引起大人们的注意。现在想来，真是幼稚可笑了。

吹笛的年头，应是 60 年代中期了吧，人称"小四清"。我不知道这词的准确含义是什么，但那时的塆子以及塆子四周的山水风景，清来清去已差不多跟"光"与"秃"近义了。就拿塆前这面又宽又高的山坡来说，坡上只剩下几棵小小的马尾松了。山坡与塆子的相接带，东西向是一块接一块更为低洼的梯形田亩，田亩的南边也就是山脚，偶尔也有一两丛不高不矮的枫树。一个田头有一株木槿，现在正开着紫色的花，孤独而忧郁。大片的山坡绿一块，白一块。绿的当然还有一些青草，稀稀的。白的除了沙土之外，就是一颗又一颗不大不小的白石子。每年春季，塆里人趁草发了芽，抓紧时间积农家肥。他们用四个齿的铁耙锄将草与土一块一块挖起来挑去沤烂，剩下来当然就是山的肌肉与骨头了。那些石子如小孩拳头般大小，又白又硬，两个一碰，随即冒出明亮的火星。我总想，原始人击石取火，一定是这种石头，故乡人都称之为"火码锹"（一种能发火发声的石头），则肯定是先民的遗传而无疑了。大雨一来，沙石就顺坡而下，父辈们在田里做活时，经常被这些尖利的石子划破脚板。一出塆就过一条田埂，过了田埂就上了这条山坡路了。路上既无水泥，也无青草，纵深的被雨水经年冲刷的小沟壑，还有就是石头。我在夏天里打赤脚上学，常常一到这里脚趾就踢得鲜血直流了。后来读到几句古语，说木秀于林，风必摧之；堆出于岸，流必湍之；人出于众，众必踩之。我双脚的二拇指早就与大指一般齐了，也不复有正常而坚挺的指甲，这首先就是那条路上那众多石子的功劳。它们的摧，它们的湍，它们的踩，让我领略到了中华民族几千年文化的深邃了。

哦，我的塆落，我的故乡，不忍看，不忍想，不忍归。上了大学，进了城，越到后来，我真的是越来越不喜爱我的家乡了。唐人词曰："千里故乡，十年华屋，乱魂飞过屏山簇。"我的还乡，既无画屏般的山峦可以飞，也无华屋可宿，在三个小时的归程中已让人感慨万千！我的故里距离武汉市区才四十公里多一点，如今也堂而皇之划为郊县了，但几十年来并没有什么改变，改变的是我越来越疮痍的心。我经常在挚爱的亲情与破落的故乡之间被折磨得创痕累累，体无完肤啊！

记得五岁左右的时候，我的村庄并不是这一副模样。祖母带我上街，我都不敢走过田垄，越过塆前的长坡。因为路的左右，满眼都是望不到边的莽莽大树，树下到处都是幽暗的阴影，时有长蛇悬挂在树枝上。树之外，密密的茅草比大人还高呢。到了秋天，要是你碰到了，满身都会挂上尖尖的茅刺，你越动它越往你衣裳里钻，大人这时就会趁机吓唬你，让你拔也不是，走也不能，直站在那里哭。在春天，还有一种草，俗称丝茅箕，鲜嫩的时候，长长的青白青白的芯子可以抽出来吃，清甜清甜的，也可以一根一根拍成饼子做游戏，像盘成的蚊香一般。老了，就抽出白蜡烛一样大小的花穗来，倘起风了，它就顺着风向飞，像柳絮。有时候，我们也连秆拔出来，扎成一把，在路上摇着玩呢。古人所谓长林暗霄壤，所谓芳草碧连天，我想大概也就是这个样子吧。

终于有一年，听人喊起了"大跃进万岁"，二十年要超英赶美。于是，在大人们的喜笑颜开里，一排一山的大树倒了，一坡一片的茅草割了，到处都露出硕大的新鲜得前所未有的树桩。坡的半山腰，垒起了碉堡一样的东西，有人在塆的中央收集各种各样的铁器，菜刀呀，秤砣呀，甚至连饭锅也从灶上搬走了，拿到碉堡那儿去炼。说什么吃大食堂，自家可以不做饭了。爸爸还从箱子里拿出一口大铜锣，交给了别人。此后，正月十五闹花灯，我们塆里再也听不见被远近的人们羡慕的一台热闹了几十年的打击乐了。山秃林空，狼烟四起的家乡啊，树不见了，鸟也飞走了，经常出没于林前的美得惊人的野鸡不再来了，还有灰色的野兔，这时跑到哪儿去了呢？塆里的人病了，连毒蛇也难再打着一条呢（用蛇血掺酒喝，能治不少疾病）。我们那当儿，只觉得热闹，觉得好玩。到了后来，才感到不对头，感到这世界的山水村落是这般丑陋不堪了。在我整个童年，少年乃至青年时代，我一直弄不明白，是一种什么样的力量，总是像旋风一般，能卷起几千几万乃至几亿人毁灭的热情呢？！

哦，几回梦里到故乡。这是黄陂，是二程待过的故乡，是胡秋原的故乡，是曾卓的故乡，是绿原的故乡，也是彭邦桢的故乡。那是"月之故乡"，是彭邦桢诗化的故乡，是晚会里唱遍天涯的诗人的故乡。"故乡淳朴自然，故乡依山傍水，故乡积翠盈妍。而它就是这样常与烟波云岫毗连。最是虬松拔地，劲柏参天，要是冰封雪掩气象更鲜"（《故乡样子》）。这是黄陂之南，是彭邦桢"小小年纪"的故乡，而且，"现在不知它是什么样子"了。我的故乡在黄陂之北，我小小年纪的小塆子是我祖先的家园。我十岁之前，塆子本身还是非常美的。后来得知，它在方圆几十里常常被人夸耀和钦佩，实在是有缘由的。我们的塆子虽叫叶家垅，但没有一家姓叶，每家男人都姓喻，属于一个祖宗传下的后代。当然还有一些女人。老人们说："我们的塆子坐北朝南，风水好得很咧！"与周边的塆子比起来，自认出落得个个清爽。种田是行家里手，到武汉能打码头。下象棋、拨算珠、搓麻将、玩铙钹，无不有奇者。甚或能读古书看繁体字的人，也能数出一班来。塆后一座山，叫北头岗，挡住北风。塆前两百米开外，为我前面屡屡写到的又宽又长的山坡——面前坡。南风来兮，并无遮挡。天气晴朗，三十里开外的木兰山峰，以深蓝的姿色画入眼中。倘有白云轻绕，则更见山河款语，远近遥相呼应。

　　塆子的结构是一个典型的大家族格局，中部五个大门连成一排，每个大门再有三进四进或五进，一进住一家至五家人不等。东面三十米处另有一门，有小山可依；而西面三十米处再立二门，门西以池塘为远，都有数进连屋。塆子的总体构筑既有主体，又有附设，与背景浑然结合，主次分明，若即若离，符合传统村落的审美尺度。许多年又许多年，这些房子在云烟竹影的掩映中只见飞檐青瓦闪烁其间。而现在，1963年吧，由远至近，你很容易就看到它的美丽了：每座大门的门框都用整块的又厚又重的麻石精心雕琢而成，门的上方以曲线的石块相连接，有些像魏碑"空"字的宝盖头，只是可以去掉上面那一点而已。每副大门左右两扇，由杉木做成，又厚又沉，露出古朴的香味。门环大大的，由粗的铁圈扭曲而成，轻轻叩击铿然作响。当你面对这些大门，百余米整面的山墙都用灰青色的青砖垒砌，其交叉变化的花纹，是我们当小孩时阅读到的最美最丰富的几何图案。比起城里反复装饰涂抹的水泥墙、马赛克墙来，不但素洁干练，且往往引人发思古之幽情。屋檐出水处，有两层半圆体白色的斗拱向外突出着，与东西两头高高翘起的飞檐相呼相吸，颇有徽州古民居的神韵。每当雨来，水从无数条瓦沟里斜斜飞出，打在不深不浅的有细石跳动的水槽里，总牵人进了唐诗宋词的境界。屋檐的下方，大门顶端上部约一米处，有百余米带状的彩色图案，从西到东，白色的底墙上有生动的人物与花鸟，以瓷蓝为主调。人物皆古色古香，或独吟，或游乐，或饮茶，还有我们看不懂的与民间信仰有关的内容，皆不为俗气的绘制可以比拟。花则如宋人小品、玲珑细腻，也都不能一一忆起了。我问过一个见多识广且满腹鬼气狐仙，有一辈子也讲不完的包公案、薛仁贵与梁山泊故事的长辈，他是世纪初年的人了，他说他的父辈曾告诉他，这些建筑与壁画，已传下好几百年了，是清初我们祖先的功业。我仿佛记得，小时候，摇着拨浪鼓的卖货郎、打猎经过垮子的猎手、家访下来的老师，以及远道走来的亲戚，总会站在屋场前看着这些画指指点点，惊奇得不得了。

这些还是外观呢，倘你有幸走进一家一户，更不得不刮目相看了，似乎所有的墙壁都是木头的世界，木柱之间嵌着薄薄的，又宽又长的古铜色一般的木板，也有油黑色的。我家住在正中大门的第五进，也是最后一进，走来走去我的手总难免在沿途的木板上摩挲与敲击，它们总回应以咚咚的鼓声，怪不得乡人统称用木板做成的墙为"鼓皮"，想来不无道理。各家厅堂靠近天井的一面，亦即南向，都有四扇以上的"隔子"相隔而成。所谓隔子，完全是一种艺术的门，只不过不常打开。到了夏天，为了通风的缘故，可以一扇一扇卸下来。秋天凉了，再一扇一扇地装上去。这种门，宽约两尺许，长约二到三米不等。下部由整片的木块镶成，有凸出的木质花纹。上部则全是透穿的木雕，由人物与花朵的图案织成，可说无不圆熟而精巧。每家的厅堂上方，必有一架高而长的黑色神龛，我们小孩一般都拿不到上面的东西。平日里，上面放着香炉、烛台，还有长长的鸡毛掸。我们那一个大门里，几乎每家的神龛上都有一到两个白瓷蓝色鹤颈的高而瘦的花瓶，鸡毛掸子就插在里面，有风时就拂拂地动。厅的正中央，每家又必有一个大大的方桌，这些桌子如出一匠，无不黑里带红，铮亮铮亮。厚厚的桌面下端，四围也都是穿雕的图案，如大海卷起的浪花。桌上经常置有二物，一是圆柱形的大的茶壶，白瓷，一侧有彩色的画面，有图章，画的什么刻的什么都忘了。另一侧的字还记得一些，譬如"花好月圆""好茶""清风"等等，都是入流的好字。这种茶壶，大家人口十个八个的，一人喝它一巡不用添水是没有问题的，又美观又适用。此后我再也没有见过这种家乡的茶壶了。还有一物是水烟筒。我好像在老舍先生的《茶馆》还是别的什么戏里见过这种古物，恍如一只立着的长尾喜鹊，全是铜造的。前边有一孔装烟丝，后部设有一个烟丝盒。中间内空，装水，上部有一吸管又弯又长地弯到嘴边。大人们先用火柴燃着了一根苎麻的秆子，早已去了皮的枯干而灰白的麻秆，然后再用点着的麻秆点燃铜孔里的烟丝，呼呼的，就在那里响着了，吸着了，香着了。那真是一种享受，是大人们茶前饭后必备的艺术之演出。有时候，我们就在这种隆隆的响声中，不知不觉地入睡了。后来，后来的后来，在一场又一场一忽又一忽的乡梦中，是不是还带着在暮色沉沉中，那些个年代里缭绕不散的茶香与烟香呢？

我不知道。

一年以后吧，当我兴致勃勃地学吹那支笛子的时候，塆里就住进了一名工作队员，是个活泼又年轻貌美的姑娘，姓施，人们都笑嘻嘻喊她"施同志"。她喜欢唱歌，也喜欢用手拍拍我们的头。晚上，她就跟社员们读报纸、开会，连很老很老的人好像也很听她说的话。有一天早晨，人们刚吃过早饭，屋场前边，靠近一口池塘（人称"门前塘"）的边缘，古老的香椿细黄的花粒一阵一阵往下落着，一件令我们小孩子高兴的事终于发生了：大人们纷纷从家里拿出了花瓶、茶壶、水烟筒；还有一只一只绘有浅蓝色花纹的瓷碗与碟子；铜的、像五线谱高音谱号一般的帐钩；还有一串一串上面铸有"康熙""通宝"字样的铜钱，银质的"袁大头"等。如同小孩打水漂一般，施同志就指挥着大家一件一件往水塘里扔。水面上，有时还发出音乐般的撞击声。施同志仍是笑着。这当儿，有人就将铜钱什么的偷偷再塞回衣袋里，施同志看见了，又让他掏出来，再继续往塘里抛。我们几个小孩子后来也抢着去扔，去打水漂。大约忙乱了整整一个上午吧，这段令我们兴奋的记忆总算是结束了。听施同志说，那些东西都是"四旧"，是祖宗们留下来腐蚀我们的封建，不破不行的。那时我们真感到自豪，小小的年纪，也做了一回破"四旧"的英雄了。

几年以后，那口池塘的水干了，露出了很黑很细也很臭的泥巴。有几个人似乎记起了什么，下去用手翻，并没有翻出任何东西，他们为此而奇怪了好多年呢。

不用说，这时的村庄虽没有莺歌燕舞（没有树做巢呀），却的确是旧貌换新颜了：飞檐拿掉了，屋顶变得老实而谦虚；青砖画墙抹了一层又一层的石灰浆，纯洁而白得晃眼。再过几年，中门一侧的墙面上，有伟人画像，每天早晨，总有一群人在画像前跳忠字舞；鼓皮与隔子统统拆下、锯掉，劈成熊熊烈火做了一餐又一餐抓革命促生产的早饭、中饭与晚饭；神龛（对了，我们塆里人叫它"条台"）自然是神的策源地与庇护所，理应打倒。代之而起的是用土砖和泥巴垒起的土台，也涂上石灰。台上正中赫然立着用红布包着的四卷红宝书。要喝茶吧，很简单，用硕大的搪瓷杯缸来泡。革命不是请客吃饭，这三下五除二的泡法与喝法，正适应了时代的潮流。就是在这些红色潮流汹涌澎湃的最后一年，我被莫名其妙地推到了城里，洗掉了泥巴，拿起了书和笔，从一个道地的乡里伢，变成了一个不伦不类且心事重重的大学生；再后来，就成了所谓的知识分子。

在武汉读书的几年，每个学期我都要回到我的垮子，生我养我的叶家垅。纵使在春节的时候，家里有时连肉都买不到或者买不起，我仍是乐于还乡。我只要感到父母于疲累憔悴中有一丝的欣慰，我于贫寒的家境中也会有一丝富裕的满足。"你是我们垮里几代人来第一个大学生呢，伢嘞！"大人们都这么说。后来，我留校了；后来，我结婚了；后来，母亲死了。故乡用气数已尽的苍老而枯瘦的双手把我推得越来越远，让我在城市人骄傲的山谷中踯躅而跟跄，有时头破血流……但是，我却很少还乡。掌上的老茧越来越薄，脚上的泥土味越来越少，我也渐渐地失去了故乡。再后来，一股激流把我带到了中国的天涯海角，把一个抒情的幻境变成了生活的环境。大大出乎我预料之外，我却越来越思念令我百感交集的故乡。韦庄说："未老莫还乡，还乡须断肠。"这完全是一个浪子的情感。我还是深爱柳永的《八声甘州》"……不忍登高临远，望故乡渺邈，归思难收。叹年来踪迹，何事苦淹留！"

如今，只在偶然的一个凌晨，穿着城市的皮鞋，滑着滚圆的露珠意态恍然地回到我的村庄。倘露珠一干呢，故乡，我不是要摔倒在这红土遍地水泥森林的海岛之上了吗？哦，故乡，是你的历史养育了我，也是你的历史让我疏离和背弃了你。现在，不又是你的历史召唤我回归你，寻找你吗？

故乡……

写于1993年春夏之间

过　年

每逢要过年了，小家伙们就会提出各种要求。

但黄陂的大人们会说：细伢盼过年，大人盼种田。

种田好像日复一日，过年一年只有一次。

一进腊月空气就肿起来了。先是吃腊八粥，糯米、红枣、玉米、花生米、芝麻、绿豆等凑齐八样，一锅煮起来，不亦乐乎。接着过小年，除扬尘，送灶娘娘。再是置办猪肉鱼肉羊肉牛肉线粉菜蔬，打糍粑炸丸子，闹得人欢狗叫沸沸扬扬。

三十守岁，初一拜年。

守岁又称守夜，名堂很多。因语言不通，所闻又少，来海南过了三个春节，仍不知本地过年的一套习俗究竟与别处有何不同。只是觉察到，大同小异而已。少年时我在黄陂家乡，三十必是打牌取乐，不是扑克，也不是麻将，而是推牌九，猴子斧头，天地人和，长二长三，那玩意我还不懂事的时候几乎就会了。要么是小孩们自己聚成一坨，你争我夺，胡闹一场；要么挤在大人堆里，押三赌庄，眼痒手痒心也痒。一到晚上，各家各户必是哗哗剥剥，用细软的沙子和着花生或是瓜子、白薯片，在铁锅里不停翻炒起来。香气就一阵一阵弥漫，夜色就一分一分陶醉。从这天晚上起，大人好像不太管束小孩，孩子们于是就敞开肚子吃，大方的到处奉送，小气的据为己有，我如今落下个胃病，要说寻根，恐怕也可以寻到那个时候了。读了几年书，不过比文盲多识几丁，就不安分，提着毛笔刷对联，而对联也是自己绞尽脑汁拼凑的。父亲并不认得，只在一旁笑眯眯，提着向围观的邻居夸耀。大人们有的敷衍，而有的以为村子里出了这么个人物了不得，卷了自家的红纸也找我刷。初生牛犊不畏虎，鬼画桃符罢了。垸里二十来户人家，贴我拙作的恐怕也过半了。哪像如今，十年八年不敢写也就不敢贴，买人家的又不大愿意。

年三十的子时，父亲和各户的家长们，先放一串短鞭，然后端一大木盘菜肴和一小壶红薯酒，到几百米以外的野地做一种仪式，烧香磕头，以酒洒地，口中念念有词，谓之"出行"，至今想起来仍感到神秘莫测。父亲的那种严肃，总使我觉得可惧。初一就非常非常地讲究了。屋内屋外干干净净，墙壁白白的，对联红红的，瓜子脆脆的，茶水热热的。无论多穷，这天的大人细伢，也必是焕然一新。早餐谓之年饭，吃得越早越好，太阳未出，餐具已收拾完毕，并且关着大门，父亲总说是关门大发，财不外泄。接着是拜年，先是家里自拜，子女拜父母，双膝跪地，一点也不含糊，父母拜祖父母，这就走形式了，说说而已。再是全垸人走家串户，平时各扫门前雪，这天却是络绎不绝，摩肩接踵。一垸人全姓喻，三代或五代之前共一位先人，按规矩是小人先拜大人，父辈们又先拜村里几个年龄最大的老人，那种和善劲、亲热劲、甜蜜劲与喜眉笑眼，比三百六十五天里加起来的还要多出好多倍。宋人戴复古有《岁旦族党会拜》诗云：

衣冠拜元日，樽俎对芳辰。
上下二百位，尊卑五世人，
排门乔木古，照水早梅春。
寒春将消歇，风光又一新。

　　实是写真。只我那垮子，无古木，无早梅，多三世同堂而已。这天禁忌特多，大人吸烟不许借火，也不能向人讨账或借钱；尤怕小孩多嘴乱说，如瞎、痛、死等字，听之如临大敌，必横之恶之令对方哭之而后快。这天的拜年，实际上学问高深。平时有小摩擦者，一概抹去，握手言欢；有大矛盾者，或遣自家小孩拜之，以表冰释前嫌；真不相往来，必是大仇大恨，势不两立，垮里大人也必能觉察。这时一般会有耄耋老者前来宽慰：一世同船三世修，一个祖宗几代人，拜个年算了。肯走这一步的，弥勒佛爷的信徒就是了。

　　今年的春节颇不寻常，与立春同天，正是古人的"元日立春"，为半世难逢的一日双春之庆。翻手头的古典诗词，竟得辛弃疾的《蝶恋花·戊申元日之春席间作》：

谁向椒盘簪彩胜？
整整韶华，
争上春风鬓。
往日不堪重记省，
为花长把新春恨。

春未来时先借问。

晚恨开迟，

早又飘零近。

今岁花期消息定，

只愁风雨无凭准。

　　这一天是宋孝宗淳熙十五年即 1188 年的元日，同一天，范成大也写了一首《元日立春感叹有作》，感慨"元日兼春日，霜寒又雪寒"。意义的特殊，正可以说是有诗为证了。"今岁花期消息定，只愁风雨无凭准"，风雨是有，但海南的花期无月不会，无天不绽，也是该相信的吧。

金牛湖鸟岛

金牛湖者，木兰湖的姊妹湖也，又名木兰西湖、金牛潭、太阳湖等，是武汉市黄陂区的第二大人工湖。

金牛湖位于我的家乡黄陂北部姚家集境内，自武汉一个小时左右就到了。姚集镇镇长邀我们一行五人来感受这里的山水，看看准备开发的处女湖到底有何迷人的姿色，是否让大城的人看到近在咫尺却还名不见经传的湖泊，有蓦然一惊之叹。

站在有近四十年历史的高高堤坝上，却看不到湖的北岸，即当地人所说的"水库杪子"（百度地图仍用最初命名"梅店水库"），一览无余让给了一眼难尽。湖的东西宽度虽只二公里左右，南北却长达二十余公里，岛屿几十座，湖汊几百个，真可谓水水山山，石石湾湾，曲折回环，连绵不断，一片迷人的人迹稀少之地。有人就问了：我们为何天天要住在城里呢？

小木船犁开碧蓝透亮的水。人在船上，船在水上，山在水中，水在天上。所谓天人合一，这时才有了真切感。不是哲学，是梦幻；不是概念，是画面。而使我们不仅真正做了一回画中人，且激起画中活的色彩与声音的，是我们登上了鸟岛。

鸟岛不大，约莫几十亩的样子，似乎是半岛。不高，出湖面不过几十米。远远看见有鸟在半空斜着飞，一只，再一只。当阳光从云缝里露出些许，鸟翅上就眨闪几丝金色的光，银色的光，一直流泻到我的眼里。木船靠岸的时候，大家很容易就跳上去了。镇长和管理人员就在山脚下介绍各种知识，我们一行人越过一条不太宽的杂草带，爬过一道山坎儿，一下子就进了林子，进入鸟的世界。

密密匝匝的杉树，立即把视域分成三个层次：最底部一片暗黄，全是多年积聚的杉树枝叶，简直就是一张硕大而厚实的黄色地毯，双脚踏上去极富弹性，与我踏在黄山原始松林中的感觉毫无二致。地毯上遍洒鸟粪，灰色的、白色的。这时有人叫了：注意！别踩了鸟蛋！说时迟那时快，有三人几乎同时就弯腰从脚底拿起了新鲜的破碎的鸟蛋。蛋壳艳绿如玉，许多年在博物馆外再也没见过这种绿色。黄与白遗憾地不舍地滴流着。大家立即有了践踏无辜的罪恶感，换了一步一留心的走法，结果发现了许多蛋，也发现了许多蛋壳。中层是杉树冠，枝枝相触，叶叶相连，仰头望去，我们如同沉在海里，被静静的绿涛所淹没。山下的人大声说：这儿有鹤、鹬、莺、鸠，最多的是鹭鸶，有白鹭、牛背鹭、池鹭，还有国家二级保护野生动物黄嘴白鹭。它们早上出外找食，晚上回营，现在差不多是空巢了。

有人于是长啸一声，大出意料之外，鸟群一阵一阵惊起，白色最多，还有灰色的，黑色的，咕咕咕嚯嚯嚯叫个不停。盘旋一会儿，看看无事，又缓缓地无声无息地开在枝头，真有杜牧诗咏鹭鸶"惊飞远映碧山去，一树梨花落晓风"的意境。在蓝色的有云朵飘浮的低空中，我看清了鸟群飞翔的姿态，更看清了它们的自信和对这个世界的敏锐判断。那是一种亘古不变的，有着鸟兽之外的人类难以理解的语言，远离市嚣的简洁而又玄妙的舞蹈。宋代曾巩《舞鹤》一诗最后两句说："舞罢复嘹唳，谁知天外心。"天外心是鸟之心，还是指派鸟群飞临地球的神灵之心呢？至少与我们这些城里人的心是颇不相同的。

怕打扰了鸟岛的宁静和宁静的岛鸟，大家悄悄穿行在树丛中，用双脚，用双眼。直到有人催着赶路了，才迟迟登上小木船。回望鸟岛，小小的岛，美丽的鸟，我们一直为鸟与岛的组合而惊异。世上还有蛇岛、猴岛、珊瑚岛什么的，总与山、与石、与树，尤其与水，与特定的生态圈有深妙的联系。其实，那些杉树不过十来年的历史，由于严密的保护，人之欲被阻遏了，天外心就降临了，于是，我们才能在大城市的近郊找到一块真正天人合一的乐土。

我因此想起"自然的人化"与"人化的自然"这些说法，过分强调了人的主观审美欲望，强调社会性对于自然性的改造，这其实有人的过于自信，人性的侵袭恶习，是危险的。山水花树鸟兽风雪与天地等，最后成为"化人的自然"，让人像自然一样美妙、真实、淳朴而深奥，这才是人类与自然生而为一的至高境界。

——原载《羊城晚报》1996 年 12 月 21 日

与木兰同乡

我在上海一幢大楼十一层的一间公寓里——当我南向坐着的时候，隔一条小马路——国康路，就是同济大学。我的后面，紧挨着同济科技大厦。再往北，隔一条马路，当然，还有一条小河与很多房子，就是复旦大学。公寓右手，紧邻着上海国际设计中心，据说是一个叫安藤忠雄的人，为中国设计的第一个公共建筑，网上也说"属于上海的风景"。左手，稍远处，应该不出二百米吧，为上海市政工程设计研究总院。总院和我们公寓中间，就是上海邮电设计咨询研究院和同济大学规划大楼。

一条不足千米的小路，被我走来走去踏成了一个世界。但不知为什么，在这样一个充满着大学气息、设计气息、学术气息和研究气息的空间里，我这样一个农家孩子且带有荒芜的野草味的身体里，常常深觉不安、不定、不自在。有一天，应该是北斗第五十五颗组网卫星从西昌的山峡间升空的那天上午吧，我滑开手机上的北斗地图，开始驾驶一辆想象的越野车，输入起点——国康公寓，终点——黄鹤楼，全程八百四十二公里，用时十小时五十九分钟。武汉的新冠病毒被彻底控制住了，多少红绿灯我不管了，三百多元的路桥费也不用交了，开始了风驰电掣的陶醉驾驶与神游，"怒而飞……其远而无所至极邪"？

既然到了家乡的省城，何不再开到黄陂，沿着红色的三角犁头，在最谙熟的土地上驰回姚家集街道，回到我出生和成长的村庄叶家垅呢？也就八十公里的路程，一个半小时左右就到了。急迫中我有些不能自持，忽然踩下油门，有些惊心，也有些子悲伤。我在武汉城区待过十五年，在遥远的海口待过十三年，在东方的大都会又待了十七年，退休后，机缘巧合，又在天津北郊待了整整一年。从长江、南海到东海，再到北运河，我的使命好像还没有完成。

但是，不知为什么，数十数百数千公里的大山大海大城大学大楼之间，我已经在白天和夜里，在天空和地上，穿越和涂画了不知多少直线和曲线，可是我生活了二十三年的家乡的那尊山、那段河、那座城，我都才仅仅去过一次？

我常常觉得，中国成语之老成精妙，将我们这些炎黄子孙的生存境况都概括完了，无论女的男的少的老的红的黑的正的反的，鼓励也好，安慰也好，点拨也好，警策也好，那种话语权，才真正是一语中的、千古不移、万古常新的！譬如"舍近求远"这四个字，像闪电一样再次击中了我的神经。单说"求远"也许是有些道理的，也许真的能将一个人送到远离现存空间的地方；但"舍近"或老是舍近，就不是那么明智，那么聪慧，那么如鱼得水，自由自在于天地之间了。《周易》说"易与天地准，故能弥纶天地之道"，道，存在于天地一切事物之间，"道在迩而求诸远"当然为孟夫子所不高兴。而《后汉书》所谓"舍近谋远者，劳而无功；舍远谋近者，逸而有终"，当然是大有讲头的。

人为何好高骛远？这不仅是先人遗传的心理，也是对"近"的无视、无知与无所谓，总觉得近而必常、近而不奇、见怪不怪，用东坡老的话描摹就是"不识庐山真面目，只缘身在此山中"。用黄陂话讲，就是"厶山望见那山高"（厶，"这"的意思，黄陂方言读去声，但中间似乎还有第三声过渡，尾音还要重重地强调一下）！很不幸，对于我出生的家乡，我还是被那四个字狠狠地砸中了，而近年深有忏悔之情。

叶家垅是一个有着徽赣混合风韵的自然小垸子，四清运动之前，属孝感专区管辖，十八户人家一百多口人（另有一百多人早在 50 年代初期就拥有了武汉城市户口）共住在五座大门楼里，青砖立面，灰瓦屋顶，巨石门框与厚重的木门，门檐下一带蓝釉彩色壁画。里屋的承重墙非砖即石，其余皆鼓皮隔扇，穿雕花鸟。每家每户都有大条台、大方桌、长长的鸡毛掸子和绘着"清风"等字样的蓝花桶状瓷茶壶，一派古色古香，方圆几十里少有。如果不是四清工作队强令涂抹破拆，现在一定是美丽乡村的模子了。

我出生在中门最后一进即第五进，出后门就是一座小山，一大片竹林和开出云一样紫色花朵的苦楝树。登上后山顶，野花丛绽，浆果满枝。往北一望，是柏叶山，同垸兄弟帮我用北斗导出4.9 公里，驾车只需 9 分钟。《钦定古今图书集成》载："在县北八十里，石形苍翠层折如柏叶，故名。"我们一直在追溯一个问题：叶家垅的人，明代从江西迁入后，立宗开垸，数十代全姓喻，为何不称喻家垅而命名"叶家垅"？现在想来，大概是后靠了一座海拔二百二十八米左右的大山，有好风水，先人们尊山重土，有隐姓埋名之癖，故以"叶家"自适而自安吧。往南一望，是木兰山。大人们说，顶上白亮亮的房子叫金顶，天清气朗的日子，差不多能看到有人影在挪动；有时候来了雨意，圈圈白云乌云缭来绕去，陡添几分神秘令人向往。兄弟们又帮我导出到山脚的出入口有23公里，驾车33分钟即可到达。小时候，塆里的佛教女信徒号称十五里，一到清明节前后必起得早早的，小脚青衫，油头高髻，徒步登山烧香拜佛，又徒步回来，满身尘土仍谈笑风生，其中就有我尚未年迈的管婆婆（祖母）。

我真正的忏悔还不是从木兰山下来开始的。想想看，我十几岁就陪祖母到过汉口，在王家巷探访另一位叔婆婆——我祖母的闺蜜；此后到武昌读大学并留校任教；此后，不断地由海南由上海，以种种交通工具从武昌从汉口返回叶家垴，而只需要下一次决心，提前从长轩岭下车，就可一游我心中的大山。但没有。总觉得这山太熟了，天天见月月见，至少也是年年见隔年见，总有方便的一天，我会上去。

大约在2012年，我在省检察院任职的大学同学周理松，他说你这次回湖北，我们开车一起上木兰山，一起到你的老家去看看，如何？我暗自兴奋，对我来说最重要的历史时刻终于到了。大约是在深秋的一个周末，不知是我陪着他还是他陪着我，驱车直上木兰山，当天回到叶家垴，住双龙度假村（我三弟家就住隔壁）；第二天，我们又上古门山风景区（柏叶山之连山），痛且快乐地、淋漓尽致地释放了两年多的乡愁。在木兰山游览了好几个小时，不但登上了金顶，还看到了木兰将军庙、在将军凹见到了木兰将军墓，知道还有木兰川、木兰寺与木兰井，但时间关系，加上我们两个瞎摸乱闯，没办法一睹木兰当年在井水里临照的一帧又一帧芳容。不过我仍然很警惕，各地都在抢注古典文化及名山名水名楼名人名胡须名佩饰，为了孙子、赵子、李子、曹子等诸子打得不可开交，黄陂的古人与今人，难道能高蹈出尘，自免其俗乎？没有确切的史料，没有可信的记载，没有学术性的研究，作为一个在大学里闻过几十年墨水的人，不肯轻易信了。

六年光阴又过去。2018年的某一天，我在姚集中学的同学姚世廉联系到我，并寄给我一部《人文姚家集》，说准备出版修订本，邀我为新版写一篇序言。这下可为难我了，并再一次点燃我胸中的愧怍之情。不做调研，不看资料，是不敢轻易下笔的。

第二年初春，我计划着清明节回老家祭祖，也趁机在黄陂会晤周大望、裴高才等老友新朋，搜集一些资料。一个意外的收获是，我应邀在母校姚集中学为七百多名学弟学妹们做了一次交流；在姚集街道老年大学为学员们上了一次格律诗写作的课；并在任茂华等乡贤的帮助下，为黄陂职业学校的师生做了《散文的奥秘》与《怎样写一手好文章》的专题演讲，都是公益性的，让我对家乡的愧疚算是做了一点小小的弥补。4月4日下午姚中的交流结束后，世廉陪我参访四公里之外同一街道的大城潭（离叶家垅七公里左右；离木兰山十五公里左右），也就是正史与方志上多次提到的"大城"，北斗、百度、高德等软件上标注的"大城村"之核心村庄，正是西周至汉代筑就的古城，史书和方志上又赋予她双龙镇的雅称，中华民族的忠孝英雄花木兰的真正故乡。

我站在仍从地面冒出许许多多古建瓦砾的大寨上，看着北高南低、东平西峭的村子；看着滠水河这一段唤作仙河的河床，如何向东突然拐了一个V字弯，将大城西临滠水、东筑壕沟、易守难攻的中国智慧表现到了极致；看着河床上两块巨大的砥石倒卧着、私语着；再看着大寨下面有些孤独和凄清的木兰故居；看着深深的护城河里浅浅的水流默默地朗念着当年的故事，我想起了每个中华儿女都耳熟能详的成语"砥柱中流"或曰"中流砥柱"。我的血液，像河水一样，在夕阳的映照中放射着粼粼的光辉。这个时候，我真的悔恨我的不知与无知。几公里的距离，差一点一辈子都错过了，这绝不是小说或诗歌里的"我来迟了"就完事，作为英雄的同乡人，这是空茫的漠视与极端的不负责任，历史责任！

不说历史上萧道成（南齐建元元年）、杨坚（隋朝开皇十八年）两朝先后相继设立"木兰县"；不说祖籍日照、生于南京的明代大儒、曾任翰林院修撰的专职文官、史学家焦竑在《焦氏笔乘》（支氏天目堂藏本）卷三第十四页《我朝两木兰》说过："木兰朱氏女子，代父从征，词中有可汗点兵语，非晋即隋唐也。今黄州黄陂北七十里，即隋木兰县，有木兰山、将军冢、忠烈庙，足以补乐府解题之缺"的论断；不说清代同治十年的《黄陂县志》，在三卷《人物志》、二卷《烈女志》之外，卷之七又专列《木兰志》（另列《二程志》）——对于古今县志，无论他县我县，笔者都永远保留着三分警惕；不说当代著名历史地理学家谭其骧主编的《中国历史地图集》，在南朝齐《荆州　郢州　湘州》安蛮左郡下清晰标注"木兰"县治（下方另标"黄陂"）、在隋《江汉沅湘诸郡》的永安郡下清晰标注"木兰"县治（下方另标"黄陂"），两城两治整齐地排列在同一条经线上，这个地理定位，至今仍保持不变，只是"大城"替换了"木兰"。只说从权威的角度、学术的角度、可靠的角度，我认同一部书，对比较、佐证、认定大城潭（古双龙镇）为木兰故里（祖居地、出生地、成长地、回归地）具有极其重要的意义，这书叫《钦定古今图书集成》。首先，它是御制的，官修的，命定的权威性；其次，主纂者陈梦雷、蒋廷锡和一些主要官员，都是当朝硕学鸿儒，且与湖北、黄州更不用说黄陂有什么地缘瓜葛，保持了最大的客观性，因此学术性强；再次，在历康熙、雍正两朝二十八年后，几代官员和学人编成这部一万卷的巨著，与前面残缺不全的《永乐大典》和后面因故删削的《四库全书》相比，规模最大、资料最富，当然更可靠了。

到底哪府哪县是木兰的故居或故里？目前除了黄陂，还有陕西延安、河北完县（今顺平县）、安徽亳州与河南虞城诸议。这篇散文，不能当成论文做详细论证，只就《钦定古今图书集成》提供的资料，从比较的角度，简略谈一谈花木兰的故乡为什么是湖北黄陂，为什么是我的家乡姚家集街道的大城潭。

遍览《钦定古今图书集成》陕西延安府部及肤施县、安徽凤阳府部及亳州，从建置沿革、山川、祠庙到古迹、艺文、纪事与杂录等所有卷章，没有一个字提到木兰或花木兰，官方未予载录，不说了。河北保定府部完县（今顺平县）在《建置沿革》《祠庙考》《古迹考二》《艺文一》和《艺文二》里都有记载，非常有意思的是，它们公开否认了本地是木兰故乡。其《孝烈将军庙》曰："木兰魏姓，亳州人。"《烈女传》又道：

> 按木兰代父戍守此地，有功于土，故乡人祀之。其后卒，归葬于亳州，此处何得有木兰之墓？其云墓者，因木兰祠毁，土人遂将旧像埋于其下，戏言此木兰墓。至高知县允兹修莲花池，以古迹不可湮没，复立碑记，愈误后人矣。

这两条记载有正误之别。

正者，清楚交代木兰既非完县人，死后也未葬在本地，只是代父戍守此地有功，才有纪念云云。我们要向诚实的古之保定府和完县的知识分子致敬，也向两位主编的包容和坦诚致敬！在保定府部之完县的资料里，表现了他们热爱民族英雄的情志，也保留了歌颂木兰孝烈勇谋的文学作品，尤其是《艺文一》所收徐治民创作的《完县木兰祠赋》，是笔者所见歌颂木兰的长篇大赋，我乃首次发现，非常有历史和文学价值。"古来征战几人回"？木兰回来了，载入史册了，并给千秋万代的中华儿女以无尽的精神激励与提升。而完县的后代们，还这么念念不忘一个在此地征战过的英雄，真是先祖懿德的再版！

误者，说木兰乃亳州人并葬于亳州，但并没有提供任何史料和文物证据，这为河南虞城的错误认定埋下了伏笔。

何以从《钦定古今图书集成》认定黄陂为木兰故居呢？最重要的是，结论要讲证据，而证据要讲系统性，在一朝、一县、一地、一物上讲木兰的存在，那是靠不住的，因为代有变迁，地有拆并，物有互文，不能从深度、广度、逻辑维度上相互支撑，想证明此地乃木兰故里是万万不能的。但《钦定古今图书集成》黄州府部做到了。篇幅受限，只说三点：

一、《方舆汇编·职方典·一千一百七十四卷·黄州府山川考二·木兰山》谓："在县北六十里，高不计丈，上有玉皇真武殿，四方之人顶香礼拜者甚众，多灵验。木兰将军生于此，为十景之一。"请注意"木兰将军生于此"这七个字，斩钉截铁，毫不含糊，在上述提到的各卷、各府、各县里，没有类似表述。

二、一千一百七十三卷《建置沿革考·黄冈县》条曰："隋木兰，唐黄冈，五代、宋、元、明，俱仍旧，属黄州府"；"黄安县"条又说"隋为木兰、麻城、黄陂地"，行政区划变了，但因木兰命名的地名并没变，这是互证，也是铁证。

三、在黄州府及黄陂的建置沿革、山川城池、祠庙风俗、关梁古迹和多卷艺文中，都有关于木兰的详细记载，构成了学术上所说的严密逻辑链条，这在上述提到的其他府部资料中是唯一的，具有无可争辩的地理、文化与学术说服力。

请再回到前面焦竑的言说，这是古来学术界最有理性的代表判定，这个维度也是不可或缺的，它代表了学术的真实和学者的良心。所以我说，现在的湖北黄陂姚家集街道之大城潭，才是花木兰真正的故乡。

那么，河南虞城的木兰故里之说所据何来呢？包容的《钦定古今图书集成》归德府部（大致为现在的商丘市）及虞城县也刊载了几条资料：最关键一条是元代商丘本邑人侯有造的《孝烈将军祠像辨正记》，谓"睢阳境南东，距八十里曰营郭，即古亳方域孝烈之故墟也。"证据何来？该文清楚交代，一是"至治癸亥冬，归德幕府官孙思荣来，自完州附郡儒韩彦举所述完志"；二呢？完县古庙立有"元儒故太子赞善刘廷直所撰完碑"，完县志与完县碑内容均如前文所引，交代木兰亳州人并归葬亳州。而虞城营郭古为亳州地，故木兰就这样简单地、理所当然地成为亳人了。侯文尽管肯定了木兰的贡献与精神，但逻辑粗暴，很多论断不能自圆其说，《中国韵文学刊》2017 年第 3 期有《木兰故里考辨》一文，说他"前后抵牾"并"令人莫名其妙"，是有道理的。另一条《孝烈将军庙》，资料全部来自侯文，不赘。第三百九十九卷《艺文三》与《艺文四》里，收有无名氏的《木兰歌》，与黄州府艺文所收之文本一字不差，不能说明木兰与虞城有何独特关联。此外，《钦定古今图书集成》第三百九十六卷归德府部《陵墓考》中，有仓颉墓、虞商均墓等，未见有木兰陵墓。其余如建置沿革、山川、城池、古迹等，均无木兰的任何记载。归德府部及虞城之木兰资料，完全不能构成一个具有逻辑性的纵横证据链，想让读者承认此地乃木兰故里，相当勉强。

但为何还有人写文章甚至论文不断地力证呢？读者不妨搜一搜，作者大多是河南籍甚至虞城籍人，热爱家乡及其文化无可厚非，但他们真的几乎没有人引证《钦定古今图书集成》中的完整资料，同时，也被两种情况所蒙蔽：第一，《木兰歌》曰"朝辞爹娘去，暮宿黄河边"，虞城离黄河不算远，木兰征战途中，在虞城宿营并在民间留下传说，不是没有可能的。第二，《钦定古今图书集成》一千一百七十三卷《建置沿革考》之"黄陂县"曰"元改属河南"，是否在改属河南后，黄陂重要的人文资源也在这个时期被中心地带的"文化话语权"给移属过去了，尤其是花木兰系列文史故事，并造成了文化史上的一些混乱？这是一大疑点，因侯有造正是元代人，而虞城之有木兰文化，也只从元代始。

当我阅读完这些府志的时候，我真的很骄傲，我与花木兰同乡。但也很内疚，这是我第一次写作关于木兰文化的文章，今后将会有更多的努力。在散文结束之际，我真诚地建议故乡黄陂可以采取更多有力的措施，筑牢黄陂木兰文化的生发地、成长地、研究地与发展地，在地名更改（如将黄陂区改为木兰区、将姚集街道改为木兰街道、将滠水河至少将仙河段改为木兰河、将大城村改成木兰村，顺便也将姚集之外的木兰乡改为木兰湖乡，等等）；双龙古镇——包括木兰故居、大小城寨、护城河的建设；

木兰古籍资料整理与中外研究成果出版工程；筹建木兰文化纪念馆等方面，提上日程，加大力度，发挥优势，让千秋木兰成为民族的千秋文化伟业。

这正是：

大寨拿云四宇寒，双龙砥岸水团团。
乡人欲辨前朝事，万代千秋赞木兰。

2020 年 7 月 1 日于上海鸿羽堂

《人文姚家集》序

这则小序，希望对故乡是一首赞美诗，对本人是一篇忏悔录。

何出此言？因为心在故乡六十年，不识故乡真面目，十分惭愧。

何谓"真面目"？文化也，传统也，根基也。

像科学需要发明一样，故乡也需要发现。

今年清明节回叶家垅为父母亲扫墓。其间，世廉学弟带我回母校姚集中学做了一次交流，随后又领我参访木兰故里大城潭。山寨耸立，石龙入河；仙河水洄，如诗如画，独特的地貌一下子把我推向了遥远的古代、英雄的古代。想木兰出于此、成于此，名于此，绝非虚言。然我老家离大城潭直线距离不超过五公里，却是我人生第一次踏进这块风水宝地，此至少愧之五分也！

二十三岁之前，我都在家乡接受中小学教育，但大部分时间还是拿着工分锄地插秧挑草头，住在老房子第五进的我，爬后山登前山，一眼望见木兰山。碧空如洗的时候，差点就可看到金顶的人影子在晃动。但直到90年代中期，我在大学同学的带领下，才第一次登上这"南瞻鄂渚通王气，北顾中原锁帝乡"的家乡神山。亲睹那么多与花木兰有关的建筑遗迹，但未有行动，此又至少愧之五分也！

此前，我一直不太相信花木兰就是姚家集人。

从家乡返回上海，带着写序的任务，急忙拜读初版《人文姚家集》，又不由分说地跑到上海图书馆，看几个版本的《黄陂县志》。但旧县志毕竟是古代自家人写的书，有的我也不信，何况外县外省呢？再循相关线索，查阅清代两朝皇帝御制的《钦定古今图书集成》。不看不知道，一看吓一跳。

"真面目"的发现，往往就在精诚所至，金石为开之时。

《钦定古今图书集成·方舆汇编·职方典·第一千一百七十四卷·黄州府部汇考二·黄州府山川考二·府县志合载·黄陂县》（第一百五十三册十五页下面）载曰："木兰山，在县北六十里，高不计丈，上有玉皇真武殿。四方之人顶香礼拜者甚众，多灵验。木兰将军生于此。为十景之一。"（笔者断句标点，下同）

我当时的感觉，整个心脏大爆炸了，被吸进一个巨大的宇宙漩涡！从康熙四十年到雍正六年，18世纪前三十年侯官人陈梦雷奉敕编纂，目录四十卷，正文一万卷，直至目前为止世界上最大型的类书，一部真正的百科全书，用康雍乾三朝权臣、著名学者张廷玉的话说："自有书契以来，以一书贯串古今，包罗万象，未有如我朝《钦定古今图书集成》者。"那七个字"木兰将军生于此"，是一亿六千万字里唯——次出现的判断句，斩钉截铁，无可置辩。对于历朝历代的黄陂人尤其是姚家集人来说，这是中国乃至世界上最美的语言，最壮丽的诗章，唐诗宋词元曲以至明清小说，所有的名句，都无可比拟！

想这几十年，姚集、黄陂、武汉和湖北省域的学者文人，不断拿出了与木兰有关的遗迹（实物）、传说、著述，我们其实还有中国历史文献的巨著来支撑，这是任谁也抹杀不掉和抢夺不走的。

该书第十六页上面介绍"滠水"，曰："在县北二百里，发源河南罗山县，通大城潭，入县河，达于江水。冬日温和，为十景之一。"著者面对五千年的中国，他当然可以不清楚大城潭就是木兰将军的出生地，但他感到了大城潭的非同凡响，从发源地，到县河入长江，中间就只提到一处大城潭，这突显了古双龙镇曾两度作为木兰县治所在古代史中的重要地位，也是对木兰故里之所以是块风水宝地的有力佐证。

叶家垅背后最大的山就是柏叶山，20 世纪 60 年代中期，我还跟着父辈上山砍过柴，但一直不明白为何名为"柏叶"。《钦定古今图书集成》在"木兰山"同一页介绍"柏叶山"说："在县北八十里，石形苍翠，层折如柏……"，豁然开朗。此资料虽出《黄陂县志》，但一经"钦定"，不可同日而语也！《钦定古今图书集成》关于黄陂人事物理所收甚详，对考证研究黄陂历史文化有莫大帮助，多多少少可以照见我们黄陂人、姚集人数千年根基中的"庐山真面目"！

小序不能写长了，转到另一个发现，就是眼前的这部修订版《人文姚家集》，用编者的话说，"是一本有关姚家集历史人文的百科文集"，信然。余生在姚家集，长在姚家集，之后又无数次回到父亲母亲的姚家集，但文集中的许多人物故事都是头一次听闻。虽然中华民族复兴的大运已至，但姚家集能有如今的成就，与历代姚集人发扬木兰忠孝勇勤的精神是分不开的。想此书对于年轻一代甚至许多代的姚家集人，都有明智与励志的鼓舞作用。

《人文姚家集》的撰稿者有不少是我的老师辈和同侪，他们用心之苦，用时之久，用力之勤，是值得我们这些身在街域、县域、省域之外的乡人所深深敬佩的。虽然从全书结构到专文撰写还有提升的空间，但有了这一部书，姚家集的人就可以骄傲地从历史上站起来了；有了这一部书，将来再从事更大的文化工程，比如《姚家集街道志》之类，就可以轻车熟路了。祝贺《人文姚家集》正式出版，特志古风一首如下：

每在梦中思木兰，千年乐府墨未干。

如今乡人录新唱，木兰踏梦把家还。

2019 年 11 月 10 日于上海

第二辑 情乡

朋　友

得一个知情知心的朋友，比得到一个情人一个妻子还令人愉快。

做情人苦得很。装大方，赔笑脸，藏小心，说话办事总想着一种风度，睡到半夜里看窗外有月亮，无端的激动就涌出来，把瞌睡给浪费了。

成为妻子则很可能就是麻烦。什么买菜呀，做饭呀，洗碗呀。你不想的事她偏要你想，你不做的事她偏要你做。最头疼的还是经济，还是你的家庭我的家庭以及那种错综复杂得像铁路编组站的关系，扳错了一次道岔就要撞车、伤人。温情与倾慕早已变成追忆与怀想。

朋友就是一种自由，一种潇洒，一种无拘无束、无法无天。精神上拥抱一体，此外一切都安排好了一段美丽的距离。门一关，两个人三个人就是世界。打开门，迷蒙的雾里、飘摇的雨里、狂暴的风里，就有同行者，就有一个小站。泥泞沙漠与沼泽却往往叫人走得开心，走得忘乎所以，走得想唱一支歌。

为了朋友的聚会你可以忘记家庭。一瓶红高粱一包兰花豆一小时一通宵，吹得天旋地转，聊得日月无光。所有的无聊就从这儿来，所有的懒惰就从这儿来，所有的牢骚就从这儿来，所有的失望就从这儿来。佛家的苦，道家的空，好像都集于你一身，就是释迦，就是庄子，也要花钱来买。那种无聊的开心呀，那种痛苦的痛快呀，比所有的欢乐还欢乐。也许，就在一刹那，朋友一拍胸一蹬腿一赌咒一痴呆继而一高呼：得干！于是大家都蹬腿都赌咒都痴呆都高呼都干又都要拿许多的东西出来。

巨大的灾难来了，朋友也来了。不声，不响，你要的也有，不要的也有。而带亲带戚的却逍遥着去了，也不声不响。成功的乐音有时在远方响起，嫉妒你的人眼里冒绿火，朋友却要糖吃要烟抽要好酒喝，你于是去最流行最繁华的大街最高级的商店，买来兴奋与奢侈甘愿让朋友分享近乎缥缈的幸福。为了别人，为了社会，为了一种无端，你大哭，你大怒。朋友沉默着，或是笑，不陪你流泪，也不拿刀杀人，你却可以一泻千里又可以断然收手，那种会心会意恨不得把他劈了。你发作，你蛮不讲理，把所有的垃圾都堆在他那儿，他一点也没有被污染的感觉，这是朋友。但是，你离了谱，你昏了头，你黑了心，你有歹意，你想钻营，你想拍马，你欺负弱者，你不人道，不够朋友，他雷电交加唾沫直飞用巨大的轮子将你碾成小不点。之后又玩笑，又卿卿我我，又把盏临风荡气回肠，还是朋友。

得到一个好朋友谈何容易？是福气，是奢望。假如你一辈子也没有得到真正的朋友，那种寂寞与悲哀将在你的骨子里生根开花，一年四季都成熟的果子会把你的仓库装得满满的，无人启运。你得反省，是你周围没有真正的朋友还是你不配做别人的朋友，抑或缘分还未到？假如，好长好长年月的朋友不得不离开你，你的肉体还在，你的灵魂却被抽走了一半，那空间是多么荒凉而可怕啊！如果你的朋友有意背弃你，你得看看。若他的头昂着，你会感到自己多么肮脏、多么卑劣，他的眼睛就嵌在你心里，无须更多的人证明，你是世界上最有权利被人认为值得背弃的人；他的头低着，让他走好了。如果一个小小的误会能让朋友不辞而别，如果你的求助让朋友觉得是狡诈，那就，永——别——了！

是真的，得一个知情知心的朋友比得到一个情人一个妻子还难得多。要是那朋友成了你的情人又成了你的妻子，成了妻子也还是朋友，无论你怎么骄傲都不过分，无论你怎么激动也不算铺张。

培根说，人生短暂，一个好朋友实际上使你得到了又一次生命。其实这太不洒脱，死后何必去管它！你平生若实实在在有一个或几个好朋友，你就会觉得同时生活了几辈子。

——收入王剑冰主编《中国当代散文排行榜》（下），

漓江出版社2004年3月

情　人

　　情人是个世界现象，但中国人在社交场合，有点儿回避，甚至忌讳提及这个不明不白的词。

　　林语堂在《说青楼》一文中，以斩钉截铁的口吻指出："爱神，既支配着整个世界，一定也支配着中国。"现在的中国有没有情人，越到教养高的人，越清楚这个事实，譬如青年知识群，譬如在大学，又譬如在感情像河流像瀑布一样不竭不止的文学艺术界，情人的幽灵总是在梦里游荡，虽然这梦很多时候做在白天，但白日做梦也一样可以心旷神怡。

　　"情人"一词在《辞海》和百科全书中都不易查到，有人说是相爱中男女的一方，似不全。英文的 lover 一词，指情人、爱人、情夫或相爱的男女等，但并没有对"情人"的内涵做出解释。我以为情人既是一个角色，也是一种关系，是沉在异性爱情的深潭中以自享灭顶之灾的人。据在文学作品与日常生活中的观察，情人一指未婚的青年男女，二指已婚夫妇的一方，而另一位，要么未婚，几至情窦初开；要么是另一对已婚夫妇的配偶，在一种默契和莫名中，情人似乎排除了核心家庭的夫妇，他们被称为丈夫或妻子，先生或女士，爱人或其他，就是不叫情人。难道情人一结婚，就有人而无情了吗？就堂堂正正一本正经地合二为一，操持家务、生起孩子来，而忘记了情爱的幻想吗？这个我真不得而知。但中国人一成家，就放松了对爱情的警觉，这是真的。说婚姻是爱情的坟墓，此话听来有些惨重，不幸我们见过的婚姻，很多都开始拿起锄头，在情爱的原野里掘开了乱石的小穴，一下，再来一下。爱情一旦成熟（人们往往以结婚为标志），它的果子就要落了，要么是家庭与孩子；要么就到了秋末冬初。不幸的婚姻造成了情人，而情人实在也造成了不幸的婚姻呢。

情人在历史上起于何时，似难有确凿的考证。倘有一个学者，在层叠的风尘里敲出一颗化石，以断定多少万年前某地有过恐龙的存在，那男女老少何必还为情爱而欣悦而悲伤呢？我推想，人类有了男女，有了情感与性的吸引，自然也就开始有了情人，绵延至今。中国古文献，较早的可追溯到《诗经》的《静女》："静女其姝，俟我于城隅，爱而不见，搔首踟蹰。"欧阳修说"本是情诗"。写未婚情人的约会，幽默而甜蜜。从"妾"的角色也可知道情人起之古矣。林语堂认为，"置妾制度之历史的久远，殆不亚于中国自身之年龄"（《说青楼》）。是否如此，有待专家去研究，但《诗经》和周文的《穀梁传》等，屡屡涉及妾的生活是显而易见的。如《诗经》里，《行露》逼人为妾；《江有汜》中的弃妇，因丈夫娶妾而受冷落，只能自怨自怜；《柏舟》中的女人，则是"群小"（众妾）而攻之；至于《小星》一首，朱熹沿《毛诗序》之说，认为是描写贱妾进御于君的。"小星"一词，后世竟做了妾的代称。妾有多种，有为传宗者，有逼而成者，还有两人真的相爱了，愿追随其左右者。后面一类，不能不也叫作情人，或是由情人演变而成的情夫与情妇。情人至晚起于周朝是无疑的，至于纳妾的好坏这里就不说了，爱情存在于很多形式之中，情人也并非就永恒。

在西方，情人的起源与希腊罗马神话相关，跟耶和华用泥土造了亚当，又用亚当的肋骨分而造成夏娃也有神秘的联系。柏拉图在《会饮》中认为，从前人类分为三种：男人、女人之外，还有所谓"阴阳人"，兼有男女的性征。他们由月亮而生，体力和精力都强盛异常，以至敢与众神宣战，宙斯为了惩罚人类，把人截成两半，所以我们每个人实际上只是人的一半，而此生此世，对另一半有如饥似渴的思念。凡由原始女人和男人截开的女人或男人，都变成了同性恋者。唯阴阳人截开的女人和男人，变成了天经地义的男情人或女情人。这毕竟是玄妙的神话与传说，信否全凭一念。但它衍生的精神和为人类寻找爱情的根据却颇有意义：爱情是对人的完整合一的希冀与追求。情人，毫无疑问，是不排斥肉欲在内的，人类性爱与情爱的纯美之范型。

夕阳秋风，孤雁凄厉的长鸣从天空划过。一个老人用满脸的皱纹看着树上缓缓飘下的落叶。他的牙齿再也咀嚼不动这冷寂的凋残，相反，他被这声音、颜色和捉摸不定的时空吞噬着。一对情人，艳丽如花，相拥着走来。他的瞳仁一定闪动了一下，很久很久很久很久……潮湿的回忆爬进他纵横的年轮。我们可以知道他在想什么，他想起了许多与"情"连在一起的词语，譬如情缘、情种、情郎、情夫、情妇、情爱、情歌、情书、情欲、情调，还有情奔、情敌、情仇、情网等等，皆出自情人。情人，他默念着，忽然幼稚地笑了。他骄傲于他曾经选择过其中的角色，虽然他不知道他年轻时的情人如今是否还活着，是否也在哪一片夕阳秋风下触景生情，发出忘情的、不被人觉察的笑。他有一种伟大、崇高、至圣至洁的感觉。他觉得他可以死了，生命在怀想情人的时候倏然而逝，还有什么比这更为幸福和令人满足的呢？

哦，情人，要是人的一生没有得到一个情人，那该是多么乏味和苍白啊！他的激情、灵气、爱欲、智慧、感觉以及包括肉体在内的种种创造的能量，都没有达到饱满与癫疯的状态，甚至超越的境界，这是埋没了自我，也委屈了人类。情人并非只是自我寻欢，他们贡献给社会间接的财富，是无以估量的。波斯诗人内扎米说："一个人的心中如若没有爱情，一定会充满潮水般的悲痛。"（《蕾莉与马杰农》）不充满爱情当然还可以充满家庭，充满杂务，充满事业和知识，但这些若没有爱情或情人之火来点燃，将变得多么平庸和枯燥啊。在激情的倾注上，人类对宗教和爱是付之最多的，中国人免除了前者而加强了后者。人的激情有如一座地下油田，没有人开采，没有人燃烧，那只能是毫无用处的乌黑的浆液，沉默、沉默、沉默。死亡在下，荒芜在上，人在激情的封闭中最后封闭了自我，更遑论创造。作品、建筑、学问甚至冷冰冰的机械，没有熊熊烈焰舞蹈出来的图案的照耀，都不能竖立起真实而持久的生命。假使一个人充满了罪恶也充满了情人之爱，那罪恶多少可以得到抵消；再假使爱突然消失了，人们心中只充满猜疑、嫉妒、欺诈、虐杀、虚伪和仇恨，那我们不是个个心陷囹圄，挣扎在精神的地狱了吗？

不错，是爱，是情人之爱，真实的或幻觉的，挽救了人，也创造了人类。

让我们回到情人的体验中来吧。情人对于一切都是未知数，没有任何习惯与安全感，由于极其松散与自由的关系，谁也不能保障在下一个小时甚至下一分钟，他们不会突起隔膜，分道扬镳。他要得到爱，并且以超常的奉献给予情人以爱，他们各自不得不高度集中精力去探索对方、理解对方、愉悦对方、逢迎与满足对方。世界上凡伟大超拔之事业都是在情绪与思维长期集中、沉浸、如痴如醉的状态下完成的。爱情也一样，一旦进入碰撞和对流的阶段，情人们会惊讶地发现自己变了：自信了、大胆了、勇敢了、敏锐了、善思了、聪慧了、勤奋了、世界可爱了、青春膨胀了、时间变短也变长了、再苦再累也悠然自得了。总之，从心理生理到整个外部形象，你是完全超出你平常的自己了。这个时候的人，是世界上最好最完美的人，最富有灵性和创造欲的人，也是最有温情也最敢于冒险的人。这个时候，你身上所有的感觉都打通了，每一个微细的地方都变成了心脏、耳朵与眼睛，响着、听着和看着你的情人，你周围的人，散发着迷人清香的树木花草，远隔千里万里、千年万年的日月星辰、诗词歌赋，难以言状的人物、故事与艺术。所谓情人的内部，所谓自我的内部，所谓自然的内部，你总感到有一刹那的灵视可以洞穿！日本的龟井胜一郎在《爱的色彩》中写道："无论是涉足于山野，还是漫步于公园，总有情侣坐在你平素无以想象的地方，他们之所以能找得着，是因为恋爱赋予了他们特殊的感觉。"钱锺书在《窗》一文中引用缪塞的妙语："理想的爱人总是从窗子进出的。"他还发挥说："从后窗进来的，才是女郎们把灵魂肉体完全交托的真正情人。"感觉，在回避着什么，也在制造着什么，恋爱中的情人在直觉上有一种特殊判断力，以适应他们超常规的感觉，这种感觉更能刺激爱。

情人的对话，那是令人销魂的时刻。记忆好的男女，几十年前，一次在池边在柳下在山上的交谈，时光、背景、情绪各自的神态都还恍如昨天。尤其是一两句扎进你血肉之中的语言根须，时不时都会在那里繁殖、滋长、往血肉之外蹿冒。倘若在以后的生活里，碰上了同样的情境，碰上了相似的内容，那根须甚或已长成树枝上的语言之铃就一阵一阵地叮叮作响。这种响声，会让你自己和说话对象都不知所云。

哦，有一个情人，他有着语言的天才，每一句话都能走进你的心房，都让你觉得话中有话。他并不去重复"我爱你"三个字，中国人不太喜欢听这句话，觉得空泛、做作，模仿痕迹也很重，有时候就是一种搪塞。他并不重复这三个字。但他的声音是如此悦耳，他的语调是如此纯正，他的节奏是如此抑扬顿挫。还有他说话的方式，伴之而来的身势语：手、脸、身、衣服的表情，一举一动一词一音都强烈地证明着他的修养和他超凡的风致，这已足使你能够在你的哥们面前大吹大播说你有一个多么开心的情人。你的情人，并不笨拙得仅仅只重复三个字：我爱你。

情人的交谈，语境、内容、音量可说是千差万别，但就内容言，一位研究性心理学的朋友告诉我，不外三种。一种是表现性对话，在初识以至相当长的阶段内，情人为了尽快在对方的情感领土上开辟根据地，一词一句都费尽心机，其字斟句酌简直就是一位诗人。他发挥着言语的美感，也撩动了对方的春心。当然，这是在先有好感的前提之下。另一种是闲聊，在大家都放松之后，在并不总是面红耳赤的时刻，天南地北，旧事新闻，大骆驼小蚂蚁地乱扯就是理所当然了。不过，请天下的情人多多留意，这种谈话的气氛，最容易流露出他的潜意识，冷不丁地冒出一些千方百计隐之藏之的真我。第三种就是情话了。这个词有点麻烦，容易被人滥解，正人君子们总觉得不洁不雅。其实情话的内容是宽泛的，甚至在欣赏一幅美术作品的时候，夸张与发挥就会造成情话的效果。我相信，不同的人物在不同的社会与时代，情话的文化内涵是绝对不同的。在大办钢铁的炽烈岁月里，情话也未必就不会不与钢铁有关。情人到了无所顾忌的时候，当然免不了说一些充满性感的情话，只要不泄露于床笫之外，就不能说它们是淫秽的。古罗马最伟大的诗人奥维德就曾描述过："劝诱、恭维、挑逗，声音很低，叽叽咕咕，在这游戏的兴奋之中宜用性感词语。"（《爱的艺术》）情话能刺激情人或夫妻的情绪，使爱情生活更美满惬意，花样翻新。这简直也可以说是一门没有止境的学问吧？

　　但是，语言并不是万能的，在绝大多数的人和绝大多数的场合，语言往往力不从心。恋爱教我们懂得了语言的机能，但正由于爱，你也发现了词汇的贫困。龟井胜一郎说："爱，它存在于要说又说不出来，说出来又觉得言不尽意之中，恋爱会教我们懂得这种急不可耐的心情的。人因恋爱而词汇贫乏，又因词汇贫乏而懂得了语言的价值。"（《爱的色彩》）这价值说明什么呢？语言能成全情人，也能摧毁情人。所以龟井胜一郎又告诫人们："饶舌意味着爱情的死亡。"中国的长舌妇和长舌男们，大概能毫不犹豫地证实这一点吧。聪明的情人，应该把舌头放在眼睛里，这就是"秋波"，无论明传还是暗送，它的力量是不可代替的。会心的情人，更会自觉不自觉地将舌头放在休止符里。沉默，沉默，沉默，再加一个沉默。"沉默中蠕动着万感之灵"（《爱的色彩》）。只有沉默才能涌泪，只有沉默才能蚀骨，只有沉默才能自由进入，在一切之内。

情人的体验真是写也写不完，可以这么说吧，你想象不到的玩法，情人们可以玩出来；你发现不了的奇迹，情人们可以做出来；你意料不到的悲喜剧，情人们可以演出来，人一旦有情或者是绝情，这世界连冰水都可以爆炸。恋爱可以改变一个人，自私的变得大方，懒惰的变得勤快，丑陋的变得漂亮，糊涂的变得聪颖。要是你发现，平时嘻嘻哈哈的哥们姐们，一日忽然找你借起书来，或已抱起大堆的书躺在那儿"研究研究"，没准儿他就是爱上了。在《爱的钥匙》中，日本人远藤周作一再提醒人们，"单靠热情和诚实，恋爱决不会美好地成长"，"必须要有智慧"。诚实当然是美德，但正是在诚实里，情人的触觉会窥见你美德之外的缺陷。情人往往并不去挑剔或者号召，对方就已感到了需要什么。所以我说，爱情的自约力，会使人变得充实、丰富并且一步一步高贵起来。

许多小说里，那些对爱情一知半解的作家，反复叙述一辈子只能去爱一个人的故事，这对年轻的男女事实上是一种精神的毒害。"非你不爱"的人是有的，但如同凤毛麟角的天才一样，不多。有的甚至在精神上造成某种难解的淤结。对于人性来说，漫漫此生只爱一个人是不太可能的，现实也并非如此。但是，一个人在一个时期内（或者相当长）只能专心去爱一个人，这由恋爱的排他性所致。倘同时爱几个人，那他就不是正儿八经的情人，而只能唤作花花公子了。情人不在于维系时间的长短，而只在感觉与价值的永恒。最美好的情人或情人的至高境界，应该是两人情感、肉体与思想的完美融合，这可不是我一个人说的。许多人，有凡人，也有非凡的人，没有达到这般如梦如幻、无遮无拦、肉体与情思像天马腾空、纵横驰骋之妙境的，一定有某种美好的东西被我们自己蒙蔽了。这种蒙蔽，在于个人可能是一生一世，在于民族可能是几朝几代。甚至连大哲学家也不能逃脱阴暗的偏见。苏格拉底有言：在情人的友谊之中没有真正的善意，他饥肠辘辘，正想以你充饥。"情郎恋情娘，恰如豺狼爱绵羊。"这其实是色狼的表演，不能泛指的。叔本华虽承认恋爱到纵深时也带有崇高的气质，但他却断定爱情的主要目的，"不是爱的交流，而是相互占有，即肉体的享乐"。这无论如何是蛮不讲理地抛弃了性爱之中人类理性的深度追求。在肉体的宇宙里看不见思想的太阳，他充其量只是个生活在阴暗里的情人。这正像没有见过太阳的天文学家，他不懂得也没有享受过天文学的全部奥秘。不过，情人的确不能等同于哲人，也不要希望你的情人成为哲人，否则，性情过于偏执，思想过于成熟，情人也随之消失了。真正理想的情人应保有迷人的幼稚与天真，永不在成熟之中。

要是你问，如此关注情人，你将把古往今来的情人分成多少类型？这可是个大难题，但最常见的不过以下数种：青梅竹马、父母既定、一见钟情、经人介绍、日久结缘、狭路相逢、死后生情。英国诗人哈代与妻子埃玛婚姻长期不和，埃玛死后，哈代反而疯狂爱上了她，并为此写下百余首爱情诗《昔日爱情之遗物》。英国批评家麦克佩斯认为它不仅是哈代自己最好的诗作，也是英语爱情诗中的精髓与瑰宝。还有的情人，一生都在进行战争，打打停停，令人迷惑不解，苦读明人冯梦龙的《古今谈概》，有《爱痴》篇曰："尾生与女子期于梁，女子不来，水至不去，抱梁柱而死。万世情痴之祖。"像尾生这样的痴情男儿，在如今充满电话、邮箱、手机与微信的时代，怕已是"逝者如斯夫"了。

曾有人断言道：情人决不会互相厌烦，因为他们总在谈论自己。这个包票打得太大了。情人不但会厌烦，而且还会厌弃。维持恋情的方法很多，择其要者有三：第一，从开始就要保留自己的隐秘与痴迷之心；第二，时不时拉开空间距离，回避碰撞和摩擦；第三，最好不结婚，以防安定环境的腐蚀。但情爱二事，没有规律与准则，越讲越不能讲清楚的。倘若你感到真的要分手了，朋友，千万别冲动。抽一包烟，喝一杯酒，坐一通宵，想个黑白分明。早上，你跟她轻轻说一声:拜拜! 这才是情人的风度。

私语六题

一、病室对话

C君自述：

  症状是心烦，想打架，想为人妻，想自杀。

W君诊断：

  臆想型晚期青春病。

  疗法：随意去做。

  药方：喝少量烈性酒或多量的低度白酒。

  特别疗法：需一异性终日陪伴。

C君自述：

  我就是我，不要说邪恶和下流，我已失去了真实的我。

  我也曾经是一颗露珠，一条小径，一片洁白的雪花，一个粉红色的梦。不，我只能是现在的我。

W君复诊：

  不要妄想世界上有不邪的美。"我"在任何时候都不会失去，你是什么，不是什么，但什么又都是，勇敢和忠诚就可以找到"我"。

C君求Y君的诊断：

过于理性和过于感性的人都会为自己制造灾难，但任凭感性纵横驰骋以后，回过头来向理性求援，那是最容易自我毁损的。

W君虚拟：

为什么不热热闹闹一块走呢？

那个鬼电影——快乐的单身汉——而我……

我是应该傲慢的，应该有很多人围绕着我，可是……

C君自述：

我走了许多年后

一回头

仍然是我最先住过的小茅屋

C君为Y君作的诗：

你的命运怎么样

我不知道

我只看见在你的身旁

有一个温柔的妻子

一个活泼的孩子

你们相亲相爱

从此不再被

任何一个小妖怪拉走

拉住任何轻轻抚爱你的手

妻子的爱佑护着你

你永远在她的怀中荡漾

W 君续补：

　　请你听我读一遍

　　从声音里

　　你读到的　是一首

　　又美又远的诗

二、林中密偈

　　一个飘逸的行吟者闯进了一座美丽的大森林。这里有一棵树，一棵端直的、温馨的、美妙的树。她的结构太奇特了，是罗丹说过的那种奇特，是很多大画家素描笔下那种不可能有的奇特。她经历了很多风雨，但是，丝毫也没能毁坏她固有的形象。那样的亭亭玉立，那样纯朴端丽，浑身有一种你永远看不到的光辉，她是迷人的、夺人心魄的，人们叫她小妖怪，是舒婷笔下的小林妖。行吟者，飘逸的行吟者，太伟岸了，他站在那棵树旁，她忽然倒下了，在他的怀里温柔地睡着。夜色，神秘的、迷蒙的、深悠的夜色啊，裹着他们，裹着一对伟大的、多情的、纯洁的、温柔的情侣，把他们送到了理想的梦境。

　　醒了之后，小林妖泪流满面，行吟者已经无影无踪了……

三、拾来的笔谈

　　一天，我走进一个梦境，在一幢房子里，我记得它太古老了，也太新鲜。旁边是喷泉和花朵，是夜晚，也是白天。太阳高照，寒露沾眉，细雨湿檐。一切都令人莫名其妙。

我记不起来我是怎样拾到这些纸的。上面有两种字体，一个娟秀，是女人的笔触；一个遒劲，是男子的手迹。旁边，在透亮的罗帐里，似乎还躺着一个人，她是作证者吗？我不知道，我只能转录下这长长的笔谈。我不能留下不同的字迹，就把娟秀者用圆括号括起吧。

这件衣服很美，颜色很谐调、柔和，但有点透明感！（是件深蓝色的衬衣，花很大，领很长，质地透亮、飘逸。）

（不要紧，我就喜欢这样！）

对于我来说，你全身都是透明的，你是维纳斯的化身！

（维纳斯是一个死人，我是活着的动物，一篇童话。）

这几天，我看见美丽而修长的鱼，好像看到了你，那修长的腰身、腿、手、脸！她随我漂流四方？西方、东方……

（人，有时难以控制情感，但只要离开了当时的环境，就会成为过眼云烟。）

你太残酷了！这朵云，对于我，飘回又飘去，永远停在天上。她是一朵绿荫，遮住暴烈的太阳，使我得到片刻的回想和休息，我能在清凉的荫蔽下，做一个永远不破的梦吗？

（梦是美的，但现实却让人少一点幻梦，多一点坚强。）做梦不是不坚强，感情的坚强会带来冷酷和遗忘。难道遗忘是美吗？

（你不必忧伤，因为你现在觉得过去的幸福多，才有不少非分之想。）

幸福，在我，不曾有，也不曾无。无所谓绝对的幸福、痛苦的思念是最大的幸福，绝望也是幸福，连死亡都是幸福，难道，我还要留恋过眼云烟吗？但愿你不是过眼云烟，那样，我将觉得你很轻飘。

（拒绝回答，那人快醒了。）

（柔情似水的爱情，我一生都在追求，但一生也得不到。）

是因为你命薄吗？不是。你投了一块石头，看见荡起了几圈美丽多皱的波纹，然后，你就走了，飘然而去，在大森林里去静候一种奇怪的回响。而关山重重，你戏弄一般的遗憾将是永恒的。

（我不追求能得到的，我追求自我深处的影子，我终生为此充满幻觉而痛苦。）

看了这几句话，我一切的奢求都隐去了。

影子毕竟是虚幻的，是《红楼梦》里的太虚幻境。不过，正是这影子，才折射出你的真身，使你那份超拔的真我不致消弭。

（我是懂得爱和柔情的坏女人，可我又是一个时常用理智克制自己的好女人。）

你的坏是因为那个影子有时淡至于无。

（女人的影子很多时候也是你们这些男人用多色的笔画出来的。）

我是铁做的骨肉，又是水做的骨肉。不瞒你，我对女人的美丽和纯洁有着天生的向往。在现实生活中，我的骨头是铁，坚硬不语；而在你面前，我的骨头是水，有风就动。

（你十分热爱女人的精神和肉体，对美物特别敏感，你应算一个中性人。）

中性人是令人恶心的，我是男人。男人需要的一切，我无力拒绝。

（我的意思是，你心性太脆弱，以至于见花落泪。你到女人那儿去的时候，忘记了带上尼采的鞭子，你的创痕有时是你自己抽出来的。）

我的确时常躲在人性最柔嫩的深处，看强暴的刀剑如何在更强暴的弯曲下刈割善良。血痕泪影中，我感到有与自身生命价值一齐轰毁的悲痛。

对待女人也一样，我现在知道，对一个缺乏良好人性基因的女人，过分的柔情与宽容，就等于给她的刀剑送去了珍贵的磨石。

（你千万别仇视女人，罪恶女人的造成，多少有男人有意无意的策划。）

回想那天晚上，十分令我激动，我从此看见任何一个漂亮的女性，都会无动于衷！

（罗丹对女人的研究比你深，他是从艺术的角度看一切肉体，你是从享受的角度看女人。所以，你会掉进泥坑。）

……

（我承认你是一个感情丰富而优美的人，可你也是凡夫俗子。）

一切都是空的，除了精神与美的自我珍藏。假如我得不到精神，我将永远讨厌肉体！不管她多么美轮美奂，那只是商店的模特儿。

精神呀！神韵呀！我的无处不在的精灵！而你，在一个我所喜爱的小林妖的透明的肢体里躲藏着。我撞进那座林子，哪怕那妖怪在捉弄我。

（你又回到了你所憎恶的脆弱与宽柔中。但我不知道，你究竟弄懂了女人的什么。）

我没有奢求弄懂所有的女人，也不奢求弄懂某一个女人的一切，事实上，我连自己也知道得不多。

（我将终身不嫁，这是我的信念，似乎这样才能解脱我的所有痛苦和不幸。）

怨词，怨词。你在躲避毒箭的时候，千万别躲避了青鸟的消息。

（我要去看海了，去回味我少女的梦。可是，我还有一点凄凉在内心。过去的一切，总是缠着我，我真想在你的怀抱中失声痛哭，真想叫你一声好哥哥，再去找我自己的路，你以为我的脚步都是那么飘然？我的心时刻都在流血，我要离开你了，有一天我去看你，你还接受我吗？）

到你要去看我的一天，或许我被世界也被爱情抛弃了。不要许诺，这往往让人伤心。不期的再见与不期的离别是最好的。被人长期知晓的思念将失去悲剧的意味。

再见！

四、海上歌声

夜晚，船在大海上慢慢地行走，我站在甲板上。

月亮垂下了柔和的目光，晚风也沉寂了。薄纱一般的云里，只有星星在悄悄张望，朦胧的海上，从远处传来美人鱼忧伤的吟唱……

是它照耀我的心灵，还是那天国的乐音，潜入我的遐想？

啊，看哪，一簇洁白的浪花里，冉冉而来，一个洁白的身影，长长的腿，长长的颈，舒展了细细的手臂，细细的腰，足尖轻轻地、轻轻地在粼粼闪闪的水波上滑动，宛似小提琴颤抖的旋律，如歌如泣，缓缓流淌……

我伸出手去，它却像一缕海风飘然而去，海面上升起了淡蓝色的雾。

我，也要超尘而去了……

五、湖

那一天晚上，我忍受着难以忍受的折磨。理智变得十分懦弱，我险些发狂了，什么事都有可能发生……

我感到我的船搁浅了，它喘息在沙滩上，浪暂时退走了，微温的阳光舔吻着它的创痛，在苦涩而汹涌的海水里，它早已疲乏了。

它是船，因此早知道自己的命运不好，结果遍体被撞了，被撕了，现在，回忆使它惊魂不定……

趁还有一块歇足的地方，趁太阳还没有下沉，它是应该修补修补自己了，平静、休憩、在温存的滩头做梦，倒是它现时的怀想。它以前真是渴慕大海呢，但海给了它什么呢，险些连归路都不能复踏了。

不知什么时候，出现了一个湖泊，淡蓝的、安谧的湖泊，它躲在一个不为人知的地方，是怕喧闹的市声、强暴的风呢，抑或怕什么惊破了它，唤醒了它，却无力带走它？

连它自己也不知道，这嵌在群山之中的素雅的湖，竟默默地呼唤起我的船来。

我不相信，这等事不会发生，谁还会相信了绝望呢？我是早就给我的船说了：你厌恶了凶猛的海，你也不必去惊扰宁静的湖。

栖于海滩，听于波涛，受于阳光，寄于美梦，就是你的生活了。

可是，湖的波音毕竟太迷人，我的船受不了我的束缚，慢慢地向它划去……

船，必定是干涸了很久很久，淡蓝的湖拥抱它的时候，它竟不知所措。它挥动着桨，船奇迹一般地修复好了。

这天地十二分的美妙，透亮的红叶倒映在碧色的水中，这是湖的心吗？做了船的航标，让它不再有任何的担忧，舒舒畅畅地游就是了。船似乎这才明白，它早就应到这个栖息之所的，那么多烦恼，那么多梦幻，不就是为了这个湖吗？湖还在未发出呼唤前，它就相信了：这只小船不会走的，世界上，没有比这儿更优美、更宁静、更令人陶醉的湖。

我的船，它不再干涸，不再向往渺茫之海，那个漂动着明朗、素洁而透红的秋天的湖，正是它理想的摇篮。

六、雪

我不知道我是怎样胡乱地写了楚地的雪。大 W 在一封信中这样写了蜀地的雪：

我们这儿也在下雪，不是朵状的，更不是优美而毛茸茸的流线型，我们叫"水雪"，不潇洒，也不飘逸，带着蜀中的乡土味，只是实实在在的"点点滴滴"……蜀地的天空，至少被崇山峻岭割据了三分之二去，在有限的空间里，这儿的雪就绝对不能像在上海和武汉那样组合成各种变幻的形状，自在地飘洒。它们碰撞成如粉如沙的雪花，碎散在温热的地上，便化为冰凉的雪的泪滴，到处是湿漉漉的泥泞，雪水搅和的泥浆被急驰的车辆、匆匆的行人践踏得到处都是，有人告诉我必须小心翼翼地走，否则，摔在泥水里，会染上永难洗去的污迹。哎，这哪儿是雪呢？分明是寒彻心骨的冷雨。可它偏偏又不是雨，要不，一切会是如洗的明净。

　　这哪儿是写雪，分明是在写你自己呢。那省略号里的苦楚与孤单，那种痴呆的思念，那散碎的雪的泪滴，是一个热烈的精灵的悲怆。如今冰凉了，但冰凉是在温暖之后，深深的、淡淡的，正如你写我的雪，"雪水搅和的泥浆"，这是社会吗？是家庭吗？是爱情吗？是的，你小心翼翼地跋涉，除了自己不愿意带得一腿一身，你还惧怕匆匆的脚步和急驰的车辆，这是一片沼泽，在你好像永远也走不到头，而且永远也不会有烤干它的太阳。因此你盼着雨，干脆是雨还好些，那世界是多么地"明净"啊！其实，你错了，无论什么雪，总有一刹那的明净，下雨的明净也不能维持长久，永远的明净不在外界，而在心界，但心界的明净不是每一个人都能获得的。平静的，总有动的来破坏；明亮的，总有灰黑的来抹涂；一色的世界只是儿童的幻梦。

　　在这片雪景里，我看到了一个真正的人，一个矛盾万分的人，一个自拔又自陷的人，一个浑身冒着自由之火，又谨小慎微的人，一个充满天真的幻想又受到污染的人，一个对生活理解得入木三分又仍没有失去信心的人，一个……与我总隔着千山万水的人。

梦　话

一

黑黑黑黑黑黑……

所有能透进光亮的孔洞都被黑色封堵死了，连空气也是黑的。我掏出我的肺叶，像浸在墨汁里的一团棉絮，晒干了，粉末飘动。我吓得用力扔出去，着地时有嚓嚓的响声，如厚重的皮靴踩在煤渣上。

人们都在一间大房里睡熟了，他们呼出的响声也是黑的，在相隔而成的无数个小间里都织出了蜘蛛网一样的网。那些丝线也是黑的，透亮透亮的黑，随着呼吸在那儿一起一伏地颤动。我飘忽地走进走出，那些线并不断，一根一根地缠住我，我却能飘忽地走进走出。

忽然，我悬在一个阁楼的边上，双手紧紧扒着楼板的边缘，楼越升越高，我离地越来越远。堂屋阒无一人，嘴巴张开，却不能发出声响，随时有粉身碎骨之险，而我的手无法着力，且越来越酥软。千钧一发之际，从阁楼更黑更深处，突然伸出一只毛茸茸且雪亮无比的手，我吓得打了个冷战，倏忽间我的手被白手抓住了。他不语，不见面影，也不见他的身躯。

惶恐之中，我被拉了上去。白影一闪不见了。

我醒了。

1993年5月追记十七年前

夏天的一个梦

二

一个山岗上，有一个大洞，洞里有水，不竭，鼓得很满很满。重要的是水呈墨灰色，很稠很稠，发出一种骇人心魂的吞噬之声。

一个什么老师带着一群人，其中有我，在这个地方干什么。突然，有一个女学生惨叫一声，我抬头一看，在走进洞口的斜坡与平地交会处，她的裤子被土咬去了一半，险些被合进洞里去。原来，当她一踏进斜坡，两边的土马上就合拢去，并要埋掉她。幸而她发觉快，拔腿就跑，没有送命，但她已吓得面无人色了。我的心也重重地颤了、抖了。我害怕这个洞，这洞里的水。

我再仔细观察这水，简直是所有恶魔魂灵的集汇处，只要你站在洞口，你就有被吸进去的危险。那个水面，像是千万张嘴巴在翕张，随时要吞掉一切人。

都害怕了，没人敢去玩水。

可是我听见有人说：这水是好水，难得呢。

我不相信，我还是很害怕。

1984 年 3 月 18 日梦

3 月 19 日晨记

三

我们村里的旧日朋友：佑兵、兰丽、小刚、大明等，在细家垴的山岗上玩。是秋天的深夜，大家吃着花生。忽然来了三个孩子——一个女孩、两个小男孩，跟我们要东西吃。

我们给了。他们于是穿过岗子，到那边的一座小屋敲门，结果，挑出来三担像绒毡子似的东西，像纸筒一样，我立即感到，他们是做生意的人，刚才只不过装穷。便向那屋子的老妇人说他们的不是。老妇人说："孩子们先死了妈妈，后又死了姐姐，无依无靠。他们挑的不是毡子，而是祭祀用的东西，他们真可怜！"于是，看着孩子们夜里远去的影子，我们都很悲伤。

1985 年 9 月 23 日夜，

于精神郁结之中

四

与一位六七十岁的巫婆睡在一起。

她目光狡黠而凶悍，幽怪不测，略有绿色。我穿一短裤，用手抚摸她的胸脯，平瘪而失去弹性的乳房令我大失所望，忽而逃离。不想，正在我干别的事情的时候，巫婆把我的牛仔裤换了，并掏走了上衣与裤子里所有的钱。

我记得她登上这个山洞的石座，又烧香念起佛来。但当我艰难地离开、跑动的时候，她拼命地阻止、作难并追打，而我的腿始终难以自由飞快地跑动。

醒来，却是一床被子重重压在我的腿上，这是妻子早晨上班前堆放在那儿的，我发觉床的右侧一片黏湿，换裤再睡。

1988 年 1 月 1 日晨记

五

什么地方也不是的地方。

我们一群刚毕业的大学生正在分配中，不知怎的，我先前在农村时的大队李书记是头头儿。我想去报社任职，然而不能。这时候，送来了一个大信封，里面有各种颜色的文件和书信。蓦地，我瞥见一个签着某某人办公室的推荐书，被推荐人恰恰是与我同班的一个湖南学生。他去报社报到了，并且是从大门的上方摇摇摆摆晃进去的。

我是彻底完了。看看那位李书记，好像很坦然，又好像无可奈何。

我临走时偷看了他一眼，他眼角里竟然斜叼着一支烟，烟头一阵一阵地发绿，亮得很灿烂。

1988 年 1 月 3 日晨记

六

家乡的老河，老桥，老路。洪水像野狗一样，满河里狂奔。

一个年轻的、我认识的乡里男人，双手吊在杨树的嫩枝上，杨树一半浸在水里。

赶来的人把他救起来。

看上去他在自杀，但他满脸堆着笑容。

1988 年 1 月 5 日晨记

七

一片无边的厂房与建筑。

我与程，还有什么人，记得一共有三个在那儿游玩，忽地，一个庞大得看不见，类似收割机、推土机的东西，隆隆地朝我们开来。前面的铁柱被轻轻擦身而过，我以为是转弯时不小心呢，第二次却是向我们横扫而来了，我们不得不拔腿就跑。刚刚离开，巨大的楼群和建筑都轰轰隆隆地倒塌了。于是，那机器又横冲直撞，仿佛要把我们碾成肉泥而后快。

我拼命跑呀跑，倒挺快。来到郊区一个瓜田里，盘根错节的西瓜藤足足有三尺厚，柔软而令人舒适。几个老农很和善地接待我们，西瓜开着任你吃。我这时却瞧见许多瓜子排成了阵势，有两只手在我的肚子里下围棋。

此后，我忘了还梦见了些什么。

1988 年 1 月 6 日晨记

八

遇到了两个中学生，似乎一男一女。我要到一个地方，恰好与他们同路。

但是没有路，高山绝壁，无处可走。唯一的办法，就是顺着崖顶的葛藤，一把一把抓着往下滑。然而他们好像总是这么走路，一点也不生疏，不惧怕。

我问他们，这路走了一次之后，藤被抓坏了，第二次还能走吗？他们并不回答我。我只是觉得，葛藤像琴弦似的挂在立潮般的峭壁上，走一步，都需要把它们聚拢来，然后拉起一张弓似的，不过，这些都是在一个动作中完成。

我连连走了几个绝壁。

那个女孩要分手了，我不知道她要去什么地方。而男孩仍跟着我们一块走，他好像怀有歹心。

仍然，我们走着绝壁。

我到达了我要去的地方没有？那男孩究竟并没有坏处。我记得我还在荒山野岭之中。

醒来时，有一种感觉涨得我疼不可忍。

窗外雪很大。冷，我怕起来。

1988 年 3 月 1 日晨记

九

我与 Y 君走至一座巍巍山脉，很多人也在那里准备翻过去，可是几乎无路。

山太陡，爬几步就往下滑。Y 君默默甩掉所有的衣服，最熟悉那件绿色的风衣，就在如削的悬崖之上用劲爬。然而太难，旁边还有人像玩杂技一样（仿佛是个青年男子），将一把小刀甩了几圈后，就兀自旋转着飞给她用。她没有接住，落在不远的崖上。有人拣来给她，她又没能抓到。看来，还有旁的人帮助她。峭壁上忽然出现了另一个向上爬的男人，中年，西装革履，竟如登天梯，一步一步上去了。老半天，Y 君不知怎的还是下来了。

我们又一块跟着人群寻路，仿佛山那边是西藏，是拉萨，反正是一个必去的地方，一会儿，竟然出现了石阶，宽宽的、长长的、缓缓的，我们跟着很多人也踏去了，顿觉奇怪。

不料山那边有人把持路口，要收款，大声喊道："丢下买路钱哪，买路钱！不然……"不记得是三十元还是五十元，总之不少。这时我才悟出人们为什么争着去攀陡峭的路，紧急中我感到愤慨，于是出示某某报社的特约记者证，那人踌躇半天，同意不收我们的钱，并且给了一张印好的便条，说持此条过第二个关口不必再交款。

于是去也。岂料第二关仍要收钱。他们说从不认识什么条子，只认识票子，回过头找给便条的人，只见一片汪洋，水漆黑无底。

1988 年 4 月 12 日夜记

十

梦见死。梦见死后还拼命挤进活人的堆里去。

在村里，家人和乡人都跟我玩。但为了不捅破那层纸，为了不让我知道自己已死，总是打马虎眼。我把头发拉起来，从前面两个人头上越过，以示太长，怎么不给我理发？！他们于是默不作声，悄悄后退。我终于想起自己大约是躺在坟墓里的一具骷髅，这样子谁敢接近？

乡人忽地纷纷而逃，好像家人也是，我准备追，却醒了。半天怔怔，情绪不佳，想到刘再复的《死之梦》。

1988 年 8 月 30 日夜记

十一

梦。故事都忘了，只得一言：

川大逝远，溪小难流。

1988 年 9 月 1 日晨记

十二

晨四时许，醒，似有梦。稍定，觉通脑透亮，一幕飘然而过。

大约为了吃饭，拿着饭盒，就往前走。走啊走，不知不觉上了山，且高且陡，路像抛物线，弯弯的，一头在山上，一头在脚下，线肚子在山的中间。

遇一人，再遇一人，都年轻而憨，似曾相识，说来了，就上，不知不觉中，我置身一巨型石钳，钳平行临崖而伸探，酷似一"卯"字，而我恰嵌于突出部，双臂于上，两腿吊悬，无以名其惧，但觉只上几步，便平野万顷，遍布美味佳肴。

似有人走过这地方，难上，才填了石块，或登而后塌，或过而后堵？只觉石群叠叠垒垒，无以攀缘。

不知怎的，同行者去搬那些石头，抛之绝崖；又不知怎的，几时出现一长者，卸石于我左上方，整个大山在摇动，乱石碰撞石钳，火光溅射，震荡不已，时有坍塌之险。他们并不理睬我的呼叫，只是扔。我仍臂架其上，腿悬其下，无以名其惧。

搬啊搬，那石路像空疏许多，又像壅塞许多，正莫名其妙呢，初遇二人竟嗖嗖而去，仿佛并没有走必经之路。愕然间，我的好友 W 俯悬空间，微微而笑，对我说了四个字，轻轻而又神秘地："想着哪吒。"

待我听清了，倏忽离开石钳，奇妙地立于山顶之上。果然一望无涯，石头冒着香气。

这会儿就醒着，路不在，山不在，"钳"不在，人也不在，独"想着哪吒"四字，使我蒙而呆，呆而傻，渺然不明其意。

1990 年 8 月 13 日晨记

十三

与 T 兄一桌同餐。

他拿着一本杂志，说："正好与你不同，是篇散文，反对吸烟，我就从不吸烟。"

我说："我的散文是感觉到的，吸烟的确有助于思维，有许多美好的感受会从烟雾里飘出来。"

于是，我从烟盒里抽出一支烟来，没想到出奇地长。杂志里有人忽地掏了一把手枪，不容分说就扣动了扳机。我想完了，禁止吸烟最好的办法是不制造烟，何以至于要杀人？

咔嚓一声，烟给点着了，那手枪其实是一把防风打火机而已。我猛猛吸了两口，让烟雾的灵感深深进入肺部。

奇怪的事又发生了，很久很久之后，我的口鼻没有一丝冒出的余烟，倒是从 T 的鼻孔里冒出红色的火焰，一蓬一蓬地喷吐。

然后，他站起来，为我激动地朗诵了他即兴创作的一首诗。

1990 年 8 月 13 日晨，
记昨夜的第二个梦

写情书

　　写过情书的人不一定就没有缺憾，而没有写过情书的人一定是有缺憾的。

　　写情书可能是最为超功利的人类精神活动之一，几年、几月、几天，哪怕短到几个小时，十分地单一又十分地复杂，高度地清纯又高度地紧张，无限地希望又无限地绝望。感情像喷泉像小溪像瀑布像大海，动荡不定以至飞溅以至澎湃，没有激动对方之前自己就先毁了，只为描绘，只为表白，只为发泄；要么颓败，要么死亡，要么造一个新我，这是真的情书。古希腊一位名妓写给一个男人的信里说：你为什么要写那么长的信给我呢？我要的是五十个金币，而不是情书。如果你爱我，就给我五十个金币吧。如果你更爱你的钱，那以后请不要再来打扰我，再见！这是性的索价，不是情书。如果其他的东西比感情比性本身更重要，写情书就会矫揉造作或根本多此一举。

　　一个陷入爱河而不愿自拔的人，一个不写情书就不足以表达口语和身势语所包含不了或难以表达的微妙情感的人，神经的亢奋，血管的膨胀，肌肉的弹性，感觉的灵敏，思维的集中，情绪的激越，想象的飞动，幻觉的离奇，可以说是正常状态的几倍几十倍甚至再多一些，语言收敛了平日的傲慢而变得温情脉脉俯首贴耳。雎鸠啄沙，落花叹水，字词凌虚而来去，调动山水树木花草动物为你抒情，请来中外古今骚人墨客为你游说，把方的说圆了，把黑的说红了，把瘦的说饱了，把短的说长了，把不该的说成应该的，你没有一点儿错，错也错得漂亮、错得美丽、错得令人一错再错。你像对千奇百怪的东西无比熟谙而无所不能，胸怀、眼界突然地宽大而光芒。这情书本就是一篇优美的散文高雅的诗章，是正宗的抒情作品。我因此信了一种说法，以为世上最好的文学是没有公开发表的文学，一是聊天聊出来的，二是情人们写出来的。我不敢否认，世上大约一定有人比爱伦·坡，比徐志摩更大胆、更醋畅、更奔放地写情书，因而也有比他们更富创造力的性爱之文学。

写情书确是一种难以言喻的最佳创造状态，直觉呀理智呀激情呀灵感呀一哄而上，你肉体与心灵的空间都太富于张力，四面八方都有美丽的天使轻轻呼唤你，为你奏乐、朗诵，含情脉脉。一切的声响、线条都显得柔和优美腾挪变幻而令人在哪怕是十分不敏感的地方，都想汩汩涌出一种什么滋味来。这实在是一种智慧的刺激品，以至使你通宵达旦，坐卧不宁，宁死不屈！多少的艺术家、文学家以及其他的“家”与“者”都在这奇妙的冲动里成就了他的最高理想，沮丧中埋着痛苦的深沉，欣慰里成长愉悦的纯美。无论付出多少和得到多少，都是值得的。除了阳光与空气，我一直觉得性爱之潮也是人们必备的生存要素之一，看见多少个男女，在情爱的沙漠里踽踽独行，最终变得孤僻、冷漠、僵化、干枯而过早地结束了他们的青春以至于生命。而写情书，这种传递隐秘感情的最佳技巧与载体，它为我们生长了一条缓冲带，一条长河，一个火海，在传递、拒绝或接受的滋润中，使我们的生命变得更加生动而可人，使我们的感情变得更加细腻而优美，使我们的社会变得更加富有创造的活力。因此，在我古怪的想法里，要是木材或其他的什么材都烧光了，只能造出仅有的纸来，也应首先供应写情书的男女们。

读情书的人有时近在咫尺，甚而一个单位、一个班上、一个办公室，天天见面，也要写。这一写字就格外飞动，叙说就格外细腻而多变，你的智慧、你的才华、你容易被人忽视的优点就腾地而起。一封情书也许使你走向了成功，因此不少情书一定是挖空心思，写了又写，抄了再抄，直至确认可以打动芳心方才罢休。其传递方式恐怕也难以细述，一定是所有书信中最复杂最挖空心思也最令人激动不已的。

神秘的情书写作可以说最富有刺激性，环境的压力，关系的压力，道德的压力，时间空间的压力都可促成神秘气氛，但越神秘越有味越刺激就写得越不一般。富有神秘感的恋情与性爱才是最富有创造性也最符合人类本性的渴望。

不断地有人写情书，读情书，也不断有人在藏情书、毁情书。一般说，情书在两个人之间就完成了它的传递与反馈，何况再一撕、一藏，你想欣赏或体验别人一封优美的情书，那简直不可能。我想，这是人类精神最大的浪费，除了知心朋友，人们羞于谈论自己奇妙而丰富的爱情故事，非同陈词滥调的情书，把真情视作羞耻掩藏起来，而谈起真正的社会之罪恶，或乐道，或乐祸，或哈哈大笑，这种文化的陋习，使丑恶的更放肆，而清纯的更小心。我不知道，人类几时才能为自己天赐的美丽而大胆地骄傲与倾诉。

时下见有如何写情书的册子卖，只觉得滑稽，书不能硬编，情不能滥造，这种指南者可能自己就迷失了方向。如今的时代，女子与男子都要在骨子里温柔而多情地成为阅读情书的对象，否则，一个个损人利己，凶神恶煞，诲淫诲盗，只发达了这种文体那种书，哪有什么情书好写？

28 岁，我知道什么？

在这个世界里，任何人都看不见对方，人与人之间的接触无非是一种看不见的摸索。我们用手指摸索着对方的身体，希望能认出对方；但在我们自我封闭的黑暗状态中，我们永远无法做到这一点。

——罗洛·梅《爱与意志》

不是受骗，不是偶然，回想起那场婚姻，第一次做丈夫的滋味。不会懊悔，不会痛恨，但无论如何是一场真正的失败。

忆起那种年纪，二十八岁，什么都不懂，觉得不可想象。什么是性，怎样赢得爱情，如何建立和巩固家庭，一无所知。心灵单纯得像一个少年，只想着做梦，想着如何热烈，你生我死，笑语欢歌，完美无瑕。每时每刻用眼神、声音与动作，写一部动人的纯情小说。

脆弱的婚恋心理，不是少年的少年，并没有走出迷惘。

那是 80 年代的第一年，运气好像还不错。尽管，从小学六年级起，我就被那场统一灵魂的革命搞得小心翼翼一无所知或仅所知一二。桂子山，春天有红的紫荆，白的玉兰；夏天有粉的睡莲，紫的木笔，秋天有黄的桂花，火的枫叶。就在色彩与香味的包围里，我和一个女子，几乎天天下午，在小径或操场里让一朵白色的羽毛球飘来飘去。那时大学刚刚毕业，被前途选择长期压抑了的本能与渴望，这时腾地往外生长着。有一天，我就做了那个女子的丈夫。虽然算起来，前后相识的时光，还没有来得及让地球绕太阳走完一圈。

这是真正的自由恋爱，异性相吸，志同道合，没有任何外界因素支配我们。相反，她让一个爱着她的人从此变成陌路，她违拗了父母的意志，让我做了一个起初肯定不受欢迎的"东床佳婿"。而我呢，说实话，此前一次恋爱也未曾经历过，只是在一年的中秋之夜，一个织满月光却又朦朦胧胧的山岗上，和一个乡村姑娘，贴着胸，忘情地抱了很久。现在，卿卿我我，一帆风顺，白头偕老，打打球，散散步，教教书，两人都在一个学校，一个系里，这个新的家庭，是够令人陶醉的了。

然而，却是不对劲，却总像有麻烦，却埋着恐怖。

我是个穷光蛋，但我心里很富有地藏着她，天天都很激动，很新鲜，想天天有一个时间拥有她，吻着她。有了爱情，其他一切都没有又算得了什么？可是，我的妻，一天一天，却粗略地对付我。不让我吻她，说杂志上有文章，这样不卫生，一次一次堂皇的借口冷落我热烈的欲望。多少次晚餐后，她一个人出去散步，在落日与晚霞精心制作着各样奇异影子与斑斓幻想的桂子山，我真想和她一块，并着肩，挽着臂，做一对漫游的情侣。可她莫名其妙地说，一个女人散步，哪要一个男人陪着，各走各的。我于是想象着她走过的路，路边的草木与花朵。我不敢走出去，我怕我的朋友们撞见孤单的我。

她实在是个能干的女人。

记得刚从单身宿舍搬到西一村同是单间的蜗居，她第一次自告奋勇做卤面给我吃，看着她的操作和精美的成品，邻居们都惊诧不已，赞赏不已。但也是最后一次，从此后，她不再染指厨房，她说她要读书、要学习。于是我们天天都还去吃食堂。很多时候，当我苍凉地端着餐具走向食堂，我像被抛弃在这个世界的家庭之外。她做衣服的艺术也真让我自豪，春夏之交，她自己设计、剪裁、缝纫了一套旗袍，也真漂亮，也让她的女同胞们侧目。可在我们六年的生活中，她没有时间用她灵巧的双手为我补一个破洞，让那份自豪变成柔软的充实。她开始挑剔她的丈夫，这也不会做，那也做不好。当她为家庭主动做了一件事的时候，她就无休止地责备我，说我从不主动为她着想。那种脾气，大得吓人。我说，我的思维不在这些上面，怎么办？只要你说，我会做的。有一天，她终于很愤慨地说，她瞎了眼睛，找错了人。我于是很惶惑，感到自己低能，当她用另一种标准衡量我的时候，我确实形同乞丐。

我于是怀念我们的初识，我愿意退回到陌路，做一种远距离的互羡。我佩服那个宣布结婚就是走向坟墓的预言家。很多个时辰，我站在凄风苦雨的栈桥上摇晃不止，到底是什么让我们走到这步田地呢？

并非什么神秘的声音，也不是什么莫测的命运，是人类的男女自己把自己逼到狭路，要么各退一步，要么形单影只走过去，要么掉进深渊。除非你不走这座冒险的桥，在广阔的原野里游荡你的自由之身。罗洛·梅说：我们不敢有所追求，因为我们担心，假若我们选择了某物或某人，我们就会丧失其余的一切。我想是这样。我的过错就在我纯情地期待了，热烈地追求了，天真地幻想了。细腻与温情疯狂地剥夺了我固有的男子气，让我成了一个孩子，无助的孩子，总想依靠什么，总想被赐予什么，甚而总想被庇护，阴阳的颠倒必定铸成一个世界的荒谬：男性的软弱与女性的暴戾。规律是这样的东西，你感觉得到，你甚至也懂得，可就是无法战胜它，也无力逃脱它。

现在，既然我敢于写自己，我就敢于撕裂自己，即便有浓腥的血味。但这更有良心，对得住当代被早已矫饰了的人性。因为我相信，有些被掩盖的秘密比我更纷乱，也更难以自我安慰。虽然她小我两岁，但她高我几届，我留校任教时，她已经做了几年老师了。体形上，她长得高大粗壮，走起路来嗒嗒有声，那节奏，并不亚于一个男子的雄壮。每次，当我凝视她的大腿，心里就发誓，为了这浑然，我一辈子也不后悔。倘若我再不结婚，二十八岁，一旦随时随地突然降临的死亡之神夺去了我，那我不是连做一个男人的基本权利都没有得到吗？我是太冲动，在她为下最后的决定而犹豫不决的时候，我割破自己的手指，用鲜红的向往为她留下骄傲的凭证。自此以后，我想，当然是很久以后才想到，她心理的空间，自己成了一个君王，而我是一个奴隶。所有的情节，在一种被颠覆的秩序里被隐隐地制作着。你在心灵的尺度上越是忘我，她在另一种尺度上就越发"忘情"。我不知道，追求与丧失竟悲剧地统一在人类自身的非理性里，我不知道。

把这个家庭引向彻底的黑暗，是这样两件事。婚后不久，我接到家里的信，说母亲身体很不好，买药又没有钱，能否接济一下，我跟她商量，她不许。发工资的那天，我只得擅自拿出二十元，寄给我乡下的母亲。她因此生了很大的气，决定二人的工资分开用，经济互不相扰。我同意了。不曾料到的是，经济，这维系家庭的一根支柱倒塌之后，会造成多少次心灵的流落。

第二年夏天，我在一家报社实习。一天早晨，我又要到汉口去上班，问她，今天你不上哪儿去吧？我在家里看书，哪儿都不去。她说。可是，我在校门口买到好西瓜，送回家里的时候，门却上了锁。我只好匆匆把瓜搁在门口，再去赶汽车。不料，我刚跨上车门，发现她也在那辆车里。她的眼睛里冒着绿色的火焰，脸上每一块肌肉都蕴藏着暴怒。我问她，你怎么骗我？你管不着！她说。雄赳赳地，她下了车；雄赳赳地，又在我面前直走向小东门她导师的家里。事后她告诉我，她要考导师的研究生，去那儿复习。这有什么值得说谎话的，这有什么值得欺瞒丈夫的，这又有什么说明我是你的绊脚石，需要你做那种超常的举动？我不能再叙述那些悲伤的日子，倘若我说出为这事一个女人还打了她的丈夫，那不更是男人的耻辱与不幸吗？那一阵子，我从骨子里糟蹋了男性世界的阳刚之气，我让自己彻底地流浪在家庭的胜利之外。从此以后，我不再相信那些小说、那些诗词、那一切浪漫的关于男人与女人的爱情的幻象。

我不相信。

男人是什么，女人是什么？友谊是什么，婚姻又是什么？人性是善的，还是恶的？一切我都把它们锤碎，然而却再也捏不拢。那一阵，我写了好些诗，可惜都失落了，只记得一首《梦》的开头有这么四句：

我追求着梦

梦里的景色鬼斧神工

当峡谷的雾缕缕飞散

一切都变得虚空

　　之后，我慢慢地学着解脱了，随着她远离故土家园，我解除为人丈夫的渴望也得到了实现。尽管，我承认我仍然生活在无可逃避的"黑暗状态中"，但我仍不能对女性同胞们乱泼不洁之水。因为，离婚之前，应她的要求，1985 年 2 月 10 日，我们拥有了一个孩子，一个名为"Jiang 小羽"的可爱的、无辜的孩子（两岁以前我到襄樊看过她三次。此后她随母亲出国，在美国等地读了本科、硕士与博士，现居加拿大温哥华，她自己也有了两个孩子了）。因为这个孩子，我学会了隐藏和隐忍一切，也学会了如何保留似乎永远无望的期望——小时候，她的妈妈说，等她长大了，再让我们父女相见；孩子大了，她又说，女儿不愿意见我！2015 年的冬天吧，她从香港一所大学退休，前往温哥华定居，也断然决然地删除了与我的一切联系方式——其实也是唯一的方式：电子邮箱。我一生一世的思念，从此就遗落在海角天涯了——那是我的另一座世界啊！

　　再因为，在想象不到的偶然之偶然里，另一位温柔、贤惠、多情而执着的女性，把我从怀疑一切的空白里，又渐渐地拯救得相当充实了。

——收入郭良原主编《初为人夫》，

农村读物出版社 1990 年 6 月

2023 年 6 月 12 日修订于武清龙凤河畔

可　雨

可雨是我的儿子，才两岁四个月零二十天。

我知道一个人的名字对他很重要，许多大人物、英雄和风云一代的名流，名字气度不凡，一笔一画都嘎嘎作响。可雨这两个字却充满江南气，柔柔软软，有些甜，再加上喻姓，还拗口。后来才发现，三个字都是仄声，有点失去平衡了。

孩子生下来一个多月还没有名字。辞典那么厚，却找不到一个恰当的词。一天，他妈妈说，他生的那天不是下雨了吗？就取个和雨有关的吧。后来我在前边加了一个"可"字，名字就算是定了。可雨即是好雨，恰合心意的雨。至于雨字，还有两个牵强附会的解释：一是取了妈妈名字"露"的一半，二是与"翔"字的一半"羽"字谐音。这些都是儿女情长，没有社稷环宇之想，可不必再提了。

其实，生他的那天颇悬乎。天下瓢泼大雨，超过预产期九天了，却毫无动静。我们都感到，再不上医院不行了。一看医生，说，孩子在窒息中，马上开刀。妻子这时就颤抖，不敢说话，泪如雨下。即刻进手术室，一开刀，脐带绕脖子三圈，险而又险。

那是 1989 年 11 月 8 日，如有神助的日子。妻子有一则日记这样写："下午一点一刻，我只感到肚子里有一块东西被抱了出来，随后就听见哇哇的大哭声，当昼思夜盼的孩子捧至面前时，我的整个肌肉都松弛下来了，一点劲也没有了。听到儿子的哭声，我也跟着哭起来。有人说，有一种痛苦是幸福的，我想，生孩子该是属于这种痛苦吧。"人的多磨多难，从被孕育被出生的时候就象征了。

我第一次看到可雨真丑，一个肉团，红艳艳的，皮子千回百折，皱得怕人。眼睛眯成一条缝，嘴巴却大得出奇，哇哇哇地挣扎着。但个子颇不小，出生证上写着：体重 4140 克，身长 52 厘米，这都出乎我们的意料。

他吃得多，从小就不讲什么客气，以至于现在无所不吃，而且每每挽起袖子赤手大战，左右开弓直到满足为止。举凡面包、煎堆、排骨、瘦肉、豆角、蘑菇、花生米，这么说吧，不能吃的他不吃外，其他皆能一口气吃饱。饭即是菜，菜即是饭，无所分别，与我想象中原始人类的吃相没有什么不同。吃饱了就喝，也无所不喝，开水呀，茶水呀，牛奶呀，豆浆呀，以至于牛奶加别的什么，一饮而尽或者遍地开花。嘴里还喃喃自语：味道好极了。他的自我调节功能很健全，劝饮劝食的时候非常少，以至于现在肥头大耳，屁股脸庞到处都是肉鼓鼓的，手脚都如竹笋。他妈妈总是看得傻笑，并且担心，千万别再往肥里长，以至于最后采用洁士苗条霜，否则，那可就肥得令人恐怖了。我以为，这些都是贫贱之子的行径，也是平凡得随随便便的好处吧。

孩子一天天长大，自主意识一天天加强。大人不屑一顾的草石沙水，他却看似宝贝，非要不可。成天嚷着"出去玩！出去玩",好像有墙壁的地方就是牢笼,家也不是什么好地方。冬天到了,脸上需要抹一些润肤膏之类。开头他认了,几天后决不要大人干预,要自己来干。每次他妈妈念上句:著名影星喻可雨为什么魅力永存哪?他就接下句:因为他用的是霞飞金牌特白蜜。事情很顺利就进行完了。

只要你有耐心,仔细去观察一个孩子,那孩子的趣闻趣事无论如何也写不完。比如他喜欢听的声音,喜欢看的颜色,喜欢说的字和词,喜欢玩的玩具,喜欢讲的故事,喜欢画的图案等,令你感到惊奇而又理所当然。大人说真话和撒谎对他都一样,而他的撒谎、说真话与讨好卖乖同样可笑可爱。譬如有一次,妈妈突然问他:"可雨,爸爸好还是妈妈好?"他犹豫了一下,随后大声说:"都好!都好!"这种幼稚的圆滑也许正是人类的一个天性,他知道怎么样平衡情感,而接受它也不会让大人们感到为难。

这篇文章实际上是三个人合写的,下面再抄妻子的一则日记,以算结束:

儿子今天不小心摔了一跤,半边脸都红肿了。可一觉醒来仿佛什么都忘了,把惨红的笑脸迎着你,我非常感动。孩子多么纯洁,多么天真,他对人没有前嫌,没有防范。如果世界上人人都这样,人们不是活得更愉快吗?

爱情又要回来了

D：

我在忙乱、烦躁不安和对一种无论是来自哪儿的温柔的期待中，突然收到你的这封信。

前天你刚刚寄来一封，都是些琐事，是精神之外的东西，自有了家庭，我就深深感到人毕竟是俗世之物。这世上，追求、理想、幻觉和梦都可以停止或消弭，人可以把真正的自我通道用几千年铸就的大锁锁将起来，唯有琐事不能不做，且总也做不完。也不知道，它们是不是上帝赐给人类的必然之累？要不，人类除了生存所须做的，就是茫然寂寞地面对自我，不是太空虚太无聊了吗？家庭是琐事的作坊，灵犀与倾慕已变成了豆腐渣，在我们共同的认可中被抛掉了。而豆腐，不过是加了很多水分的没有血色的家常菜而已。

让我颇感意外的，是你劈头就写下这么一段：

"桂子山现在已是迎春飘舞，玉兰盛开，景致很美，我有时吃完饭，在外面散散步（这样的时候不多），便触景生情，想起当年的你。那时，我好爱你，不顾一切地爱你。后来距离太近了，没有了吸引力，两人便出现了碰撞和摩擦。也许是家务事太多，使自己变得越来越实际，没有时间幻想，离开你一个多月，老想你，我现在倒觉得时间和空间的阻隔，有时并不是一件坏事。它能帮你寻回失去的爱意和温情。"

我把这段读了又读，说真的，被搁置在深山老林里的心的天池，像被宇宙中飞下的一块陨石的碎片击中了，那无人看见也无人欣赏的湖蓝的浪花重又飞溅了起来。我想起了从前的日子，正是那些回忆的魅力，才使我努力克制着此后漫长的平淡。所以，忍耐总是有着历史的背景的。从另一个角度说，倘若一个人确曾拥有爱情的辉煌时光，一日可以胜于百年。

那些岁月，我挣扎在精神的牢狱之中，灵与肉都可以说是遍体鳞伤，大家庭、小家庭的苦难笼罩着我。我无力逃避与穿越，噩梦连连不消说了，死亡和弃世之念也不经意地冒出来。那是一股火，我用瘦削的手掌去覆盖，而你，用超人的举动，在秘密的境况中，用热烈的冰山把它坐熄了。冬天里，你总穿着一件白色的毛衣翩翩而来，将我十四平方的斗室映出纯洁的亮度。直到结婚后，你才对我说，你酷爱白色，并且深信那件白色柔暖的衣裳会引起我好的感觉。这是真的，我喜爱女孩子打扮得漂亮得体。那白色的光芒像一柄温存的长剑刺得我的爱情鲜血直流，我愿意一辈子敞着这道伤口而不去包扎，面对你，感觉决定着情绪，而情绪决定着我是拒绝一种东西，还是接受或者追求它。

你不顾一切的爱，使我渡过了不能言说的难关！我从此深信，女人可以是魔鬼，也可以是天使。可以是皇帝让你饮鸩而亡，也可以是仙女让你享尽美酒琼浆。我们在桂子山共同生活的最后一年，大约是中秋节临近的一个晚上吧，天晴得叫人想哭，满山的桂花放着浓艳的熏香，我们俩腾出一个不大不小的瓶子，悄悄地走进林中，掰开树枝，在月光的投影下，让细碎的桂花一朵一朵滴进瓶中，然后用糖腌起来。你灵性大发，说这些花是我们摘下的星星，我们拥有一个甜蜜的天空。带到南国后，我们也的确享用了很长的时日。后来，有了孩子，有了许许多多做不完的家务，像你说的一样，没有时间去幻想，那装着宇宙的魔瓶就慢慢空洞起来。

现在，你走了，到我的母校重新过起读书的生涯，儿子也跟着你去了江城。开始，我的确觉得轻松了、自由了，像朱自清说的，可以"受用这无边的荷香月色"了。但不久，就局促起来，不安起来，往往在短暂的一刹那，显得无限的寂寞和无聊！尤其在周末，我等着我们相约的电话，每一个毛孔都张开了听觉。盘旋在电话机周围，拿一本书，看几行字，做一些没有意义的琐事，或者拿起你的信，我有时都嘲笑起自己来了。

感谢时间和空间的恩赐，我们又好像回到从前的时光了。

现在是春季，小心点，别让儿子感冒了。

门

人走进很多门，又走出很多门。

很多门你就走不出，很多门你也就进不去。

最宝贵的生命之门是母亲为我们敞开的，也许是生命的喜悦，也许是生命的苦痛，也许是扑向漆黑，也许是扑向明亮。她为这门的成熟几乎改变了自己，衣带渐宽，皮肉臃肿，步履艰难如企鹅，不管怎么说，母亲在挣扎在呻吟在流血。而你，在哭泣，一出门就用特殊的语言表示了对世界的惊恐和不信任，皱纹飘扬如老头如乞丐如智者。此后就走向真正的地狱之门——死亡。这门虽然不十分切近也不十分遥远，但可感到、可冥想、可听人描绘，甚或经常有一刹那的触摸的可能，敞开这门的是另一位母亲，那是很多人很激动很情感很豪放也很盲目的比喻：大地。我不知道她是否慈祥是否理智是否绝情，我只知道她用自己的肌肉做成穴，做成坛，做成冢，再做成碑，做成门牌号码，让人们踏进她的门里去。至于天堂之门，笔者却从未见人腾云驾雾飘飘欲仙叩开什么月宫什么星球。有人虽然拿着奇异的钥匙，却绝不是在云层之上。

门的形式与质料太多：长的圆的方的拱形的钢的铁的铝合金的木的竹的藤的，镀金的镀铜的镀镍的饰红漆黑漆图案大钉带门铃窥视孔以及带人带枪带电话带秘密录像的，无奇不有。门外套有更大的门，门内套有更小的门，小门更是前后左右四面八方纵横捭阖风流倜傥弄得你晕头转向不知所云的门。古色古香斑驳陆离的城门宫门且不说演出了我们无论如何也读不完全读不真实的故事，就是我们身为角色每天被吞进去吐出来的房门室门车门校门厂门店门又有多少不可预测的故事。乡间的柴门还能轻掩吗，还有风姿绰约一尘不染的少男少女舞蹈着来去吗？有的门不断有五彩缤纷的东西流进流出，热气腾腾如潮如火，而有的就是门前冷落车马稀，苍白单调贫乏，只不过这世界多了一道缺口一块伤痕，让人做廉价的观望遗憾同情而已。

我是走过许多门，我也没有走过许多门。同是一样的门，也未必家家让进家家能进家家想进。不一样的，更高更大更严更漂亮的，则是未进门先去带锁。不得不进，更是愁肠百结惴惴不安，有一个东西在猛力踢你的脑门心门。至于各式各样壁垒森严的门，看过则可，我真怕稍有接近，被他们叉起，摔到街上，像欧·亨利笔下的苏贝那样，只好"无可奈何"溜之大吉，说是"花落去"真是让人怀疑有抬高自己的嫌疑。至于像蒙太奇一般需要闪过很多头像流过很多瀑布才有资格拜访的门，更是我的幻想、我的奢望、我的悬崖，我永远被如此那般的门拒之门外，认了。

我们远远近近的祖先大约都喜爱门，并且在门字上大做文章。譬如海门荆门，譬如大东门小东门，譬如永定门神武门，譬如"门第"之门。有人就可以神气活现威威武武敲你的门闯你的门踏你的门封你的门砸你的门，有人就只好弃门而逃，流浪于所有的大门之外。而有的人，永被围于一门以内。带"门"的路一定令人兴奋，也令人想尽千方百计，这叫"有门路"，管它前门还是后门。铁板一块走投无路称"投告无门""没门"，可见门这玩意儿真是充满秘密，气象万千呢。也许，有一扇门本该是你的，可那钥匙就是被些活在另一扇门里的人捏着，想搬进一扇门，你先得膜拜很多次的很多门。

一些门不断在关闭，而另一些门总在设法开启，但我真担心公元的年号数字积累越高，名目繁多的门越来越络绎缤纷。多一个门其实就多了一把锁，多一个守门人，多一道关卡。可叹的是，如今山水风光也被"门"起来了，像黄山像九寨沟。不过，比起那些可怕而无形无迹的门来，我宁可买票抬起头来扩充鼻孔大大方方进山门，在自然的山水雾里一喜一忧一死一活，这痛快。

啊，门！阿门！

——收入霍宝珍主编

《海南建省5周年文学丛书·散文卷·椰风起时》

南海出版公司1993年3月

唱　歌

人为什么爱唱歌，也爱听歌，这是个问题。

时常走在路上，蓦地就有人吼出一声响，愣一愣神，他正在唱一首流行歌曲，那种旁若无人的情态最令我感奋。你可以想到，这一定是个毛头青年。

过集体生活最有趣的莫过于闹腾。做事争先恐后，说话七嘴八舌，打架一哄而上。唱歌就更不用说了。譬如在大学，一个个青春热血都直往外冒，来个什么大合唱，那真有拔地撼天的能量。你说是艺术也好，噪音也行，只要能先声夺人就觉着痛快。当然也有些滥竽充数的，咧咧嘴巴，装个样子，有时甚至动错了口型，但人们完全不当作学问来对待，只觉得好笑而好玩，甚至可爱。

令人奇怪的是有人喜欢在厕所、浴室或盥洗间唱歌。洗的洗、刷的刷、拉的拉，大家先闷着，忽地有个粗嗓门莫名其妙就敞开了，跟着一片哗然。谁先起头，谁就是领袖，节奏与速度也照着他预定地往下流。音量唯恐不大，激情唯恐不饱，倘若手头正在搓衣服，那双手的节奏必定也跟着一起一伏。这是一种颇为特殊的环境，花草自然没有，甚至也看不到悦目的色泽，一片淡然黯然。从五彩缤纷的世界一下子进入这个空间，所有的想象都被限制了。女性自然也没有，因此除掉了最后的疑虑与羞怯，吼声就在空白而静止的空间里画上了流动的旋律。反正大家都赤裸着，也没有什么规矩和道德好讲，由默唱而出声，由独唱而合唱，由轻唱而重唱而至狂轰滥炸。一出门，那声音的质和量则统统又都变了。求得一种解脱，一种发泄，一种尽性，无论那些歌词是什么，反正已完成了它们的使命。传统名曲《凤求凰》里有一句词："将琴代语兮聊寄衷肠"，正道出了音乐和歌曲的魅力。

从血肉到灵魂，一个人如果没有内在的无语的旋律在颤动，那他的思维与心性则近于土木，退一步说，他是缺少灵气和敏锐的。他有兴奋也有悲伤，他有成功也有失败，然而他找不到一种最自然最直接也最富有艺术性最感染人的方式将他特定的情绪从他最能享受滋味的生理器官中摩擦出来。再倘若他拙于言辞，性格内向，不会向朋友或家人倾吐，那他有朝一日就会失去心理乃至生理的平衡，变成人类病态的一族。既然唠唠叨叨都能使女性释放苦闷，延长寿命，那么长歌当哭一唱三叹为何不能让歌唱者找到一种艺术的满足或解脱的方式？是故无论幸福、激动、欢庆，还是愁苦、悲痛、绝望，情绪到达一定的度，那种将歌代语，将歌代心的本能需要就在身体里鼓荡着扩散着，一发而不可收了。

生活中，黎民百姓充满七情六欲，怪腔怪调，张口以歌这已很平常了，就是道家与佛家，边哭边歌以歌当哭，以求得某种平衡与满足也是众所周知的。庄子亡妻，这老先生竟蹲地鼓盆（古时陶制乐器）而歌；佛寺里放焰口，数十和尚通宵达旦为死者超度或追荐，满庙满山都神秘而肃然。虽然歌唱的方式与观念很不相同，以歌代意的目的却没有太大的差异。简简单单的七个音符，由于时长和高低的不同，演化出多少节奏和旋律；由于承载的民俗风情和歌词内容的不同，又表达了多少风格的悲欢离合！如果要在世界上去找一种最简单又最复杂，最枯燥又最有情、最普及又最高深的符号，我看就只有这 1234567 了。

歌曲是一种记忆，一种特别的记忆，既有形象的成分，也有抽象的成分，且与背景有着极大的关联性。倘若你唱一首歌是在几十年前的一片山野之上，后来再唱它，无论何时都可嗅到那一片草香。歌曲因此也与时代生活有着极其紧密的联系。我常见到一个年轻的精神病患者穿梭于府城的街巷，有一天进入我们的校园，结着领带，很风度地夹着一支烟，众目睽睽之下莫名其妙地就唱开了："提篮小卖……"那曲京剧已进入他的潜意识。从唱歌可以发现，时代文化对一个人心灵的影响与塑造是多么难以忘却了。

歌曲的时代性既蕴藏在歌词里也在旋律里，不需要词作者或作曲家刻意去追逐时代，时代政治、哲学美学的磁场就会强有力地将他们吸附在无形的意志周围。有一个十年，节奏大多进行速度，内容大多是阶级与太阳。就连现在的青年爱歌者，不需要从图书馆里翻检听觉的记忆，就可以在出租车里很骄傲地领略到当年的流风余韵呢。

虽然歌曲里流布着社会与时代的血脉，但它像音乐一样，好的、传达普通人性意义与情感的歌曲是可以冲破国界，走向全人类的。比如《红河谷》和《爱情故事》，比如《红莓花儿开》和《友谊地久天长》。说到我本人的唱歌水平，彻头彻尾地，可以列入五音不全之列，因此在众多好手放声歌唱的场合，我只有凑凑热闹的份儿。再不然来点"曲线救国"的技巧：以哨代歌。其实我吹口哨的水平也不好，但是它能掩饰嗓子的缺陷以突出旋律的准确，因而有人夸我吹口哨比唱歌好听。不管怎么说简谱那玩意儿我很年轻的时候就学会了，还不至于吹不准，以至于胡吹乱吹，把一首大家都熟悉的平常得可以的歌也吹得天旋地转不知去向最后连自己都吹晕了。但是，有一首歌，我唱了不知多少遍，嘴里唱，心里也唱，那简直是我私人所有的一首歌，一首生命之歌，这就是日本歌曲《北国之春》：

> 亭亭白桦，悠悠碧空，
> 微微南来风。
> 木兰花开山岗上，
> 北国之春天，
> 啊，北国之春已来临。
> 城里不知季节已变换，
> 不知季节已变换，
> 妈妈犹在寄来包裹，
> 送来寒衣御严冬。
> 故乡啊故乡，我的故乡，
> 何时能回你怀中？

　　这首歌，由季节而写至亲情，由亲情又写到故乡。慈母之爱、父兄之愁、家乡之恋，词句优美得凄婉，温暖得苦涩，令人百感交集。再加上旋律的巧妙配合：开头描写，"亭亭白桦"四字如抽丝一般，搅起胸中万般情愫；中间叙事，绝对不能不联想到自家的亲人；末尾抒情，尽藏难归之慨叹，叫人隐隐作痛。人在有所遭际之后才懂得去理解和珍惜别人的情感。尤其在1985年左右，那时我还未做天涯游子，母亲过早地逝于上一年的秋天，时年四十九岁，我身心都处在天崩地裂之中，然而，对于母亲的命运和家庭的苦难，我不能有丝毫的挽回。我什么都没有了，我遇到了那支歌，那首《北国之春》，我把一切都寄托在异国人井出博和远藤实所创造的境界里。那些时候，只要一唱或一听到那首歌，我的筋肉就颤动，眼泪直流，不能自己。我从来没有这么体味到过一首歌曲竟能如此引发人的怀念、寄托与慰藉并感到歌内歌外许许多多人世之沧桑。

现在有人把歌曲大体划为三类：美声、民族和通俗。美声可能太专业太美化太深奥，我欣赏不来，总觉得有些装腔作势。唱得圆熟还好，否则，就像台上站着一只大公鸡。民歌我自然喜欢，却也并非每个地方每首歌都好，譬如吴越一带太甜腻；东北一带太单调；中原一带太高直，唯陕北民歌我情有独钟。这倒不是我被西北风灌成这样的。陕北民歌一出喉，那种被自然命运压榨出来的空旷、苍凉、凄婉，甚至再带点愚钝的情调令人不能久久为之动容。它有自然的德性又富悲剧的基调，且代表着我们民族几个世纪以来难以挣脱的精神之抑郁。优秀的通俗歌曲就不用说了，切入大众生活，深入平民内心，感情真挚，易于接受，为有着各种文化背景的歌者和听众所喜爱，这也大概就是它能作为流行歌曲之主体的原因了。

扯到流行歌曲，也不得不啰唆几句。从《诗经》的"风"到宋代的词到元代的散曲、小令，可以说都是当时流行过的，只不过曲子已散失了。当代的华语流行歌曲更是五彩纷呈，风格各异，不能尽述。然而演唱流行歌曲的职业歌唱家却给我完全不同的两类印象：一类是大陆的某些演员，唱得文质彬彬，半天不出一粒汗，表情与歌词完全脱节，假情假意假面与嗲气奶油令人不堪忍受。一类是港台歌手，大多一上台就进入角色，也进入自己，推心置腹，挥汗喷血，将歌词里的酸甜苦辣麻（也由于他们的歌词真正写得生活化）表现得淋漓尽致。前几日看电视，听香港张学友在北京唱《爱得比你深》，第一段唱完后向左边一甩头，汗水颗颗飞起。我后来放录像定格欣赏，五颗银汗像彗星划过天空放射一片光芒，这般真心的投入是否也是一种做事做人的态度呢？

骑　车

我对骑自行车有着永恒的兴趣。只要跨上去，情绪就像充足了气的车胎，蹦蹦跳跳地往前跑起来。

前年除夕，跟朋友耍了一通宵的扑克，没眯过眼睛，早晨又相约骑自行车穿过海口去拜年，人在车上，不知双腿带动了链条还是链条带动了双腿，似睡似醒地滑在大街上，坐在主人的沙发上立即就睡熟了，来回居然没出一点事，我想我骑车的水平也够值得骄傲的。

未学车前，看过知青在故乡村前的稻场上骑过，那简直是玩杂技，诸如将双脚搁在龙头上，又将双手去踩踏板；弯下腰可以拾起一根麦秆；金蝉脱壳，人跳下来车仍往前滚，再追上去又骑将起来。骑车的几个知青与我同年，那三辆自行车，就是他们从武汉一路骑回来的。九十公里呀，翻山越岭，到了村里还搞一个比赛，表演给人看，我除了羡慕，就是傻笑，最后就叹气，那时我们显得多笨，多不开化。

有一天中午，他们又在村前的黑板上用粉笔写了两排大字：打倒陈再道！钢工总万岁！陈再道是谁，钢工总又是谁？他们讲得唾沫四溅，而我仍然不知所云。我第一次感到，城里的人跟乡下就不同，武汉下来的知青比我们懂事得多呢。

我第一次知道自行车这三个字感到无比的兴奋，但我看到有人骑它的时候，就觉得很奇怪。既然是自行的，为何还要人的脚去用力蹬它呢？这不是名实不符吗？后来又听人叫它为单车，也挺纳闷。说轮子，说手把，说踏板都是双的，很对称，何以言单？于是又一直为这个名称而耿耿于怀。看来，一个乡下的青年，接受城里的事物总是有些谨小慎微，以至于鸡蛋里面要挑出骨头，明白个彻头彻尾才放心。

终于有一天，我也在那个稻场上学起了自行车。由于两条腿长，好像也没得什么教训，一两个钟点也就可以自己骑着走了。要命的是不学则罢，一学就时时刻刻想骑它。车是别人的，骑走了，心里的那个发热发烧就甭提了。吃饭想着，睡觉想着，走路也想着，简直就是坐卧不安，不骑不足以得到片刻的宁静。常常在半夜里，床上的被子就成了自行车，给蹬在床底下了。在街上看到别人骑车脚手就痒起来，不知如何放置才恰当，兴味如此这般强烈，我至今还弄不清楚。在我的生活中，除了刚结婚时那种青春的冲动，似乎再找不出来有比学自行车时那股日思夜想的渴念。

我真正拥有一辆自行车，可以自由自在地骑，是在十余年后的武汉，我也侥幸变成了一个城市人。约莫1982年左右，毕业二年有余罢，结了婚，住在桂子山的西一村，人称西北利亚。我的房间北向，一楼又潮湿，每到黄梅雨季，凸凹不平的水泥地上冒出雨天的激情，十天八天都不肯消退。妻子那时有一辆黑色的永久牌女式车，不过她跟我订了一个协约，倘我用车，必要向她申请，允许了以后才可以拿钥匙，这男人做得窝囊，一阵努力之下，我自己也买了一辆，是红色的。深红，红得真可爱。这屋子太潮湿了，太阴暗了，我那时就想着如何设法将太阳的某一个部分搬进来，晒一晒我挥也挥不去的霉气，那没有阳光的白天和夜晚，那辆车子给我的安慰我此生此世是不能忘怀的。每当我躺在床上看着它，我就像找到了一轮明亮的寄托，我本来死死地记着它的名字，可我现在竟然想不起来了，不管怎样挖掘记忆的土壤，就是长不出任何叶芽来，我为此恨我自己！它救了我，而我忘了它的名字！一直到 1988 年，我红色的太阳还很好骑，我本来计划带到海南，但集装箱太小，怎么也装不下，只放下了另一个女孩的另一辆红车，杭州产的，名字叫双鹿，我那一辆，就留给了在武昌的妹妹。妹妹，不知它锈了没有，还能不能骑？我不能不怀念我那辆红色的自行车啊！

自行车成了许多许多中国人生活的必需品。若以交通方式与工具划分阶层，"步行阶级"倘占据第一位的话，那"骑车阶级"名列第二该是当仁不让了。潮水一般的自行车弥漫了中国的城乡大地，那两只轮子带起的泥土足以再造出几座黄山，而它们辗出的图案也足以描绘出几个世界。自行车，这中国平民的皇冠和奔驰，该上演了多少幕悲喜交加生离死别的故事，该创造了多少千年的中国古人做梦都想象不到的奇迹？！有一年暑期，我到北大读一个短期的研修班，我第一次看到那么多旧车汪洋在北大的校园内，呼呼啦啦，汹涌澎湃，我像听到了来自太平洋的海啸之声。听北大的人说，这些车子都是骑了许多年的，头一届走了，下一届接下来，前浪后浪，生生不息，这是中国任何一座大学所不能比肩的，我路过蔡元培，路过鲁迅，路过未名湖，那一拨一拨青春的倩影从我睁大的眼神里就嗖嗖地驰过去了。

　　自行车是极其平常的，平常得以至于人们忘记了它，读中国现代的诗文，作家们写火车、写汽车，甚至写手推车，当然还写船，各种各样的船，就极少写自行车的。是自行车本来就没有诗意还是诗人们忘恩于只顾埋头赶路而不计任何宠辱的自行车呢？社会上许多物什本来就这样，人们用修饰得非常巧妙的言辞去抬举并不值得抬举的东西，而抬举了人们自己的物事总被人们忽略，以至理所当然地遗忘了。何况，自行车是人股下之物，也没有什么高大和伟岸的形象。旧了，破了，烂了，撂在角落里，让人们亲眼看着岁月是如何摧毁一个又一个平淡的日子，日子一片又一片地剥落下来，仿佛与自己并没有太大的关系，这不是个意外的收获吗？自行车并不算什么贵重之物，再买一辆也无所谓的。衣食住行之列，前三者都写得无所不在了，独为何"行"却不被文人们所在乎？孔老夫子说"文人无行"，也不知道是不是有这个意思。

　　一个人骑车，务实的时候多，因此是一种挺老实的骑法，急的时候快一点，不急的时候慢一点，看看两旁的风景，街道和楼房有什么变化，椰果长大了没有，凤凰花是不是又要开了。倘若再多事一些，看看大道上又流行了什么颜色，是白与蓝还是红与黑。南下的小姐们，在旅馆或者理发店的门口，又穿上了什么迷人的时装，还有那些神秘地敞着、关着或掩着的各式各样的门，我想起来我的散文《门》，就是骑着自行车无意之中在海口转悠出来的，这在日理万机的老板们看来真是无聊透顶了。我喜欢一个人骑车进市区，买买书，购购物，找一找人。我属于骑车阶级是没得讲的了，坐在小汽车里总有些头晕，有空调的更受不了。

我不习惯生活在人造的空气里，总觉得有一种自我封闭的窒闷与紧张，我喜欢一个人骑车在街上边走边看的那份随心所欲。

跟朋友骑车，加上这朋友年轻，也是疯疯癫癫的，那可了不得，追逐呀，嬉闹呀，甚或再冒点险呀，平时想不到的花招都会耍出来，过后连自己都似乎不可理解，直到被警察叫住，才如梦方醒，在一万四千余个平淡的日子里，有些事情就像突然冒出来的山脉，想拔也拔不掉的。十多年前的一个夏天，武昌下起了特大暴雨，像半空里垂下了森林般的水喉，射在水泥地上，每一寸都变成了喷泉，那时刚在桂子山留校不久，也记不起是谁提议的，我和吴和孙提起车子就出门。冲啊！冒着敌人的炮火，前进！图书馆左侧至校门口，是足有四百余米的斜坡，落差少说也有十来米，一到坡顶上，我们什么也不顾，就并排而泻。眼睛半闭半睁，只感到天地混沌初开，空中有银蛇飞舞，四周水雾漾漾，两旁高大的法国梧桐这时正配合暴雨制造着令人恐怖的轰隆之声。自行车这时就像水上的飞艇，破浪远航。什么危险、死亡，一点也意识不到，有的只是青春的发泄，自我的膨胀。嗨，那一种感觉就甭提了，也形容不出来。直到现在，我还不愧于我们做了一回真正的英雄呢。上个月，有个年轻的朋友不无自豪地跟我说，他只身一人从北部骑车到了三亚，并有了厚厚一本笔记。我除了叹服外，就是羞愧，那股英雄的心情现在已经快干涸了。

自行车的话题，再写一天也写不完，比如骑车郊游的乐趣呀，丢车的苦恼呀，借车的麻烦呀，还有与时代风气、道德文明的关系呀，恐怕都人各有殊。契诃夫在《套中人》的小说中，写别里科夫指责柯瓦连科和他的姐姐瓦连卡说："如果教师骑自行车，那还能希望学生做出什么好事来？他们所能做的就只有倒过来，用脑袋走路了！既然政府还没有发出通告，允许做这种事，那就做不得……一个姑娘，却骑自行车——这太可怕了！"现在的读者看来，不的确有些荒唐可笑吗？

不过，下车之后，在会场或办公室，我们也许会遇到新的别里科夫，不一定完全跟契诃夫的民族扯不上关系，不一定。

风之手

你从古远的地方吹来，吹来吹去是用你的手；你从眼睫毛上拂去，拂去拂来是用你的指。

倘若有一帧摄影，能照出你的骨节；倘若有一幅版画，能刻出你的指纹，那不是奇迹吗？

然而不能，你无形，你太神秘，来又不能捕捉，去也不能挽留。你用一种语言跟世界交谈，你的手指，你的思想，你的情绪，我就在交谈的音节词语句子节奏与旋律中听到也看见了。你这多情多恨而富魔力的手啊！

世界上的风都是一样的，一样的姓名，一样的性格。多瑙河、黄河、恒河、涅瓦河、密西西比河的篷帆都是你吹鼓的、拉满的。船下的水也是你用手指叠成波叠成浪的，要是哪艘船跑快了或者走慢了，漏水了或是撞翻了，那不是风的过错，是你手掌的巨大或者渺小，孔武或者无力。那是礁石的阴谋。那是船，看它是否坚定，愿不愿意伸出热情的手，张开满怀心思的胸膛，让你推拉着向前。四面八方的樱花、蔷薇花、肯山兰、矢车菊、郁金香、牡丹花、金合欢，都被你精巧的手指吹弹得袅袅娜娜，风姿绰约，香飘四溢，五彩缤纷。要是过早退化，没有香味没有魅力，不被人欣赏赞叹，那不是风的虐待，是你手指不带温馨，将紫光白露加厚于谁，而是花朵过分依赖于玻璃，依赖于园丁，依赖于自我漫长的慵懒。哦，风，你几乎每天送走一条船，吹绽一朵花，敲开一扇门，你那样苍老，又那样新鲜，你无处不在。

春天光临，是你先将草芽拔得吱吱作响；秋天驾到，是你先将叶子染得发黄发红；冬天来了，是你先将空气鞭得嗖嗖叫冷；独有夏天，你姗姗来迟，你迟迟不动，你害怕太阳的酷热会融化你的骨肉吗？躲在哪条坡下，藏在哪块涛底，叫一些人摇着蒲扇驱赶汗珠与蚊蚋，而让另一些人用机器制造一种与你同名的东西。他们隔离了自然却借用了你的名义，他们闷得发慌却说感到快乐。

不能忘记，我曾经住过一座城，十余年了，长江边上的一座城，那种狼狈与无奈啊，我不敢提到它的夏天，躺在床上成了河，倒在地上成了江，深夜四点钟，太阳还像悬在你的鼻梁上，即使不移不动，也会有无数条带咸味的溪流从身上发源。即使你来了，也像被火烧透了，煮熟了。那城里，多少人感到在呼吸道还没有毛病的时候就会突然窒息！哦，风，你为什么不肯用你的手指掰一掰，敲一敲，撩一撩这夏天的城呢？如今我来到海边，确切说是海里，四面荡漾蔚蓝的水，八方生碧色的风，总以为越南越燥热，小时候多么愚蠢！只有在这里，夏天才有春天和秋天一样的风，喃喃细语，摩摩挲挲，轻轻快快，叫人有逃离火炉的无怨与沉醉。台风，也并不是我们想象的那样狂，那样险，那样无所不摧，台风也是送来清凉驱赶燠热只不过有些爱发脾气的巨手。但它自然、爽直、潇洒、一无顾忌。要是那座城也有这样的台风手，人们需要到别的地方去寻找夏天吗？

无可否认，你发疯的时候，人们称你为旋风、暴风、龙卷风、飓风，也有台风，也有别的什么风，你抹平一切，甚至挖地三尺，我不知道你是在表示一种恨还是一种爱，或在扫涤恶浊的时候也误伤了美好。哦，风，你还是不要过分地蛮怒吧。

这时代刮来刮去多少有色的无色的有味的无味的有声的无声的有形的无形的稀奇古怪的风。有的人在风中风华正茂，有的人在风中风流倜傥，有的人在风中风烛残年，这原本是再正常不过的。风用它的手把多少字词抓来放在它的前边后边，甚至既前边又后边，我们能去预料那数也数不清的开端、过程与结局吗？但无论如何，我承认我是仍然沉醉在烟尘滚滚灯光明灭你嘶我吼的西北风里，你用一只只手把我的心抓成苍凉，抓成粗犷，抓成无尽的黄土黄河，抓成你何时跟我走，思念到永远……

——收入思民编《中国二十世纪纯抒情散文精华》，

作家出版社 1993 年 6 月

画

远古的家居，遍地是画。

家就是画。人在画的眼中，画在人的眼中，伸手可能摸到石头、藤蔓、树根、树枝和花朵，云霞就是壁画，飞鸟就是会动的彩塑，流水七色斑斓。画就是家。

自从人类把家搬到非画的墙壁之内，壁上就需要画或挂一些人类自己模仿的自然了，此乃家居的绘画饰品。

爱默生说："人一旦造出了漂亮的房子，就要做它的主人，开始为生活忙碌起来，为它添置家什，守着它，装饰它，修理它。"（《社交与孤独》）装饰自己的居所，本来是人的天性。

我所谓的家，至今有三个地方。一个是老家，在湖北黄陂木兰山北麓的叶家垸，我住在五进的最后一进，出后门上一溜斜坡，木兰山若隐若现的青蓝紫雾就画在少年的心上了。那时堂屋里没挂什么画，过年过节，父亲搬出斑驳的铜香炉，烧一把细红的香，再叠一沓土黄的纸，祭天祭祖就在沉默的严肃中完成了。"文革"一来，印刷的画像就贴在雕花条台上方的正中，这是记忆中我们家的第一幅画。

一个家在武昌桂子山的西部，华中师大的人戏称"西北利亚"。那是80年代初，十四平方米的小屋潮湿阴冷，也分不出东南西北。浸泡在结婚的热情之中，忘了挂一张什么画片之类的东西，也许从报纸或刊物上剪下一个小方块贴在一个什么地方，也许有一阵子欣喜。日子一久，二十年前的轻雾早被西北利亚的寒风吹散了。

另一个家就是现在的海口，一所大学的围墙之内。十年前住在一幢四层楼的顶楼，据说，这是该校有史以来第一幢住宅楼，也是那时最高级的，连校长都住过。于是，我们也美滋滋地搬进去了。女主人往墙上钉东西的时候，陈年板结的黄土一坨一坨往下掉，挂什么钟、什么字、什么画的兴味也就索然了，挑一张好一点的挂历搪塞了事。人总想有个好家，但当这个家连起码的安全感都没有的时候，谁还愿意去修饰它呢。

五年前终于又搬了家，距离虽只挪了几百米，心里的海阔天空却无法计量。说实话，我对女主人不断产生怀疑。结婚之前怀疑她不会做家务，此后释疑了；看到旧屋子四壁朴朴素素和前任房东厨房里永远也洗不干净的包公脸，我怀疑她的审美格调有问题。没想到，搬家的前半年她说：

"客厅里要挂一幅画，最好是梵高的《向日葵》。"

我听了一惊："那是无价之宝，怎么弄？"

"你在武汉找个画家临摹一幅，这个学期一定要带回来。"

那时我正在武汉读总也读不完的破书。一到桂子山，找到老同学的丈夫——美术系的老师兼画家吕敦敦（他现在南非约翰内斯堡教绘画）。他让我去弄了一块夹板，几个月后，梵高的世界名画《向日葵》竟在夹板上又盛开了。画家花了许多时间和油彩，我则火车、轮船、汽车地带了一路。她看到了一个学期的期待，这回真的有些满足了，配了一个相当贵的画框，精精心心地挂在客厅的主壁上。到现在还是那么样的梵高，还是那么样的向日葵，她也还是那么样地沉浸在模仿的快乐中。那段时间，她跟梵高一样地发疯，整个人都变成了向日葵。长长的青底长裙开满黄黄的向日葵，头上别一朵大大的向日葵。这还不够，又在海口的花店和礼品店里穿来穿去，终于买了一大把绢制的向日葵，又购了一个价值不菲的陶瓶，放在电视柜上，与墙上的梵高构成呼应。

墙上的梵高不但喜欢地里的向日葵，也喜欢墙上的向日葵。他的作品有两个核心形象，一是柏树，再就是向日葵。1885年5月，他用来接待画家朋友的"黄色小屋"，整个墙壁都是用向日葵的造型装饰的。在向日葵的生命季里，有他自己的生命理想。这样，《向日葵》的创作，就绝非偶然之举了。

研究西洋美术史的迟轲说："《向日葵》用变化丰富的黄颜色和有力的笔触，表现出花朵飞动的神态和秋天成熟了的葵子饱满沉实的质感。而淡黄的背景与黄花相衬，更加强了欢快嘹亮的调子。"（《西方美术史话》）我每天相会《向日葵》，默默跟梵高心语（与梵高对话不能出声）。但我跟迟轲的感觉很不一样。它是成熟了，然而它也快老了，都垂下了头，左边的一盘业已苍黑。至于右边奋拉下的一小盘，总令我想起梵高的耳朵，那只他自己割掉的耳朵，简直是一个另类。不知怎的，面对《向日葵》，我总是感伤多于"嘹亮"。太阳永远不老，向日葵的成熟则意味着即将告别太阳。哦，千古的《向日葵》，两种生命力的苦苦鏖战就这样被注定了吗？

我们家，其他用品也有带葵花图案的，家里的我们被包围在葵花的海洋中了。如果说家庭装饰一定要有主色调，这大概就是吧。

2001 年 11 月 16 日

走　路

走路在中国有着悠久的历史。

古代的交通工具不发达，最快也不过于骑马，"一骑红尘妃子笑"，这只能是皇家的乐趣。无马无车无船的人，就只好走路了。反正大家都不着急，而出门都是山水蓝天，空气也纯洁，一抬脚就进入了天地人三者合一的氛围，因而是大大的得福了。遇着战事就麻烦些，倘若舟车都不可过，也只得走，不过是走得快一些，于是便创造了神行太保戴宗一类的人物。晚一些出来的孙猴子，一个筋斗可以翻出十万八千里，这就不是步行的理想了，而是对于走路的不满，但翻来翻去也不过在佛法无边的手掌之上，这是个象征，是不肯走路的悲哀。因为足不着地，玩的是空气，多远也是一个意念，不像脚踏实地，一步一步往前量，尺寸都是实在的，没有一个现实的手掌可以笼罩得住。

再过二百余年，西人就造出了汽车，接着就是火车与飞机。现在的人出门速度是快了，千里万里，一国两国只以小时计，但却绝无古人打店歇脚、解囊饮酒之野趣。倘使再邂逅一两个侠客，仗义行侠，劫富济贫，那岂不是三生有幸的奇遇吗？然而现在，汽车火车与飞机奔突于天地之间，金属的翅膀、橡胶与钢的轮子代替了吱吱的步行之音乐，满天满地都是噪音轰炸。温庭筠"客行悲故乡"的凄凉怅惘之情已很难寻到，板桥上自然也看不见人迹与霜痕了。披星戴月返乡里只是古老而又古老的神话，现代人的故乡都在咫尺之内，数日之遥，何以言悲？

20世纪以远，许多送别还乡的诗词都跟路和走路有关，纵使骑马骑驴也都别有情怀。云路迢迢带给人们几多的思念、惆怅、渴望、难舍难分，以至产生"恨到归时方始休"诸如此类丰富的情感。而如今的眼下，那份长亭古道、竹杖芒鞋、"行行重行行"、"山回路转不见君"的古韵也早已被火车的长笛撕破了，汽车、火车与飞机奔突于天地之间，发达了钢铁，却萎缩了筋肉，更苍白了复杂的人性。现在送人到机场，淡淡一句"再见"就了了，因为眨个眼皮他又回来了。

风景也是用脚踏出来的，不然哪有"移步换景"之说呢。双足触在沙上、泥上、水上、土上甚或石上和树上，全身的感觉与思想才可以随之活生生地调动起来，才能进入自然的细部，相息相生，得到天地万物的真髓。白居易《钱塘湖春行》：

> 孤山寺北贾亭西，水面初平云脚低。
> 几处早莺争暖树，谁家新燕啄春泥。
> 乱花渐欲迷人眼，浅草才能没马蹄。
> 最爱湖东行不足，绿杨阴里白沙堤。

这一幅行走的风景当然是靠诗人在唐朝的西湖边用双脚画下来的。对了，走路就是画画，画自然的景色于心中，于梦中，这比起坐着旅行的人来不知要平添多少创造的意味。

当代的中国人，能称得上旅行家的寥寥无几，大多成了无所事事又无所不事的忙人，用双脚去探访世之奇伟瑰怪非常之观的几至于无，旅游只不过是走走别人都走的路，看看已经在大家眼睛里热闹了许多世纪的景物，走马观花而已。有的干脆就一泻千里，看是看了不少，却没有在脑子里留下什么东西。司马迁在那种时候都说读万卷书，行万里路，"上会稽，探禹穴，窥九疑，浮于沅湘……厄困鄱薛、彭城，过梁楚以归。"今人万卷书没工夫读了，万里路也行不得了么哥？人陷入人群而不能自拔，不能时常走一走清雅纯静的自然之路，其孤陋寡闻，一身俗气就注定难以摆脱了。

走路而没有明确的目的地就是散步，是自由中的自由，乃人生一大乐事也。古人追求长寿，发现了散步对于健康的重要性。《琅嬛记》云："古之老人，饭后必散步。"民间流传的"饭后百步走，活到九十九"，大约也正是一种平民的理想。知识分子吸了不少的墨水，脑子里活动得多一些，所以，梁实秋说散步不但自由，且只有在这种时候才特别容易领略到"前不见古人，后不见来者"的味道。是不是有些夸张不得而知，但幽州台不是走而是登出来的则不在话下。

散步当然是一个人最好。走也罢，停也罢，快也罢，慢也罢，全凭兴之所至，无拘无束。抚摸一朵花，拔取一株草，或凝望天边的晚霞怎样从树隙间穿进来，镶在枯叶衰草之上，这一份落寞与残败你尽可以久久玩味，即便眼角渗出泪痕，也没有人会取笑你。18世纪中期，在巴黎的郊外，老年的卢梭每日穿过小径，于孤独的散步中溢出迷人的沉思，并为世人留下了一本用双脚和拐杖写下的传世之书《一个孤独的散步者的遐想》。这被誉为"自然之子"的思想家和作家，在散步的旅程中进行了最后的发现与创造。而康德著名的"哲学小路"，更是文化史上的一段生活传奇。在自然自由的心态中，人的思维可以纵横无羁，何况又有生动物象的触发，久而久之，要是不在散步中想出一点什么名堂那才怪呢。千万别邀一大帮人出去闹腾无辜的黄昏，嘻嘻哈哈可以驱逐苦闷，偶尔为之亦能够调剂身心，倘成为习惯，则你深刻的寂寞就会被平庸无聊给剥夺掉了。

在某一个阶段，你可能会专找某一条路线或某一个区域去散步，这证实了你一种潜意识或一种审美的选择。从你步履的快慢、神态、姿势大约还可猜出你今天的心情如何，你得到了什么或者失去了什么。再进一步，还可看出你性格的某些特征。当你发现，走在你前面的一个女孩，轻风吹动她的长裙边走边跳边唱的时候，你大概没有理由不相信，所有的舞蹈，以至不少体育项目，都是来源于散步，那艺术的走路给多少人带来赏心悦目的享受啊！

大约在汽车、火车、飞机奔突于天地之间的前夕，松尾芭蕉说人生就是旅行，或曰旅行正是人生的缩影。而我说人生就是走路更为实在一些，因为更为生活化。从哪儿走来，要走到哪儿去，虽然我们不太知道，但怎么走法，自己无论如何也还是一个主角吧。

——原载《散文百家》1995 年第 4 期

——收入小雨主编《〈读者〉隽永小品》，

延边大学出版社 2000 年 8 月

冰 纹

　　当上弦的月亮被夏夜的沉云遮住的时候，他一个人就空旷地走着。学校放假了，夜里更是一片静默，早已期待的清闲倒像又来得格外的突然。他长吁了一口气……

　　这块土地于他本来十分陌生，他的根不在这儿。他听不懂岛上的语言，三年多了，仍不能拆开一个字。他对于语言的敏觉太无力，说和听先天地迟钝，这他知道。他的肌肉他的血液，一块一块一滴一滴都被方言土语泡透了，这他知道。他不知道的是，为何一下子变得这么郁郁寡欢。好像所有的道路都变成悬崖，好像所有的清流都变成浊水，好像所有的黄鳝都变成毒蛇，好像所有的果子都变成石块。生动的笑容一凝固，离生动的射击也就不远了，这他知道。

　　到底在寻找什么呢？他似乎时常在提醒自己，又时常在麻痹自己，很可能他什么也不知道，或许一边走一边瞧，或许他根本就不断地修改着心血来潮时令他自己只要一想起就激动不已的目的地。这大约是最为真实的，人自己也不能捉摸自己，这世界上的一切变幻旋转，终点不如开头，出发即是完结，白与黑令人色盲，桃红与深红、浅蓝与深蓝、嫩绿与黛绿，都可以是白，也可以是黑，或许干脆视而不见。一张纸悬着，颜色横尸遍野，笔无毛，手无指，眼无珠。而画有声，做莽莽荒峡之闷吼。耳朵闭塞的人最快乐，有无极无限之陶然。

他的快活就在于他是一个孩子。想说即说，想做即做，从无深谋远虑，也就无所谓老谋深算了。感觉就是他的理性，就是他思维和行动的准则。他向根的诀别是那么果断，恨不得有一把锄，将根掘出来，曝晒成云间的闪电，至多不过哭出一场雨而已。凡地下的最好不要放在天上，失去泥土不会死亡，而失去深度终有一天会销声匿迹。

现在，他正敲着一扇门，他渴望有一个能听他倾诉秘密也能让他倾听秘密的人走出来，手指弹了一遍又一遍，再仔细瞧瞧，门的四周，向他张开的缝隙都漆黑无底，他再走，再敲另一扇门。灯光老远就传送着一种信息，他觉得交谈已经开始，舌面上奔涌出甜丝丝的液体。但是，当他清脆地叩问光线的主人的时候，与刚才的报答却是一模一样的，空城而已。不，也许有一个人打定在一室的明亮中，独坐无涯的空虚，这个时候，他突然意识到自杀也许很幸福。最大的幸运不能分享，最大的创痛也只能自我消受罢了。

夜，实际上已经很深了。他开始在宁静中慢慢放逐自己，用敏感的手指去抚弄那一根根断了或者正在断着的琴弦，他不必隐瞒自己的历史，那被称作感情的并让传统道德教养着可以隐藏得深不可测的历史。小学四年级时，他喜欢上一个同班的女孩。瘦净的脸，黑眼珠，红嘴唇，一副好腰身，会唱会跳，红头绳一闪一闪。他天天想着她，时时想着她。不是要抱，也不是要吻，只是千方百计设着法子拉近乎，以满足莫名其妙的激动。她的家在镇上，只要一放学，他就盯着她，恰如其分地跟在后边。她进了河边的屋子，他就在她门前的左右，磨过来磨过去，最后失望地回到家里，还有三里的山路要走呢。有时候他看着她跳进跳出，心里眼里就一阵阵地发紧发胀；她也看见过他，然而，一个同学走过这块地面不是很正常吗？她继续再蹦再跳。现在想起来，那女孩的牙齿的确有一点往外凸着，然而那一道白光却无限地令人喜爱。她并不像如今的女孩大都坐在教室的前面，他上课时因此频频回首。这引起另一个男生的嫉妒。他又瘦又长，上唇好像有一颗金牙。金牙向老师报告了另一个早熟的少年过于殷勤的暗恋。"阴谋"于是败露了，学习委员也给撤了，他从此落在残破的情绪里。他仍然走过那道门，女孩也仍然蹦着跳着，她的前天昨天和今天并没有什么不同。那个金牙的男孩呢，也一定是个早熟的暗恋者，现在他想。

小学毕业后，那女孩就走了，听说投奔了一个什么亲戚，她的全家也被遣送到乡下，从此再也没见着。而一个又一个女孩，一位又一位女性，用神异的温柔和暴戾滋润着他，陶冶着他，从翩翩少年变成一个年近四十的父亲，貌似不惑而其实还大大地惑着的男人。

一切虚伪的训诫都是道德的烟障，而一切关于爱情、友谊、家庭的警语箴言，也不过是自身经验的提升而已，只有未曾经历这些的少年人才有盲目幼稚的抄袭。

今天，他收到一封长信，那是有着重重山峦、险峻而又美丽的山峦阻隔着的远方，一个朋友，要离婚，到法院去，朋友正处在陷害、敲诈和解脱的苦楚之中，他们成了仇人，当初如何地相见恨晚，又如何地生死相依，这也是在信中可以查到的并不遥远的往事。他为朋友而痛，为自己而痛，为女人男人而痛，也为人类而痛。这无刀无枪的情仇毕竟不是太糟糕，然而心灵的磨损、腐蚀与窒息，难道比血肉的灭亡更有理由感到幸运吗？寒星一眨一眨，中国南海上的夜空，阴云被海风一层一层地撕掉了，而星星张开的细洞却越来越深邃、越明亮，有一种刺眼的迷茫，反观自我心灵的高空，一颗一颗的星星，不也很秘密地灿烂着吗？

不必再去讲述那些琐碎的故事了，比如一个女孩追求一个男孩，男孩反孤傲得不得了；比如你周围有一个美人，点头之交时，你能得到无限的安慰，一旦你说一句温情的话、写一首浪漫的诗、打一次并不算是约会的电话，反而惹得自己伤心后悔，美人也冷若冰霜；比如你碰巧与一个人互相爱着了，且结了婚，但以后所有的日子都被平庸的矛盾、无谓的争吵霸占了，你甚至向往一种可怜的孤清；比如你有几个朋友，由于你的努力，为了某一项事业闹闹哄哄，一旦你离开那个空间，他们就觊觎你，掏空你，让你尝一尝先前就植在陷阱里的暗箭；比如，还比如什么呢？比如你要捅破一层纸，划开一道网，推翻一堵墙，最后你什么也不能保持，什么也不能得到，连鲁迅先生用最多的文字雕出来的人物阿Q的精神自足，也被你自己制造的伤痕溃烂着。这悠久的花朵，我们一些人被你肥硕的果实喂养得似乎也大大地丰收了。

他走在颤抖的星群下，阴凉的海风将他的思绪一缕一缕吹散，又一缕一缕凝结，凝结成冰纹。他觉得自己就躺在冰纹的下面，全身浸在冷冽里，心也快凉了。一个巨大的水域托举着他，他有些绝望，却不便悲号。似乎许久了，透过朦胧的冰影，这时他看到了很多颜色混杂在一起的光块，有一粒一粒的气息贴着冰面在滚动，在琢磨……

那细微的碎裂之声沿着冰纹很傲慢地、不慌不忙地嘶响着……

雾　雨

今天的阳光好新鲜，太阳的香味一粒一粒从衣被上发散着。

我想起了雾。

我喜欢雾，雾不是每天都来，只在该来的时候来。譬如接近地面的水汽凝为浮在空中的水滴的时候，雾是地面上的云，在海口停驻着，从初一直到十五，自由地制造风景。雾来的时候静悄悄，美国诗人桑德堡说："雾来了，踏着小猫的脚步。"猫迟早会叫，要是在夜里，那种叫声很恐怖。雾不叫，从来不叫。有人也许在雾中晕头转向、杀人放火，其实跟雾并没有多大关系。《阳光下的罪恶》那电影你看过吗？如今几乎天天还在放映着呢。

我想起了雨。

"说实话我不喜欢雨。"这是冰心给王蒙的信，我不是贸然评价这封信，是向你推荐这句话。不喜欢雨就爱太阳，老人果然爱太阳，她还爱雪。

我在诗里两次写到雨。"一次唐突的降落 / 每一段射程 / 都充满恶意"，这是《雨》；"你把你的自由 / 泛滥地铺张"，这是《雨季》。似乎雨不是夺路的强盗便是一意孤行的君王。其实，我不是与雨为敌，不过是写一次雨，写一个雨季罢了。我在需要雨的时候也喜欢别的什么，不一定是阳光。老是下雨，老是刮风，老是落雪，老是出太阳，或者老是打霜，再或者什么也没有，受不了。幸好，老天爷还没打算与某一种气象白头偕老，且一如既往。

某一天我站在我住房的阳台上，眺望着海口，隔着空旷开阔的地带，那些很刺目的东西没有了，华丽而可望不可即的楼的轮廓没有了，悬浮的市声也似乎隐匿了。雾看来很重，很有质量，把一切数上去很毛糙很昂贵又近在咫尺遥不可及的东西包裹得如此令人兴奋。雨看来很轻很亲，斜斜地射在我脚上，我衣上，我脸上，凉而热。我用手去握，握到雨，没有握到雾。但我在握雨的时候也听到了一种东西，那是我小时候的故乡，那是我故乡的少年，少年里的母亲，母亲的叮嘱。

又是雨又是雾的日子里，母亲的话语句句是雨，又凉又热，我去握，像现在一样，又凉又热。我握到了多少呢？朝前走了许多的路，像现在一样，又是雾又是雨，然而在潮湿的手缝里我遗落了母亲的遗言。她现在，以她四十九岁的青春躺在故土的湿墓中，她能看到我努力去握那又凉又热的雨吗？"听听，那冷雨。看看，那冷雨。嗅嗅闻闻，那冷雨。舔舔吧，那冷雨。"雨，该是千滴万滴湿漉漉的灵魂。雾，该是千缕万缕凉飕飕的幽思。余光中的雨，敲出了也滴出了多少乡愁的音乐！又是雨又是雾，我伸手去握，我终于握到了一种来自另一个国度的声音，也是下雨，也是下雾，母亲啊，你又凉又热的叮咛，永是我灿烂燃烧中凉丝丝的警钟，有了它，我能在雨雾中擎住一盏并不敲响的灯。

下雾好，下雨也好。设若又下雾又下雨，雨中带雾雾中带雨，那感觉就更好。

一个傍晚，雨小了些，雾却愈来愈浓，走在路上，我没有带伞，我希望逢着，一个丁香一样地裹着浓雾的姑娘，然而没有。行人很少，我感到我在努力抛却什么，青蒙蒙的灯光中，灰白的雨滴从上方穿下来，穿成一个一个的洞，似乎觉得，那种带香味的阳光一粒一粒也跟着植进去，我为能在潮湿的海岸上感到一片洞穿而兴奋，不远处的城市在几盏碘钨灯下如同海市蜃楼，幻景在很多时候的确是美的，雾能涂抹，也能遮盖；能断送，也能制造，无中生有，变化万千，这是最为难得的品质。

　　一个青年女诗人，她特别畏寒，常穿四件毛衣，仍冷得像鲁迅笔下极小的瑟缩的粉红花。但她说，她喜欢这雾雨，这绝不是叶公好龙，和我一样。

吴刚伐桂

人人心中都有一个月亮，但并不是人人心中都有一个吴刚。

周而复始的节奏使人们趋向安定，缺而又圆的结局使人们笃信美满。那一团时而娇小时而丰硕时而洁白时而润黄的温馨，连母亲子宫里的胎儿都能受到感动。

很多人差不多忘记了吴刚，更不清楚他如何伐桂的故事。

唐人段成式在《酉阳杂俎》的《天咫》篇中有一简略记载曰："旧言月中有桂，有蟾蜍。故异书言月桂高百丈，下有一人常斫之。树创随合。人姓吴名刚，西河人。学仙有过，谪令伐树。"

旧言，可能指民间神话传说。最古的神话是说羿射掉了九个太阳，得罪了天帝，不但羿不能重返天庭，其妻嫦娥亦受累。夫妻不和，嫦娥信了有黄吉卜，一人吞下羿在西王母那里讨得的仙药，长生不死而奔月宫，随即变为蟾蜍（后来的传说，嫦娥升到月宫中并未变成蟾蜍）。可以看出，这则神话与仙话合而为一了。

月中有桂树的说法恐怕要晚得多，汉朝人郭宽将月宫称为广寒宫，不仅言空间之大，且言季节的恒常。秋来则凉，有桂就是自然的了。又道家喜称特异的动植物为"仙客"云，以比之仙人，其中就有桂花的金黄奇香。桂高五百丈，当然是仙树了。"月桂"者，或桂色如月，或月中之桂也，相信都与汉以后道教的成家立派有关。

西河乃古地名，宋人蔡沈《书集传》曰"谓之西河者，主冀都而言也"。又《辞源》载，吴刚"传说汉西河人"。汉以前的"冀"与"西河"，广被河北、山西、辽宁西部及陕西东南部与河南北部，张角（生于河北）的太平道创建与活动就在该地区，数十万弟子曾席卷华北；五斗米道始祖张陵之孙张鲁，亦曾自立汉中，权倾一时。说吴刚出于西河，绝非偶然，是为道教信徒之无疑。这样才有了"学仙有过"之说。学仙无非是修炼，以求长生不死。何以有过？难焉其详，或半途而废，私吞金丹；或不守房中之术；甚或怀疑人根本不可能得道成仙等，皆可猜，而后者更可能是吴刚被迫伐树的真正理由。"谪"字颇值咀嚼。综词典释义，一是指古时把高级官吏降职并调往边外地方做官；二是指神仙受罚降到人间。由此可判定，吴刚不是一般的徒众，而是仙官，有相当高的爵位，但如何不发落蛮夷之所，反而从平地到了天上，由凡人而真正谪而成仙呢？这不得不颇费思量。希腊神话中的西西弗，是一个骗子或惯贼，狡猾的科林斯国王，由于他违背诸神的旨意，罚他在地狱把巨石推到山上，巨石将到山顶时，由于自身的重量又滚落下来，西西弗只得重新再推，如此永无休止。有人说，吴刚就是中国的西西弗，这不无道理。但崇奉基督教的人接受原罪意识，无论何人，在上帝面前人人平等。西西弗下地狱推石，吴刚却颇受优待，到月宫伐桂，这是相当不同的。吴刚得以登月，窃以为仍受爵位之福，无论怎么"谪"，总也不同于平民弟子，这是官场的通则，道教难免。又月号广寒，何其缥缈，意为贬谪之地，可通。《左传》的《郑伯克段于鄢》，庄公用颍考叔之计，掘地及泉，隧而见母，可说早有先例。再者，哪位道君、真人请动了元始天尊，将吴刚打入月宫，大约也不在一棍子打死，而旨在感化。因世上无真有得道成仙处和得道成仙者，三神山也不过海市蜃楼罢了。月宫则有仙女嫦娥，有仙树月桂，甚或还有捣药的仙兔，吴刚久居仙境，必能同化，从而幡然悔悟。相信苦修苦练终能羽化登仙，这岂不是对万千徒众的典型教化吗？

"谪令"证实了无边的权力，吴刚挥动大斧砍树，就像西西弗被永罚推石一样，无可抵抗。这是一种共同的命运，不可诉说。但为什么西方人历来重视西西弗的命运，而中国人忘却了吴刚的无奈呢？如同文人不能相重一样，同病也不能相怜。吴刚的妥协、屈从、忍耐，以及无尽的苦役，只不过是人间奴化的一个翻版，没有什么可惊奇的。人们自我的境遇、命数都顾及不了，把握不了，哪还顾得了天上的祖先。中国人从来重视现实情景，关怀当下利益，渴望将会到来的幸福。遥远月宫的苦难故事，还是遗忘得越干净越好，不能作为我们现实生活的象征，否则，脆弱而侥幸的心灵更加难以承受。

加缪看到西西弗知道了自己的不幸，却又以坚定的步伐走向苦难的时候，感动了，他赞美西西弗"超出了他自己的命运，他比他搬动的巨石还要坚硬"。加缪满有信心地评价道："他爬上山顶所要进行的斗争本身就足以使一个人心里感到充实。应该认为，西西弗是幸福的。"在苦难的过程中感受幸福，加缪的观点代表了西方人的幸福观。但中国的文献中似乎没有人感慨吴刚是幸福的，他不过是个罪有应得的孤独的流放者（他的罪说不定正是他勇敢的反叛），他用苦役报答命令同时也用苦役赎回罪恶，幸福何言？中国人的幸福观从来是与苦难对立的，幸福不是包孕在不幸之中，而是出现在彻底摆脱不幸之后。有了平坦的道路、骄人的事业、富足的资财、和谐的人伦、崇高的地位等等。这种幸福是可以周全地计划，不可以周全地实现的；甚至一生坎坷，与幸福无缘。这时感叹悲歌，穷途末路，生不逢时，流水落花，一股脑儿就都泻将出来了。古诗古文更是载不胜载，读不胜读。曹孟德曰："对酒当歌，人生几何？譬如朝露，去日苦多。"李白曰："抽刀断水水更流，举杯消愁愁更愁。人生在世不称意，明朝散发弄扁舟。"李煜曰："多少恨，昨夜梦魂中。""问君能有几多愁，恰似一江春水向东流。"其实他们都有丰富的经历，甚至辉煌的功业，是大可不必苦，不必愁的。中国人瞬间的苦痛可以盖过一世的苦痛。听听刘禹锡旷世的反传统之歌吧："自古逢秋悲寂寥，我言秋日胜春朝。晴空一鹤排云上，便引诗情到碧霄。"可惜，他的反传统并没能成为我们民族追求幸福的传统，只有几根断弦哑笛历代不绝如缕……

　　无奈的吴刚很可能就是一个燕赵豪杰，他足智多谋，力大无比，仙骨铮铮，但夜以继日，咔嚓、咔嚓、咔嚓……不得不伐树。尽管是桂树，尽管是仙树。正是这一点，决定了他不可理论的遭遇："创"而在"伐"，"合"而在"随"。任你多少努力，多少血汗，桂树总回复到原初状态。这是吴刚悲剧命运的致命伤，希望与现实的永恒矛盾，人与神与仙的永久距离。五百丈与五丈，不停地砍又不停地合，调和这一对立的只有传说中的空间与时间，无边无际，永留月心。

　　被宇宙各种神奇的力量所左右，人的命运是不好自我决定的，但可以自我抉择。即便不好抉择，还可以自我体验、思考与评价，这就是万物之灵的骄傲。吴刚在千年伐桂中获得了对于苦难与永罚的终极认识，但他没有自弃，包括意志与生命。在周而复始的苦役中，他渐渐得到了生活的勇气与乐趣。一斧一个创口，这是破坏，也是创造，是意志与力量的显现，是永不屈从和妥协的明证。任桂树何等神圣，它每天也有忍受和让步。况且，还有桂花与木屑的清香、令人陶醉的节奏、心灵的悸动——对美丽绝伦的嫦娥的单相思，对于幻想的继续怀疑——白兔真的还想捣出长生不老的药吗，还有浩瀚的宇宙与个体的关联……在月起月落的轮回中，吴刚懂得了沉思孤独和苦难，人会变得更有价值，也更不可战胜！

地上的人惯于苦中作乐，人们总把幸福当作聊以自慰的东西；天上的吴刚却以苦为乐，在永劫中留得永恒。为了一己幸福而去寻找或回避什么，这是自我的；为了不可回避的命运而去经历、去体验，这是自在的。自在的幸福值得高尚；自我的幸福，虽然不能嗤之以鼻，也的确是太小气，太不值得钦佩了。

余光中在《伐桂的前夕》中写道：

　　凡有根的都躲不掉斧斤。
　　月桂树啊，这是你最后的一次清芬！

　　地上的桂树千万株，皆应声而倒。
　　天上的桂树只一棵，总也伐不完。

——原载《散文百家》1995年第11期

——收入海南省作家协会编《南方写作（1988—1998）

散文卷》，海南出版社1998年4月

投　降

那天，我走在一条路上，突然出现了一根横木，黑而粗大，毫无道理，只得拐向另一条路。

另一条路又竖了一块木牌，鸡爪影子似的文字，前方是百米长的水坑。回头又回头的时候，我回到了出发的地方。其实，比出发时的心情糟糕很多。

这是一种失败，没有见证的失败，被阻截的欲望，被局囿的前进，被捉弄的自信。人在途程的一点焦躁上立着，最后被逼退到冰冷的座椅上，享受无可奈何的酷热中的一丝微凉，不是寂静，更不是寂化，如果是就好了。回想许多年来的逼退感觉，总像自己丢掉了一把长刀，从口袋里掏出早就预备好的白旗，体验着投降的羞辱。

年轻的时候渴望战争，不管它在洼地还是在山头。嘹亮的军号、沸腾的激情、纷飞的炮火，还有身不由己与英雄主义，仇恨与一无所知，血肉的朦胧与人性的疯狂。至少在想象中打了无数的仗，扣动了无数次扳机，杀了数也数不清的人。敌人，无缘无故的人。还有少年的伙伴，甚至自己的父亲。

血气方刚的日子，连报仇的方式都不一样。要是身怀绝技就好了，来一双铜锤，一把朴刀，就是扈三娘的绳套也极神气。总之，哪怕是受了欺侮，心里从不服输。看到练拳耍腿的人，总想拜人为师，不成，就买下简易的读本，暗读暗练，盼望有一日遇上强霸之人，能痛快地出一口鸟气。可以说，少年时吃过亏，但从不投降，不知道那种被迫的认输是何等滋味。这股德性放到现在，横木跨过去了，水也蹚过去了！约束、规矩、强盗逻辑都不用去理睬。年轻就是放纵，就是大胆，就可以仗着不懂事而无所顾忌！

小孩子总喜欢穿大鞋，然而长大了总有小鞋子在等着。成长并不全是美事，成熟则意味深长。接受与丧失交替着整个过程，让你一喜一忧，一成一败，一歌一哭。如果你不想变成野人，不想特立独行而变成众矢之的的精神病，你就要接受一行一道一条一款的种种规则，被几十年、几百年，甚至几千年的大人们、祖先们以种种口吻重复过的话语。叫入流也好，叫成熟也好，反正是把实实在在活蹦乱跳而又织满奇思异想的自我交给了一个叫大众的人。

把少年交给了青年，再交给中年的时候，你就开始发现，追求的前提是接受，成功的代价是丧失。而丧失掉的物理的含金量，大大超过你成功的获得的时候，你就会自觉不自觉地去翻检那些前提，那些一行一道一条一款话语的质量与真实性。你发现翻越的不是山岭，是栅栏，不是翻到了栅栏外，而是翻到栅栏里面去了。外面的空间很小，而里面的空间很大，只要你顺着标牌走，一种可能是平平庸庸，却绝对一路平安，让快乐充满心间。然而，当你发现太快乐，太完好无损又同时太与人一模一样的时候，会时有丧失的隐隐痛感。

一种可能就是在保护下有所收获，但有朝一日你突然发现，栅栏外的山峰更高，河川更美，麦穗更大，你就会提出一个甚至很多个"假如"，首先一个假如就是当初不翻越到栅栏的广阔天地中呢？丧失的还会那么多吗？那么重要吗？那么会触及灵魂的原乡吗？

这个时候再反抗，与大众也与自己，已经来不及了。尴尬一词用在此时此刻最准确不过了，说明你是从汉语的语境里熏陶出来的，你对许多无言的东西可以心领神会，也可以心驰神往了。我们对成功一词赋予了太多的激情和美誉，成功的确是容易昏头的，事实上，它是无数接受、忍受、不堪忍受的代名词，甚至可以说就是失败的同义词，是丧失的同位语。只不过，我们不习惯接受这个同位语罢了。成功的的确确在有的时候是最大的失败，倘若成功的喜悦仍在勾引你，又倘若你实在发现了丧失，且无能为力，我们所能做的，就只有投降了。

向谁投降？首先是自己，然后才是大栅栏，一望无际的平原、大道、规则和话语，向有所金黄的秋天。心灵的投降并不像战场上的做得那么彻底，那么形式化，尤其是读过一些书册的人。投降之前、之中以至于之后，都会有搏斗、有挣扎，对自己，也对自己以外。其程度和方式当然会有不同，无所适从的时候就尴尬，以至于可笑、可恨。如果投降与物质的概念联系起来，那就难免可鄙了。这个时刻分不清对象，但如果有一把左轮，首先要暗杀的就是自己，那个幕后的藏得深不可测的实在，血红之背的黑暗，梦境之中的梦境。当然，如果借用法国作家莫泊桑描写修女满脸麻子（那是她胸中上帝的孔洞）用过的机关枪，来那么一排近距离的扫射，更是无比的痛快了！

事实上，我们心灵的投降在现时代从不受到惩罚，是只可意会不可言传的东西，人人不便觉察又人人无不欢迎的东西。说它是时代病，不如说它是我们时代最奇妙的举动，可名之曰"心理投降主义"。从投降的内容及类型来讲，那真是举不胜举了，最可怕的，是"降"在心里的无意识的历史惯性；然后是文化、道德、政治、哲学、经济学各种观念的萎缩；然后是婚姻、职业、人事、爱好和生活方式等各种因素的牵制；最后是一件又一件具体的琐事，不得不改变主见和方法的被胁与被迫。不愿的、不屑的、不耻的，最后都不得不去涉足，不得不去做成。投降，虽然可笑，但被手段和环境的技巧掩盖着；而冠冕堂皇的目的与目标，却可昭然若揭于大庭广众，这就是团体与个人心理投降主义得以一个一个胜利完成的在场和语境，我们无可逃避的每一项"进步"的光荣。

千万别误会，投降不是谅解，更不是宽容，而是十全十美的妥协与交易，黑市上的，黑道上的。从这一个意义说，心理投降主义的双方或几方都没有胜利者。哪怕是权势显赫的人，让别人投降的时候，他们自己也做了俘虏，他可能拥有辉煌的战利品，但原则、信仰、人格与价值，统统变成了秋天的荷花淀，一片白旗的汪洋。

倘若端一壶咖啡，坐在月夜旷野里一泓清流中的大石上，追问自己可曾投降、何处投降、以何投降以及何以投降，毋庸隐讳，我们都可以写出一本新的《忏悔录》，比卢梭更广阔，更深沉，更有现代性，也更有精神价值的忏悔录。在世界一片清辉的夜半，你会发现，无须羡慕别人的成功和胜利，那也许是投降换来的，说不定还是无数次投降又投降的结晶；也无须沮丧自我的挫折和失败，这也许是你去了一次灵魂的原乡，做了梦幻般曲折的旅行，你做了一回真正的人，又回到了无所畏葸的刚强的少年，你拒绝了投降，你成功了。这成功在白日的红尘中找不到，但在辽阔的宇宙月夜的辉映中，清流激石，与你一同歌唱……

可能会听到窃窃的嘲笑，但人们不难发现，有些惯于嘲笑失败的人，多半是惯于投降的部落，他们乐于屈辱的胜利，却并不在乎丧失了什么。

1995 年 8 月 18 日

——原载《散文百家》1995 年第 11 期

——收入小雨主编《〈读者〉隽永小品》，

延边大学出版社 2000 年 8 月

忆文超

我和程文超都是"文革"的直接受害者。

给本科生上课，说起我的大学时代，他们一片茫然。这不奇怪，因为他们还没出生。

1976年10月，我们一块踏进了位于武汉桂子山的华中师范学院（80年代中期改为教育部直属的重点师范大学），入读中文系。

我从黄陂来。黄陂当时作为一个县，属孝感专区，现在是武汉的一个行政区。文超从大悟来，大悟是孝感的一个县。听他说过，他们家那时住在一个镇上，父亲好像是中学教师。其余的，不太知道。我们的家乡都在武汉的东北面，文超回家有三条路线，而坐长途汽车穿过木兰山北麓姚家集镇（我家离镇只有一公里路程），是最直最快的一条。从我们镇到他家，大约只有十公里了。

但同学三年，我们没有在这条路上同过一次车，更没有机会到各自的家里互访。这是非常遗憾的。

不过我们有缘分。开学不久，我和四班的七个同学分住在中区五栋二楼靠北的一间寝室，文超是其中一员。我则离开了六班的大群体，像一只独飞的孤雁。

他那时真是意气风发，脸形稍宽而略内收，嘴唇微小，眼睛炯炯有神，头发黑柔且自然卷曲。起初，我特佩服他普通话说得好，简直就是伶牙俐齿。开学第一次大型活动，指导员让各班出节目，全年级一百六十多人有歌出歌，有诗出诗，还可演讲。记得他是做的讲演，不用稿子，一口略带卷舌的普通话大方清晰，且说得有条有理。我紧张得不得了，因为接下来就是我朗诵自己写的一首诗。我还不会普通话，前面也没有一个人讲方言。指导员宣布我上台的时候，我差不多已经一身汗了。

"东风吹，百花开……"我一开口，立刻招来哄堂大笑！武汉人说方言的笑话，多半是用黄陂话来开心的，且段子很多。现在居然有个黄陂人主动在台上献丑，且朗诵有政治意味的一首诗，自然是笑得满室如雷。一直到我朗读完了，人下台坐定了，笑声还未歇倒。

回到宿舍，室友们自然是旧笑重提，一个个仍然是前仰后合。文超也笑了，不过他看到我颇有尴尬之色，帮我打了圆场。他的意思是：其实我们大家的普通话说得都不好，只是我的黄陂话太有特点了，云云。师范大学的学生，将来要做老师的，不会讲普通话当然不好。在我的整个大学时代甚至到如今，我那次的方言朗诵一直被记载进了同学录里，抹也抹不掉。

我们的大学生活只有三年，又紧凑，又急迫。那是个百废待兴的时代，在我的印象里，除了学习，没有别的。生源来自四面八方，年龄的差距，可分出父子或父女。不幸的是，有那么四五个人，渐渐成为年级的所谓尖子。文超不用说了，在中文、外语（我们年级没开外语课，他自学）、文艺各方面表现优异。我因在上学前就有诗歌、散文和新闻作品发表，大学里又疯狂写诗，也就忝列其中。

这就招来一些莫名其妙的嫉恨，偶尔会有人旁敲侧击，赞许你的时候可能话中有话。我统统不管，看不完的书，写不完的文章，没空计较那些。最后一年的3月，全校举办一次有史以来规模最大的文学征文奖。五四青年节那天颁奖了，我写的散文《在图书馆里》，获得了三个一等奖中的一个，得到一台两波段的长江牌收音机。我们年级只有我一人获三等以上奖项，这让少数同学又不舒服了。不久，年级劳动，在操场旁的一个山坡下挖土，挑到数百米之外去填一个水坑。有一个当过兵的大块头同学突然向我发难，找莫须有的理由让我在大庭广众之下难堪。我们班有位班干部，也只是装模作样劝了劝，因为嘴角里透出了一丝暗藏的笑容。文超这时放下担子，将那位大个子拉到一边，说了半天话。回来又对我安抚了一会儿，这场风波才算平息了。

我们同在一室相处三年，毕业了，我们俩作为助教一同留校（另外还有一位孙同学也留校做助教），从未发生任何矛盾，也没有结成乡党，向任何人发起攻击。我们俩，多少有些惺惺惜惺惺的味道。毕业后二十五年，我们见面的机会虽不多，但这种情感一直深藏着。当然，文超不是特殊待我，他待所有的同学都是一样的。

我们那个年级，由于特殊原因，学校没有开设外语课。这对我一生造成至关重要的影响。我后来花了很多时间学英文、学日文，但效果不佳，这与我的方言情结也许有些关系。文超是我们三个留校生里继续深造的先锋，留校后不久，他就考上了当代文学硕士研究生。之后又考上北京大学博士研究生，导师是著名诗评家谢冕教授。其间，他到美国留学，并将夫人和女儿也带到伯克利，度过了90年代初期最顺利而辉煌的两年。他意志坚定，目标明确，从来不改变自己认定的方向。但他付出的艰辛，是我们难以想象的。身患重病十余年，而重要的几部著作，几乎都是在与病魔做殊死搏斗中写成的。谢冕教授说"他站立着，进行了常人难以忍受的悲绝顽健的苦斗"，"仅就现在集录的八卷文集来看，他的生命的点点滴滴已是超负荷地化作了精美睿智的文字。这点点滴滴都是血汗凝成！"知子莫若父，知生莫若师。八卷文集名曰"程文超文存"，2009年由中国社会科学出版社出版。谢冕教授又评论"他不仅能从细微处见深刻，又能从总体上把握文学的历史走向"，应该是十分剀切了。

　　1988年底，我从华中师范大学调到海南师范学院；2002年夏天，我又从海师被引进同济大学。2000年，我寄了一部《两岸四地百年散文纵横论》的论文集给文超，他当即回信，要给我写评论。他正在化疗，我不忍心，写信婉谢了他。但这里面还藏了我的一个私心：待人民文学出版社的书出来后，我还是想听听他的高见。2002年8月，我从上海寄给他《用生命拥抱文化——中华20世纪学者散文的文化精神》，他于9月5日复信说：

　　　　这本大著的档次很高，出版社的档次，设计的档次，更有内容的档次，都是一流的，我很喜欢。真佩服你的才华和精力，做了那么多事儿，太了不起了！

　　中国当代知识分子真的太苦了，尤其像我们这一辈，小时生活艰苦，历经"文革"磨难，连受一般教育的权利也被剥夺了不少；后来再奋斗，付出的努力要加倍，甚至是生命的代价。这对国家、对家庭、对个人，都是惨重的损失。他的身体越来越差，上帝留给他的时间也不多了，他自己要做的大事也是掐着指头算，但他对老同学的关心与鼓励一如既往，对老同学取得的一点点进步也是赞赏有加。

大约在 2003 年暑假，我到暨南大学开会，特意渡江专访文超同学，他和太太、女儿一同邀我到中山大学食堂的一个包间午餐。他那时稍有起色，但头部和脸颊其实已变形了，我心里隐隐作痛。不过他仍谈笑风生，谈他的学生、课程与论文，一点悲伤或自暴自弃的情绪也觉察不到。如今展读他的手札，惭愧、追忆、思念，都一言难尽。即使在他重病缠身的时候，他特有的笔迹又执着、又苍劲，一股从不向死亡低头的倔强尽藏在一笔一画里！

我想，这是老同学对老同学留下的不朽精神遗产吧。

2023 年 1 月 20 日修订于上海

——原载《羊城晚报》2023 年 1 月 31 日

足球的童话

> 光荣的荆棘路看起来像环绕着地球的一条灿煌的光带，只有幸运的人才被送到这条带上行走。
>
> ——安徒生

拉丁谚语说：胡子是智慧的象征。

中国谚语说：嘴巴无毛，办事不牢。

丹麦谚语说：如果胡子能说明一切，那山羊就可以当先生了。

童话的胡子，意大利在 16 世纪就长起来了。之后法国、德国、英国的美髯又长又飘动。19 世纪初，丹麦人安徒生出生，这个鞋匠的儿子，这个贫民区的苦童，在艰难的挣扎之后，用《小克劳斯和大克劳斯》《海的女儿》《皇帝的新装》《幸运的套鞋》《夜莺》《丑小鸭》《卖火柴的小女孩》《甲虫》《冰姑娘》等举世无双的艺术童话的亮刃，将一头一头山羊的老胡须剃得十分凄凉。

之前没有安徒生，之后也没有安徒生。但是我们看到了安德森、尼尔森、拉尔森、奥尔森、杰森、波夫尔森和克里斯滕森。这些生机勃勃、生龙活虎、杀气腾腾的足球陌生客，创造了一部90年代整体足球的童话。

老资格的足球的银胡，一根一根纷纷掉落……

足球在旋转，地球在旋转，星球在旋转。

一个本是被遗落的看客，一个等着享用机会的替补队，打出小组，打出半决赛，再打进决赛，像巨热的陨石一颗一颗飞进本是沸腾的人海。

足球在旋转，地球在旋转，星球在旋转。

旋转中，有人落泪，有人大笑。

遗憾裹着遗憾，狂欢搂着狂欢。

一定还有冠军队被挤在八强之外。

足球充满着机运。

倘若南斯拉夫不被制裁，倘若施梅赫尔漏掉了巴斯滕的点球，倘若皮尔斯的劲射不是把球弹到门外，倘若不是落水的苏格兰突发神威连灌独联体三元，所有的结局都会改写。

机运把人托向幸福的顶峰，也把人抛到苦痛的深渊……

机运在哪一秒钟对你突然放松警惕，谁也不知道。

不管怎么说，机运只存在于动作之中，存在于旋转之中，存在于不竭的渴望之中。一个熟睡的人，机运只是做梦或者不做梦，做好梦或者做坏梦，被人暗算或者不被人暗算，被流弹打死或者不被流弹打死。

机运总是以偶然的形态表现出来，而偶然是时间对过程的一种戏剧性凝聚，不是逻辑的结论。

杰出的童话，总是被创造出来的。

丹麦队称霸欧洲（也可说称霸世界），实在大出特出人们的意料之外。

在小组里挤掉英、法，已经寒流滚滚了，许多内行都摇头，至于一门心思把宝押在法、荷、英、德身上的球迷，失望、悲恸与诅咒之情无法形容。

直至决赛，仍没有多少人看好丹麦，以为德国人会成为"双料冠军"。

丹麦人自己呢，一直以弱者的姿态出现，强者因此纷纷落马。

以弱胜强，以柔克刚，这被中国人奉行了几千年的生活之道，有人看不懂，有人遗忘了。

当今的比赛，没有哪一种比足球更迷人。

它既是集体的，也是个人的；既是幕前的，也是幕后的；既是力量的，也是战略的；既是心理的，也是体质的；既是公开的，也是秘密的；既是球员的，也是球迷的；既是水平的，也是运气的；既是民族的，也是世界的；既是悲剧的，也是喜剧的；既是残酷的，也是人道的。

同样奔跑在球场上，有人踢得灿烂辉煌，有人踢得一败涂地。

英雄狗熊都被足球塑造着。

有起哄的球迷，有好玩的球迷，有流氓球迷，有老实球迷，有外行球迷，有艺术球迷，有专门赌博的球迷，还有足球高于一切的球迷。

那些铁杆球迷，是足球最好的朋友。或一气呵成，直挖台脚；或半夜三更，翻身下床；或四处游说，为球员辩护。热情、好奇与冲动，解释着生命的活力。

如果看足球赛是观赏社会与人生，那么，看看足球赛的球迷，何不也是观赏人生与社会？

有人为足球而死。

不管多么年轻，这的确是一种幸福的死法。被欢乐的迷狂而埋葬，灵魂永远是欢乐的。

愿你做梦也骑着足球。

我听见了一首歌：男儿不踢球，白来世上走；女儿会踢球，青春更风流。

足球是男子汉最好的职业，不在于有球迷，不在于有金钱，也不在于胸前开放的鲜花，在于令人迷醉的滚动、滚动、滚动……灵感、激情、力量、智慧和天分随之汩汩而出……

在跑动中还不能充分表现自我的人，在走动中就会丧失自我。

没有比足球迷更多的球迷了。

西尔维奥·贝卢斯科尼说：绿茵场再现了生命的征战，这是一种生活的隐喻。

贝卢斯科尼是 AC 米兰俱乐部的主席，大足球迷。

一个球队不怕没有球星，只怕绝少的天才加上众多的庸才。要是这样，庸才比天才可能更受到重用。

丹麦队没有贝利，没有普拉蒂尼，没有马拉多纳，但他们的速度、准确与默契是超群出众的。

决赛中，我总也忘不了18号，没有名气的维尔福特，冲破两名队员的左右夹击，面对伊尔格纳的严阵以待，用左脚射去多刁多妙的一球！在寡不敌众的清醒的搏斗中，德国队——这个老牌劲旅，竟被彻底断送了。

这是一篇神奇的童话，世界级球星也不敢吹牛说：我就写得出。

无牵无挂的人最能表现顽强的英勇。

登上总统的座机，踏下鲜红的地毯，凯旋的球员受到了最高的礼遇。

与其说国家在尊敬他们，不如说，他们赢得了国家的尊敬。

足球从来就不只是足球。

复出的马拉多纳说：我宁可把足球扔进大海，也不替那不勒斯踢球！

球是圆的，球场是长的，心却要是方的。

说到裁判员。

有执法如山者，却慈颜常在，令人如沐春风，此乃大将风度也；

有误判错判者，却如木如泥，令人心肌梗死，此乃小家小气也。

生活的足球场上，掏几张黄牌倒架得住，千万别乱掏红牌！

欧洲杯没有掏红牌。

在意大利，球星的转会费是相当高的。著名球星的转会费，对于我们这些类似穷光蛋的人来说，是天文，是童话。

不是收买，是网罗；不是网罗，是人才的争夺战。意大利因此成为球星的银河，足球童话的天堂。

人才的价值也可以用金钱来衡量。

足球的路并非像绿茵之地那么平坦，那么一片生机勃然。

拥有足球的人，就是拥有辛酸、拥有痛苦、拥有血泪，也拥有青春的人。

对了，用安徒生的话说，它是一条光荣的荆棘路，绕着足球，绕着地球，绕着星球，只要你能穿上"幸运的套鞋"，你就可能奔驰在灿烂的童话之中。

——收入霍宝珍主编《海南建省 5 周年文学丛书·散文卷·椰风起时》，南海出版公司 1993 年 3 月

逃离与回归

地球之上，心灵的疆域无以丈量。每颗心都是浩茫灵宙中的一个星体，不断运动，不断演化，在故土与他乡。

常常有逃离的欲望。环境的压力，违心的选择，无奈的状态，时世的转换，希望的引诱，爱情的召唤，自我的怀疑，还有无手之手无声之声的挥动与呢喃……但逃离什么？逃向哪里？如何逃法？常常说不清楚。

我只感觉到，逃离是挣脱此在而对于彼在的寻找。此在是实有的生活，真切的感受，甚至是欲望的围城；而彼在很朦胧，很虚无，甚至不可知，是任何人都无法回答的"哪里"。但寻找的意志一冲动，"哪里"好像就在那里，"在梦里见过你"……

西班牙哲学家加塞尔不同一般地指出：

> 在生命的过程中，先行的不是昨天和今天！生命这种活动是以明天为先导的……生命始于未来。

促使也好，迫使也罢，实际的叛逃总该有未来的盼、有意志的叛，最后才有脚下的逃，这过程也可以说是从时间的磨损到心灵的抉择再到空间的错变。人的空间与心间的位移，也许就是再生的开始，至少提供了激发活力的机缘。"树挪死，人挪活"，这少说也是一部分中国人自古以来克服此在困窘的一种观念。

但逃远了，逃久了，逃错了，甚至逃得太好了，又常常羞羞怯怯半遮半掩大大方方地收缩，向逃离时的空间做程度不同的撤退。

不，应该是回归。

旧时逃离最多的就是婚姻。幽深的家庭、伦理、婚姻观念将社会扭结成一个大囚牢，看管的与坐监的已被幕后之手排定了。于是，青年们就逃，就流浪，在四顾茫然中寻找自己的自由，在梦幻的自由中享受爱情与性爱的美丽、激情与幸福。梦破了，理想缺损生活无着落走投无路了，不少人又披星戴月蹒蹒跚跚地走向大家庭……

逃离灾荒，逃离战乱，逃离骗局、欺压与罪恶。这种完全被迫的叛，被迫的逃，逃时凄凄，归时戚戚，其悲其恸自不待言。即使是和平宁静的时代，太传统太陈旧的故乡也煽动一些儿女逃离自己而让叶落归根的渴望一辈子纠缠游子的心田。

平时不被陌生人发现却很难瞒过朋友感觉的过激言辞或举动，也是叛逆，也是逃离。反抗自我压抑，反抗规规矩矩遵循了许多年有朝一日忽然顿悟这正是多少熄灭了更多自我的秩序，谨小慎微的人瞬间又回到原初状态。他不敢与当下利益有太明显的摩擦，否则就会失去。那太可惜，也使不得也。除非喝了酒，又过了量，把滚滚红尘的理性暂时抛到现实的疆域之外。

真正称得上悲剧美的自我毁灭，是彻底的叛逃也是彻底的回归，起点和终点都在崇高的终极价值上——一个文化角色的文化生命理想。但此类叛意与归心是大时代、大价值、大气概所合成的大悲壮，学不来也挥不去，是茫茫灵宙赋予某一个灵象的定数。当代中国，这般血性男女越来越少了。

逃离不是投降，也不是胜利，比投降或者胜利都要复杂得多。斯宾诺莎曾说：

> 在一个自由人那里适时的逃避比起战斗来需要同样强大的意志力量。

但我说的逃离本身就是战斗，一场战争。敌人不是别一个，是此在中的自我，是从此在过渡到彼在的自我，是无数个维度中重新结构的自由也不自由的自我。在叛逃所需的重新结构中，我改造了自己，战胜了自己，或许还彻底打倒了自己，让新我涅槃而出。叛逃与逃离并不是到彼在去摘取现成的幸福，幸福不存在于无我的创构中。把希望完全寄托在上帝或他人身上的叛逃，那人根本就找不着自己的精神家园，不只是物理的空间，情绪的空间。

有一个20世纪备受推崇的哲学家说过这样的话：

> 唯有许久以来一直在他乡流浪，备尝漫游的艰辛，又在异乡领悟到故乡，而返乡最玄奥最美丽之处就是对极乐本源的接近。

这人是海德格尔。如果极乐是彼在的精神家园，如果故乡不仅仅是车轮的目的地，这般浪迹与归根的描述当然是极有意义的。

回归是灵宙中万千灵象的自然律，是生命成长的节奏。人类生命的全部意义就是在逃离和回归之间寻求平衡，也是在逃离和回归的旅途中完成和实现的。太坏太好了会逃，太平庸太辉煌了也逃，而回归的动机与理由也许更多，更奥妙。不断地叛逆与逃离，又不断地回收与复归，情感与智慧在非平静的时空中产生了张力。不管结局如何，不管层次如何，一个人的确从中获得了乐趣与意义。

事实上，在逃离与回归之间寻找心理的和谐早就根植在儿童的血液里，在家里待久了想出去，户外的景致又丰富又精彩；然而户外待久了又嚷着要回家，毕竟母亲的怀抱是最可靠的停泊地。之后逃离父母，逃离家庭，逃离故土，逃离传统，逃离文化，逃离一切条律和一切束缚，甚至不断企图逃离自己的性格与命运。但是最终，在某个点上，某一站上，某一层面上，某一价值维度上，某一丝看不见的意识中，总有程度不同的回归，许多时候也令英雄的自我深感惊讶。

有人以为是宿命，不是。分了又合，谢了又开，热了又冷，远了又近，去了又回，如此等等，自然的和社会的，都是为了探寻宇宙亘古的平衡，偏于一端总会令自然和人类深感不安。"大曰逝，逝曰远，远曰反"，老子真是深得自然之神髓的天人。这样说来，逃离很可能本身就是一种回归；而回归说不定就是再次逃离的前奏。不断地逃离和不断地回归，回归之后再策划逃离，是人类模仿自然普泛的行为和永恒的精神现象。

要是没有逃离，那生活幸福得太令人狐疑了，世界也不可能有任何意义的前进；要是没有回归，那男儿女儿都成了彻头彻尾的浪子，连流水也不如，人类也就没有心灵史可言。

——原载《散文百家》1998 年第 3 期

——收入中国作协创研部编《98 中国散文精选》，

长江文艺出版社 1999 年 12 月

——收入何宝民主编《世界华人学者散文大系》

（第 9 卷），大象出版社 2003 年 3 月

第三辑　心乡

灵宙五重奏

——自然生命/文化生命交响曲

玄之又玄，众妙之门。

——老子

数月来竟做许多梦，梦里又有梦魇，梦魇中有许多超时空、超感觉、超理性的影像和玄思。从未见过的无，星体，上帝，玫瑰天堂，八热地狱，恶魔，异体的巨兽，陨石，媚药的情妇，蛇舌的裸女，石神，传说死了的我，猛洪，血中的维纳斯，无键钢琴。醒来惚兮恍兮，天眼沉迷，说予友人。友人笑焉，辩焉，共赴三界神游焉。主客诱开神奇时空，且独且对，乃有如下断续谵妄之语。语多随兴笔录，是以散文为主，也或诗或剧或小说，或什么也不是。只言片语，偶尔成章。段章含篇，篇再组成系列。笔界素有文不逮意之说，何奈本文乎？倘不全是鲁鱼亥豕，痴人说梦，闲者或可一读。

一、宇宙

无。

无形无声无色无味无悟无觉无心无物无主无客无天无地无时无空。无之前再也不存有任何其他，至多是无。无之后，哪怕有了又有，巨星伟谷，无还是无。

近三千年前，吾楚巨哲老聃假设了无，从此弄假成真，任一想拆穿它的人都遥不可及，盲人摸象。无隐去了一切可以触摸的体，无以计数的哲学残疾摸到了无的腿，或摸到了无的尾巴，却总无以见无。

"天下治方术者多矣。"

无以后的宇宙阐释者，被庄周一言指破了。

东方智慧里，只有庄周直通老聃的本体，谓"泰初有无，无有无名"。

佛家般若学的"法性"近无。大乘空宗亦近无，以为"空"是"潜藏着产生有的可能性的一种叫作'空'的无的状态"。

在西方，只有阿那克西曼德的"无限者"才努力接近于无。

无，是空，是虚，却非空虚，非幻梦，非渺无物质。无是万有之有，宇宙的共相。不生不死，不怨不怒，不依不靠，不内不外，不假不真。无是一切的一切，一切的一切是无，无所不在的无。不可言说的无，孕育整个宇宙的无。

无是万有之有，鸿蒙大隐者。道家发现了无，绝非偶然一念也，无在老庄的大脑里，也在每一根血管之末毫毛之巅。

无是物的抽象，灵的普象。无饱胀无形质，质潜遍无形灵，生性之灵，运作之灵，活动之灵。灵就是质，质就是灵。

空而又空，有而又有，无而又无……

玄机高悬，在无处不在的无……

友人W:我把我祖先的梦说给你听。无接到自我深处的指令，大醉而大醒，大哭而大笑，没有手的手挥起来了，没有腿的腿跑起来了，没有眼的眼睁开了，没有声的声说话了。大震动，大爆炸，大创造，大神话。在久久弥漫的恐怖中，无将自我变得巨而又巨，除了它自己，谁也无法想象的阴阳石。再翻腾，再震动，再爆炸，再创造。无永不停止它的指令，永不消歇它的滚动。伴随大气，伴随尘埃，伴随氢氦氧氮铁镁硅碳等种种元素。阴阳石裂而为二了，红的辉煌，绿的灿烂。震破的刹那，又爆发出至阔至厚的蓝，红演出阳气，绿演出阴气，蓝演出中气。二之一的一再一裂为二，一再一裂为二，一再一裂为二……空之境越撺越空，时之轨越铺越长，体之灵越出越多。无大醉、大醒、大哭、大笑，无震惊于自己的内功，但从此之后，无不得不至高无上，又无处不在。至高无上时无影无踪，无处不在时无为而为。

我知道了。我说，无是普在的，又是具在的；无是一体的，又是分体的。从普在到具在，从一到分，从无到有，这就是道，老庄之道，中国之道，世界之道，万有之道，宇宙之道，无之道。我知道了。

友人W：关键是巨而又巨的阴阳石，关键是那个一。一是无的自省、自动、自变、自演，也是无的自破。一是阴阳之原体，一是物灵之本初，一是有的最初一现，时的最初一动，空的最初一亮。从此，万象起于阴阳中，万色合于红绿蓝，万数导于一二三，万物存于时空灵。追宗返祖，又都回到无。

无是灵宙之母……

二、地球

有。

有形有声有天有地有时有空继而有色有味有悟有觉有主有客有心有物，有之前早已有了又有。有之后，更多的有变出更富的有。有再变欲，欲又变有。

有离至高之无越来越远，远而难返。

地球是让我们成为宇宙人最真实的球体，半天半人的停泊地，超越自我又回到自我的驿站。

梦之一：

宇宙云，大气层，天阶露湿，金星雪亮之时，我乘女娲号从地球站起航，穿过火星与它的两个卫星，再向木星和它的十三个伙伴问安，用宇宙语。罗蒙诺索夫的诗突然涌上心头：

　　　放眼望深渊，星斗布满天。

繁星数不尽，天涯若无边。

这是什么时候的诗？我问。穿过土星、天王星、海王星、冥王星，到银河系。身如片云，以一纳秒穿过多少亿光年的速度神驰。麦哲伦云惊了，玉夫座惊了。再穿过以后羿、李白、孙悟空、耶稣、安拉、梵等命名的总星系。女娲号的仪表告诉我，能源不足了，不能再去超总星系，更无缘见到无那位老老先生了。

我听到老聃的声音：

大而逝，逝而远，远而反。

途经太阳系，少不了问候一声太阳，它是我永不消失的第一座航标灯。倏尔回到地球站，这是我的国家。又乘类光速器飞到海岛，这是我寄居的省城。在飞行站卸下两片翅膀和器身，来到我的书斋。起飞前，儿子电话中告诉我说他正在冲椰汁咖啡。我回家时，最后一口咖啡还没有变凉，我顺手放了一点从本星系团携回的物质。

"嘭……"

杯子立即爆炸，我扑向儿子……

醒了。

友人W：真浪漫、真神奇，你的科幻之梦超过了日本许多太空人动画片。我承认地球是宇宙的星体，但它不过是一遗落的一小块石头。大海、高山与土原，不过是上百亿年来宇宙在石块上绘制的儿童彩画而已。我一直怀疑，地球是无或一的游戏还是正题？笑话还是精品？偶然还是必然？从低等植物到高等植物，从草履虫到孔子鸟，再到高级生命，乃地球的大幸，也乃大不幸。

生命之于宇宙和地球，都是内隐内藏的，生命之光荣与卑鄙，幸福与痛苦，顺畅与曲折，也都内隐内藏在地球和宇宙之中，但地球旋转在特殊时空，对于一般生命而言，遁也遁不了，飞也飞不走。地球之于宇宙，无异孙猴子之于如来佛的佛掌之上，生命所有的本性都被玩弄于股掌，悲乎哉也！

　　承认这种地球物境或曰命境、人境是一种坦然的理性，我说。生命的根本运数是不可逆变的，人更如此。地球人其实是名副其实的宇宙人之一，地球就是星球，地上就是天上。我说过，地球是半神半人的停泊地，人超越自我又回到自我的驿站，这就决定了人类自然和历史的命运。人一半属于神性一半属于兽性，一半归于天性一半归于人性，一半活在自然一半活在社会，一半依赖幻想一半落脚现实。神话是原始人被神性、天性、自然与幻想所笼罩的产物；而世俗是被人性、兽性、社会与现实所俘虏的习惯。还有种种的中间状态与精神呢？这些不但与人有关，更与地球人有关，与宇宙中的地球人有关。

三、社会

　　社会是物的群体。

　　星球的社会叫星系，星团。
　　云的社会叫云层、云海。
　　山的社会叫群山、山脉。

树的社会叫树丛、森林。

水的社会叫水系、大海。

草的社会叫牧场、草原。

鱼的社会叫鱼群。

——都有中心和边缘吗？都有总统和民众吗？都有阳性和阴性吗？都有吸引和排斥吗？都有阶级和立场吗？都有毁灭和物道（类似于人道的东西）吗？

友人 W：常听说人是万物之灵，其实这是人类过分的自我崇拜，是人类孤独意识的膨胀。事实上，人类社会是环宇之内最危险的动物群体。不只对人之外，也对人之内。自古以来，人的非自然死亡只有两种：人的相迫和相杀。你梦中遨游到总星系团，压根儿就没发现完美的外星人吗？

如果你向往与人类社会完全不同的社会，那你迟早会梦见它，我说。你谈到人的过分自我崇拜，嘲弄人是万物之灵，那么我正可以兜售我的灵宙观，讲讲人及其群体在灵宙中的位置。

一切都追溯到无。

最初的无空而又空，虚而又虚，静而又静。

演化……演化……演化……

到一的时候，所有内隐的生命元素凝为活形活体了。

一，是生命体、运动体的凸现。

道是以为道。

"道生一，一生二，二生三，三生万物。万物负阴而抱阳，中气以为和"。

万物都潜显着三个要素：阴也，阳也，中气也。阴者物之一，阳者物之一，相持，相对，相反，相在。但倘无"中气"，没有内在驱动力，则万万不能相生，相变，相继，更不能相合以为和。

万而归三，三而归二，二而归一。物灵一体，有生无生之物生化、运动、演变之本也。

物灵倘硬性分而论之，则环宇之内，无所不物，无以名其他。精神，灵魂，俱以物在矣！

灵者，则环宇之内，无物不灵，无灵不能动其物。

灵概而分为四层：一曰心灵、灵魂、精神，人类物而有之；二曰灵性，植物动物物而有之；三曰机质、活性或动力，无机物物而有之；四曰精神信息源，人造符号物而有之。

是以宇宙万象物其灵，灵其物；灵为物，物为灵；物灵一之，不可强行割裂矣。

甄别过往一切分离论（笛卡尔犹昭显于世），又顾及国人用词习性，如下概念（循序列出）可能副其实：无（超越一切之上，物灵一体之普象）——灵宙（天地之内，巨细无遗）——灵河（从银河系到超总星系）——灵空（太阳系）——灵物（有机无机物）——灵世（地球与人类历史）——灵众（时代的人）——灵艺（各种艺术的文本或符号）。

概而有四：无、时间、空间（含灵宙、灵河、灵空与灵物）与心间（灵世中的人类历史、灵众与灵艺）。无仍巨大而黑暗；科学研究面对的，一向以时空间为主；心间被机械的诡辩所遮蔽，从哲学、文学、科学到达仍遥遥无期……

友人 W：照你的设想，无无涯且神秘，灵宙是一张网。人的社会爬在自己的格子里，这才是真正的理智。古往今来人在做他自己所能做的，并没有超出无的无手之手，也没有越出灵宙铁定的轨道。现代人在科技文明的夸张中却愈来愈张狂，以为人能主宰一切，这是违背灵宙之道的。

有两首诗给你比较一下：

　　海到无边天作岸，山登绝顶我为峰。

这是近代人的手笔，"天""我"同位，凌驾于自然灵宙之上。陈子昂不同：

　　前不见古人，后不见来者。
　　念天地之悠悠，独怆然而涕下。

他昂首同类之上，却低头天地之下。他明白，作为社会之人的自然之一，必须受制于灵宙的威权。

星球的社会叫星系。

人的社会叫人类。

鱼的社会叫鱼群。

我说。

四、自我

我来自无。
我来自一。
我来自星球。
我来自历史。
我来自父母。
我来自我。

我只想用文字回到我自己，走向感觉，走向心灵，走向隐秘，走向真实的生命。

我曾写过一首诗：

我是含羞草
拒绝疯狂
哪怕无意碰了我
　　也收起想飞的翅膀

我以妥协忍受错误
　　却并非没有自己的主张
夏天，可以奔腾起来
　　阻击任何穿过我的欲望

这几行含羞草，是我性格的总体象征。朋友总说我太柔了，文章也如水一般细，像女人的长发，没有阳刚之气。

我能选择自我吗？只能说在多大程度上守住自己。恍如被迫下水的妓女，自愿，被奸，清白、爱，都在我心里。我真怀念十多岁之前的童年时代，傻说傻做傻哭傻笑，满世界颠着屁股跑，什么规矩，什么礼节，那种放肆的痛快令大人们往往咬牙切齿（我现在进入大人们行列了，对童年的放肆有时也情不自禁咬牙切齿起来）。自然，那放肆是天性的伸展，不像托尔斯泰在女人那里倾泻十四岁孤独的茂盛。

雅斯贝尔斯说："孩子们常具有某些在他们长大成人之后反而失去的天赋。"

回归童年就是回归到无，回归到一吗？

十五岁之后我喑哑了，红色的文化运动教会我谨小慎微，上大学后又变了，我是搭乘某趟末班车的不幸儿或幸运儿，我发誓不再乘那辆车返回贫如水洗的山村的故乡。几年之内，我没有正眼看过一回同系同班漂亮或不漂亮的女同学们（也许只是心理强迫）。为人师表后再一变，虽极少西装革履，空有其表，脑子里却总有两千五百年的钟声在孔孔孟孟地敲响……现在呢，我成熟了，还是我太成熟了？

    沿着鸽子的哨音
    我寻找着你
    高高的森林挡住了天空
    ……

友人M：我是女人，是阴性的动物。与你们不同，我有独特的心理与情感，鲜为人知的生活。所幸你们只让我用代码讲述自己的故事，不然我会自闭一生。我正在寻求宗教，我不怕新的自我开始前丧失旧的过去。

这次我只想说一句话：在激情坠落的地狱中我发现了拯救自己的一线天光。

友人W：人不能回归自我，只能回归自然。这是一个最不幸的事实：一提到自然我就振奋；而一提到自我，我就厌恶，就疲惫。自我的背后有一只硕大的黑手，挡住了我的自然。

我开始歌唱……

五、文学

哲学、宗教、科学、艺术等里面，最不能说透的是文学。

哲学无须答案。

宗教指出彼岸。

科学证实假说。

画面开拓感官。

文学——含不尽之意见于言外……

不尽谓何？何意不尽？

何言之外？何时之外？何空之外？何心之外？何外之外？

无内之内……

无外之外……

诗人叶芝的诗（换去第三行）：

　　到那半空中寻找

　　一只展翅而飞的鹰

　　（到底是什么秘密）

　　它们使缪斯歌吟

　　友人 M：文学的魅力就在于使人离开文学又回到文学。大学时代我沉迷于中外的小说、诗歌与散文，至于莎剧，我甚至是其中的一个角色，你应该知道一点线索的。后来，我的心转向了。文学能满足财富的渴求吗？文学能摆脱肉体的欲望吗？文学能完成现实的抱负吗？

　　现在我又平静下来了，在文学中我重新找回了少女的情怀。我曾读过一篇叫《摆渡》的文章，对于我而言，文学的确恍如人生苦海的救生船，而作家就是艄公。

　　友人 W：你的看法仍很理想主义，仍怀抱着文学救生的热情，那是乱世的文学观念，对你而言真是难能可贵。我不觉得文学有多么大的现实作用，文学不过是作家病态情结的密码。那些病态有时是作家自己都不能觉察的，否则，他就不是一个地道的作家。我一直很怀疑，那些真正神秘的语言符号离开了作者的内心隐私，批评家们能够把文本真正阐发出来。

友人 M：你指的是病态作家的病态情结吧？

好了好了，我的看法跟你们不一样，我说。如果文艺是人类通过各种艺术符号对宇宙精神的内在同一，那么文学就是凭借语言使人自身同一于内在的宇宙精神。什么是宇宙精神呢？据我猜想，原始人在比较原始的物质生产生活条件下，其心理、行动及其他生存方式几乎与大自然是处在同一节奏中的。人口不多，生存不易，且一代一代次第消亡。但在一代又一代人的心目中，高山不颓，巨石不毁，大河长流，天空永布，日月轮悬，巨型物象、巨大时空与人类短暂的生存时空形成强烈的对比并造成不可理喻的震撼。人是渺小的，短暂的，而自然是伟大的，无限的，不朽的。这就逼使人类形成一种巨型时空崇拜观念，崇拜自然的永恒律。此大约就是原始人和作为现代人的我对宇宙精神的感悟。我甚至推想，原始人的发声及其动作，也是为了模仿自然界的动物，以达到与宇宙在某一点的同一。其后，在他们生存所必需的所有自身功能的成长上，才慢慢地自然而然地达到了算得上一定艺术水准的阶段。最初产生了笨拙的舞蹈，然后是无声的歌吟。有了语言，并达到一定程度，才有了文学的萌芽。

文学起源于对宇宙的嫉妒！所有的文字，都是为了克服生存的困苦，以期暂时的心理协调和娱悦，并最终通过艺术符号在另一种时空——语言里，将人类期待不朽的精神与宇宙本在的永恒内在同一起来。与繁衍子孙以延续生命的现实动机一样，人类在理想的精神境域里才最后感到了与无的平衡，也可以说是与"天"的平衡。所谓天人合一，不只是认识论，最本原的意义是人类渴求生命与大自然的真正平等，并同时感到了对于现实人生的不间断超越，感到了不朽。

神话是对宇宙精神的发现，而文学是对宇宙精神的索求。中西神话里所有的神仙都生存在巨大的甚至无限的时空里，连他们的圣物与标志也一样。希腊神话中的阿波罗，作为艺术之神（掌管音乐与诗歌）时，被称为缪斯革武斯；作为太阳神时，又叫作福玻斯，艺术与太阳的同位，这不意味着古希腊人已经将音乐与诗歌视为和宇宙（太阳）同为不朽的存在了吗？中国古人追慕三不朽：立德、立功、立言。而文学渐为立言之主要。一千七百七十年前曹丕之语录："盖文章，经国之大业，不朽之盛事。年寿有时而尽，荣乐止乎其身，二者必至之常期，未若文章之无穷。"西人莎士比亚在十四行诗中唱道："为君王树立的大理石碑或镀金的匾，都比不上这首雄浑的诗篇命长而又保险。"歌德在第一次读了莎士比亚诗剧后大为感慨："我极其清晰而明确地意识到我自己的存在已经无限地扩大了。""无穷""命长""无限"并非只是本文自体，而是在本文中生长繁茂以至葳蕤成林成海的和宇宙同一的永恒之精血，在精血中又极度膨胀的主体无涯之时空。《离骚》《西游记》等中国作品；《神曲》《浮士德》等西方作品均为遨游巨型时空的典范。而意识流文学无所不达的主观心灵，魔幻现实主义的超时空幽灵，中西卡通片中古今不死之生灵，都是同一于巨型时空的现代版本。

大凡世事起于何处，其用亦在何地也。如是我说，文学起源于时空嫉妒，而文学的最终目的与意义，亦即通过语言达到对永恒宇宙的内在趋同，以使整个自然万物保持生命的平衡与一致，这是一拨又一拨人类生死追求的最终归宿。

相对于灵宙而言，文学是语言创造的灵境。无数条阳关大道独木小桥和夸克幽径通其宙境之间。

从无到有，从一到多，从灵宙到灵境，谁失其道又得其道？谁偏其道又正其道？谁绝其道又常其道？

道可道，非常道。

非常道，亦可道。

亦可道，实难道。

道亦无道。

道抑吾道。

道无一道。

道一无道。

抄梦中《巨石》一诗聊供一哂：

横空出世

无为之为

惊破一觉梦五更

纷纷有落

亦下亦上

天语从古猜到今

写于 1999 年年末

自然生命谈

在自然科学的广远时空，我基本上是一个患了失语症的人。

作为自然赋予的个体生命，东扯西拉地谈一点对于自然生命的感想，不至于太越界吧？

首先碰到一个大难题，自在的自然里，一切的物都是有生命的吗？回答可能截然不同。许多人会说，有机物才有生命，无机物没有生命现象。

古人可不这么想。古希腊米利都学派的掌门人泰勒斯（Thales，公元前624—前547）就认为："万物都充满了神。"（罗素《西方哲学史》）因此他判定磁石体内具有灵魂。远古时代的哲人大约也受到"万物有灵论"思潮的影响，以人之魂来比附物之性。

老聃五千言哲学诗，《道德经》四十二章曰："道生一，一生二，二生三，三生万物。"万物应该不只是有机物，还有有机物之外的一切物；而如何"生"法，难道与"生"字最初的几个意义"活""生长"与"生育"等毫无关联吗？

文艺复兴时期意大利哲学家特勒肖（Bernardino Telesio，1509—1588）以为，物质中存在着灵性，我觉得是颇有道理的。

有自然发展史说，地球生命的诞生经历了三个阶段：从无机分子转化成有机分子，有机分子又转化成生物大分子，生物大分子最后转化成原始生命。如果无机分子不具备物质特有的灵（物）性，任何生命都将无以发生。自然是一个宏大的系统，它包括了一切高级生命、原始生命及其他一切的物，倘若将"生命"二字广义化，以为自然的所有物象都具"灵性"或"运动"的本质，且相互之间相克而又相生，"自然生命"说也就并不那么荒谬。只是生命的形态有别，组合的方式各异，演化的历史及其命运不同而已。

这样来理解庄子的"指与物化"（《庄子·达生》），就不再是徐复观——表现的能力与被表现对象的距离没有了，表示出最高的技巧——的美学解释（《中国艺术精神》），而是一种哲学观照，是主观与客观、人与物、人类与自然的高妙融化，一种生命形态与另一种生命形态的相契相生，相谐相忘。如此，也才达到了自然本身最美善的化境，这也大概就是中国古哲追求的"与天地精神相往来"的天人合一之境界。

晋代大画家顾恺之有一首诗：

春水满四泽，夏云多奇峰。
秋月扬明辉，冬岭秀寒松。

读奔腾的春水，多变的云峰，深情的秋月，不凋的冬松，再看诗题《神情诗》，就猛然惊醒，这是人格的对象化，不也是自然时序春、夏、秋、冬四季的精神刻绘吗？所以，自然生命既是自然自有的，很多时候也是受自然节律支配的人赋予它的。

由顾恺之的诗，我感到了一种"物思维"的存在与必需。老子、庄子、屈原、李白等，都是善于物思维的，以物观物，从物到物，与人关联，人与物也是对等的，大多时候充满亲情与感激。西方的象征主义，在大千自然中寻找情思的对应物，至少是将"人思维"和"物思维"做了很好的调协。虽然，它一定受到中国哲学和美学的深刻影响，就像埃兹拉·庞德（Ezra Pound，1885—1972）的意象主义之于唐诗一样。

　　工业文明的进步，是以疯狂耗损人类精神对应物，即充满灵性、运动律的大自然为前提的，也使"人思维"膨胀到了无以复加的地步。对于富有灵性的自然生命体，想砍就砍，想掘就掘，想填就填，全然不为另一"我们"想一想，痛一痛。最后殃及人自身了，才猛然觉悟宇宙原是一统的，人也是自然的一部分。面对物自在和人自身，痛定思痛，犹未晚也！

文化生命谈

在《自然生命谈》中，我曾说"自然是一个宏大的系统，它包括了一切高级生命、原始生命及其他一切的物"。

尽管不同学科和不同学派的学者，赋予人以不同的含义，但把人的一切活动及其成果说成是文化，恐怕不会有太大的问题吧。

所谓"一切活动"，其实就是内与外两类活动。并不是说人的心理活动都是文化的，也不能说人一生中每个时期的心理全是文化的，但人开始有意识的模仿、会用语言思维，尤其是自觉不自觉成为文化河流中的一滴水，心理内容绝大部分已被文化化了。外部活动是人与自然、人与人、人与社会，甚至是人自己肢体间相关的动作，一般能被人观察到；而各种产品如楼阁水榭、机械电子、文字著作等，也就是文化，有形迹的文化，也容易被看得见。

可以说，文化是个人、集团、人类生命的精神凝结物，无论看得见看不见，是人类唯一可以和自然生命相抗衡、相媲美的永恒生命现象。一个人，一个家族，甚至一个国家可以灭亡，但只要茫茫宇宙还有一个人，文化就会发出人类生命的灿烂微笑。鲁迅在《生命的路》中说：

> 想到人类的灭亡是一件大寂寞大悲哀的事；然而若干人们的灭亡，却并非寂寞悲哀的事。
>
> 生命的路是进步的，总是沿着无限的精神三角形的斜面向上走，什么都阻止他不得。

鲁迅所指其实就是文化生命的路，只是他那个时代，"生命"前面，还没有冠上"文化"二字。

文化学家牟宗三道："文化是人创造的，是人的精神活动的表现。"又说，"你把文化收进来而内在于人的生命，内在于人的精神活动：视文化为古今圣贤豪杰诸伟大人格的精神表现，而不是与人格生命不相干的一大堆外在的材料，则综合起来了解文化是可能的。这样综合起来了解文化，就是了解创造文化的生命人格之表现方式，即生命人格之精神表现的方式。这种生命人格之精神表现的方式也就是文化生命之表现的方式。"（《牟宗三学术文化随笔·关于文化与中国文化》）这是我见到的，第一次将"文化"和"生命"联合起来的词组。它不是能指的拼凑，而是对文化的认识突破之后，赋予了全新的所指，并且把文化带进了可以与自然比肩的人文宇宙视野。

照我的想法，"文化生命"既指生命的文化性质，又指文化的生命形态。人的生命约可分为两部分：一为自然生命，它决定了人隶属于自然，乃高级动物之遗传，也是生命的基础；二为文化生命，一个人或一个群体与集团是否有价值，更在于文化生命的质量，他多大程度地被人类文化所陶染，又有多大程度地改变和创造着人类文化。

一个生下来就与世隔绝不接受任何教育的人，或一个植物人，他们本就没有或丧失了文化的性质。任何文化现象与文本，可以说都是人类历代生命的延伸，是文化人或那些巨匠们汨汨不息的血脉，上面刻满了栩栩如生的喜怒哀乐，谁去触摸他，接通他，谁就可以获得文化生命力量的陶染。所以，文化永远是活着的，它的生命形态与人类的意志始终相伴随。读一读《关雎》，读一读《庄子》，读一读《史记》、李白、杜甫、苏东坡、曹雪芹吧，我们难道不能觉察到那些古典的生命仍跳荡在我们每一个细胞里吗？

人，是不会满足于现存生命状态的。一个社会无论多么发达，做美梦的幻想者总是不绝如缕，像柏拉图、托马斯·莫尔、康帕内拉、圣西门、威尔斯；像老庄、陶渊明、康有为、周作人以及武者小路实笃和他的新村运动的后继者们。这大概可以说就是文化生命理想吧？正是这种理想，思维的心间，人和人类生命才有生生不息的动力。而无和宇宙，才真正成为被思考的价值时空间！

二十世纪学

二十一世纪的大门被打开小小的一条缝儿。

留在身后的长长世纪之路，酸甜苦辣、惊心动魄、记忆犹新又扑朔迷离……

二十世纪的大门并没有关上，大概也不会关上。

一个世纪的人类史，听起来真是玄之又玄。一次世界大战，二次世界大战，朝鲜战争，冷战，从亚洲、非洲、欧洲到美洲永不消歇的"地雷"声。象征正义的隐形飞机给大腹便便的孕妇做剖宫产，并给饥饿的儿童送去容易消化不良的钢铁食粮。绿色和平组织乘风破浪。德国人对侵略的忏悔，日本人对杀戮的狡赖——满口的烤瓷牙。经济萧条、通货膨胀，四小龙的蓦然腾飞和猝不及防的金融危机，毒品泛滥，走私。越来越疯狂的造假、贿赂与贪污，当然据说还有廉洁得跟冰雪一样干净的芬兰。艾滋病、癌症、心脑血管病、疯牛病、口蹄疫，令人兴奋的基因组与几百年好活的生命支票。一个地方一个主义起来，另一个地方一个主义倒下去。一个国家的总统玩了女人肥了腰包可能仍是英雄，另一个国家的总统玩了女人肥了腰包已成千古罪人。一面是个性呀、自由呀、民主呀，为此还挥舞着各种利器。一面是冠冕堂皇的国家利益和乐呵呵地将自己的灵魂与肉体呈上教主的祭坛。一些人放走一只青蛙、一只鸟，栽下一棵树，圈定一片自然保护区。另一些人乱砍滥伐，酸雨、洪水、沙尘暴铺天盖地。诺贝尔科学奖、文学奖、和平奖，奖出了科学、文学和政治的英雄，也奖出了炸药、原子弹、平庸的作家、伪善者和尴尬的记忆。太空站、全球化、互联网，仿佛四海真的成为一家了，有什么黄白之分、东西文化？而日本文艺家不明白中国的散文为什么是一种独立的文体。美国的记者更弄不清楚中国夫妇为何挖空心思要生男孩。文化相对主义复活了呢还是永远就不曾消失？多少人在各种领袖的口号声中建构了辉煌的幻想，又有多少人在各种组织的叹息声中走向了梦境的深渊……事情远不只这么简单，一白一黑的两面。二十世纪成年人最大的思维特征和道德优势，就是一边提倡好的，一边掩藏不好的。白天是真的救世主，晚上是真的刽子手。批判者可能就是批判对象的秘密合作者……

历史真的像历史本在一样那么真实吗？我常常觉得，过去一分钟里发生的事，也是很难说得清、握得住的。何况一个世纪呢？何况还有所谓内幕和谁也无法测定的心理事件呢？自我如此，他者及宏大的史实就更不用说了。在许多二战史里，斯大林一直是卫国战争的民族英雄。但最近有人揭秘，正是斯大林1939 年 8 月与希特勒签订了互不侵犯条约，试图保存实力、发展建设及从纳粹那里获取先进武器等等原因，助纣为虐（也顺便分取别人的国土），才使纳粹毫无顾忌地连克波兰、丹麦、挪威、法国、巴尔干半岛，最后险些自食恶果。斯塔夫里阿诺斯说，斯大林"与希特勒的关系上会如此不幸地盲目，这个问题至今仍是第二次世界大战的一个不解之谜"。(《全球通史——1500 年以后的世界》)悲乎!

那么，观照和反思历史就没有价值了吗? 非也! 史家绝唱司马迁早说了:"人皆意有郁结，不得通其道，故述往事，思来者。"来者为何? "究天人之际，通古今之变"(《报任安书》)也。弗·培根从阅读的一面做了证实，"史鉴使人明智"(《论学问》)，世界现代史家也莫不怀有这样崇高的价值理念。英国史学家赫·乔·韦尔斯写《世界史纲》，就是对一次大战之后的世界产生了一肚子的疑惑，并用自己鉴史的体验说:"世界上一切有识之士……多多少少有意识地在寻找整个世界事务的'诀窍'。"(《世界史纲·导言》)

为此，我刊特别推出"二十世纪学"专栏，说是史学、文化学或哲学什么的都无所谓; 也不在乎那个世纪谁伟大谁渺小，我们要的只是历史的发现。

《海南师范学院学报》编前小语

2000 年 1 月

向世纪挥手

向世纪挥手，是与旧世纪告别，还是对新世纪召唤？

这是学术本体的身势语，知识分子的一个特殊群体——学者的心灵之声。

20世纪20年代，中国不但政治、社会和经济实现了转型，学术当然也随之转型，由前半期的考据学和后半期的今文学，转向了以西方科学思维为范式、分科究法的现代学术。虽如梁启超所言："然启超与正统派因缘较深……抱启蒙期'致用'的观念，借经术以文饰其政论，颇失'为经学而经学'之本意。"（《清代学术概论·二》）学术研究仍笼罩在政治理想之中。

但数千年中国学术之树枯木逢春，毕竟有了生机。不但哲学史、文学史与文学批评等脱胎换骨，心理学、社会学、美学和自然科学各门类都被引进中土，开启了世纪学术的新天地。即便崇儒尊孔的梁漱溟，1921年出版的《东西文化及其哲学》一书，不仅运用了刚刚引入的心理学方法，且以东西方文化哲学为参照，在比较中见出他心目中原儒的高妙。

更不要说胡适之、陈独秀和李大钊等人了。西学的东渐，带给中国学者许多惊喜，却不幸也带来很多沮丧。一个世纪的欧风美雨，吹醒了儒族后裔的民主意识，催生了被道德理想主义险些埋没殆尽的科学精神，尤其是输入了系统研究途径与方法，像是无奈，斩获却愈来愈多。但人文学术呢？近百年我们到底进步了多少？不错，可以称为大学者的那些人，的确提出了一些见解，对古圣先贤的某些思想进行了颠覆式革命，但无论喝洋水还是喝井水的学者，不少人掉进了两个陷阱。

一个是被强势的西方文化早就设计好的，用中国的人文内容去印证西方的学术思维和填充不断更新的理论框架。正如台湾心理学家杨国枢所言，认真说来，中国还没有自己的心理学，他因此极力倡导民族的本土心理学。一个是将人文学术自然科学化。这一方面当然受西方科学主义的影响；另一方面，也是前科学社会的人对科学的无条件崇拜，造成一切学问的泛科学主义。

有两个后果今天不能不正视：一部分人文社会问题借科学之名行伪科学之实，朦胧仿佛中事实上只有话语权威才一锤定音，而话语权威很多时候欺世盗名，这在社会的关键年代极容易造成价值空虚。"文革"之祸，当与此相关。再一后果，是很可能扼杀人文学者及精神产品作为个体生命的生动性与丰富性，将别具一格的心灵创造公式化或模式化，甚至借用了科学体系的名义。

其实，自然科学和与自然科学关涉的那些学术领域，才是真正意义上的现代科学。除了伪科学和反科学是我们要警惕和批判的，人文领域的精神现象，有的并不需要急于将之"科学"化，有些可能根本就无力科学化。永远的探索、永远的追寻，在众声喧哗中去破译哪怕一点点神秘，也许是最可宝贵的。它或许不符合自然科学的原理，却是精神或情感的真实存在，而这些决不能简单地模式化，比如文学、伦理学、心理学、宗教学甚至政治学等。

无论如何，21 世纪的中国学术太需要中国学者自己的创造！用自己的立场，自己的思维，自己的名词、术语、范畴乃至理论系统去翻新世界上一切旧有的结论，并翻出每一位学者的自己，翻出一个崭新的学术中国来。

我想起了徐志摩的诗：

      轻轻的我走了

      正如我轻轻的来

      我轻轻的招手

      作别西天的云彩

2000 年 1 月

说文化乡愁

人在外地，一说家乡，很容易动起乡愁。

李白的千古名作：

> 床前明月光，疑是地上霜。
> 举头望明月，低头思故乡。

"地"当然是异地。"思"当然是怀想，刻骨铭心的追忆。但"故乡"呢，李白的故乡到底在哪儿？在你我的故乡之中吧，在每一个唱诗人的梦里。余秋雨《乡关何处》说，这首诗"一背几十年大家都成了殷切的思乡者"。李白的诗句，大概成了中华民族思乡文化的精神典藏了。

乡愁起自背井离乡，起自世态炎凉，起自怀才不遇、失恋、悠闲、生病、阅读、喝酒、聊天，还可能起自一封信、一个电话、莫名其妙的一丝晚霞、一片飘落的叶子……尤其是皓月当空，人在天涯，视野里没有一个象形字时，那股积蓄了数千年的滚滚暗潮会把整个生命给吞没掉。

对的，思乡会涌起满身的情潮，没有理性，也不需要理性。余光中的诗《月光光》：

> 我也忙了一整夜，把月光
> 掬在掌，注在瓶
> 分析化学的成分
> 分析回忆，分析悲伤
> 恐月症和恋月狂，月光光

思乡不是化学，"恐月症和恋月狂"更是真正无药可医的非化学成分。从李白到苏东坡，从马致远到余光中，都是诗文中又恐又恋的狂人。可以肯定地说，炎黄子孙没有乡愁，文人没有思乡病，半部中国文学史都暗淡无光了。

但乡愁到底是什么，要我用逻辑语言将它界定出来，真的很难讲清楚。《现代汉语词典》说是"深切思念家乡的心情"，恐怕也不尽然吧。

读了怀乡的诗歌与散文，略可将乡愁分为两个层次。一层可曰地缘乡愁。所愁之乡总可以找到一个空间的位置，哪怕他或她从没有居住过踏访过，朦胧混沌有如天国。但多数人所愁之乡应该是具体的，一树一屋一塘一村一镇一县甚至一省一国，还有包含在里面的人缘、食缘、事缘与情缘等等，那是永也看不厌的蒙太奇。几十年前故乡老屋残墙上的一朵花，那必定是世界上最美的；老祖母在土灶里用炭火煨好的一罐土鸡汤，让出入了多少大城的人一辈子仍口齿留香。这些感觉一旦被激活了，语言其实根本就是多余的。这种地缘乡愁，我们在古今诗歌中读得最多。这也可能与诗要用意象、偏重于抒情有关。

二层可曰文化乡愁。这是一种什么样子的乡愁呢？它建立在地缘乡愁之上，或者说以地缘乡愁为根基，但又超越了地域、血缘、人事甚至政治与党派等等，在深浓的乡情之中更注入了深湛的文化之理，将一个民族的优秀传统及承载传统的一切之一切，作为自己的生命。走得越远，离开越久，用得越少，就愁得越凶越狠越要命越解释越不可收拾。这样的乡愁，我似乎在散文里，在那些大家的散文里，在富有学问修养的散文里，读得更多一些。这又大概与散文之深刻与细腻兼具，可以叙事和说理，可以用浩浩荡荡的字、词、句与浩繁的民族文化典籍相接通有关。

沈从文、余秋雨的散文，是一型文化乡愁的典范，他们对自己故乡有地域特色的文化传统，是又爱又恨，有赞美，有批评，当然还有期望，这在《湘西》《湘行散记》和《山居笔记》中，是大可以读出来的。还有一型更动人，也更加惊心动魄，就是有乡不能回、有国不能归、有种种母语文化的具象与抽象不能触摸、不能踏访、不能左右逢源、纵横驰骋、任时光肆意挥霍却无可如何的痛苦。这在蒋彝、林语堂、王鼎钧、余光中、许达然等人的散文中无处不在。特别是余光中的《听听那冷雨》，该是20世纪中华文化乡愁的古琴、琵琶、二胡和洞箫合奏的交响乐，伴随"清明时节雨纷纷"的幽怨之声，会一直演奏下去的……

说四季轮回

天道是不可战胜的，天命自然难违。

季节乃自然的天命，其运转轮回，每时每刻都泄露着天机。

蜗居在长江下游的季节里，一个收获，就是在长夏之后，又触摸到了来自江南远古的季风。

那一天，大地流火，酷热难当，连树叶都停止了呼吸。可到了晚上，天下突然清清凉凉，不经意间，被感冒了。

一查日历，立秋了！季节的转换如此突然，一丁点儿心理准备也没有。

这就是天道！人道的许许多多，是被天道所限定的。顺者则昌，逆者则亡，历史中的我的同胞们，同胞的同胞们，很少能有违忤的。

太史公在《史记》的自序里说："夫春生夏长，秋收冬藏，此天道之大经也，弗顺则无以为天下纲纪。"《诗经》的"豳风"有一首《七月》，其一曰：

七月火星偏西方，

九月女工缝衣裳。

十一月北风呼呼吹，

十二月寒气刺骨凉。

粗布衣服都没有，

怎样过冬心悲伤。

正月农具修整好。

二月下地春耕忙。

关照老婆和孩子，

送饭南田充饥肠；

田官老爷喜洋洋。

　　这是《诗经》专家程俊英的译文。后面还有七节，每一个月均写到了，且月月季季有所不同。程氏说："诗从七月写起，是顺应农事活动的季节性，叙事的结构相当严密。"（《诗经译注》第269页）中国文化里，描摹自然万物的字与词如恒河沙数，连最基本的造字方法"象形"，也是描画实物的形状而成。而正面侧面反映四季的字词，也不在少数，仅成语恐怕也有数十个吧。像"春晖寸草""春花秋月""夏雨雨人""秋高气爽""秋菊春兰""冬日可爱"等等，将四季的美好与人性的期望做了奇妙的形容。不过，古人的辩证法水平的确了不起，"春冰虎尾"比喻处境危险；"夏虫不可语冰"说明时间条件对见识的重要性；"夏炉冬扇"的不合时宜，更是不可思议的疯癫举动。

　　为学之道何尝不如此呢？"春诵夏弦"说的正是学人要根据季节采用不同的学习方法。也许季节不同，人的感觉与心理随之变化，效果也就不一样了。夏季燥热难耐，诗情不可久住，倘无琴瑟悠扬以伴之，好诗定难浸入肺腑。

学而择时，诵而择季，这本不是什么高深的知识。学问与季节的最大关联，我想应该是类似于"日出而作，日入而息"一样的节律与智慧吧。该播种时就播种，该锄草时就锄草，该施肥时就施肥，该收获时就收获，该农闲时就歇着。文武之道，一张一弛，古人早有良言也。季节的轮回，其实就是能量的发挥与聚集，就是大气、季候、土地、动植物等等的休养生息与劳作付出。倘若一片田地，一年四季都出产谷子红苕，那米与苕必无美味；倘若一片海域，经年累月罾罾网网，那剩下的就只有细鱼小虾了。休渔期，大概也正是学者所需要的修养与聚集吧。

目下，学界的情形真有些不容乐观。要么息而不作，要么作而不息，每季每年有大量作物出田垄的人大有人在。但不知，这些东西是否真的有营养。懂季节的黄侃和陆宗达师徒俩是值得稍为注意的，一个不到五十不出书，一个不到六十不付梓，慢是慢了点，可文字一根植，那一垄四季，就永远是他们的了。

二十年前我曾写过一组诗，叫《四季轮回》，第四首《秋》有几行是这样的：

悬于瘦枝的一片黄叶
不理秋风的劝慰仍在那儿得意洋洋地挥手
而累累的果实都匆匆离枝而去

黄叶应该知道秋风来过了，但它却赖着，炫耀自己的干枯与落寞，不愿意离枝落地，去接受季节的赐予、土地的改造和自我的转化，这大约是不够聪明的。周作人当然是个大家，不过他什么时候都有好心情，几乎没有一天不耕种文字，即便漫天大雪，他也要强行向冰上撒种。最后，那些种子错过了季节，就是很自然的了。

WTO 与中国文学方向

　　从没思索过 WTO 与文学有何干系。

　　想了半日之后，觉得不但有，恐怕对中国文学的发展方向，有领航的力量。

　　经济是人的经济，人性的经济。这玩意与人的诞生相伴随，一种文化现象。正如《康普顿百科全书》（*Compton's Encyclopedia*）"技术与经济卷"的头条说："经济之所以存在，是因为所有的人都有需要和欲望。"自己的财富并不能满足自己所有的需要与欲望，一个集团，一个国家亦如此。这样，国际贸易应需而起。

　　由于产品多寡优劣，民族文化差异，尤其是利益原则驱使等原因，国家之间贸易不平等或不平衡，保护主义就形成了。攻守之间，有了摩擦甚至战争。二战之后，发达国家的聪明经济人，聚在日内瓦，让"关税及贸易总协定"在寒风中诞生了。2001年11月，中国终于成为一员。WTO 既不是馅饼也不是狼，它只是经济单位之间的享受与义务，握手或瞪眼，一大摞规则中的互惠互利。一个社会主义国家，加入了资本主义重围的 WTO，这表明，在这个协定里，政治退后了，人性的经济欲望以美妙的姿态在世界 T 型台上扭着各自的腰肢。当然，那永不满足的嘴巴总是张开着的。

而文学，用一双灵秀的眼睛望着，内心在勃勃跳动……

计划经济与道德理想主义支配下的意识形态是连成一体的，计划往往是官话与套话，经济也变成了空话的经济。文学在那个时代织满了洋八股与党八股，人性的经济与人性的文学都被挤到最后的角落。人能脱离政治吗？文学能离开政治吗？不能。但政治最好被创作主体内化在文本中。中国人完全进入市场，被世界贸易秩序规范化后，官僚文化的削弱以致衰退是必然的，文学会在世界语境中更自觉和更早地走出泛政治化，从而也更有效地通向自身与自心，成为真正的精神家园。

英国的 T. 纽科门 1705 年发明了低速蒸汽机；J. 凯 1733 年发明飞梭；尤其是瓦特 1763 年的蒸汽机革命，引发和推动了英伦的产业革命。这场工业运动改变了国民的生产方式，也根本改变了他们的生活方式。令 19 世纪 20 世纪仍生存在原始农业经济的世人始料不及的是，英国的工业铁蹄，从此践踏了那些带草和不带草的土地。再以后，美国、德国、法国挟机器的风雷碾碎了多少农夫的旧梦？直到目下，美英还是说打就打，说走就走。无数事实证明，强势经济造成强势文化（文化入侵可以血流遍地，也可以满树病花），而强势文学也随之翻山越海，流溢（译）到非英文、德文、法文……的土地上……中国入世，中国务实，中国富了，中国文学将不存在如何在国门之外挂一大片茅台、五粮液、杏花村酒旗的苦恼了。那时候，英文、德文、法文、西班牙文的书架书桌上，五星红旗五粮液们晶晶亮亮，屈原、李白、杜甫们的陈酿更甘更醇，更让喝惯了马爹利、杜松子酒的瘾君子们大沉大醉是可以预料的。

中华经济圈在文化、亲情之外，又有了国际规则的支持，这真令人欣慰。台湾还没有回归之前，实际上这是世界规范内一个独特的文化、经济共同体。在这样的背景下，中华文学的一体化深层互动也就指日可待。

还有，文学作品题材的空间及其复杂性也会大大拓展；弄纯文学的人也可能时来运转，一部精品发大财绝非神话。知识产权提高精神劳动价值的时代，已迈着春天的步子翩翩而来了……

2001 年 11 月 18 日

散文与中国

　　有没有一个国家像中国一样，散文是文学体裁中发生最早，成为文学的正宗，又数千年葳葳蕤蕤，在文化野火的焚烧中也根须茁壮的？没有。

　　有没有一个国家像中国一样，散文作家代代承传，名篇佳作如夏夜星空秋日田园，在每一个文学世纪都光芒四射，并对民族性格产生深远影响的？没有。

　　有没有一个国家像中国一样，散文的类型与样式如此繁多，让文学圈内与圈外的古人与今人跃跃欲试、爱不释手，几乎让每一个文化人都沾有文学气味的？没有。

　　有没有一个国家像中国一样，不少散文文本是哲学、历史学、管理学、伦理学、文学、艺术学甚至是自然科学如地理学的教科书，从而成为民族文化史上的里程碑的？没有。

　　有没有一个国家像中国一样，一个作者因为一篇或一部散文，一时或永恒地站在文化或文学的峰巅之上；又甚至被打入时代的十八层地狱，成为政治游戏的牺牲品的？没有。

　　还有很多"没有"。当然是散文。在中国之外，在用中文创作的时空之外……

我以为，一个地方、一个人、一个国家与文学体裁的关系，也绝非偶然。

连美国学者恩斯特·沃尔夫（Ernst Wolff）都说："散文在中国由来已久。"（《西方对三十年代中国散文的影响》）中国文化拥有散文，使千古文人用散文之心发现、蕴藏和表露了无比丰富的情思。中国散文作为真正的文学体裁独秀于天下，除了汉语言文字特有的思维、操作与审美价值，从一般文章到文学体式的早期成熟与历史构成，恐怕也与国人的哲学观念、伦理意识、生活态度等等，有极大的关系。

《周易》曰："一阴一阳之谓道，继之者善也，成之者性也。""与天地相似，故不违。知周乎万物，而道济天下，故不过。旁行而不流，知天乐命，故不忧。安土敦乎仁，故能爱。"然后《尚书》《论语》《老子》《庄子》等等，中国人的政治秩序、伦理秩序，尤其是天人秩序即哲学观念，"大道"已定，肯定现世人生的务实精神与知足常乐的福感文化已深入人心。后起的道家佛家之出世、厌世思想，不过是对入世情结的补充，不足以动摇大中华国民的人生哲学。这也就是为什么浩荡数千年，中华文学里没有大量产生像罪感文化圈（以欧洲为主）、苦感文化圈（以印度为主）和耻感文化圈（以日本为主）中真正的悲剧与史诗。先秦的一株散文蒲公英，那"普通""信实""朴素""谦逊而真切"（郭风《你是普通的花》等）的精神花朵，就在这样的文化大地上发芽、生长、传播、蔓延，成为人类散文的自然保护区。

散文性、音乐性、形象性、诗性、故事与戏剧性等，都是人性。但中华民族的古人和今人，似乎天生着更多的散文性。散文不但渗透到诗歌、小说与戏剧里，连音乐，也洋溢着散文的神韵。西方的交响乐，不就有着史诗般的繁复与宏伟吗？而一曲《阳关三叠》，可能是一章更加动人心魄的抒情小品。古琴、竹笛、箫等，不过受了植物的启示，制成了世上最素朴的乐器；钢琴、竖琴与管风琴等，当然有着科学般复杂的史诗构型。

炎黄子孙的生存方式、生活习惯、居住形态、人际交往等等都无不充满散文性。侠的情怀与法律意识的淡薄，是正反两面绝佳的例子。任性、随便、自然、朴实、真诚、散漫、放纵、无拘无束、胆行天下、利益唯上、避祸就福、天高皇帝远等等，无不有散文思维的正影、侧影与倒影。中华文化人自觉和不自觉地运用散文的语言、结构、表达方式等，来创设一切民族文化产品，那更是世界文化史上无与伦比的。孔子的人际理想、老子的政治智慧、庄子的逍遥之道、墨子的雄辩之术、司马迁的历史胆识、柳宗元的天人之境、苏东坡的水月情怀、袁宏道的独抒性灵、鲁迅的生命哲学、周作人的闲适之梦、余光中的豪放人格、余秋雨的文化反思等等，都是中国乃至世界文化、文学史上的奇迹与奇景。

从散文史、作家、作品、流派到鉴赏批评与理论；从艺术内容到艺术形式；从个人心机、社会互动、民族性格到实现人类文化生命理想；从文学、美学、文化学一直到影响上述一切的自然生命界，建立一门散文哲学，时机大概是成熟了。

郭风在《雏菊和蒲公英》里写道：

——这时，
蒲公英带着雪白的绒毛的种子，

好像雪花，好像雪花，好像雪花，
在风中飞，在风中飞。

2002 年 7 月 16 日

从象牙塔到书报亭

——90 年代的中国学者散文

20 世纪的最后十年，学者散文突然成了一个热门话题。但学者散文到底是什么，还有颇大的理论争议。本文所谓学者散文，指各门学科学者创作的，具有现代专业学者的价值取向、理性精神、思维特征、知识理想、意象营造、体裁话语方式和文体风格等质素的各类散文作品。这个设定与阎纲编选的《学者随笔》，将贾平凹、李国文、周涛等都当作"学者"，是很不一样的。贾、李、周的某些散文文本，只能说是具有学者品味的散文。

20 世纪 90 年代，中国人的世纪末情绪一样很强烈，什么事都赶着做，学者散文的风风火火大约也是个例子。虽然中国台湾的余光中 60 年代初就倡导学者散文，但 90 年代学者散文在大陆的涌起，仍然可以看作是对发生在戊戌时期的"新文体"，直至五四后的二十年左右达成学者散文高潮一个遥远的回声。当然，空间上还包括不曾中断过上述传统的台湾和香港的学者散文。

创作学者散文的主体，都是学有专攻的各门现代学术的研究者，分布最多的地方，自然是大专院校和各地的科研机构，经过

90年代的发展，有些已成流成派了。要勾画一幅这种独特文化产品出产地的全图不容易，但列举一些代表性的"制高点"应该可以，比如北京作家群（中国社科院、北大、中国作协、新闻出版机构等）；上海作家群（戏剧学院、社科院、复旦、同济、华东师大、新闻出版机构等）；长沙作家群（省作协、大专院校、出版社等）；香港作家群（中文大学沙田派、港大、岭大、教育学院、新闻出版机构及部分自由作家等）；台北作家群（台湾大学、师范大学、政治大学等）；台湾中南部作家群（台湾中山大学、成功大学、中正大学、东海大学等），90年代学者散文的金黄果实大约主要是从这些高地上收获的。

从散文体裁角度看，学者散文家最拿手的是议论散文类型中的随笔、杂文和书话。毫无疑问，90年代的学者随笔是量最大、质最优的一种散文体裁，而余秋雨、梁锡华、董桥、张中行、张承志、李元洛、赵鑫珊、潘铭燊、王小波等，应该是不能被轻易忘却的名字。余秋雨的《文化苦旅》《山居笔记》和《霜冷长河》等，我仍然以为是90年代学者反思自身，并在流溢古典人文精神的文化遗迹中重建当代知识分子高尚人格的经典作品。作者自觉而全力的投入，在文本中倾注的高贵艺术气质（有时候还很不够），还没有一个人的散文能与之相较。尽管我也相信，他在文本中大多时候将自我从学者乃至知识分子中剔除了。但这与虚伪无关，也不能用他微不足道（与真正祸国殃民的要犯相比）的历史缺陷来否定他有抱负的文化指令。没有超出自我之外的叙述策略，余秋雨就不能对一个群体进行全方位批判；自然，他也就不会招致四处斜刺的锋芒了。

从某个角度说，董桥、张承志、李元洛等和余秋雨一样，都是站在 21 世纪的门槛前乐于向后看的精神理想主义者。董桥有一篇《给后花园点灯》，说"不曾怀旧的社会注定沉闷、堕落。没有文化乡愁的心井注定是一口枯井"。他的随笔就像他的古玩，细腻、精致且充满怀旧的温馨。张承志有一篇《清洁的精神》，古史里许由、荆轲等精神"烈士"的新传，不正是唱给当代人的一首招魂曲吗？李元洛原是诗学专家，近些年却将理性的彩笔落在了他眼中、他足下、他梦魂牵绕的唐诗宋词之中。所谓《怅望千秋》，不就是对灿烂辉煌东方想象文化渐行渐远的一种无限追怀吗？他的视角是独特的，他的情思是广远的，而他的笔墨，处处流露美丽的怅惘："浩浩八百里洞庭啊，日月之所出，星斗之所生，虽然近几十年来湖面已狭，春冬水少时面容消瘦，但平时仍不失汪洋的气度，何况现在正是秋日水满，除了不时可见的洲屿上有成片成群的白发芦苇，在秋风中吟诵着'蒹葭苍苍，白露为霜'的名句，就只有一望无涯的湖水，在拍打远处的天空。我们的汽艇纵然迅如飙风疾电，却怎么也驶不近更驶不进唐朝，我们只得在甲板上披发当风，临湖怀想。"可以认为，90 年代的学者散文（包括随笔），是纯洁、优美、高尚之古意古风的缅怀圣地，这至少是对物欲横流也是对科学主义的一种反思。

此外，杂文一体如梁锡华、牧惠、何满子、王春瑜等都有思想性和艺术性极好的文本问世，经过 90 年代的确立，梁锡华更是继承鲁迅杂文风格的一位杰出代表。赏心悦目的好书越来越少了，识见与笔力比起周作人、梁遇春和唐弢等前辈来，真有一代不如一代之叹。叙事和抒情两型，王鼎钧、余光中、杨牧等用学者的感性之笔将整个散文的天空也描画了瑰丽的一片，其成就之高已有很多专评。

90 年代的学者所以继承五四传统，在教学、研究之余还热心散文创作，除了主体的情思越来越解放，发表的园地越来越开阔，受众的趣味越来越多元，最重要的，还是学者在普及性很强的散文载体中发现了学术走向大众的力量，书报亭里，插满了他们文化理想的翅膀。

所谓写作学

读大学的时候，因为一篇散文得了全校性的作文竞赛一等奖，毕业时被留校，不幸留在写作教研室，不幸始终处在学科边缘，不幸将青春慢慢慢慢虚掷了。

> 站在荒野的尽头
> 浮云遮蔽了阳光
> 我冻成了石子
> 被狂暴的风
> 吹来吹去……

最后，不知是风在滚我，还是我在滚风，我成了一粒细沙，在荒野里……

同行们也纷纷逃亡——逃到现当代文学，逃到文艺学，逃到新闻学，逃到杂志社、出版社甚至机关。或者干脆逃出校外，与没出息的学科，距离远远的……

前几天，中文系有学生要报考写作专业硕士研究生，让我辅导。我虽然一直还在教写作，但是，我早就从那个阵营开溜，混到中国现当代文学里去了。

马上抱佛脚，四处打电话求援，有哪些学校招生，要考哪几门课程……

结果令人失望以至悲伤。不少综合性大学已经不开写作课了，人马散的散、退的退、老的老、死的死；师范院校也好不到哪儿去，只有寥寥几所勉强支撑着招收硕士生。但请注意，不是明媒正娶，而是挂在文艺学、现当代文学、教育学甚至法学等二级学科的名下，招基础写作、应用写作和文学创作等专业的研究生，做崇高而寄人篱下的教育事业。这还算幸运的，多少有一口饭吃。不幸的更大一群仍在尴尬的学科中苦苦挣扎着……

中国经济起飞，教育发展，高校绝大多数学科与专业一片葱绿。独写作飞沙走石、满目苍凉，濒临生态绝境。我打开电脑，找到教育网，进入中华人民共和国教育部，翻到国务院学位委员会1997年颁布的"授予博士、硕士学位和培养研究生的学科、专业目录"，"文学"下有四个一级学科，分别是"中国语言文学""外国语言文学""新闻传播学"和"艺术学"。下面的二级学科多达二十九门，却怎么也侦察不出写作学。我始终弄不明白，与哲学、历史学等相比，"文学"够庞杂了，它容得下语言学、传播学、音乐学和舞蹈学（让我这个学术门外汉也笑掉大牙的目录），却愣头愣脑将写作学拒之门外。这是为什么？

症结应该还在教育观念这儿。几十年来我们的课程体系重知识传授、基础理论，甚至不惜死记硬背，对写作学这样动脑、动手、重综合素质与实践能力的学科，另眼相看，甚或被传统大学科的理论家们瞧不起。偏见和愚昧酿下的苦酒慢慢由我们自己来吞了：名牌大学的毕业生，连一份报告都写得不合格；研究生的论文越来越低劣以致不惜大拼盘；权威大媒体经常说错话写错字，一般传媒的病词病句更不用说了。北大、清华等名牌大学，还找得出像鲁迅、徐志摩、朱自清、沈从文、林语堂、闻一多（其中许多人教过写作）等影响一代文学史的学者作家吗？呜呼，整个民族的写作热情、水准已大大退化了。信息时代、知识经济时代、网络和后现代时代，没有好的写作，一定是步履艰难的。西方发达国家，无论基础写作还是文学创作，不少大学早就开有各种写作课程，并授予硕士、博士学位。这对于学术和社会的推动之力将是无限的，我们为何视而不见或麻木不仁呢？

写作是可以教的，世界上没有一种文化现象不在教育的范围之内，只看如何教法；目前的学科和专业，也没有任何一门可以替代写作；写作还是我国现代化主体急需的智力与能力结构。再将写作学像臭狗屎一样抛出大雅之堂，教室之外，学科之野，更深重的惩罚还在后面。

如果真像传说的，是某些"著名学者"在什么委员会里力排新议，拒绝更有实用价值的写作学，那就让他们交出舍我其谁的学术霸权吧！给他们改过的机会，还教育以智慧、能力、实用与公平。

石子是构成生态地球的要素之一，没有石子，哪来山河？

2001 年 9 月

批评的边界

无边的宇宙里，时间和空间都有清晰或模糊的界线。经济法与现代企业管理一科，有"企业活动的边界"之说，谓企业能做什么，不能做什么，总在一定的法律范围之内，这就是边界。超过这个边界，就会犯法，要惹麻烦。

中国古人所说"瓜田李下""井水不犯河水"，虽然有小农经济及其道德意识，但同样也蕴有法的思想。不同的心态、不同的角度里，主体的边界意识很显明。西方素有法治传统，"瓜田李下"就更不用谈了。欧·亨利的《警察与赞美诗》，倒霉的苏贝站在教堂前正在彻底悔过而准备重新做人，却出人意料地被警察抓起来了。他那一副熊样，越过了警察的"边界"。

学术批评存不存在边界呢？我想是有的。任何学科，不但有自己的理论系统，一代接一代的研究群体，还有阐释与推进学术前行的方法……这些都形成特定学科的规范或法则。规范与法则不是不能破，却要破得有理有据。在学术话语中，不抱商榷的、建设的、理性的和对民族文化生命负责任的态度，甚或故意站在边界之外掷石头、搅沙尘，以达非学术的目的，那就肯定会越界，会惹特定学科话语的麻烦。

读过王朔的小说，看过他执笔的电视连续剧，应该说，他日常化的调侃、批判和带一些野气的东西，有他自己的风格。读他的言论或批判文章，也有敢把皇帝拉下马的勇气，着实让中国世纪末文坛的空气快活了一阵。但王朔的自我感觉太好了，他过于相信了自己的力量，不是知识与学术的力量，用他自己的话说，是"无知"的力量。在学术界，某大学也有狂狷分子，有时也来一点让人瞠目结舌的论调，但不至于太走火。王朔不然，他对他不认同的那些知识分子尤其是学者，的确有些不分青红皂白，乱喷一通唾沫。而揩唾沫的是别人，他没有一点歉意。就像将一盆垃圾搁在一桌满汉全席上，主客问他为何如此无礼，他说我搁了，你咋样？这就是王朔式的"无畏"。他用他的王氏规范，来挑战学术界的规范。至于有多少理，有没有理，他不必理会。他调的就是这个味儿，"玩的就是心跳"。

并不是他批判的对象没有缺陷，而是他乱用了非规范的权限，冲锋陷阵到边界的那头。最近一次向中国画及齐白石张大口，就更是有些离谱了。《无知者无畏》里他痛恨学者与学术，不幸的是，他离学术言之有据、据理力争的精神还相差太远。

去年 10 月 23 日某报《椰风》副刊，我读到《艺文随笔》二则。第一则《大手笔》，说张恨水 1939 年的短论《我哀陶渊明》如何高明，这没事，仁者见仁嘛。问题是作者拉来了一群人垫底，说读大学时"以为高深学问，尽在学报之中"，因关于陶渊明的论文，仅刊在学报上的他就读了二三十篇。如今呢？"偶尔翻看旧时笔记，才发觉著文的老老少少大学教师，跟陶渊明非但不够知己，其隶事之失真，简直就是陌同路人强命笔。"信不信由你，那几十篇论文竟然一无是处。他现在早出了大学校门，该是踢开"老老少少大学教师"的时候了。此乃另一种越界，把球带出边线，比射进球门更有象征性。

　　与王朔相同的是，他们对知识界的某一群人，存有一团的误解或焦虑情结，否则，不会这么轻易地勇敢无畏。

学术的力量

宏大的宇宙时空，只有三种东西，一是自然，一是人类，一是文化。

自然是自在的，它伟大、瑰丽而神秘，但不能自我言说，自我解释。

人类是主在的，能思想、创造和毁灭，因而也能自我言说，并试图解释一切。

人的天性用一个字可以概括：动。分解"动"，又得出两个字：思和做。多少世纪以来，人类为了生存和发展，思了又思，做了又做，于是有了文化，有了迄今为止可以肯定的灿烂的地球文明。

"思"与"做"，到底哪个更重要呢？美国超验主义哲学家爱默森说："伟大的人并不是能够改变物质的人，而是能够改变我心境的人。"（张爱玲译《爱默森文选》）改变心境、改变观念、改变思维方式、调动和丰富情感，会"思"，才可能会"做"。"三思而后行"，这"行"（做）才是自觉的文化行为，其最终物质形态才是文明的表征。说到底，会做也是由于会思，这也是"伟大"之所在。尽管"做"可以推动和修正"思"，但没有好而且神妙的"思"，我相信，恐怕永远也"做"不出尽美的"物质"，更"做"不出尽善的文化来。

学者是会"思"的人群之一，他们用脑，用笔，用字与词，用种种符号，还用灵感与幻想等等看得见和看不见的东西，来构筑人类文化生命理想的蓝图。这些"思"出来的文化精神产品，就是一个又一个的学术文本。

学术是对自然和人类的理性探索，是知识的发现、扩展与富有想象的体系化。没有一代又一代人学术的承传与创造，尤其是高深学术文本的出现，人类整体也许还停留在农耕时代。没有古希腊阿里斯塔克原创的日心说及《论日月的大小和距离》、没有哥白尼的日心地动学说及《论天球的旋转》、没有伟大的天空立法者开普勒及《哥白尼天文学概论》、没有伽利略及《关于托勒密和哥白尼两大世界体系的对话》和爱因斯坦的广义相对论等，人类也许永远骄傲在自我夸张中，又匍匐在上帝的幻影之下。钱锺书小小的一篇《通感》，揭开了文学中"感觉挪移"的语法奥妙，从心理、经验、语言和技巧等等方面指出了"古代批评家和修辞学家似乎都没有理解或认识"的艺术迷径。学术不像火车、飞机能载我们一日千里，但是，如果没有学术，最快的速度也只能是大自然赐给我们的马蹄嗒嗒了。

有一则佛经故事，说耆域是了不起的医王，天下的草木无不派上用场，将药草做成童子形状，什么病都能治好。但他死后，天下药草都痛哭流涕，因为，"再也没有人能认识我们了！"如果耆域还是学者，一切都没有什么奇怪的。他把人和自然和谐地生存在他的学术理想中，使自然有用，使人生活得更好，更有价值。我们呼唤学术界的耆域。

本刊设栏"学术岛峰"，意在发表学术名家的好文章，还刊载有创见的新说，此栏文本若能让学术的大海叠起几座波峦当然更好。倘再能凝固，成为南极的冰原岛峰，那就喜出望外了。

我们还用心办好所有学术栏目（将根据学者大作因文设栏），我们的信心就是本期封面的那个陶文："辟"，这也是学术赋予的力量。

春来杏花开

南宋叶绍翁有名诗《游园不值》曰：

应怜屐齿印苍苔，小扣柴扉久不开。

春色满园关不住，一枝红杏出墙来。

一个城市倘若有两个园子，一个园子如海南，如三亚，长夏无冬，四季喧哗；另一个园子如北极如南极，有自然物质运动，有生命奇迹发生，却冰冷无花，寂然萧然，常人不敢光顾，那不叫市民郁闷才怪。一个国家的科学之城，自然与社科两园一夏一冬，一热一冷，人为之别，而长久不思其变，那国民和国家非由郁闷而变得失调不可。

理由很简单，自然科学主要是研究"天"的，探索和创造宇宙间一切客观的物事，包括人体的客观部分；社会科学主要是研究"人"的，探索和创造个人、群体、民族、国家与世界的一切人为因素，包括自然的文化部分。从古到今，天人都是密不可分的。从认识论说，缺"天"不可能有人，缺人也不可能有"天"。

两种科学同样重要，不可偏废其一。所谓现代化，没有人的现代化，哪有物事的现代化？没有学术的现代化，哪有学术对象与成果的现代化？说到底，社会科学还是自然科学之基础、之根本，离开了社会科学的灵魂作用，自然科学研究或许会变成人类极其愚蠢和危险的鬼打架。

一枚核弹，早变成广岛的毁灭之花了……

戊戌维新以为新人心才有可能新国家，这是中国历史的大彻大悟。可惜后来老走回头路，无论是某个社会还是社会的某一个层面。80年代以来，理工研究得春天之先，其突出标志是一批重要科学家被授予"院士"头衔，因是中国学界的最高学术荣誉，一时间院士人贵，你聘我请，你围我抢，七老八十仍风风光光，春意无限。真是"春色满园关不住，一'群'红杏出墙来"。这值得鼓掌，应该大声叫好！昔日的臭老九变成今日的香老头，没有时代之变、观念之变，那是根本不可能的。可是，人文社会科学园地仍惨兮兮的，是没有河流、没有树木、没有花草和可观的景象，还是被人为地冷落了？答案不言自明，特异如钱锺书、季羡林者，也只能在口头或笔头上被人称颂，要想上文件头，那是难上加难。满园苍苔，将奇花异木统统遮蔽了，"恰若青石的街道向晚／跫音不响，三月的春帷不揭"（郑愁予《错误》），不闻屐齿，柴扉也无人小扣，创造者自酿、自斟、自饮又自消受，那正是寂然萧然之所在。

羊年来了，这只知奉献，不知索取的生命之羊，到底给人文社会科学家带来了好运。

据报载，教育部于2月底下发了一份《关于进一步发展繁荣高校哲学社会科学的若干意见》，从文科改革、基本建设、人才培养、课题攻关、精品奖励一直到重要岗位的设立，都有明确计划和举措，特别是在"长江学者奖励计划"中设立哲学社会科学特聘教授岗位；鼓励高校设立哲学社会科学资深教授岗位，并给予与自然科学和工程科学院士相应的待遇，一改社会科学专家干得再好也前途暗淡的局面，使冷落的人文社会科学研究之园，也真正春暖花开了……

接下来就该确立规则和如何游戏了，很复杂，很痛苦，但一定也很快乐。是研究社会科学的人的快乐，也是社会科学自身的快乐。我相信，季节来了，河流解冻了，该出的芽就要出，该开的花就要开——

　　春色满园关不住，红杏白杏出墙来。

不过请注意，这还是杏花。吃到幸福的杏子，要等待新的季节。

救心与救生

由于《北京晚报》11 月底刊登全国性自杀结果的调查报告，让传媒引出一个热门话题。

一组数据表明，从 20 世纪 80 年代初到 90 年代末，自杀率不断攀升，每年自杀人数近二十九万。人们主动放弃生命，成为我国的第五大死因。何况，还有约两百万自杀未遂者影响着生存的意志。在生活不断美好的现代化进程中，这无疑是一串悲音。

资料还表明，以性别论，女性自杀率比男性高出 25%（发达国家自杀率男性三倍于女性），而农村自杀率又是城市的三倍。北京迅速成立了自杀救助中心，并邀请了桑兰等人出任形象大使。上海的报纸也登载如何抗抑郁症的文章。无论从人道、政治，还是医疗角度看，这些反应都是及时的。

重要的问题在农村。广袤的土地，众多的人口，沉积的历史，迟钝的救扶，特别是落后地区农民的生存及心理问题，政府和社会必须引起高度重视。

美国思想家爱默生说："第一个农夫也即人类的祖先，历史上一切高尚的精神与行为都取决于对土地的占有和使用。"（《社交与孤独·种田》）农村是生存之境，农业是生活之源，农民是生命之基。在工业资本还没有成为国民经济支柱的时候，丘吉尔曾用诗一般的语言赞美过农民："农夫们虽然出身卑微，缺乏教养，然而他们善良纯朴，秉公行事，自足自富，心无奢望；他们耕种田地，自给自足；他们一生清白，没有忧愁恐惧和烦恼。"（《愚人村》第三卷）现代化酝酿在迟缓的焦虑过程中的时候，靠天吃饭的农民饱一顿饥一顿，祖祖辈辈就这么下来，得过且过而已。现代化来了，信息化来了，农村与城市联系越来越频密，但差距也越来越大了。被工业化、商业化和体制中的漠视、腐败层层侵蚀、遮蔽、盘剥的农村，田园诗般的紫霭红岚在一部分人的叹息中缕缕飘散……

改革开放以来，中国的进步令世界惊讶。但在所有受益的社会群体中，农民所获相对较小。而处在偏远、贫瘠、城市死角又别无选择，生产能力低下的农耕者，其不幸可想而知。睡在床上期待梦想，打开门耕田种地，还要祈求老天爷的帮忙。一年下来，天天有吃喝算是好的。倘风不调雨不顺，公粮一交私粮缺口；倘地方官僚巧立名目或逼交苛捐杂税；倘孩子上学借讨无门；倘被人欺辱孤苦无助；倘家庭失和情感纠纷；倘一病不起或绝症降临，那些没有任何社会保障、连一点活着的乐趣都找不到的父老乡亲，就只好剥夺自己在人世上的最后一丝气息了。别的他要求不到，这个要求却是极为神圣，又极富有价值的。人的尊严一败涂地，他只好幻想着来生的意义。维护尊严不需要知识，用良心就足够了。

从贫困农村出来的城市生存者，是中国数十年来精神最痛苦的人。一方面被迫城市化，车水马龙碾碎了人与田园的和谐之梦；一方面，贫苦的乡亲与家庭时时将他拉回去，承受一个人无能为力的磨难。数十年来，在中国一直是农村人羡慕城市人，而被羡慕的城市人一定是乡下人的后裔，或者就是地道的乡下人。可见这不是人的差别，我们要检讨，我们用了怎样的工具，数十年来挖掘了一道令人毛骨悚然的鸿沟。

中国要现代化，却不能让农民扬眉吐气，站起来并富起来，那是根本不可能的。"岁亦无恙耶？民亦无恙耶？"（《战国策》）是比任何东西都重要的中华传统。好在十六大刚刚开过，"减轻农民负担，保护农民利益"，"发展农村经济，增加农民收入"赫然印在报告里。对于挣扎在生命危机中的农民来说，目前不是心理治疗的问题，而是采取切实措施，怎样让他们生活得好起来。我相信，这也是全面建设小康社会的根本保证。

生命是一根藤，一树花，且都是连在一起的。宝贵每一个生命的社会，才具有永恒的生命力。

2002 年 11 月

可怕的"自由"

2002 年 9 月 26 日《南方周末·阅读》版，有一个专题叫《大学教育与"精神成人"》，报道有几位先进编了一套大学人文读本。书我没有看见，不好胡说。

这套书引出了一些议论。譬如清华大学历史系的秦晖教授，就以为自由与宽容乃人文精神的底线，而"底线问题不容讨论"。他的意愿可能很好，为了维护自由的价值与尊严。但说法令人可疑，乃至可怕。

秦晖道：

我觉得自由这个东西是不可以讨论的，譬如某某人说，你发表某某言论我就要杀你，对这种人有没有讨论的必要呢？

假如他允许你跟他自由讨论，那就证明你的说法他已经接受了，你也就不用讨论了；假如他不允许，他要拿刀杀你，你跟他讨论这个问题根本没有用。像这样的问题，就是属于底线。对于一些底线的价值，我们应该有明确的态度。

秦氏这段话，其思维及观点大多违背了现代自由观的基本常识。

最经典的自由观，我以为还是英国思想家约翰·密尔所讲的六条原则：任何思想决不会完全不可批评；凡是正确的思想不怕批评；凡思想之得势而必须借助于政权武力，则这个思想便不是一个真能合乎人心的思想；异说奇论实无禁止之必要；唯思想可以矫正思想而不劳外求；思想若定于一尊便是思想的自杀（《论自由》）。六条原则是互依互动的，缺了一条，自由的自行车大概就骑不转了。

秦氏所言的杀人者对应了第三条的"政权武力"以及其他的"自由"霸主，他们在世界自由史上不断被否定，但却往往得逞。这批判没错。

"你"当然就是"我"或者"我们"了。作者如果不是以自由启蒙者的姿态，就一定是以自由的权威拥有者出现的。如果是前者，即是我说的可疑：被文化熏染的人，会有天生的自由者吗？如果是后者，就是我说的可怕：怕秦先生一不小心也变成了自由的霸主或"政权武力"的帮办，情不自禁地去禁止别人自由地思想与行动。"不可以讨论"这样的武断，违背了约翰·密尔的第一条和第六条。关键在于，你用什么来保证，"你"就是自由及其价值的绝对代言人或者象征？人，不是儒家理想中的圣人，有时连人都不是，凭什么你一人说了就算？秦氏在报上的一则小言论，不明摆着是要人提防的吗？中外历史都表明，凡敢于这么自命的人，不是独裁者、暴君，那他一定就是某种话语的垄断者或垄断欲望者。等到后来人反思或批判他的时候，人类的自由精神已被他虐待一回了。受伤的不仅是苏格拉底、屈原、鲁索、鲁迅与顾准，还有一代又一代的传人……

如果你被另一个人允许自由讨论，就认为是你的说法即思想被接受了，那自由就肯定是一厢情愿的东西，是精神自慰，如石厚听信其父石碏去朝见陈桓公。很多时候，自由实质上是强者的霸道式自由，亦即郑庄公让共叔段居京的自由。弱者像姜氏与京城大叔，一个遭软禁，一个在外逃亡，自由在自得与自慰中被悄悄剥夺了。

金斯伯格说："自由只存在于束缚之中，没有堤岸，哪来江河？"（《脚镣》）这束缚不该是"定于一尊"，更不该是血与火的杀戮，而应是和平社会的法治状态，它对每个人、集团与政府都是公平的。失去自我的限制与责任，别人没有自由，自己也成了自由的牺牲品。为了保证人类中"我"的自由和人类因为"我"而自由，第一大责任与限制，就是时刻反省我的"说法"是否伤害了自由，我的做法是否推动了自由。自由如果真的不能讨论，自由就没有了价值；自由如果不是任何人都可以讨论、接受、享用甚至躲避、排斥与扼杀，那就不是真正的自由。何况，即使你"明确主张自由"，也不是自由的时代就到来了。现代社会的整个西方，不是在演出着一幕又一幕这种自由戏剧吗？

自由这精神之树，是从非自由的生态中成长起来的。不要在意气用事中扭曲自由的真义，像吐鲁番某个故城中的一棵死树，成为孤独的枯影。而要像塞罕坝的山民那样一代又一代去种植，绿色才可能成长起来！

——收入王义军主编《最佳新媒体散文》，
湖北教育出版社 2003 年 4 月

计划学术膨胀伤害了什么

近二十年来，我国计划经济的地盘越来越小，"计划学术"的领土却越来越大，越来越膨胀。就人文社会学科来说，从全国性的哲学社会科学规划，到各省市、各大学和科研机构的哲学社会科学规划，闹闹热热、红红火火、势不可挡。一方面，经过计划并完成的许多课题，确有高质量的学术成果，为学术积累和社会发展做出了一定贡献。但另一方面，面对每年一度、几度的课题申报，学术界的埋怨声却也越来越多，质疑声也越来越高。特别有以下几个问题，不得不引起重视和警惕：

一是资源浪费和人格伤害。省市以上的社科规划，课题指南中不少学科每每都有美妙的"计划"，越是重大课题，资助的经费越多，诱惑力也越大。由于评职称、报硕点博点、评硕导博导、领年薪、建基地、各类评估等等功利要求与目的（有的甚至以经费多少来衡量），拿项目和完成项目成了重要条件和标准。于是相关单位鼓励又奖励，学者们一哄而上，被迫或自愿地去打一场浩浩荡荡的课题争夺战。相同项目只有一个，学者却何止千万，这里面造成时间的浪费、精力的浪费、资源的浪费，是相当惊人的。尤其可怕的是，到底谁能拿到项目，公正性何在，这是一个谁也无法探测到的黑洞。公开的条文掩饰了许许多多的不公平，但学者们仍然要争先恐后，在课题的铁索桥上蜂拥前进。因为不冲锋，那就只有在打着饱嗝儿的侦察蜂后面忍饥挨饿。为什么？花只有一朵啊！本是充满精神原创力的青年、壮年和老年的学者们，在此过程中变得慌慌忙忙、恍恍惚惚、唯唯诺诺；而靠学者个人力量发表和出版的学术精品，在学术评价中如同庶出，低人一等，总不如所谓"项目"来得冠冕堂皇。"命题"学术或"遵命"学术，使学者的文格和人格受到了不同程度的伤害。

二是嘲弄了人文社会学科独立研究和独创的精神。理工学科的学术研究，合作攻关者，成功范例不少，历年的生物、化学、物理等诺贝尔奖，就是明证。但人文社会学科之研究，带着学者的理想、兴趣、习惯、积累、发现、睿见甚或成见与偏见，有着极强的个人性、主观性与隐秘性，精神性探险更多，独立性要求更高。自古以来，凡创造精深伟大之人文社会学科成就者，孤胆学雄屡见不鲜。但如今那些烦琐的表格却规定，人文学者不能单独申报项目，要有参加者，结成团队，才有被批准的可能。这不仅造成了很多项目的拉郎配、拉友配；项目侥幸过关了，"郎""友"也往往独立了或改嫁了，成了浪友或怨友。因文人历来崇尚"和而不同"，人文社会学科的独创，不仅是独立不倚的创造精神，前无古人的学术见解，也是无牵无挂的独往独来。被"计划"好的合作队伍，很多变成一盘散沙，甚至不欢而散。这过程中的许多人被嘲弄了，更嘲弄了人文学术的"独创"价值。事实上，人文学术之高下不能以著者之多少来期待和评判，甚至著者愈众，杂乱低劣的可能性愈大。

三是时限等的紧箍咒，极大地影响了精品、巨著的产出。因为害怕资源浪费或言而无信，各级各类的人文社会科学项目都要倒计时：基础研究一般要在二至三年内完成；应用研究要求在一年甚或半年内截稿。应用乃应急，快而有用或许有道理，就不说了。基础之基，可十年，可百年，兴许千年万载不可替代，如《论语》、如《老子》《庄子》、如《史记》者也。现在说"十年磨一剑"，也许不合时宜，但真正的人文学术之伟构，没有五年、十年或更多，不符合规律，也经不起时光的淘洗。本是学术人，相逼何太急？又学者一般有自己稳定的研究领域，也有长期的写作规划，但由于灵感、由于兴趣转移，也许还由于同行的刺激等，他或她可能停下手头的工作，移情而别恋，或许可能创造出学术界喜出望外的硕果。这是人文社科研究中并不少见的灵活应变机制。但头上套有金箍的人，该如何是好？又如何应对中期检查和结项？在一个又一个大大小小项目的操作中，学者们战战兢兢，不知所措，因为你翻来跃去都在"项目"的手掌里。

还有种种疑惑：那些计划的项目，或一般，或重大，领走了，完成了，它们在文化史中的地位，就真的如项目本身一样，"一般"了和"重大"了吗？学术评价是在一个充分开放的公共的历史性平台上，才能最终完成的，一拨人或一个机构，就真的能判断一个时代学术的大小好坏吗？小课题就真的做不出大学问吗？申报表中的推荐意见和单位意见，真的实事求是，没有人情和本位吗？而项目的审阅，说来说去是"审表"，是真正的"表上谈兵"，又有谁能保证某个项目一定会有高质量的回报？

学术是生命的创造。人文社科学术研究需要更宽松的环境、更自由的心灵和更独立的人格。该是改革计划课题、项目申报的时候了。应将所有基础研究全部放开，让学者们自愿选题、自由探讨、自己管理。不管用多长时间，只要拿出了好成果——手稿或成品（而不是好表格），就可以被认可，并获得经费支持。在春风化雨中，让我们的学术生态更平衡、更健康、更美好，让民族的学术生命之树，根系发达、枝繁叶茂、花果飘香！

——原载《文汇报》2005 年 5 月 24 日

汶川三问

就像 1976 年 7 月 28 日一样，2008 年 5 月 12 日，同样是中国人世世代代不可忘怀的灾难日，恐惧日，大忌日！是人类直面地球的一天，当然也是人文与自然恩怨的思考日。当时预告的震级为 7.8，我即预感近十万生灵将化为冤魂，要告别活生生的世界了。

近年常常出门，我备有两部地图书，一部是中国地图出版社的《中国地图册》，另一部是山东省地图出版社的《中国交通旅游地图册》。自从那一天历史将巨大的悲恸定格在北纬 30° 45′ ~ 31° 43′，东经 102° 51′ ~ 103° 44′，我的泪眼就不断地穿行在巴山蜀水密密麻麻、仿仿佛佛的城乡之间，我的思维钻天入地，有时也瞥过此时此刻显得微不足道的哲学与文学，想寻找自己提出来的多少个为什么，毫无疑问，我度过了翻天覆地的两周，也度过了惊心动魄的两周。下面的文字，只算是我从大脑沟回的折页也是从泪眼的江渚间翻寻出来的零星波纹而已。

生与死

生是唯一，死是终极。既是唯一，当然看重；既是终极，谁也不敢掉以轻心。世界上无论哪种宗教，其实都是贵生的，只是信仰不同，对待生死的态度不一样而已。但生与死并不完全由某个主体自己可以决定，环境和人境控制着极大的偶然与必然。有时候，人面对生死，竟会那样的无奈、无助和无望！古人说"生死有命"，如果这个"命"是存在，是活着，那并没有什么弄玄做鬼之嫌，反倒是人对命定的承认，一种豁达与坦然。在古典的种种文本里，我们读过太多中国式也可说是老庄式的豁达与坦然。

生是日常的，平静的，个体在对群体和自然的依赖中，生大多显得持久而微不足道。死是非日常的，不平静的，没有几个人愿意死。但一个人，无论他是伟人还是平民，是巨贾还是乞丐，都得死。死亡是宇宙间最公正的度量衡，也是宇宙间最平等的权利，一个人只能死一次，《诗经》所谓"人百其身"是不可能的。但死的方式、过程、价值与影响，是大大不同的。一个个体的死亡，可能如枯叶离枝，无声无息；却也可能如陨石坠空，带给一个家庭、一个团体甚至一个民族和国家的是震撼或震荡！若死亡的突然袭击，不只是朝着个别人，甚至于不只是个别群体，而是庞大地区，几百、几千、几万平方公里的人民，那这种任何力量都不能抵抗的巨大死难，那这个国家及其每一个死着和生着的人，该如何接受和承受啊？！

有了晚报和网络以后，我们在近数十年的死亡现象里发现了更多的细节，也几乎模糊了古典的死亡价值，如李清照"生当作人杰，死亦为鬼雄。至今思项羽，不肯过江东"；如辛弃疾"汝说刘伶，古今达者，醉后何妨死便埋""我最怜君中宵舞，道男儿到死心如铁，看试手，补天裂"；如文天祥的"饿死真吾志，梦中行采薇""人生自古谁无死，留取丹心照汗青"；等等。君不见，一段时间的晚报与网站上，有月黑风高夜，一句话不合即取人性命者；君不见，路遇歹徒或流氓，事不关己高高挂起者；君不见，在中南、西北、华东数地，见跳楼者不但不设法施救，反而起哄取乐，促将死者急死而后快者！每每看到这样的社会新闻，我的头变低了，血变凉了，舌头变僵了，仿若回到没有语言的人类远古，禽兽的尾巴还未从脊椎上退化。为什么，我的同胞们，是生存逻辑发生了异变、生活好上了就贪生怕死，还是集体的人性退化呢？

汶川大地震了，中国地动山摇了，半个亚洲听见死亡的哀声了！那些现场的生者，用恐怖的身体与眼神，放大着从未经历的从地而起从天而降的死亡的惊悚！一夜之间，那些真真实实面临死亡和拯救死亡的故事，让我和与我有着人性忧虑的人，从深重的忧郁中彻底解脱出来了。

你看见了吗：三岁小女孩宋欣宜，在父母伟大而永不变形的雕塑式保护下，等待了四十多个小时，活下来了！你看见了吗：一个更年轻的母亲，临终前让婴儿吸住自己的乳头，从而接通了生命的甬道！如果你说这是亲情，是无私的血缘之爱，那接下来你看见了什么呢？一向与文弱和书生同名的幼儿园、小学和中学老师们，在千钧一发的生死关头，表现了超越历史责任的勇敢！在活着还是死亡的难题上，他们选择活着；在我活还是学生活上，他们不假思索地让学生活！你看见了吗：严蓉、瞿万容、苟晓超、袁文婷、张米亚、谭千秋，这一个个闪光的人，都是"摘下我的翅膀，送给你飞翔"的忘我的真人，是与天大的灾难一同出世的人间大勇者！

地球上，没有比一次性的生命最自我的了！一个人生活着，若只为了自己，那太自私了；一个人生活着，若还牵挂别人，那太正常了；一个人生活着，若愿为他人付出生命，那太高尚而伟大了！汶川大地震，一大批这样的中国人拔地而起，为生而死，向死而生，为古来的哲学家上演了一堂最深刻、最动人的生命哲学课，道德哲学课。中国，你面对死亡的挑战令全世界动容啊！

人与天

蜀中汶川大地震，老使我想起李白名诗《蜀道难》中那些恐怖的诗行："飞湍瀑流争喧豗，砯崖转石万壑雷""地崩山摧壮士死，然后天梯石栈相钩连"。这次死的不只是壮士，而是十万左右的蜀中青壮老幼。蜀道不是开了，而是阻塞与断绝。最后修订的震级为8.0，乖乖隆地隆，比唐山大地震还高出两个震级，分秒之间，许多生命不辞而别，让人不寒而栗！

"震级"这个词，概括了两个主体的行为：首先是大地震动了，然后，科学家们为这个震动的破坏程度裁定一个尺寸。地震是人干预不了的，震级却可以测定。这就涉及人与天，也就是人类与自然的关系及其运作规律。多少年来，在大跃进、农业学大寨、"文化大革命"的狂热中，"人定胜天"这个词已成为当代中国人傲视大自然的精神语录，庶几成为好几个历史时期向大地山河开战，战无不胜的口号。并且，不少人还把这个词的创造之源追溯到荀子的《天论》，真是这样的吗？

我们先回到《天论》吧。荀子说："天行有常，不为尧存，不为桀亡。应之以治则吉，应之以乱则凶。""应"者，相应、适于或应和、应对也，这是《辞源》的意思。那句话很明白地告诉读者：大自然运变有一定规律，既不因尧的德治就存在，也不因桀的恶治就毁灭。对于人类而言，大自然有好有坏，用德治应对其好，则吉；用恶治应对其坏，则凶。这是《天论》全文的纲要，谈的就是君子如何应天行道。值得注意的是，古来无论儒家还是道家，说事都喜欢从天说到人，如《周易》的"天行健，君子以自强不息"，老子的"希言自然……天地尚不能久，而况于人乎？""应"这一个字，很好地说明了大自然是主位，是人类的模仿对象，治人者应利用"天行有常"，使社会健康地成长。而不是倒过来，"倍道而妄行，则天不能使之吉。"荀子的伟大之处，是接下来他说了一句他以前的人从没说过的话："故明于天人之分，则可谓至人矣。"他是在强调：认识大自然的好坏靠"至人"，利用大自然的好坏同样在"至人"，"天"是不会主动使国家大吉大利的。然后，荀子又直白地宣称："君人者，隆礼尊贤而王，重法爱民而霸，好利多诈而危，权谋倾覆幽险而尽亡矣。"他是在总结前数代亡国的教训，特别点出君子因应大自然常规之重要，因此最后又有"制天命而用之"一说。有学者就认为，这意思就是控制自然的规律并利用之，而"人定胜天"根源于此。非也！"制"不是控制，这不符合荀子《天论》通篇的本意，而应该解释为节制。根据以上论列，荀子很明白地要告诉"至人"

也就是统治者：天道有好有不好，你必须要根据国家发展需要，有选择地利用常规的一面，顺"天地之变"，这样才能"而王""而霸"！"制天命而用之"若一定要用白话再说一遍，就是：君王啊，你要学会有选择地利用大自然的常规，来统治自己的国家。因为虽"天行有常"，它是"不为尧存，不为桀亡"的啊！

以人道应天道，《周易》、老子、孔子之后，荀子讲得再清楚不过了，他是智慧而高远的。"人定胜天"一词的出现，若说源于荀子，那是曲解；若说这词本身就是多义，只当代人从民粹主义的角度、用愚民式的方法急于现代化，夸大和利用了它，是极有可能的。"人定胜天"，若把"定"理解为定夺、定制或厘定，也就是上文所说节制后的理性之选，把"胜"理解为强于或胜过，而把"天"理解为好坏并存的"有常"之天，那与荀子的思想是不相左的。可悲的是，在当代中国，"人定胜天"就是人一定能够战胜大自然，人多力量大，人似乎无所不能。再加50年代、60年代、70年代对大自然的疯狂攫取，以至80年代真正的现代化建设刚刚启动时，大地山河已是百孔千疮，生态环境已濒临崩溃：风沙逼近北京城了，月牙泉变成星星泉了，青海湖的湟鱼被饕餮的网罟吞食得差不多了，长江的浊水已溅黄了李白的黄鹤楼了……

美国的龙卷风，印度尼西亚的海啸，中国南方的大雪灾，缅甸的大风暴，还有这次汶川大地震，难道一点关联也没有吗？难道这个地球，地上、地面、地下不是一个大系统吗？难道源于天、依于天的人类，在大大地暴于天、逆于天之后，真的能"胜"于天吗？人是不能战胜天的，一次次的风暴、洪水与地震，难道还不能震荡人类狂妄的心灵吗？汶川大地震死难的兄弟姐妹们，埋在瓦砾下、土石中无辜的灵魂们，你们难道不想用自己的力量从自然的力中逃脱吗？可是，你们却在巨大的罪恶中投降了。为什么啊？人只能认识自然，顺应自然，适度地在极有限的情境下友善地改变自然。战胜自然，那是以卵击石，最后，人类自己会从地球上消失的。

国与家

温家宝总理第二次到达地震灾区，在北川中学高三一班的黑板上写下四个大字：多难兴邦！那么刚劲有力，那么刻骨铭心，没有什么东西能够抹去它了。

是呀，2008 年的中国怎么啦？年初飘来百年不遇的冰雪，未几拉萨有藏独打砸抢，接着奥运火炬在巴黎等城传递遇险，跟着又碰上多少年来从未出现的火车相撞，人们气还没喘匀呢，更大的天灾又来了，这不是雪上加霜吗？

地震！地震！！大地震！！！

我立马想起唐山大地震，想起钱钢的那本书，想起许多消息都封锁了，想起震后十年钱钢抛出的一个个大问号！尤其是，那么多鲜活的同胞的生命，政府会以怎样的速度、力度、透明度把他们救出来？而和平又富足时代的人民，在小康的枕上做着安恬美梦的人民，又会以怎样的态度对待这场猝不及防的大灾难？

中国不是三十二年前的中国，人民也不是三十二年前的人民。

就在地震的同时，党中央以第一速度做出全国大救灾的决定。短短几个小时，总理就出现在都江堰了，部队已到达现场了，全世界也知道中国四川一个叫汶川的地方，无数生灵在呼救，而呼救的生灵有回应了！

伟大的生命，英明的指挥，公开的信息；前所未有的速度、力度、透明度，让汶川一下子成为生命的焦点、时间的焦点和人道的焦点！在中华民族数千年的救灾史上，你见过如此动人的速度、力度和透明度吗？这是政治成熟的中国，这是经济起飞的中国，这是以人为本而又高度自信的中国啊！

我那时草写了一首诗：

汶川的红樱桃

二十年前的初夏，我路过汶川，并在汶川的樱桃树上看到了人间的安宁与灿烂。

多年前，
岷山发出微笑。
你殷红的光影里，
我透露平静的骄傲。

一个午后，
川水爬出巨鳌。
樱桃流星般坠落，
生命用血光呼叫！

每一滴牵挂都溅出回声，
金水桥畔涌起了午潮。

一面旗帜，在第一时间，
向大西南射出惊叹号！

红樱桃，红樱桃，
瓦砾中的红樱桃，
暴雨中的红樱桃，
十三亿心脏在大山中跳！

从所有的手中伸出手，
将心的星空往外掏！
汶川绝望的黑暗里，
红樱桃太阳般闪耀！

多年后，
岷山发出微笑。
汶川、北川、青川，
会挂满殷红的骄傲！

尤其让我潸然的是，国家以人为本，人民原来是以国家为本的啊！北川县民政局局长王洪发，整个家族十五人在地震中丧生，其中包括他年满十六岁的独生子，他仍坚持在第一线；彭州市女民警蒋敏，十个亲人不在了，她强忍巨大悲痛，多次晕倒也不离岗位一步；还有赵海清、李林国、蒋晓娟等等，没有一个不是为了援救他人，为了无声的命令，而放弃自家的利益甚至生命。还有唐山以宋志永为代表的"十三义士"，救了雪灾救地震，心中装着大中国，才有知恩必报的赤子之心。还有成都市金河路57号，连成都人平时都不太注意的地方，这次却成了全国各地志愿者的大本营，其中最小的，是只有十六岁乳臭未干的一个小男孩啊！他要出力，他不后悔，他是悄悄离开自己的家人，来到金河路57号的。家是以人为本的小巢，也是以国为本的大巢，没有人哪有家？没有家哪有国？没有国哪有人？在中国文化里，在最危急的关头，人、家、国原是一体的啊！

大地震以来，生命在创造奇迹，也不断有奇迹在创造历史。短短十二天，全世界捐来的钱物竟超过了一百六十多亿。这个数字里，台港澳同胞和全球华人就占了不小的一笔。这些血浓于水的同胞们，他们可以在袋鼠的国度保护奥运圣火，也可以在汶川的山水间播下爱心。那一份真情，是永不移易的永恒。我读过菲律宾华人诗人江一涯的一首诗，叫《菌之永恒》，特抄录如下：

美的。一种菌最珍奇

不是来自空气、阳光和水

也不是来自四周飘扬的尘埃

直接地——

从你的，我的血液里

来，与躯体同在

肉眼看不见，甚至

几万倍的显微镜

她，巨大而渺小，强而弱

存在，在你我的感觉中，或者是

灵魂深处

当一切事物都毁灭了，在这世上

她，又将生于毁灭之外

　　读者，你难道不能发现，一个世界性的大中华的辉煌时代，正在到来吗？！

2008 年 5 月 26 日

椰树精神

来海南十年，看了很多树，吃了很多树，当然是果子、叶子还有枝子。哪一种最棒呢？看来看去，吃来吃去，想来想去，还是椰子树。如果银杏是中国的国树，那椰树该是海南的省树，在我，这是没有什么疑问的了。

前不久在路上遇到一个大坑，坑旁有一排椰树，成年的硕大的椰树。惊心动魄的是，坑下的半壁墙椰根穿织，粗粗细细，纵横交错，仿佛一幅椰根的解剖图。像地面的椰根紧紧抱住地表一样，土中的椰根以超人的合作精神一棵一棵、一排一排，一片一片织成网络，牢牢网住每一寸土壤甚至每一块石头，为对付台风的撼拔打下了无可动摇的根基。被挖被切断的根须无论粗细，都或浓或淡冒着乳白的汁液，这是它被劫杀的痛苦吗？但它们不呻吟，连半声哼哼也没有。待水泥和钢筋灌植下去了，待掘开的土层重新覆盖下去了，这些伤残的根须会自我修复，向新的生命空间编写坚定的合作之歌。现在，那排椰树仍油油地绿着，不枯不死，牢固的根基织就了它们穿越任何障碍、任何季节的生命之色。

有事的时候，在车轮上观赏椰岛南北，总会发现同属棕榈科的两种树，一是椰子树，还有就是槟榔树。那天跟学生上写作课，我说我发现了这两种树的性别象征。槟榔袅娜清秀，亭亭玉立，像海南的少女；椰树苗壮豪放，或挺拔，或斜迤，像海南的壮男。树干上的环纹，那是大海赐予的海魂衫；刚柔相谐的巨大羽叶，那是如云如歌的长发，又现代又浪漫。椰树健朗的体格，潇洒的风姿，临海、临风，临改革开放之大潮，与槟榔一起构成热带海岛的迷人风景，很富有现代知识青年的气质。

我在《树的象征》一文中说过：

> 椰子树的整体形象为发散型辐射结构，椰叶所指，上下左右无垠无境。并不像很多阔叶树与针叶树，如太极图案，让视觉封闭，只回归自身。她是无拘无束，无涯无岸，一派开放的气度。

你在温带和寒带见过这样的树吗？一年四季次第开花结果次第生长与成熟。我曾生活过的中原地带，几乎所有果树都是一锤子买卖。也有桃李二次开花，但那只不过是十月小阳春给予的错觉，激情委顿、花叶落尽乃必然的命运。

椰子树是热带植被的代表树种，又可说是习染了中国优秀传统的文化之树。在椰树之上看椰树，不赞美它旺盛的繁殖力和几世同堂的和谐秩序是不可能的。从乳黄色的肉穗花序，到淡黄的指头般大小的果，到青白色的拳头般大小的果，到绿色的人头般或更大若足球般的果，老的已呈黄褐色，层层累累，代代相传。为着家庭的荣誉，为着人类的利益，为着一包一包椰子粉、一袋一袋椰子糖、一盏一盏椰子盅、一块一块椰子糕、一罐一罐椰子奶，为着国宴上的骄傲，为着海岛和中国魅力，诞生再诞生，奉献再奉献。这种倾注全部精血，对于土地不知疲惫的报偿，对于人类不求回馈的执着，几乎是任何热带、温带和寒带的树都不能比拟的。

在夏季的大雨中，或冬季宁静的夜晚，走在夹岸的椰道上，总会有一些意外的经历，当然主要是来自椰树的，冷不丁有小椰果落下来，有大椰果落下来，有枯竭的巨型的椰枝掉下来。一看就知道那树枝耗尽了生命力，完成了它这一辈子作为家族成员吸收和支持的任务。如果你拣起椰果再看一看，无论大小，你会发现它们很轻、很空，只有形式没有内容，徒具椰子之名而无椰果之实。在这样的散步或行走中，我每每就是贪图大自然最深刻恩赐的时候了：椰树的自省、自律、自裁，无声无息又有条不紊，在无怨无悔中被淘汰，健康的生命才能正常生长，源源不竭的琼浆玉液才能满足如饥似渴的机器和人群。而这一点，是人类组织始终解决不了也解决不好的社会问题。

椰树虽然没有语言，但我懂得它的思想；椰树虽然不做颠来倒去的什么演讲，但我懂得它的生活准则和矢志不移的远大目标。世界不只中国有椰树，中国也不只海南有椰树，既然有了与中国和世界上任何地方都不同的椰树，尤其是给了生活在这块热土上的人们以巨大启示的椰树精神，海南人，有理由为椰树而幸福，也有理由为椰树而骄傲！

奥运会：人类创造心灵的期待

第二十九届夏季奥林匹克运动会在北京开幕。中国的 8 月，一切花朵盛放之后又一切果实飘香的 8 月，全球的眼睛聚焦中国，聚焦北京奥运会！

近数十年，在所有世界级的大型盛会中，都不像世界级体育赛事尤其是奥运会这样能吸引全球老老少少的黑眼睛、灰眼睛和蓝眼睛，能将一个季节的注意力旋转起来，像龙卷风一样席卷全宇宙的时间、空间与心间。为什么？依我看，这是全人类心灵对人类自身以体育运动为支点的周期性创造的期待！

奥林匹克夏季运动会四年一届，这好像是四季的延伸，也是对四方的扩展，无论对个体生命、国家生命还是人类生命而言，是总结、是休憩，是补给，也是一种等待！正是这种等待，积蓄了火山般的能量和海潮般的期许，以至将主办国一切与体育有关的艺术、文学、外交、建筑、民俗、科技、交通、饮食、休闲等等，都以独特的方式，凝聚或消解在奥运会这个焦点上。在与体育相关的奥林匹克式创造中，我以为有三点不得不提：

一是奥运会创造了和平。多少个世纪以来，一个被人命名为地球的星球上总是冒出炮火硝烟，这当然不是外星人的恶作剧，而是现代人制造的政治仇杀、种族仇杀、宗教仇杀、金钱仇杀乃至无以名状的杀戮。若有历史学家对人的非和平暴行加以统计，我相信，没有大大小小的屠杀的年份在地球上恐怕是极为罕见的。既然战争和仇杀陷入了日常的麻木，那么和平就需要一种契机、一个理由，被全世界以惊雷般的力量重新提出，这不就是创造吗？对和平的创造，对和衷的创造，对和谐的创造！让陷入泥潭的迷途者休战，目前来看，任一国家都不能胜任，联合国也无能为力，只有《奥林匹克宪章》，还最大限度地给全世界以最大的信心与力量！每临奥运会，世界上总有各种人物和机构力倡神圣休战，而愿以公开、公平、公正的竞争，代替流血与死亡，把机械的炽热的枪弹，化为手动的理智的标枪和铁饼。大概除了战争成瘾的个别国家，不是面临国家的存亡，没有人愿意打仗，即使正义的战争，也伴随着对生命和人性的扼杀。一战的时候，一部分英德士兵在两条壕沟之间曾达成短暂的和解，而和平的方式竟然是同踢一只足球！体育，这种代替战争的仪式，难道不是人类给自己的伟大发明吗？这一次，伊拉克短跑运动员达娜终于可以奔赴北京了，但是她担忧下一届能不能去伦敦。她悲切地说：像我们国家这种情况，还不知道能不能活到 2012 年？！为了奥运，为了人自身的命运，在北京奥运会期间，聪明、多情但也好斗的人类，请停止大大小小的战争与屠杀吧！

二是奥运会创造了文化。不是一个地区或一个国家的文化，而是奥运文化，是真正世界意义的体育文化！也许我们可以认为，"更快、更高、更强"是奥运会竞争的核心或经典价值，这个表述几乎周全了所有体育项目，也囊括了人一辈子的生命理想。但笔者更愿意强调，每届奥运会，那些真正融会了并贯通了本民族优秀传统文化与奥林匹克精神的重要元素，如标识、建筑、音乐、奖牌、园林、服饰、开幕式和闭幕式等等，若一个城市的一届奥运会形成了一个富有特色的系列，哪怕连一项运动的世界纪录都没有被打破，这一届奥运会，也一定会在奥林匹克运动史上，在人类文化发展史上，留下明亮甚至辉煌的一页。你还记得上届希腊奥运会淡雅的长裙、青色的树冠和古典的火炬吗？那是奥林匹克的，也是希腊化的。北京奥运会，鲜红的中国印，网络般的鸟巢，自然的水立方，人字形的机场，金镶玉的奖牌，瓷蓝的旗袍，开幕式充盈着中华民族文化元素的击缶颂诗、飞天巡天、活字复活、轴卷古今等。还有那照彻人类奥运数千年夜空的五环焰火，绿色的、人文的、科技的北京奥运会，也一定会让伟大的奥林匹克有一笔不可抹去的东方记忆！

三是奥运会创造了欢乐。体育从形式、过程到实质，都是为了人，为了人类的快乐与健康！笔者认为，体育不是人类肉体和精神的一种负担，甚至不能说是一种工作。如果现代出现了职业运动员，那他们也应是奔着自己和别人的欢乐，一种愉悦的生存理想去从事锻炼和运动，从事竞赛或竞争，而绝不会是朝着痛苦的深渊短跑或长跑、蛙泳或蝶泳。米卢的体育世界观是绝对正确的，他踢的足球是快乐足球，也就是尽情玩耍的足球，玩出艺术和生命花朵的足球。但足球或足球的世界杯、欧洲杯再火，它也是个单项运动，何况世界上并不是老老幼幼都喜爱足球。至目前，奥运会是项目最多、最盛大的综合性运动会，它吸纳了不同民族或国家从古老的遗存里发掘出来的长项，又适应了现代人类在心理、节奏和技术上的种种要求，从而使全球的大多数人在奥运会上找到了共同的兴趣点和兴奋点。怪不得罗格也说，奥运会是一种大家庭式的派对。不错，体育的奥运是舞蹈、是艺术、是美，也是休闲。也许还有累，却是永远也不会产生厌恶感的纯洁的快慰和欢乐。在奥运会中，就像在一场大型欢乐颂的交响乐中，人们每一个细胞都在音乐般欢快的海洋中跳荡着！从申办奥运之日起，到赛场圣火熄灭，再到下一个城市举起奥林匹克旗帜，世界上总有人在上演一场又一场不同旋律的欢乐颂。用激情创造激情，用欢乐创造欢乐！我相信，人类的精神愉悦，从体育和奥运会中获得的，要比从任一种活动中获得的多得多啊！

我们继续期待着北京的创造，北京定会给世界一个又一个创造性的惊奇！

足球革命

第十九届世界杯在南部非洲拉开战幕了!

国际足联;知名和不知名的足球运动员;男的、女的、老的、壮的、少的足球迷;当然还有从未如此受到世界关注的南非,南非的曼德拉,在那块土地上奔驰着的斑马、羚羊、猎豹、老虎和狮子们,一时都成了全球眼球、心脏和万千镜头的焦点!

足球是世界第一运动,当然也是全球第一游戏。足球滚动在五大洲的土地上天空中,太阳、月亮和地球之外,某种意义上说,它可能是对人类最重要的第四大球体。足球在运动与休止中,呈现出哲学、美学、政治学、伦理学、教育学、历史学、心理学、外交学、新闻学、管理学、经济学、军事学、民俗学、地理学、环境学、语言学、文学、性学、艺术学甚至高科技等几乎一切文化要素的方方面面。世界杯则是用一个月时间,以最开放和包容的襟怀,释放全世界球迷四年之期待,集中在一地或数地碰撞、展示和炫耀那些深远灿烂文化的最自由、最激情、最浪漫的体育运动。它的吸引力,没有一个体育单项可以比拟,甚至没有任何一个文艺或综艺项目可以与之一较高下。

别的不说，只说最关乎民族尊严的足球政治。世界上喜爱体育特别是足球的一国之首脑太多了，一有机会他们就上台秀一把。每逢世界杯，各国的总统、首相、总理之类的大人物，总要设法给球员和国民打气。第十七届韩日世界杯，布莱尔首相主动在唐宁街10号招待了全体运动员，并得到了一件10号球衣。俄罗斯人埋怨总统冷落了足球，普京赶快放下他心目中的大事，马上接见了国家队。当法国队在揭幕战上意外地被塞内加尔打败了，总统希拉克立即打电话给主帅勒梅尔和主将德塞利，激励全体将士为希望而战。不要说赛场内外，一个参赛队的国旗骄傲地无处不在地飘扬着，人们的手上、胸上、脸上、衣上甚至发上都宣传着印象派一般代表着民族理想的五颜六色。当一个国家队意料或意料之外地获得了梦寐以求的世界冠军，那一个晚上，全世界就以最大的理由完完全全地属于他们了：吼声如雷、彩旗如海、笑颜如云、啤酒如瀑，随着庆祝而来的集会、游行和彻夜不眠，让整个国家陷入欢乐的疯狂。世界上没有一件事情不染上政治的色彩，足球政治在那一个月里是地球上最热情、最激烈，也是最和平、最伟大的政治学！通宵达旦，夜以继日，它的光芒照亮了这世界所有空间和心间的黑暗！

　　在这激情四射的6月，除了在时空中穿梭的足球，所有的热闹都将暂时休憩。而在遥远的东方，一个足球起源的伟大国家，一个有着数亿球迷的充满着诗情画意的中国，却继续充当着陪练、配角与看客，在南非如海的绿茵的远岸，只感受着一拨拨潮汐。三十多年来，中国各行各业都在努力现代化，唯有足球还在前现代的田埂上徘徊；近八十年来，中国几乎都站在足球世界的边缘，这种尴尬，是到了彻底变革的时候了！

事实上，中国足球近二十年一直在尝试着改变，但并不成功。球员的基本功不够扎实，教练的水平不够拔尖，赞助商不够积极等都不是延宕中国足球迅速前进的理由，更不是推卸责任的借口。足球早已世界化了，一些国家的顶级俱乐部从管理层、教练到球员，几乎是不由一个国籍更不由一类人种所构成。最根本的原因，还是从上到下对足球的政治意义认识不足，缺乏系统性、指导性改革纲领与发展战略，与足球相关的文化支持不配套不到位等等，才导致足坛黑、赌、假泛滥成灾，一时甚嚣尘上，连国家专业主管机构的主要人物都搅浑水摸大鱼，这在全世界足球领域都是罕见的，令人不齿的。近几个月来，我们正走在足球革命的路上，中国足球也必须革命才能开拓出一条光明的道路，不至于让外国人老觉得我们的文化不健全，也不至于让中国人在全球超级体育项目上老是抬不起头，对不起发明蹴鞠的列祖列宗。

革命第一义是重新认识足球的价值，亦即足球思想之革命。足球的价值是多位级多层次的，它可以是休闲、是娱乐、是游戏，也可以是技术、是艺术、是产业，但它对于文化建设的现代中国来说，对于民族复兴的古老中国来说，首先应该是政治，是国家文化战略的重大项目，是凝聚亿万少年人、青年人和老年人的中华心脏，是从孔子故乡运动出来的流溢着民族智慧的日月光华！那些玩弄足球，一门心思只从足球获取不法利益的人，无疑是对神圣庄严之足球的玷污。

革命第二义是建立开放而先进的组织和管理机构，亦即足球体制之革命。足球文化虽带有一定的地方色彩（特别是俱乐部文化），但它还是目前地球上超越民族、国界、语言，普及率最广、最高、最简洁的世界语。我们应尽量与世界先进足球制度接轨，将意大利、西班牙、英国、巴西、阿根廷等最合理的足球经验引进来。最重要的组织还是俱乐部，它上通省队与国家队，下连个人与家庭，只有俱乐部培养出各层次的世界拔尖人才，国家队才可能兵强马壮，召之即来，来之能战，战之能胜。

革命第三义是球员自觉锤炼德艺双馨的潜能，亦即球员品质之革命。中国目前从事足球的运动员离世界顶级职业足球明星差距较远，那些踢假球、黑球和赌球的不法分子不用谈了，许多球员踢球像散步，来球拿不住，传球、带球和射门完全没有想象力与创造性，既无基本功，又无意志力，更没有为国家荣誉贡献一切的牺牲精神，哪来的艺术足球、快乐足球和一个接一个的伟大胜利呢？中国的足球运动员几乎是经济收入最高的职业群体，但多少年来他们又是最让国人失望的职业群体，他们的表现一次又一次、一年又一年带给中国球迷无尽的失望与悲伤。尽管有很多原因，但球员绝不能开脱作为一个中国公民、一个职业运动者的历史责任。男子汉、英雄气首先来自国家责任感，而责任感又需要职业技术和道德力做支撑，否则，就只能当足球场上的混混而已。中国足球运动员必须在道德上磨炼自己的国家责任、意志力与凝聚性；必须在技艺上苦练自己的各项基本功与应对各种情形的足球智慧与能力，从硬件到软件真正达到世界一流，使自己既职业又精神。到那时，我们的球队击败了法国国家队，也让他们心服口服。不至于像最近，中国国家队在法属留尼旺岛 1：0 战胜了主队，但他们的球星却说：我们本来是可以进中国队五六个球的。

中国足球要做的当然还不止上面这些。革命是为了建设，建设是为了成长，成长是为了复兴！中国足球任重道远，但只要树立远大的抱负，建立合理的组织，拥有伟大的球员，我们一定能在一片又一片的绿色海洋里同舟共济，扬帆远航！

2010 年 6 月 6 日

第四辑　衣乡

服饰与哲学

　　服饰是文明的早期伴生物，哲学乃文明的最后玄泊之地。

　　热而解扣，寒来加衣。出而条分缕析甚至衣冠楚楚，入而上架立柜或者遍地狼藉，生活习惯而已，哪能与高深的哲学扯上干系？哲学乃无物之物，无学之学，是人对包括自我在内的宇宙之考问，它关怀人生终极，却总也达不到终极之境。哲学无力解决尘世间任何实际的事务，毫无疑问，对于服饰，它不能剪裁，只能思想。从这一层说，我们穿的是衣服还是哲学，是物质还是精神，大概是很难廓清的。

　　服饰的起源主要有遮羞、防御和吸引几说，无论有何区别甚至截然对立，所说均与人——宇宙的主体相关，也与物——宇宙的客体相关。无人物即无文明的衣物，无衣物也不能有文明的人物。按照基督教的传说，人类实在应该感谢蛇的引诱，亚当夏娃吃了善恶树上的果子之后，懵于万物的心眼同时睁开了，令人惊奇的是，他们第一个感知是自我的赤裸，第一个创造即是用树叶编织裙子，服饰文化从此在人类社会生生迁衍。

　　这里隐藏着一个哲学秘密：智慧与植物、人类与自然、主体与客体，谁先谁后，是一还是二，是对立还是和谐？因为上帝的创造，尘土构成了人；因为蛇的劝说，果实开启了男女的智慧，成了文明人。联想到中国"女娲抟黄土造人"的神话，我们可以感到，人的生命来源，就是包孕万物，总也挣不脱的宇宙，而最后又可追溯于老庄所谓混混沌沌之"道"的本体。人与服饰的须臾不分，正是这一哲学观念的经典阐释，比浩如烟海的哲学著作雄辩而有力。

J.H. 亨特在《男人、女人与书》中说："有这么两个世界，一个是用线和尺丈量的世界，一个是用心和想象去感受的世界。"这两个世界巧妙而完美地凝缩在人的身上，在人的宇宙身上。超验而伟大的哲学家大概可以忘却自我，直接冥想万物的本源、过程以及人类的命运，而平平常常的男人女人们，大多只能在为生存奋斗的闲暇之余，通过可以自我意识的感知，一刻也不能分离的经验世界，包括树叶、鸟羽、兽皮、织造精美的衣饰，去小心探寻浩渺神秘的物境；回过来，在生态的丽山恶水之中，在紧紧缠绕着自我并给了我们虚荣与自尊的衣物之内，追问灵与肉的人生到底有多少神秘与玄妙。

K. 雅斯贝尔斯说："哲学是一种凝聚的原则，它反映了人正是通过参与实在而实现其自身的。"服饰使心物两界终身厮守，一而二，二而一，然而，它究竟使人的个体实现了多少完美的梦想呢？

从古今服饰现象中，我们还可以体悟到许多哲学深意。譬如时尚与传统的关系，传统培育时尚，时尚构成传统。但服饰领域的独特风情，乃是世人放心大胆、不顾一切地崇拜时尚与追逐时尚，似乎将一切人生价值都高标在服饰的新奇巧上，运动在一拨又一拨的流行之中。富勒说"裁缝与作家必须注意时尚",这是一个哲学家对于潮流的精辟批注。的确,欢悦的瞬间时时凸现永恒的圆满,而没有时时新奇的刺激,又哪来瞬间欢悦呢?

所有学科,只有哲学把世界作为"一"来思考,这就是万物存有的完整性与系统性。服饰文化以它炫目的感觉在阐释和体现着这种系统性。任何设计、穿着与当事人的一举一动,都不能超越时空,倘若有人将狂欢节的放荡穿到学校和写字楼,"一"就会碎裂成许多不一而淫荡的咒语。我以为,哲学的最高目标就是获得自由,不仅是"我"的自由,还有群的自由;不仅是人的自由,还有物的自由,总之,是"一"的自由,"道"的自由。但是,在自然越来越不自然,人越来越社会化的科技时代,个体到底享受了多少自由呢?

服饰说到底是一种符号,它集中而巧妙地传递着男人女人作为不同社会角色在不同文化氛围中自由精神的信息。保守也好,收敛也好,偶有的出格与反叛也好,服饰符号总在或明或暗地叙述着什么。或自闭,或忧郁,或愤怒,人利用自我最外层的皮肤,做着最丰富最自由的精神表达。因为,服饰语言是最不容易招致文字之祸的,它的象征意味通过形式与色彩,能在种种文化场景勇敢地做出种种智慧的回应与挑战。

——原载《服饰文化》1998 年第 1 期

服饰与文学

　　沉醉于文学是人生的一大快乐。文学是白日梦、狂想曲，是最神秘、富有的宇宙情理史。

　　仅仅说文学是人学是不够的。如果哲学崇尚理性，美术崇尚感性，文学则是融理性之水与感性之雪的艺术之海。感性一端触摸以男女为主体的生活与人生，理性一端触摸以自然为本体的宇宙与道。而服饰，也是文学不可或缺的题材与思想。

　　有了文学作品，就有了服饰的形与色。《尚书·太甲》中记"伊尹以冕服奉嗣王归于亳"。此书太古，写服饰点到为止，且为帝王礼帽礼衣。《诗经》的风、雅、颂对服饰描写颇有发展，不但篇幅增多，笔触渐细，还主要关注平民百姓的织造穿戴。《国风·周南》的第二首《葛覃》："葛之覃兮／施于中谷／维叶莫莫／是刈是濩／为绤为绤／服之无斁。"写一女子用葛藤制作新衣和对旧衣的留恋，文学价值外，也为中国周人从采集原料到制成不同品类的成衣保存了科技的历史。小说虚构人的生活，自《山海经》始，服饰描写不但篇幅更大、形质更细，且渐与角色命运结为一体。汉代东方朔《神异经·东荒经》劈头即曰："东方有人焉，男皆朱衣缟带元冠，女皆采衣。"那时的作家，已很在意人物形象的服饰刻画了。

文学数体，到后来越叙写繁复的人类生活，服饰的图景就越深入越壮美，并留下了许多名篇佳作。散文历来直指文化内蕴，服饰之墨相较占弱，有则必不可少。小说至《红楼梦》已绘就清代衣物大观园，足可开一文学服饰博物馆。诗歌由《诗经》而《楚辞》而汉魏六朝的《陌上桑》《孔雀东南飞》《美女篇》和《木兰诗》。唐诗宋词的青楼文学，彩笔重画妓女穿着，是中古文学的一大辉煌。戴望舒的一曲《雨巷》，让现代人撑着一把油纸伞，走入朦胧迷幻的情感迷津，结着丁香花一样的愁怨的姑娘如今踏影何方？

初览服饰在文学创作中的艺术功能，略括四端：

一是作家在奇装异服的刺激下获得灵感，并以美服美人的叙描作为纯粹的欣赏对象。唐骆宾王《咏美人在天津桥》诗曰："美女出东邻 / 容与上天津 / 整衣香满路 / 移步袜生尘 / 水下看妆影 / 眉头画月新 / 寄言曹子建 / 个是洛川神。"东邻之女从头至脚衣香饰巧，满目清新，进而意为曹植名篇《洛神赋》的幻中之神，恨相隔而不相接。唐李群玉《杜丞相筵上美人》有"裙拖六幅湘江水，鬓耸巫山一段云"之句，将唐女高髻险妆、长裙睐态的特色一笔托出诗国之天空。

二是作为人物描写的手段，穿者观者都可以在特定情境里，从服饰符号的微妙变化中表达或领悟到生理与心理的无声语言。D.H. 劳伦斯的《查泰莱夫人的情人》写康妮与狩猎人前三次交合，都从衣裙拉开序幕：第一次双方都在试探，"他慢慢地，小心地，把那薄薄的绸裤向下拉脱，直脱到她的脚上"。第二次康妮情火难耐，找到林中小屋去，连内裤也未穿，狩猎人探摸她时，"在她的轻薄的裙下，她是赤裸裸的"。第三次情形刚相反，狩猎人久等不见康妮，却巧遇路上，在野地里，"他把她内衣的带子扯断了"。服饰在行动的刻画里都如此简洁又有如此深奥的情欲内容。

三是作为相关题材，运用比喻、对比、凝聚、夸张、议论等种种手法，揭示一定的社会、历史意义或个人情感内容。《背影》不用说了，朱自清将所有的亲情与伤感都浓缩在父亲"那肥胖的，青布棉袍，黑布马褂的背影"中；张爱玲的《更衣记》，把文化、政治、经济、心理等支配下的服饰变迁揭示得多么深妙；白居易诗《新制绫袄成感而有咏》，"百姓多寒无可救／一身独暖亦何情／心中为念农桑苦／耳里时闻饥冻声／争得大裘长万丈／与君都盖洛阳城"。虽无《茅屋为秋风所破歌》的悲凄高远，却仍见社会不公和诗人的怜民之心。

四是直接作为故事结构和情节主线，用以展示人性的复杂及其命运的演化。莫泊桑的《项链》与欧·亨利的《麦琪的礼物》均是世界名篇，玛蒂尔德演出了虚荣的悲剧，而吉姆和德尔则创作了爱情的喜剧，故事与结局虽不同，但饰物的绝不可缺却是一样的。

——原载《服饰文化》1998 年第 2 期

另刊香港《文学村》第 6 期（1999 年 6 月）

服饰与性学

　　性学宽阔如海，不少地方深不可测，本文只就裙裾撩起的漪澜，去欣赏一下旖旎的滨海风光。

　　世上的几十亿人如按性别分，一共才两类，男人和女人。而千万年来，不管有多少人的故事，不管故事多古老，多现代，也都只是异性人或同性人之间的故事。正是性创造了人类，创造了服饰，因而也创造了文化。但有一点人们总不太在意，当说到女人或男人的时候，我们总是连她或他的衣饰一起谈论的。事实上，人不是仅靠性来表现性，而是借了服饰巧妙而艺术地表现。

　　时代真是在向前走。有一个词人们不再难以启齿，说起来也不再潮红，这就是"性感"。修订本的《现代汉语词典》加进了这个词，从此也算是登上大雅之堂了，尽管简短的解释里还欠圆满。性感可以说是性敏感，是男人对于女人或女人对于男人哪怕是惊鸿一瞥的性直觉，这种直觉总活跃在一个人的眼睛、大脑和思维中，否则，一个人就有文化压抑的病态。由性敏感导向了性欲感，这是作为生物人不可避免的情欲，是比食欲略逊一筹的生命底部的渴望。否则，不但不会发生性敏感，男女之间波涛汹涌的剧情以及由此带来的家庭、社会、法律、文学等，有没有现在的发达程度还确是个疑问。当性欲感只限制在心理距离而受感动的人又提供了升华的可能时，性美感就会异常活跃起来，它带给我们许多甜蜜的想象和作为性的人自身的信心。

人的性之美是绝不能与肉体分开的，它有敏感地带，但作为有机整体，皮肤的每个部位无不透露着性之美与性感的消息，这是我们许多人都积累着的经验。但是，假设有哪个政府突发奇思，以衣饰为耻，命令所有的国民从此赤裸裸生活与交往，相信男人女人们从惊异于肉体到习惯于肉体，最后必定迟钝于肉体。没有服饰语言的修饰，没有心理距离和神秘的暗示，就谈不上性敏感与性欲感，更谈不上性美感，"性感"这个词也将龟缩在极度狭小的时空，从公开发行的书刊小心翼翼地撤退到密谈的枕套上。

如果没有小草泛绿，如果没有树枝发芽，如果没有燕子衔泥，我们感觉到春天的来临吗？性感需要特定的语言来暗示异常丰富的变化，而服饰的色彩、款式、情调正为它做了形象的表达。文明社会里，适当的裸露与适当的衣饰能找到最好的分寸，也能找到最好的性感艺术。美国斯坦福大学性学教授贺兰特·凯查杜里安描述的"在性自由的文化体系中，尤其注重衣饰，以使人更有性感"，也正是这个意思。

从文学、时装到体育，服饰与性学都有了充分而完美的结合。巴尔扎克在长篇小说《农民》中，写伯爵夫人从夜晚的房间到早晨的阳台看花，"她的睡衣没有腰带，迎风飘舞，让人看见一条绣花的亚麻布短裙，这条短裙在胸衣上面系得不紧，当清风把那件轻薄的化妆衣微微吹开的时候，胸衣也可以看见。"有意也好，无心也罢，人们从伯爵夫人的装束感到了性感，也发现了比性感更深入的东西。这种"短裙"在前面加了个"超"字之后，意想不到地变成了 20 世纪 60 年代伦敦新潮的象征。当然，在时装界，意大利刚去世不久的范思哲在"裙"上做的功夫更大，他主张炫耀女性的胴体之美，其设计的女性性感时装也是他被誉为超级大师的原因之一。

1993 年，我在香港亚洲电视国际台看过介绍范思哲的一个专题片，画面上一个女模特干脆只在乳房上网着几根稀拉拉的细绳，出场时双手捂着胸部，走到台前突然甩开，范氏以为这是时装与性的边缘，不能走得再远了。那个节目同时采访了许多消费者，让他们谈对时装与性的看法。一个男人就说：胴体是养眼的，看得越多越好。西方人的自由与直率在时装业里得到了宣泄。

至于体育运动，除了力量、技巧与智慧，我以为，也有着服装与性感之美，而这也正是现代体育越来越普及的原因之一。看过十四届世界杯足球赛开幕式的人，绝不会忘了那些窈窕曼妙的意大利姑娘袅娜飘逸的裙装表演，隐现迷离、不可言说的性之美至今仍是电视里最动人的插图之一。

——原载《服饰文化》1998 年第 3 期
——收入海南省作家协会编《海南省建省十五周年文学
作品选集·散文卷·阳光地带》
海南出版社 2003 年 5 月

再谈服饰与性学

如果说，服饰的性感是用来欣赏的，那么服饰的性爱则是可以享受的。欣赏无所不在，享受则需有所专注，要接受文化规约的种种限定，这是文明的代价，也是文明人偶尔越过文明的领地，通向野性而快乐的生物人的唯一通道。

性爱是爱情的基础，完全没有性爱能力的情侣及其婚姻大部分最后都要散伙，因此，柏拉图式的爱情无论在东方还是西方，皆被视作遥不可及的风景。当然，就具体人而言，可能先有了爱情，而后才有性爱；也可能先有了性爱，而后才发展出了爱情。但无论怎样，由眼花缭乱的服饰而滋生的性吸引，总是一个前奏，并始终伴随婚姻的一生。许多性学教科书都列出了气味、音乐和衣着对于情侣的性诱导力，而女性穿着性感的内衣、佩戴性感的饰物，其刺激功能是非常明显的。否则，时装公司不会去开发那些新奇昂贵的性感内衣，而敏感的情人们也无须三天两头去时装和内衣商店走动了。

夫妻一长，时光亦老，感觉亦旧，甚而恩爱也磨损了。虽然各色衣饰永不怕磨损，而老旧正好是换新的借口，按着对方的口味经常来点出其不意，激动起当年的青春之梦。何况，大多时候无须掏自己的私房钱，这般喜新厌旧岂不是一举数得？

也许由于服饰文化的先进，法国诗人在性爱与服饰领域有着丰富的表现力。年轻的兰波为此创作了不少诗行；稍早的波德莱尔由于与两位漂亮女演员和高等交际花的情爱经历，更用诗的手指为读者编织了服饰与性爱浪漫的双重图景。有黑维纳斯之称的演员让娜·迪瓦尔是波德莱尔的疯狂所爱，为她画像、写了不少诗，甚至迪瓦尔半身不遂时还一块同居。《首饰》《头发》《跳舞的蛇》《午后之歌》等，都是《恶之花》中的名篇。

> 慵懒的爱人，我爱着你
> 美丽的身体，
> 仿佛一幅飘动的料子，
> 皮肤在发光！

用衣料比喻女人的皮肤，在我是第一次见之于文学，也见之于诗歌。

> 爱人赤身裸体，她知道我的心，
> 只留下一些叮叮当当的首饰
> ……
> 使我欣喜若狂，我强烈地爱好
> 这种由声和光混合成的宝贝
> 她随后就玉体横陈，让我抚爱

在首饰的声光之中坠入爱河，不能不说是诗人的偏嗜，这与法语中"首饰"一词源于"快乐"有关。但他又写道："像别人的精神飘在乐曲之上，爱人啊，我的精神在你的发香中荡漾。"完美的性爱确然会跑出精神的高贵幽灵，并与一切美丽的感觉融为一体，包括服饰意象。

除了欣赏与享受，还有用来思考、交际和承传的，这就是各种文化中服饰的性象征。它深藏在人们的穿戴物上，并向熟悉和陌生的人发出各种隐喻。地球上有几百个国家，却有几千种文化，服饰的性象征也是无穷无尽的。

西班牙、墨西哥等国流行的大盘尖顶草帽，被认为是男性阳刚的象征；而荷兰福伦丹地区用细平布制成的无檐尖帽，被女性专门戴用则更为意味深长，它证实了性别的互补。古代高卢即现在的法国、比利时、德国西部和意大利北部的克尔特人，日常喜欢穿用带尖顶风帽的披风，风帽据传也象征男性。东非的南迪人有一种习俗，在入教仪式上刚受过割礼的人必须戴锥形大草帽绕行一个大圈，才被收为教徒。这些不同时空的帽子性文化，是巧合还是人类内在性意识的趋同呢？

头发的语言极其奥妙，不同场合发型的变化，代表人品与性格，还有内心情绪的流动。在俄罗斯，年轻女子只能梳一条独辫，这象征童贞。若女子头发外露或蓬松流泻，则象征色情与挑逗，毫无疑问，这与头饰的配用有关。希腊神话中，长袍被认为是最贴近灵魂的衣服，而涅索斯的长袍象征报复，因它被血和精液的特殊汁液浸泡过，穿上之后会被一直烧死。匪夷所思的还是弗洛伊德先生及其门徒，他们认为，脚穿在鞋子里象征男女性交，而人的性压抑在行走当中也可以释放。此外，簪子与发髻的关系，烟卷和烟斗的关系，手指和戒指的关系，手和手套的关系，纽扣和扣眼的关系等，都被赋予了人为的两性想象和普泛意义。

人类指出了服饰泛性论的色彩，自然也好，牵强也好，但我并不以为都是无事生非。文化，正是在这些极为狭窄的地方被开掘得无限广阔，人的思维因之变得更细腻也更富寓意了。

——原载《服饰文化》1998 年第 4 期

服饰与美学

　　人首先不是包装商品，而是用商品——衣饰来包装自己。于是，真假美丑到底如何，许多时候连自我也是浑然不觉的。

　　是自己觉得丑，还是看的人觉得丑？是旁人需要美，还是自己需要美？不同的时代不同的文化不同的人那儿，当然也会有不同的说法。服饰很简单，穿在身上，看在眼里，最大的区别无非是低贱和昂贵之分。但美学不能穿，也看不出究竟，她似乎很近，又很遥远；似乎很实在，又很玄奥。戈斯说："我对美的信仰将永远不变，因为我对她总是困惑不解。"谁都困惑，谁也都接近美、破坏美或创造美。

　　对美学一塌糊涂的人则多的是，我本人至今也弄不出个所以然。不过，有一点是共同的：我们在多数时空里，总是穿着衣服与美打交道，也与美学若即若离地眉来眼去。没有人哪来的美呢？美学就更无从谈起。这样一来，从服饰的质料、款式、线条与颜色种种来谈神秘的美学，大约人人又可以来那么一手。

　　穿在衣架上的服装到底美不美，有多美，其实很难判断的。中国人多的是含混的智慧，也善于旁敲侧击提个醒儿，说到服饰与人的两句话，自然也颠扑不破："衣要人衬"，反过来，"人要衣装"。衣裙与饰物，总要穿戴在具体的人身上，才有美不美，丑不丑，或不丑又不美，又丑又美之说。戳穿了就一个词儿：分寸也。

战国时的宋玉已深得其中三昧，他向楚王描绘邻女之美："增之一分则太长，减之一分则太短。着粉则太白，施朱则太赤。"又《神女赋》的序文，写梦中的女子"振绣衣，披袿裳，襛不短，纤不长"，说的都是一个分寸感。否则过或不及，都欠美或不美。我一直对富兰克林的一句话不以为然，他在《格言历书》中赞赏道："挂着风帆的航船和怀孕的妇人，是我们常见到的最美的情景。"帆船在远海的碧浪之上的确好看，在近海的污流之间则乏美可言。怀孕的妇人，我们首先看到衣服，然后才是衣物下想象的大肚皮。从人类生命及延续的角度看，孕妇是可称赏的。在我而言，孕妇的体形已远非常态，常肚也凸成了佛肚，衣服短的短长的长，紧的紧松的松，翘的翘斜的斜，加上这些即为人母的女子所穿的孕服根本就没有长期展示的打算，布料、颜色和款式自然也不讲究，所谓分寸，不用说是没有的，何以欺骗自己的眼睛说"最美"？

时装大师有专为一人制作一套衣服的举动，平民无法享受，也买不起。工业社会以至信息社会，商品越来越一统化，审美口味的差别也越来越小，但纵然如此，全民竞穿中山装、军人服的时代毕竟是过去了。成衣批量上市，不同的人还是能穿出不同的风格，以致有美丑之别，这是一种分寸；同一人在不同的季节、不同的场合、不同的心境、不同的对象面前，也不能穿同一套衣服，佩同一饰物，这又是一种分寸。事实上，服饰之美，关键在体与服的和谐，在于得体。言服易也，言体极难。身材、肤色、五官、气质、学养、风度，哪一项不是配制衣饰的前提？而到底如何配制，就看你审美能力的高下了，这是得体之中最难者。不过，与创造或欣赏艺术品，譬如文学稍有不同，穿得美有时不需要多高的文化水准，凭直觉与感悟就可以应付，这也就是不少人无力创造艺术，甚至面对美景美人，也说不出一二三四，但她打扮起来仍有姿色，超过许多文化人，甚至学者教授之流，更能博人一灿的道理。

美物千姿百态，美感千差万别，没有统一的审美标准，要谈服饰美学的法则当然就不容易。有人以华丽为美，有人以素净为尚；有人长裙飘飘，有人短裙露脐；还有人披一张渔网，要么干脆将新裤的膝盖部位磨穿。感觉如何，皆因人而异。

——原载《服饰文化》1998 年第 5 期

再谈服饰与美学

世间的物事，单纯的某个因素绝不能造成美。哪怕是一块自然的石头，颜色的质朴之外，形状也是十分重要的。

服饰之美我以为有三个最基本的条件，那就是质料、式样与色彩。

小时在乡间，从上到下穿的都是祖母和母亲纺织裁缝的土布，衬衣的颜色最本分，哑白哑白的，穿起来清新爽利，有股特别的气味。那时穿衣只为实惠，样子不讲究，谈不上有多少美。宝石做成的饰物就不同了，质料色彩都由天赐、高贵华美，成为主人的宠爱之前，就看如琢如磨的功夫用得如何了。尽量利用各种自然资质，返璞归真又超拔尘外，应该是每一个匠人的理想。《周易·贲卦》曰"白贲无咎"，意即不装饰或简单的装饰，才不会犯错误或不会被人指责，这是中华的先祖为我们定下的最高审美原则。

生存不再忧虑的时候，求美之心就蠢蠢欲动。服饰仅仅依靠原生美质早已不能满足男女之需了。事实上，服饰的创造历程，借鉴了不少其他艺术美学的方法与技巧，从而使服饰越来越成为一门特有的综合性实用艺术美学体系。

现代的服饰，离开了绘画是不可想象的。线条、图案与色彩，将视觉艺术印制在特别的底布上，消弭了中西画法用料、用笔、用墨的差异，实在有趣也是一种新的挑战。聪明的服饰画艺师不但是国画、油画的高手，他还应懂得制作工艺流程与动感中的装饰艺术，因为那些画在纸上布上静止的东西，很可能与穿戴在人身上的有着完全不同的审美效果。简洁、鲜明、耐看，还得适应不同年龄层次消费者的需要，已属不易；倘再考虑到不同地域、民族与国度的好恶，那就必然要深入到文化的内层了。因为，一个民族十分喜爱的图像与色泽，在另一个民族那里也许恰好是传统的禁忌，不但经济受损，而且会引起情绪的、文化的冲突。

由此看出，服饰绘画不仅是线条、图案与色彩的问题，它还有文化背景、商战技巧、接受心理，但一切又建立在美感的核心因素之上。有些品牌是靠非常简单而别致的图形吸引顾客的，像耐克、鳄鱼与花花公子等。不用更多的说明，耐克一笔勾魂的艺术语言代表了服饰美学的特有魅力，对于中国人而言，它简单，又是一种激励的信号，小孩子都懂得。

书法美学在人体的外装上竟也找到了广阔的天地。"别理我，烦着呢""请爱我""见鬼去吧"与"梦"等等，语义上的深层意蕴暂且不管，那几笔汉字要有体，至少也要别致些才能嵌入消费者的眼睛，一桩买卖才能做得双方都称心如意。80年代之前，中国产的衣、帽、鞋上都有一些字，但大多只是品牌的标示，远没有发挥汉字象形艺术的功能，何况历代流传下来的大家书体，同样有取之不尽用之不竭的艺术表现力。现在好多了，服饰设计者们认识到了书法美学的商业价值，不再老用大红大绿的花朵去哄所谓的乡下人。还有拼音与曲曲弯弯的洋文，一样有美的书写，一样有重墨与飞白，有激情和想象。书法的素雅、奔放、抽象等风格，对青年知识消费者有着强烈的吸引力，这是不用多说的。

服饰里面有没有音乐？我看有的，但不是标谱号，画上几道五线谱，再或者来几粒刚出土的豆芽，几枚阿拉伯数字就可了事，那只是音乐的形式。服饰更需要音乐的精神，那就是流动、和谐与充满韵律感，这是服饰最高的美，它统治着质料、式样、色彩、图像与各种文字符号等一切因素。破坏了音乐精神，消费与审美者就难免遗憾；而没有了音乐精神，服饰的单个因素哪怕有再出格的，或者每个因素都像97—98赛季的AC米兰一样，个个优秀却互不买账，服饰就成了拼贴在一起的破衣烂衫。来点表现主义、后现代音乐也无妨，有时候，反和谐、反韵律刺激着新的审美因子生长，在更新的层次里达到新的和谐。有时候，电视节目主持人来那么一点，时装模特也来那么一点。但我们生活中这种反和谐的刺激实在太少了，听听谭盾的音乐，或可得以弥补。

以上所说，大多为穿行在街市之流的服装与饰物，至于飘扬在T型舞台上，电视画面上，凝塑在妇女、服饰专门杂志和各种书刊报纸上的，则免不了还要与戏剧美学、建筑美学和摄影美学结缘。这里面的学问太多了，与美有关的话题说也说不完。曾在一本时装杂志上看见一个女模特倚在一堵深浅不同的咖啡色砖墙上，旁边还有一些别的不太引人注目的东西，让我半天都美滋滋的。

有时用眼光穿戴衣服，比用身体能享受更多、更复杂的美感。这一点，想必你不会提出异议吧。

服饰与心理学

睁开眼睛看世界，无处不是心灵的符号。

日月星空、山川河海、花鸟鱼兽是人类将意义投射上去的；琼楼古阁、石桥险栈、火车宇船是人类以智力代代相继创造的。服饰自不例外，绝非人类无意识的产品。它伴随着个人漫长一生的分分秒秒，其心理学上的影响无疑更细密而深远。

一个多世纪以来，从构造主义到行为主义，从精神分析到人本主义，心理学界派别林立，硝烟四起。外行人看去，不知道多神秘多难以捉摸，其实，这是人面对自我向精神深处追寻的一门学问，通过内省，人人都能获得自我体验；而通过学习，又可以取得相关的知识。简略言之，心理就是人脑的一种能力，处理种种信息的过程与方式决定了能力的高低强弱，也证实了人格的精神特征。即便是一个极少接受教育的人，心理内容也是无限丰富的，从服饰的角度来讲心理演化的故事，一样使人兴味盎然。

清朝垮台之后，有保皇一族还不肯剪掉那长长的辫子，他们不是可惜头发里的时间，而是痛惜历史的中断以及他们在历史中的利益，毕竟长辫可以作为挽留的仪式，这仪式正是他们心理上的祭奠。从辛亥革命到"文化大革命"的半个多世纪，中山装引领中国男性服装的主潮，不灰即蓝，不蓝即黄，其地位之不可动摇，真的是因为该样式与颜色富有永久的艺术魅力吗？恐怕不见得。领袖崇拜，政治期望，盲目从众，集体主义，文化封锁，尊重传统等社会心理促成了中山装的大众化潮流。不是衣者心理的内在趋同并处于稳定状态，那种席卷整个社会的群体衣潮是很难这么广阔又这么久远的。

以上是讲在服饰的时流中，群体心理支配下形成了民族中的群体性格。反之，个体人格正是在时流中挣扎着表现自己，有些在社会心理和时流退潮时，一跃成长为新的时尚；更多的则是以不合群的面目扮演着自由的、反叛的角色，并千方百计争取社会心理的认同。很多时候，奇装异服之中蕴藏着奇思异想，一顶出格的小帽，一朵不同凡俗的花，很可能是一场思想变革的前兆。如果我们保持敏锐的意识，从每一个有人的地方去捕捉看似平常却实实在在想方设法通过一个极不起眼的服饰细节来曲折凸显深藏在自我深处的个性与人格，那我们就一定会发现个体心理的复杂多样和在服饰方面更为艺术的表现技巧。如今的大街上，看见妙龄女郎袒肩露脐闲步或疾走，已见怪不怪了。但是，在一座城市里，在中国，第一次露脐于街市之上的那位中国女子，你知道她与传统、与社会、与自我做了多么漫长的思想较量，才令她鼓足勇气在哪怕短暂的几分钟里令众人的睡目雪光一亮，石破天惊吗？

不可否认，服饰毕竟是物饰，它可以满足人的消费欲望，也可以装扮人的风度，甚至还可以被人利用在不同的场合改变他或她希望演出的面孔，但不少人在追求服饰的过程中完成着一种精神的实现也是事实。美国华裔学者、散文家傅孝先曾写过一篇随笔曰《衣着·思想》，他很赞赏威斯康星大学的许多学生在清浅的十月里"破落户"似的打扮。那些学生不分男女爱穿深蓝色的粗布裤，加上一件极其简单不分性别的上衣——卫生衫或蓝粗布夹克；有的是旧衬衫外加一件破背心或短袖毛衣。衣裤不仅晦了色，还有不少补丁。比起那些容态出众、身段婀娜可脑筋迟钝的洋娃娃似的大学生来，这是一些不重衣着容止，只求思想实质、执着于别样的美与自由的浪漫主义者。傅孝先认为，有思想有颖悟的学生不一定奇装异服，可是在衣冠楚楚的学生群中有头脑的人比例到底较小，这便是为何他对不修边幅的学生较为欣赏的缘故。

傅氏喜走极端，他认为，自杀者几乎全属衣着奇特、对现实不满、对自己也不满的人。我们不能否认，社会不管多么落后也不管多么先进，崇高而悲剧的自杀也总还有，自杀时的服饰也总是经过精心选择的，这大概也是被心理学所忽视的一个死角吧？

——原载《服饰文化》1998 年第 7 期

再谈服饰与心理学

　　人的心理属于纯粹主观的东西，不好进入，也不好把握。不同的心理学派别积累了一些方法，比如通过对主体陈述、外显的一系列行为、动作、文本及其他符号的分析，多少可以了解对象在特定时空中的心理现状与变化。探讨服饰心理，除了上述方法，好在我们都穿衣戴帽，服心饰意虽不相同，相似处却不少，归纳一下服饰心理的类型，总还不至于大脚穿小鞋——完全对不上号吧。

　　最重要的当然是服饰的人格心理，上篇已谈了不少，这儿只稍作补充。人格是一个人相对稳定的、在内隐和外显行为上有一套系统模式的心理特征。其中一部分倾向于大众路线，与社会合流；另一部分则经常喜欢自作主张，对家庭、他人与社会"不怀好意"，所以，也常常有出格举动。最能表达一个人服饰个性的，不用说就是这部分人的心理人格了。

　　爱美之心，人皆有之。"举头望明月"，那是自然之美；"低头思故乡"，那是社会之美。服饰伴随我们一生，既可望，也可思，而且综合了自然与社会的美景与美俗，是审美心理绝不能绕过的宽阔地带。服饰的审美心理同样有感觉、表象、联想、想象、思考、意志、感情等因素，这其中，感觉与感情占了主导地位，并将其他因素统合成一个整体。没有感觉，我们对千奇百怪的服饰将无动于衷；没有感情，我们不知道为什么服饰或为谁而服饰。"女为悦己者容"，这就是服饰审美心理的最佳注解之一了。

人在生活中难免遭遇心理失衡，服饰是找回平衡的有效工具，而女性大约算是这方面的专家了。舞跳得差些，穿进舞场的服饰却要胜过对手一筹。气质与长相缺乏吸引力，当然要挖空心思在服饰上制造回头率。丈夫买了一件挺括的衬衣，妻子找理由逛大街，并往往意外地碰上一条好裙子或别的什么东西。心理失衡对谁都不是一件好事，而用服饰使心理恢复常态对人对己都谈不上有多少损伤，是值得大大鼓励的女性生存技巧。

能力、知识、荣誉、权力与财富，并不是每一样都越多越好，多了也不值得在人前炫耀。不说那些东西上帝不会赐给一个人；也不说人外有人，天外有天；在你获得的部分里，也许正有别人的舍弃与帮助。但炫耀之于一些可爱的人，乃日常生活的一个节目，不用各种符号表演一番，总觉得没有尽到宣传的责任。服饰，无声却形色兼具，正好傲然发泄善炫的心理。炫耀一套别致的装束，可能出于嫉妒、不便公开的竞争、对炫耀的轻度报复，也可能出于财多物富，或恰恰相反，出于贫乏，也许什么都不为，就为了那些微小的满足。至于炫耀服饰的技巧，只要肯学，一辈子当名小学生也决不会受了委屈。

与炫耀相反的是收敛心理，那就是言行小心谨慎，尽量素朴低调，不张扬，不招人注意。或许从前有不少放纵态度，于今开始大大克制了。人们很少谈到这种心理现象，我以为此中文章奥妙不小。曾在一家晚报上看到一条消息，香港有姊妹俩一身珠光宝气，通过大街时，被人盯上了，跟进电梯，抢劫与谋杀一起进行，价值百万的钻戒自然成了贼人的赃物。这样的消息经常有，在报上，在嘴中，有时也在眼里。有些人于是连项链也不戴了，好服饰也只用在有限的场合。装穷，把花绣在鞋帮子里面或者鞋垫上，很多时候也的确可以逃灾避难。从50年代到70年代，不少前辈故意穿得邋邋遢遢甚至破破烂烂，紧张的氛围中只有意气嗒丧，稍微光鲜的衣服绝对穿得胆战心惊。这种收敛心理中有可怕的阴影在，所幸而今我们已告别得很遥远了。

还有一种怀念心理是最可宝贵的，俗语就是念旧，服饰在这一片天空里一年四季都是温馨的春天。小说、散文和影视作品里，为了一辈子的故乡，为了几十年的亲人，为了梦中的朋友，或者为了遥远记忆里与某人在某一座黄昏的公园里与冬天有关的一只手套，一条围巾，不知在哪一天，无意点动了鼠标，悄悄地浮在了屏幕的动画上。

——原载《服饰文化》1998年第8期

服饰与民俗学

"五十六个民族，五十六朵花"，花都绣在特殊的服饰上，花的历史与现状因此各不相同。由于文化地理的限定，世界上每一种服饰的诞生、改制和延续都与民族的生活习惯和地域的文化传统有关。我们每个人都是在一套特定的民俗语言规范里穿衣戴帽，否则，用服饰发言将是一件很困难的事情。

不同的民俗语言必然规定了服饰的遣词造句。民俗有多复杂，服饰就多么变化莫测。女子留发，无论长短，都在民俗允可的情境里追求实用或美的造型，这是全世界的通则。然而，就有极少的民族，妇女喜欢剃光头。坦桑尼亚的马赛族女子，以光头装扮为俏，常年不披一丝黑发。印度的邦多人，男青年长发飘飘，并花很多时间梳妆打扮，女子却终生削发如葫，以此可保持头部的清洁亮爽。中国古代男人的辫子，至多就一条，牛尾也好，猪尾也罢，很可能是强迫辫民驯服于某种政治。

世上的有色人种，因了图腾的、宗教的、习惯的种种缘由，将头发变成了辫子的艺术实验室，倘有人搜集整理，我相信绝对可以成立一座发辫展览馆。人称"辫帅"的足球明星古力特，那装满足球的头颅上，每天都由他的妻子编织出数百根精巧的发辫，除了自信、风度与美观之外，一定还有古力特所属民族特有的风俗习惯在支持。如今，人们理发护发要么自己动手，要么让理发店或美容店帮忙。而在西部非洲的多哥，仅仅为了给妇女梳饰辫子，街头到处都是摆小摊的梳头师，可见多哥妇女是如何讲究梳辫子。什么鱼鳞型、谷穗型、贝壳花纹型等，其名目之繁多，式样之复杂，恐怕也是世界的一大奇观了。

　　除了生存环境的必然因素和难以预测的或然因素，服饰的习俗也主要是人为的。主要不是今人，而是古人或先人。南欧的意大利，男人戴帽子见到朋友或熟人，要将帽檐朝下拉一拉，以表敬意。在意大利的人际意识中，对尊敬的人只能以帽遮眉，举目注视则属失礼。美国正相反，在友人面前，提一提帽子才算是衷心的致意，那帽子就是头颅的代替物，以示景仰。中国人以为帽子是身外物，见到尊敬的人或需要奉承的人，常常将帽子取下来，哪怕头顶苍茫或只有一撮乱毛，也在所不惜。古巴圣热那河流域的人，自己的亲人不幸作古时，活着的人才戴帽致哀一星期；而西班牙的一些人刚好背道而驰，全家老少一齐戴帽数日以示祝贺，只在婴儿出生之时。

　　这些迥然不同的用帽动作或者关于帽子文化的习俗，探讨它们如何发生将非常困难，但却一定是在特定时空由特定民族的一群人确定下来的，如果那些习惯刚好相反，现在的人们也会照章行事，一样不会去质疑其对错。就像日本人以"走"为跑，以"汽车"指火车，习以为常，并不去追究与中国的用法有什么不同一样。

　　当然，服饰习俗并不是一成不变的，它在不断地借鉴和各种外因影响下，变得更加丰富、简洁而合理，以适应迁流的生活及其审美原则的需要。明治维新之前，日本以借鉴中华文化为主，各类因子不可胜数。和服即起源于中国的唐装，日本人所谓的和服"国风化"，指的乃是"唐风贵族服"之改制和本土化过程。没有唐装和日本的和化，就不会有日本国服的代表作——和服及其系列的配饰。但半个世纪以来，日本男女多穿西式服装，和服在日常生活中已不多见。印度妇女额头正中的"特丽佳"，即人称的"吉祥痣"，以前只限于已婚妇人，并只用红色的圆点。现在连几岁的小女孩也点上了特丽佳，而且由于服装颜色的不同，黄、黑、绿、紫都可配置，形状虽然以圆为主，三角、五角或其他形状也出现了。日本、印度如此，其他民族无不皆然。这一方面是因为工业及后工业化浪潮的冲击，人们的文化观念在改变，民俗结构在错动；另一方面，也的确是高速度、科技化的生活方式不得不对传统习俗有所修正，否则，各民族人民在心理与行为上必然会出现矛盾。

　　不过，这仍然不能一概而论，现代化的美国，男女着装非常自由随意，知识青年一族更是我行我素，但居住在宾夕法尼亚州的阿米修族，男女都拒绝现代化，穿衣以黑白为主，一辈子也不超过五种颜色。这表明，移风易俗是必要的，但又是有限度的，一成不变或一变俱变都会破坏服饰习俗的自在律。

——原载《服饰文化》1998 年第 9 期

服饰与政治学

　　很多时候，服饰的意义能被突然强化出来，尽管人们一言不发，但感觉甚或理解服饰的特有寓意却一点问题也没有，这在民俗学、宗教学、政治学领域比较突出。而政治学中的服饰意味，或说服饰的政治象征，是各种学说中最为明显的。

　　政治生活中，团体尤其是一个国家的头号政治人物，自然是一切传媒所关注的重点，主席也好，总统也好，首相也好，他们不只是主持会议，接见外宾，发表讲话，在国内国际不同场合，巧妙地让自己的服饰帮助表情达意，不用说也是非常值得研究的一门学问，可称之曰领袖服饰学。美国总统克林顿乃白宫第一号人物，希拉里当然是美国第一夫人，切尔西当然是美国第一女儿，而克氏的那条狗，也是美国新闻画面中的第一狗。狗乃一"饰"而已，克林顿的西服、领带、皮鞋、手表种种，自然也是花边新闻的重要资料，因为这代表着他的兴趣、爱好和心理的选择。倘若与那些服饰的商家勾连起来，说不定与美国国家利益有重大关系。克林顿6月访问中国，就有专门的通讯报道他的领带，而他本人确也是善于服饰的政治家。在重大政治场合，肯定西装革履，而与家人登长城时，外套没有了，领带不见了，上身一件灰蓝的衬衣，自由自在，与游玩的心情和自然的环境很配合。其实，他是用服饰向一切看见他的人说：我现在不是总统，是个游客，是中国长城的观赏者。

香港纪念回归祖国一周年，江泽民主席前往主持有关活动。为新机场揭幕时西装领带，而到沙田某医院看望老年病人和到商场与市民聊天时，一袭便装，轻轻松松，不再像会场上那样严肃和庄重，同众人打成一片，谈笑风生。不用说，这是领袖政治，与克林顿走向自然不同，道理却是一样的，与平凡、亲和的领袖形象有关。而服饰，随时向人们暗示了种种不需要说出的东西。

复杂的政治生活中，任何人的服饰在微妙的场合都能起到调节社会心理、政治心理的作用，并使自我置放在一种合适的气氛当中。我的儿子今年八岁，上学日的每天上午，他必要戴红领巾，即使脖子周围鼓起了一圈痱子，热情丝毫不减。倘有哪一次找不到，他宁肯推迟上学的时间。有一些肤浅的政治直觉，小家伙们是把握得很准的。

刚刚结束的第16届足球世界杯，德约卡夫等法国球员抱怨现场的本国球迷太斯文了，比赛时为何不站起来，为何不狂吼？而总统、总理的西服领带，也与球场氛围不合。于是，最后决赛时，我们看见希拉克在西服外面围了一条宽大的法国队服的围巾，齐达内进球后他特地摘下来抖了又抖，扬了又扬。他做得很恰当，球员球迷大约不会再对他们的总统发泄不满了。

——原载《服饰文化》1998年第10期

再谈服饰与政治学

中国有漫长的封建历史，那种社会人的等级制非常严格，从皇帝到平民地位悬殊，天子与下人的说法正好各副其名，虽不一定副其实。

为了在心理上给予百官和百姓以政治影响，在最平常的穿衣戴帽里维持统治秩序的尊严，聪明的人（多半是那些学而优则仕的士大夫）在服饰的布料、式样、颜色、图案上大搞发明，国粹也就愈来愈令人叹服，包括后来一屁股坐向西洋的日本人。汉朝时，各色人等穿戴佩饰各有规范。"皇帝从官著武冠加貂羽金蝉"；而"卫士著黑衣"；罪人只能"衣赭衣"，尽管样式与颜色不同。这一点，与现代世界各国的囚服倒颇有相通处。

权力最大的当然非皇上莫属啦，《史记·刘敬叔孙通列传》曾载一条："叔孙通儒服，汉王憎之；乃变其服，服短衣，楚制，汉王喜。"刘邦楚人也，故按本国的风俗以裁制。吾虽两千年后楚地人氏，对这般威权也并没有什么好感。就颜色说，黄色在汉代已为"尊者之服"，凡有僭越者，必获罪于上，这就更是霸道了。但在古时的帝王面前哪有理论的道理呢，他要你穿囚衣玩玩你也不能说个不字，这就是政治。

隋朝官吏的品服已制度化了，《旧书·舆服志》曰："大业元年……五品以上通著紫袍，六品以下杂用绯绿青。"到了清代，文武百官的等级标志更加艺术化，达到制度之巅，因而更叫人仰慕了。那时又发明了一种叫"补子"的东西，亲王以下都穿补服，一般两块，方形，一前一后饰于品服之上，这官不但做得等级分明，也的确更有了中国特色——士大夫的诗情画意了。补子的图案区别为文禽武兽，这国粹很可以回眸或回味，故转抄如下：

品级	文官	武官
一品	仙鹤	麒麟
二品	锦鸡	狮子
三品	孔雀	豹
四品	雁	虎
五品	白鹇	熊
六品	鹭鸶	彪
七品	鸂鶒	彪
八品	鹌鹑	犀牛
九品	练雀	海马

探讨一下这些图案的文化象征是颇有意思的，用自然的禽兽对应文武官僚们，这不就是最典型的天人合一嘛，无疑符合《周易》之"位"文化原理和孔老之道。既有阴阳之别，又有等级之差，且基本都是民俗文化中实有的与想象的，老百姓一看就懂，一仰视就俯首，真是再适宜官民之道不过的了。中国的社会，架子摆得这样

有格局，遇到那些不懂礼义不讲格局的枪炮，如何不作鸟兽散？

文化古今的不一、东西民族的不同，政治学意义上的区分也真是太大了，有时出乎我们的理解力和接受力之外。美国总统克林顿的绯闻闹过好几回，也不止一次占领过屏幕的一瞬和报纸的一角了。美国人的性观念是自由而开放的，绝无所谓封建道德或伪君子的教条，束缚平民现实的性生活与性想象。但美国人对政府要人尤其是总统的性生活特别关注，不只在性本身，还在对职务、对人民、对国家利益的道德忠诚。不当总统可以不论，当了总统则不能不管，而且每一个人都可以名正言顺地，以各种奇怪的方式来关注总统的性历史，此大约就是所谓的美国精神吧。这不，最近一条花边新闻，说是佛罗里达州的一名理发师要用十万美元购下莱温斯基当年只花了五十美元买回去的淑女之裙，原因乃裙子与克林顿有染。倘不是克林顿，莱温斯基恐怕连做梦也未想到会在这区区一条裙上发一笔横财的。

匪夷所思的不是裙价飞涨，而是欧洲中世纪贞操带以完全相反的意义复活。政治无论多么复杂多变，一般人也恐怕难以意料在文明如此发达的 20 世纪末，因为政治的残暴，服饰上演着连中世纪妇女也不曾遇到的悲喜剧。印尼华人妇女被集体强奸的命运，目下被世界的良心关注着。哈比比发话了，新的调查也正在进行，但印尼华人妇女们似乎仍在噩梦中。会做生意的人既然新造了带锁的类似短裤头但却是密封的贞操裤，那华人妇女纷纷订购就一点也不稀奇了。稀奇的是政治，种族的仇恨与歧视不消除，可怕的经济妒忌不消除，独裁的阴谋不消除，印尼华人妇女的贞操裤就不指望有自动脱落的一天。

——原载《服饰文化》1998 年第 11 期

服饰与宗教学

　　世上不是每个人都信教，但说每个人都要穿衣却是不错的。信教而服饰者自然有稍异处，而还有那么一群人，着圣衣、法衣或道服且履行自己敬奉的宗教教职者，与非教堂、非寺院、非道观的常人生活颇有些不同。

　　所有教派的服饰都不太讲究，远华服近素洁是他们的共同特征。基督教教友会的女帽和男帽，质料和式样很简朴。前者为布料软帽，紧戴在头上，为羞涩内敛式，记忆中似乎哈代笔下的苔丝有此帽饰。后者帽身低，却有两边上翘的大帽檐，呈开放浪漫之态。神父帽由于顶矮而帽檐平坦，檐边上卷，活像一个飞碟，当初设计时大约就有飞向天国的理想。稍复杂的乃清教徒使用的高身大檐黑呢帽，帽身根部的银色环纽，恰似通向天堂的门，很有些寓意。至于该教的神职人员或教牧人员，举行宗教仪式时多照例穿圣衣，主要有内袍、长白衣、圣带和祭披等，既是祭服，也是礼服，为信徒们举行礼拜和庄严神圣的诸圣事准备宗教心理条件。

　　我曾在一座位于小城但却有一百年左右历史的基督教堂，很偶然地参加了一个上午的礼拜。据搞地方志的朋友告诉我，城中的信徒三千左右，曲尺形的教堂内，三百人许。牧师年近五十岁，张罗着场面。先是有人教赞美诗，三首，小黑板上标有篇名与页码。有人弹钢琴，合唱时，忽地从一间屋子里走出一队身着白袍的唱诗班，袍服结构非常简单，由前后两片白布连成，从头上套下即可。与教唱、弹琴者一样，全是女的。记忆中这唱诗班共九人，前四、中三、后二站三排。像钢琴没有和声一样，唱诗班也只有一个声部，但其肃然认真与教堂的气氛十分谐调，叫人对上帝确生敬畏之感。我一边照着新编的简谱本跟唱，一边偷扫唱诗的众信徒，滥竽充数甚至根本不动嘴，却动手去挖鼻孔、摸脚丫子的也大有人在。礼拜完毕后，有三点令我大发感慨：一是信徒多为老年妇女，不识文字者恐为数不少；二是教堂及组织的开放性，我周围的三五人，竟都是远道而来的闯入者，洗未洗礼都可成为暂时的一员；三是我向牧师购买一册赞美诗未成，一位汤姓男教徒慷慨赠我私人用本，深感与常人襟怀就是不同。

　　道教为中国土生土长的宗教，与基督教自认人类从始祖就犯下罪恶，只有信仰上帝及其圣子耶稣才可获救不同；也与佛教以人自身的"惑""业"造成痛苦的生死轮回，唯追随佛陀从三藏、三学，才能超脱世俗生存，达到涅槃的境界不同；道教信奉的"道"乃造化之根，宇宙之元，道家追慕长生不老，或羽化登仙，与自然同一，道士的服饰与其教义也有内在关联。男女道士的常服曰道袍或大衫，那简直就是想把宇宙穿在身上，其交领斜襟式的束衣法，我们可以认为那是为了将天地两间合一于人体，真是穿出了中国文化的精髓。道巾即道士所戴之帽有九种，其混元巾、太极巾、荷叶巾及一字巾等名，也尽从道教哲理而来。至于饰有云霞花纹，披于肩背的"霞帔"，其破云成仙的心理轨迹是非常明晰的。大概由于道袍的文化内涵符合知识分子的理想，士大夫们稍加变化，命为"直身"，一直穿过了宋明两代。

照我看来，佛教的僧尼衣饰比上述者稍复杂，有"三衣""五衣"之说，因要符合佛法，又称法衣。三衣曰僧伽梨、郁多罗僧和安陀会，用布条数不同，价值不等，因而也在不同场合穿用。再加上僧祇支与厥修罗，就成为五衣。前者僧尼兼用，后者实为桶形裙装，为比丘尼（尼姑）独享。据佛学文献记载，法衣之来源，按戒律规定，只可用僧尼之外的人群遗弃不用的破衣碎布衲缀而成，共设有施主衣、无施主衣、往还衣（包死人衣）、死人衣和粪扫衣五类，所以，法衣历来被称为百衲衣或粪扫衣。但社会进化，佛教也不断改革，如今僧尼的法衣，恐昔日之贫寒所不能比了，但那点普度众生的精神总还应该没有被现代掉吧。

僧尼法衣又很持守服色，因起先只能用五种来源的"不正色"（杂色、坏色）布缝制，故称法衣为袈裟（梵文 kasāya 的音译，原义为"不正色"），以铜青、皂色和木兰三色为合佛法。相对常人的随心所欲，也实在是特立独行了。对于不同身份、历史和意义的出家人，袈裟又有十二种别名，也真可说是名目繁多，我等俗人也不必过细追究了。至于袈裟五德，说珍视者可勇往解脱、大生慈悲、达三乘果位等等，僧尼之外更恐少人相信了。

如果说到禅宗，还有弘忍传法于慧能有传衣（袈裟）为证的故事，有一场电影将这一段历史出演得鲜血淋漓。谈宗教最好不要涉及争斗，而谈宗教服饰学，我以为，更应该有人道、自谦与静雅的感觉。

——原载《服饰文化》1998 年第 12 期

服饰与体育学

尽管中国男子足球队屡屡让人气闷，并将亿万球迷冲出亚洲的愿望关闭在 20 世纪的大门之内，但足球也仍是中国的第一运动，最震撼人心的草地游戏。其他的运动在水上、陆上、山上甚或空中，多少总给人类带来环保的麻烦。足球是真正的绿色运动，除了体育馆越来越现代，裁判员越来越多心，战略战术越来越间谍化，越来越你死我活，其余大约是很简陋、很原始的东西。还有奔放的、有了足球就不要一切的人群。

当然，如果你是一个女球迷，且又是鉴赏服饰的行家里手，看世界各地男足健儿们比赛那就更加过瘾了。简直可以说，足球比赛的同时也是九十分钟的服饰组合大表演，这是足球场上两支球队的集团性质所决定的，如果不是各种俱乐部队，当然就是各大洲的国家队了。

沉醉于意大利足球甲级联赛的人，倘你在某个周末之夜迟一些打开电视，不用听那些若有若无、可有可无的解说，更不用去辨认赵钱孙李、若即若离的面孔，一看队性鲜明的球衣，风一样流泻的色彩与线条，记录着辉煌历史的黑斑马、红斑马、蓝斑马和不怎么辉煌的其他色块、图案与徽记，你就会立即进入状态，与斑马和风们一起奔腾。

世界杯的足球之战毋宁说就是风俗之战、国威之战，当然也是服饰之战了。默想一下巴西的黄、荷兰的红、墨西哥的绿、阿根廷的蓝和克罗地亚红白交错的独特方块，这些国家的足球技战术位居世界一流水平，让各国球迷如痴如醉，他们的专用球衣基本就谱上了国旗的基调、民族的性格和悠久的足球传统，这些标志鲜明的队服，自然带给球迷狂热的联想与期待。

在那样不安的季节，在数万人梦想奇迹出现又充满惊险的绿色平原，可以设想，如果一个球员哪怕是明星穿着礼服和皮鞋去踢足球，他会踢出什么名堂来。更重要的，作为一个集团或民族一员的特殊身份也会随之消失，他个人的神奇与伟岸也就不复存在。体育服饰的徽号价值在这种集体运动中的极端重要性，是不用再说的了，民族精神、体育精神，还有球员的个性精神等，都在足球服饰里得到了淋漓尽致的表演与发挥。

不管是先有运动后有服饰，还是先有服饰后有运动，到了20世纪末，不同的运动项目几乎都有了相应的服装款式，再加上文字、色彩与各种标志，独特的款式更利于该项运动的节奏与发展是无疑的了。不可想象，游泳好手光着脚丫穿着泳裤可以去打篮球或登山，而登山和篮球健将能拖着笨重的鞋子到水里自由地搞什么蝶呀蛙呀的浪里白条一番。倘若围棋或象棋的国手戴着一副拳击手套，不但无用，而且画蛇添足，尤显荒唐可笑。

说到棋类，恐怕是非常个人化的心智项目了，但棋手并非模式化的衣饰仍有至关重要的作用。谢军与俄罗斯老对手的象棋大战，双方不断脱衣服又不断加衣服，一场又一场地改变颜色与款式，都是在进行运动心理的较量。其他球类也是，有网球运动员第一盘输了，第二盘上场时，他或她的上衣就完全变色了。体育心理学很多时候正是通过特定时空的服饰来表达的。甚至可以说，个性鲜明的运动衣饰，有时正是战胜对手的法宝之一。

体育服饰不仅有俱乐部的不同，国别的不同，项目的不同，还有男女和中西等等的不同。譬如泳装和健美装，男子只需一个裤头，女子就会多一些，这关乎性别，也关乎道德，还关乎美与不美，甚至宗教与信仰。有些宗教信仰的国家禁止女子参加许多体育项目，要想开禁，除非有一场自身的观念革命不可。中国的武术，南拳也好，剑术也罢，宽大而飘逸的绸缎服饰与西方一级方程式车手的装束，绝对是两种风格。当然，巴西女子足球队与他们男足的国服并非两样，这就是国别大于性别的体育服饰之符号功能了。

无论个人、团体、学校还是国家，体育是衡量自身素质和文明程度的重要标准。随着改革开放的深入和社会的发展，我国体育运动水平越来越高，不少项目跃居世界前列，全民健身活动也越来越自觉和普及，在此背景下，体育服饰也越来越深刻地改变着社会生活与人们的精神面貌。

如今，体育器材和服饰的专卖店越来越多。下午 5 点以后或是周末，你到各大中小城市的中学、大学走一走，还以为到处都是曼联、国际米兰、AC 米兰、尤文图斯的童子军呢，这不是崇洋，是足球精神和体育精神的复制，是明星崇拜，是足球服饰的特殊吸引力，在青少年学生非常自然。

可喜的是，不只是耐克、阿迪达斯，或这个兰、那个斯的运动服装，中国也在开创自己的体育服饰品牌了。倘有朝一日，中国男足的标志套装也成了世界各国青少年爱穿的魔衣，那我们的球迷再也不用伤心落泪了。

——写于 1997 年

第五辑　学乡

李庄同济纪念碑碑铭

　　民国未筹，同济先创。悬壶于黄浦，泛舟在海上。壶中民生久，舟边社稷长。八一三，炮声响，倭寇暴戾，儒祖惊殇。江尾狼烟虎火，学馆断瓦残墙。别吴淞，越浙赣，渡桂滇，归李庄。豪情飞四野，战歌动五乡；蓬车开新路，绷带挽危亡。十六字电文，春催繁蕊枝枝笑；数千名学子，客来八方户户忙。宝殿旋古意，白鹤雕奇窗。水环山静，福地仙乡。银刀剖案，众生侘傺；

李庄同济纪念广场全景（摄影：李海燕）

李庄同济纪念碑（摄影：李海燕）

眉锁迷尘，心塑金刚。我有科学克痹症，侬靠勤苦供命粮。吴语柔，德文香，川音如酒诉衷肠。禹王宫中雷雨沸，东岳庙里机声琅。桂轮江涛动天外，留芬茶浪醉书乡。学研医工理法，建筑文

李庄同济纪念碑碑铭（摄影：李海燕）

化后方！海外来宾家家串，龙门阵里夸炎黄。狼蹄独山裂，羊街军号响；帆樯猎猎破日吟，凯歌阵阵通天唱。若同济，英长在；如李庄，国不亡。斗转满甲，星移海沧。伟哉同济，同心同德同舟楫，彤彤辉辉；济人济事济天下，

济济翔翔！大哉李庄，李桃花信年年风，庄田果实处处香。有诗曰：归舟天际常回首，从此频书慰断肠。金沙金，黄浦黄，奔流不息长江长。百年同济邀四海，新侨一新学界，古镇万古流芳！

写于 2006 年 5 月

附记：2005 年左右，同济大学筹备百年校庆，学校先嘱余撰写校庆公告第一号，并以学校名义，先后在上海和全国各大报刊登。独《人民日报》推出时，将公告标题下第一段之"同心同德同舟楫，济人济事济天下"，以眉题方式推出，刷新了同济人的视觉。此后，又受命创作《李庄同济纪念碑碑铭》和《舟行纪——百年同济诗传》等，并将上二句化用到相关语境之中。不承想，此语提炼出了百年同济的内在精神，并在 2007 年之后，成为同济大学最重要的语词标识，在官网、大礼堂、各类会议、各类纪念品、手提袋甚至进校车标上，都有持续展示，吾深感殊荣焉！

2023 年 5 月 20 日

壮丽的一章

历史是一条水，人事是一条船。水不断地流啊涌啊淘啊，船于是或下或上或破损或修葺，或成为艺术，横在或立在博物馆之内、广场之上……

两个四季的好几个月份里，沿着一条水——血腥的、硝烟的、情感的、理性的，也是教育与文化的，一个人或几个人就那么走着……特别不能无所谓，特别凝重，也特别历史地回忆着和想象着……

我沉入了那条水……

日本 1937 年带给中国巨大的苦难！它是要攫取，要占有，也是要毁灭。不只是毁灭城乡，城乡里中华民族辉煌的文明，曾经让他们折服甚至屈服了几千年的文明。它们还有更长久的目标，那就是把希望放在中国的未来——希望将中国的教育皇民化，而把我们源远流长的国民教育尤其是高等教育，化灰烬于炮火——不——心火之中！

上海的"八一三"事变，苏州河、黄浦江与东海的波浪至今还渗有血滴，闸北和浦东的黑烟还倒映在日光之中。同济大学不能幸免，且是日军重点追炸的对象。一个象征性的事件是：1937年8月12日那一天，诗人冯至到江湾招考附中（大学预备班）新生，早晨他从吴淞乘小火车，傍晚回校时，小火车就被日本人停了。夫人姚可崑（同济高职的德文教师）一点也不知道先生身在何处，日头下山很久，连个影子也见不到，"冯至"只是噩梦中的期待了。殊不知，诗人无车可乘，无路可走，下下策只有听别人的建议，租一只小舢板，乘着烟雾在日军横行的军舰中穿行，夜里十点多，拿着四幅从国外带回来的名画，恍若隔世般潜回他们在市区暂时租住的小屋。诗人刚刚狼吞虎咽下一碗肉丝面时，隆隆的炮声自天而降，吴淞的水浪如利剑般在他的诗象里冲天而起……

一夜间，同济化为尘土。校工的血被日军的炸药舔焦了。同济人开始流徙了。冯至和他的夫人，以及才一岁左右的女儿冯姚平，也不得不在枪炮声的伴奏中，沿着一条艰辛的路，讲着——笑着——啼哭着——

从上海到浙江金华，从金华到江西赣州和吉安，从赣州、吉安到广西八步（今贺州市），从八步到昆明、到通往越南的宜良，最后到四川南溪李庄和宜宾，辗转跋涉，且舟且车且徒步，且学且歌且抗日。若将数路并进的总里程加在一起，超过了两万二千里，是一次中国高等教育史上前所未有的长征。在抗战救国的环境中，没有任何一所大学走的路比同济更远，受的磨难比同济更深（可以说，同济搬到哪儿，日军就撵到哪儿，深怕同济与德国有关的军工、造船和医学等专业给他们造成麻烦），当然，也没有一所大学经受的考验比同济更大，这是现代中国教育史，更是同济大学教育史上无比壮丽的史诗。我在《舟行纪·百年同济诗传》中，曾借杨晦之口（当时同济附中的历史教师，后任北大教授）写下这一些诗行：

在自己的庭院种樱花，
在别人的田园种子弹。
这是日本人！

遇到强者甘做奴隶，
遇到奴隶自称皇帝。
这是日本人！

一九一四赶走青岛的沈怡，
九·一八割去所有的稻米。
这是日本人！

一·二八摧残同济，
八·一三再毁同济，
还是日本人！

同济传授了先进工艺？
同济掌握了德国机密？
日本有危机？

人类知识如此受辱！
巍巍大学这般遭欺！

百年东窗计？

由于复杂的原因，冯至到昆明一年左右，转入西南联大任教了。昆明大学太多，物价飞涨，同济有好几个活生生的学生被日本人植进了死亡的子弹，大部队仍要搬迁！最后收留漂泊三年之久、无校无家的同济师生的，是仅仅东西长约一公里，南北宽约半公里的李庄。

但是，李庄真的太有历史了：当时它的建镇史有一千四百年，"九宫十八庙"，被称为长江上游第一古镇，其地理的重要、建筑的辉煌、物产的丰富，在四川沿长江一带少有可比。李庄人太淳朴和热情了，十六字电文：

同大迁川，李庄欢迎，
一切需要，地方供应！

不仅安顿了数千人的同济大学，后来还躲进了中国营造学社、国立中央研究院史语所、体质人类学所和社会科学所、北京大学文科研究所、中央博物院筹备处、金陵大学文科研究所等学术机构。比李庄的人口多出好几倍，但他们容纳了，养育了，最后也和谐了，谱成了战乱期间，高等教育、高等学术与川南农民和平共处，同度时艰的一段历史佳话。

那几年的李庄，学者济济一堂，学生激情飞涨，感人的故事实在太多了。与同济有关的，有两件不能不提。一是包括李庄在内的川南一带，发生一种叫麻脚瘟的病，重者以致死亡。同济校医唐哲（曾治好了姚可崑等不少重症病人，后为武汉医学院院长）

亲自救活了数十人；医学院教授杜公振和助教邓瑞麟经过动物实验等查出病因，研究成果获得教育部1943年全国应用科学类学术发明一等奖。二是生物系教授童第周，曾邀请英国著名生物学家李约瑟到访李庄的同济大学和其他研究机构。李氏发现，这位当时世界第一流的实验胚胎学家的学术成就，竟是在沙漠一般的一无所有的实验条件下完成的，简直不可置信！

　　确确实实，李庄创造了奇迹，同济也改变了历史。在李庄，同济成立了法学院，将德文补习班改为新生院，将造船组扩增为造船系，并增设了机械专修科，而理学院的数理系分拆为数学和物理两系。学科不断发展，学生也不断增加，为40年代中期以后发展成真正的综合性大学，奠定了坚实的学科基础。

　　为了纪念同济与李庄同生死、共存亡的友谊，2006年，同济大学与宜宾市在李庄建立了"李庄同济纪念广场"，树起了永恒的纪念碑。

忘归岩上的"同济"题刻

同济大学的抗战历程，在中国教育救亡史上，最为曲折而艰辛。

从吴淞迁市区，再迁金华、赣州、贺州、昆明、宜宾……我试着用眼睛与心灵去勘探同济的足迹，在古老而现代的原野上。

这就走到了赣州，中国的南方，江西的南方，同济大学的远方……

电话里，赣州市博物馆韩振飞馆长告诉我，应该到市郊的通天岩景区看看，忘归岩上有一幅题刻，刻着"同济"二字，是30 年代的。

从井冈山坐长途班车一路颠簸下山，像骑在牛背上，颠过黄坳、下七、堆前、草林、山口进入遂川到 105 国道，快到赣州城时，我曾看到写着"通天岩"三字的大牌楼。远处轻烟笼着低矮的山峦，当时没怎么在意。

那里头真有什么秘密吗？

2006 年 4 月 18 日下午，已经 4 点左右了，我从万安县城返回来，穿过大牌楼，车行一公里左右，到了北山门。群山氤氲，望江亭在低峰中拔起，颇有些气象。

通天岩是一处丹霞地貌景区，号称"江南第一石窟"，开凿于晚唐，兴盛于北宋，在忘归岩、通天岩、观心岩、龙虎岩、翠微岩等多个岩洞或绝壁上，璀璨着自唐以来的窟龛三百一十五处，摩崖造像三百五十九尊，题刻一百二十八品。宋明的苏东坡、文天祥、王阳明等都有题咏。几乎每一块土红色沙盘状的岩面上，都记载着前人的文化理想与艺术想象，真应了"山不在高，有仙则名"的古意。

我与赣州市交通局的小叶择路而行，直奔忘归岩而去。幸运的是，从北山门入，一脚就踏进了核心景区。噔噔噔数百步，谜一样的忘归岩就迷惑了我的双眼。那样通体燃烧，在阴雾中仍闪闪发光，像是凝固的火山，或从太空飞落的星体。

我们忙着寻找"同济"题刻，向上，向下，向左，向右，足足十多分钟，还是"云深不知处"。我特别希望一个新同济人发现老同济人写的同济字，但小叶先叫了起来。然后我忙着拍照，忙着记录近七十年前一群青年人的心灵史。

第二天我找到了一部叫《丹崖悠悠——赣州市通天岩摩崖石刻集锦》的书，书中这样记载：

同济大学题"同济"二字

二七、七、七

同济

露营纪念

位忘归岩正面，高 35 厘米，宽 55 厘米，横书 2 字，正书，字径 15 厘米；起头一行 4 字，字径 2 厘米；落款一行 4 字，正书，字径 4 厘米。剥蚀较重。

下面跟着两条注释，一条注题头："二七、七、七：指民国二十七年七月七日，公元 1938 年 7 月 7 日。"一条注正文与落款："同济露营纪念：抗日战争时期，上海同济大学迁来赣州，于民国二十七年七月七日来通天岩作露营活动。"

我的心一下子被点着了。火一样的山峰，火一样的岩石，火一样的激情，火一样的字。想想看，那是什么年代啊！泱泱神州，几近沦亡。文化救国，教育救国，卧薪尝胆！在一个小小的古城，在抗战爆发整整一周年的日子，同济人有着怎样的襟怀，怎样的理想和怎样的决心啊！《丹崖悠悠》只作"纪念"一解，这第二解才最重要，才是"同济"二字真正的蕴含，也最值得抗战时期所有教师和学子们骄傲！

我们苦难中的先辈为何野营到通天岩？又为何独在忘归岩上显著地方刻字铭志？只当偶然恐怕是说不通的。有载："忘归岩是整个景区丹霞地貌发育最好，景致最独特的岩洞"，尤明代大哲王阳明的五言律诗《赣州通天岩》风华绝代：

> 青山随地佳，岂必故园好。
> 但得此身闲，尘寰亦蓬岛。
> 西林日初暮，明月来何早。
> 醉卧石床凉，洞云秋未扫。

此作引来几代诗人唱和诗数十首，独领丹霞诗国之风骚。1938年7月7日的同济书法家与凿石手，厚重的笔触，更显示了山一样的分量！

通天岩的品岩上，原刻有明人陈九川的"莲舟"二字，笔力飞动。要不是"文革"给毁了，那与忘归岩上这"同济"二字，不是珠联璧合的同舟共济吗？我想，当年同济的老校友们，一定是领略过这二者遥相呼应的神韵的。

2006年5月22日

文学史上的同济人

当你驰过一座大桥，你可能会想到同济；当你走进一座高楼，你可能会想到同济。同济以医学开山，以工学立校，却以土木和建筑名世。现在，请允许我带你踱步文学史，看一看五四之后的若干年，同济人的文采风流，如何在现代的人文中国创造了文学的桥梁与楼阁。

1907 年之前，没有同济人能够进入文学史。那时，德国人宝隆还在上海做医生，主要为外国人服务。但中国的苦难他见得太多了，一个人也忙活不过来。他于是下决心在上海建一所医学堂，用德国人的理念与医术，加上扁鹊与华佗的传统，来疗救一下贫弱与疾病的创伤。宝隆和 1912 年毕业的三个首届医科学生，很早就进入了江苏、上海的地方志与医疗卫生史。

短短七年之后，同济人在文学史上草写了首页。荒原之上，以笔作锄且后来成为大家的第一位开启者，当然是宗白华。宗氏原名宗之櫆，祖籍江苏常熟，1897 年 12 月 15 日生于安徽安庆。他从小体质不好，因为家人送他到青岛养病的缘故，1913 年入读了德国人办的青岛特别高等专门学堂，学德文。据他的《自传》说，同年"秋天转学到上海同济医工学堂中学部，继续修习德文，1916 年夏卒业。秋升入同济医工学堂大学预科"，直到 1918 年夏才毕业走向社会。

五四运动爆发前，少年宗白华沉浸在唐人的绝句、泰戈尔的《园丁集》和歌德、叔本华的哲学世界里。寒假里，他到浙江上虞小城过年，写下了他一生中四首旧体诗的三首，其《游东山诗》之三曰：

> 游屐东山久不回，依依怅别古城隈。
> 千峰暮雨春无色，万树寒风鸟独徊。
> 渚上归舟携冷月，江边野渡逐残梅。
> 回头忽见云封堞，暗对青峦自把杯。

这是 1914 年，他原来在青岛的学校被日本人强占了。在"千峰暮雨春无色"的时代，一身名士之气、铁骨铮铮的学子，无可如何，也只能"暗对青峦自把杯"了。这首诗不但写出了少年对昔贤抗暴功绩的缅怀及淤结的现实苦闷，其捕捉意象，尤其是拟句措辞的旧诗功夫，真可谓厚学而多识，第一次作诗就出手不凡。《宗之櫆三首·游东山诗》，原载《同济》第二期（1918 年 11 月 1 日出版）的《外篇·文艺·诗》，这也是宗白华第一次在自己学校的学报上发表。1944 年和 1947 年，宗氏对这一组诗先后做了两次修订，除了诗题与节序稍有改变，最大的不同有两处：一是两篇小序都做了较大改动。二是第一首的尾联，1914 年写成，1918 年发表的版本为"一代风流照江左，安危谁是出群雄？"1944年8月《中国文学》第一卷第三期的版本："东晋风流应不远，深谈破敌有谁同。"1947年10月第六卷第四期的《妇女月刊》版本："一代风流云水渺，万方多难吊遗踪。"遗憾的是，贺岚编宗白华的《流云小诗》（安徽教育出版社，2000年10月），没有注意到这些变动，且将上述三诗均注明为"初刊《中国文学》第1卷第3期，1944年8月重庆出版"。其实，《中国文学》所载只是一个修订版，"初刊"的版权，非1918年11月出版的《同济》莫属。

宗氏后来在《我和诗》中说，那三首旧体诗，"现在回看，不像十几岁人写的东西"。在康白情、郭沫若新诗的吸引下，一段时间，他倾力于白话小诗的创作，一时风流偶傥。他经常散步于同济周边的田野，太阳、月亮、大海、流云、星星、夜晚等等，是他惯用的意象。写于同济时期的《东海滨》堪为代表：

> 今夜明月的流光
> 映在我的心花上。
> 我悄立海边
> 仰听星天的清响。
> 一朵孤花在我身旁睡了，
> 我把着她梦里的芬芳。
> 啊，梦呀！梦呀！
> 明月的梦呀！
> 她在寻梦里的情人，
> 我有念月下的故乡！

宗白华的小诗总是将清纯的大自然与主观的情思融为一体，虽然理想化了一些，但那古典的静谧从华美的诗行中漫射出来，的确可以陶冶被社会熏得不知所向的灵魂。他用生命创作，而又将生命的旋律谱成希望的音符。他的《小诗》这样写："生命的树上／雕了一枝花／谢落在我的怀里，／我轻轻地压在心上。／她接触了心中的音乐／化成小诗一朵。"可以说，在那个时代，在新旧诗体两个王国自由转换且优游自在的人，宗白华是首屈一指的人物。

正如文学史上众所周知的佳话，没有宗白华，没有 1918 年和 1919 年《时事新报·学灯》对郭沫若及其诗作的厚爱，有没有《女神》，有没有在自由新诗的天街上叱咤风云的郭沫若，那是很难说的。在同济的 1917 年 6 月，宗白华在上海泰东书局的《丙辰》杂志第四期上发表了他平生第一篇哲学论文《萧彭浩哲学大意》（萧彭浩今译叔本华），为他成就中国现代屈指可数的哲学家和美学家，指出一条光辉的路径。他之所以爱上哲学，那也正是同济室友、那位"常常盘坐在床上朗诵《楞严经》"的同学开悟而成的（《我和诗》）。可以肯定地说，没有同济大学的德国式或德文化教育，就没有喜爱德国哲学、到德国去留学、并最终成为一代哲学、美学大匠的哲人宗白华。

多种版本的中国现代文学史，几乎不能不提一个夭亡的诗人——殷夫！学者黄维梁曾写过一篇动情的散文《美丽必须消逝》，从香港电视明星翁美玲 26 岁被煤气吞食了，想到李贺与济慈也都是 26 岁就走了，感伤如海。后两位是诗人，大诗人。他们只在诗的世界活了四分之一、三分之一甚至二分之一的美丽，就匆匆而逝。但更匆匆的是白莽，是徐柏庭，也就是同济的校友殷夫。从 1909 到 1931 年，活了不到二十二岁。文学史上从未出现过的一种诗，在罪恶的子弹中也停止了呼吸。

1927 年秋天，那真是同济的一个好季节！蔡元培支持了同济大学的国立，又恰逢创校二十周年纪念。殷夫就在这年秋天进入同济大学德文补习科，也进入他政治和文学生命的新境界。殷夫属于那种淮南之橘，是一个天才！他在同济学习近两个学期，写了十几首诗；参与创办学生文学杂志《漠花》；发现了《太阳》月刊并从同济寄去了第一次在狱中创作的五百行长诗《在死神未到之前》，发表了，并由此结识了钱杏邨；1928 年 3 月加入"太阳社"；6 月再次被捕；更重要的是，他学德文半年左右，就可以阅读和翻译原著，并能指出翻译家的错误，以学术的态度与前辈文人彭康和成仿吾商榷。他被枪杀后，鲁迅的《为了忘却的记念》一文，披露了殷夫翻译的裴多菲《自由与爱情》：

> 生命诚可贵，爱情价更高；
> 若为自由故，二者皆可抛！

裴多菲在几代中国人中被传诵不已的名诗，竟然出自一个不到二十岁，刚刚在同济学习外文的青年学子之手。一直以来，很多人以为这首诗是鲁迅译的，当代人知道这首诗与殷夫有联系的更是少之又少。仅仅一首四行二十字的诗歌，殷夫就应该在现代翻译界不朽了！我们可以比较一下兴万生翻译的《自由与爱情》：

> 自由与爱情！
> 我都为之倾心。

为了爱情，

我宁愿牺牲生命；

为了自由，

我宁愿牺牲爱情。

    该诗出自《裴多菲诗选》上卷，上海译文出版社 1982 年 1 月出版。很明显，殷夫以诗译诗。兴万生呢，以散文译诗罢了。无论选词、精炼还是境界上，两个译本的差距实在大了些。殷夫是一个诗人，一个天赋高才的诗人，一个向往革命的诗人！他用纯洁的诗心解读有相同气质和命运的裴多菲，裴多菲的《自由与爱情》才可在现代的中国诗坛成为一座丰碑！

    为了爱情，可以牺牲生命；而为了自由，爱情与生命都可以牺牲。现代中国，究竟多少人能做这种彻底的革命者？青年的殷夫是堂堂的一个，他能让一个世纪不少"壮夫"都低下苟且的头颅！在故乡象山，他与女友盛淑真痛苦别离，尽管他们从见面、通信到相聚缠绵悱恻两年多——"伟大的姑娘，你这样支配我，/ 这样支配我，/ 你的美好已吃食了我的灵魂！"（《残歌》）但是啊但是，"我是名盖历史的凯撒，/ 我是威震全球的拿破仑"（《残歌》），又说自己，"你是至美，至尊的，恶人，/ 可以把世界鄙薄。/ 你无须求人谅解你的精神，/ 你的是该在世上永久孤独。"（《自恶》）为了"永久的胜利"（《你已然胜利了》），"我已杀死我以往生命"（*Epilogue*）！后来，为了"伟大的死"（《生命，尖刺刺》）更彻底、更无权力和亲情的任何保护，他与在国民政府甚至是在蒋介石麾下任高官的大哥徐培根来一个历史的《别了，哥哥》：

只要我，答应一声说，

"我进去听指示的圈套"

我很容易能够获得一切，

从名号直至纸帽。

……

真理和愤怒使他强硬，

他再不怕天帝的咆哮，

他要牺牲去他的生命，

更不要那纸糊的高帽。

殷夫为了他的理想，一心赴死，他清醒得可怕！革命得可敬！浪漫得可爱！他是现代中国一个真正高尚的人，一个真正伟大的人！同济以有这样一位划破长夜的太阳般的青年学子，而会感受永恒的骄傲！

我一向对浪漫而肤浅的革命文学保持警惕，尤其将浪漫替换为冲动与口号，则更其有害。毫无疑问，殷夫太年轻，死得太早，他的确写有一些宣传式的东西，现在读来似与文学无关，这是让人可惜也无奈的。照他的才情，假如他再多活十年二十年，他的文学前景无可限量。我读了殷夫的几首长诗和几个选本，尤其是看了《孩儿塔》后，我不认为殷夫在文学史里是无足轻重的，像孔范今主编的《二十世纪中国文学史》，翻不出他的名字。而人民文学出版社 1979 年 11 月出版，唐弢主编的《中国现代文学史》（二）则中肯得多，数次断定殷夫等人是"当时或后来的重要作家"（第6、17页），甚至说"由郭沫若开创的现代中国的革命诗歌创作，到了殷夫有了新的重要发展和成就"（上书第214页），这确实是不能抹杀的历史！在同济和象山的1928年，殷夫写得最勤，也写得最好。《孩儿塔》（人民文学出版社，1984年2月）中的《在一个深秋的下午》《妹妹的蛋儿》《祝——》《独立窗头》《感怀》《地心》《归来》《自恶》《给——》《想》《给茂》《幻象》和《白花》（殷夫在诗中将女友盛淑真称为"F"，并有诗《致F》，我想他是用英文Flower的第一个字母来代称她了，该集中殷夫将盛淑真比作各种各样的花，诗例很多）诸篇，都是颇耐咀嚼的。而《想》《给——》《旧忆》（第69—72页）一组，受但丁《神曲》影响至深，《想》更是有独创性可以流传的情诗。下面，我们读一读他在同济写的《独立窗头》吧：

> 我独立窗头朦胧，
> 听着那悠然的笛音散入青空，
> 新月徘徊于丝云之间，
> 远地的工场机声隆隆。
>
> 我眩然地沉入伤感，
> 懒把飘零的黑丝掠上；
> 悲怆的秋虫鸣歌，
> 岂是为我诉说苦想？
>
> 说我热血已停止奔荡，

我魂儿殷然深创，
往日如许豪烈的情热，
都变成林中的孤摇残光？

不！我的英勇终要回归，
热意不能离开我喉腔，
暂依夜深人静，寂寞的窗头，
热望未来的东方朝阳！

一九二八，于吴淞海滨

这诗当然不能说十全十美，但它的由外入内，内而反思与希冀；在意象的组合与象征；建行与音韵的安排等等，可以称得上是殷夫一首灿烂的自我激励的抒情诗。与许多那个时代的革命家甚或左翼诗人的作品相比较，它有很高的品质。放在任何一部现代文学作品的选集中，也绝不会让那些与他并肩而立的人稍感羞愧。

为了走近殷夫，我上周到了他的家乡浙江象山，到了东海之东、过了两个海峡的花岙岛。那里的海湾，耸立着被当地人称之为"天开门"的巨石。天大的恶浪扑过，它仍挺拔在那儿，傲兀蓝空，直指高天的某个方向，尽管满身都是伤痕，或者随时面对崩塌的死亡。我那时觉得，这不就是活着的殷夫吗？

在同济历史上，10 年代有宗白华，20 年代有殷夫，那 30 年代有谁呢？从文采风流、艺冠一世的文学史眼光看，当然就是冯至了。

冯至原名冯承植，字君培，1905 年生于河北涿县。1927 年毕业于北京大学德文系，1930 年赴德国留学，1935 年回国后观望了约一年，第二年即应同济之聘，于 1936 年 7 月下旬从北平到达吴淞，任同济大学教授兼附设高级中学（大学预科）主任（校长），暨德语补习班主任。夫人姚可崑带着大女儿冯姚平于同年 8 月到达上海，姚可崑在同济附设高级职业学校教授德语。

冯至自 1936 年 7 月到同济任教，1939 年冬移职西南联大，在同济大学服务三年多（夫人姚可崑则自 1936 年 9 月到 1942 年上半年，大部分时间都在同济高职和附中教书），有三个方面不得不提：

一是冯至与《芥舟》专刊。1937 年 5 月，同济大学校庆三十周年。孔子说三十而立，三十周年校庆对并不安稳时代的同济无疑极其重要。学校出版了一部《同济大学三十周年纪念刊之一——芥舟》，其实就是附中的纪念专刊。熟悉同济大学历史的人大约都知道，同济对附中校长一职历来十分重视，每届任职必是挑之又挑，选之又选。因它是大学预科，学生年龄相对较小，但学习状况和成绩却直接影响着大学新生的质量及教育水平。因此，附中校长一职，其重要性在学校仅次于大学校长和秘书长。可以这么说，在同济百年的附中发展史上，冯至是所有校长中最重要的一位。《芥舟》专刊前刊有附中大量的人物照与生活照，为当年的困苦与荣光留下了珍贵的瞬间。《目录》有五大部分："卷头语""卅周年纪念特辑""科学""文艺""德文"。冯至在"卅周年纪念特辑"中写了一篇短文，曰《赠同学》：

> 同济大学是一个研究医学、工学和自然科学的学府。这些学问，一方面是致用，一方面是求真；同时也

教给我们做人的道理：不要苟且。因为无论是建筑一座桥梁，或是治疗一个久病的人，都要灌注以全副精神，不容有半点疏忽。至于处世呢，也正如在河上建桥，给病人治病一样，我们立在"现实"的前面，既不能躲避，也不能蒙混，人人要想到自己的责任，认真地做下去。

我们都知道，王羲之是一个伟大的书法家。据说他写字时，若有一点一画失所，他所感受的痛苦，便好像自己"眇目失肱"一般。这种精神是很值得我们景仰的。我希望我们无论是作（做）学问，或是做事，遇有不切实，不合理的地方，都要觉得是切身的痛苦，加以改正。

《芥舟》付印之前，谨以此数语祝诸同学努力。

翻检河北教育出版社 1999 年 12 月出版的十二卷本《冯至全集》，找不到这篇小文。第五卷的"集外文章"一栏，收录有 40 至 90 年代的文章，30 年代一篇都未收存。希望出修订版时，编辑者不要再忽视这一篇。这可是 1937 年，三十二岁的冯至校长，对同济学子也是对那个时候中国的年轻学子们的寄托，谆谆之言出自肺腑，又敲打着肺腑。

《芥舟》的"卷头语"，写得极富文采，也极具感染力，可惜没有署名：

春令，飘海的季节呢。

船身是新髹漆的，新的锚索，新的缆绳。长桨亦有可信任的力量。

土壶里满藏着陈酒，淡水装满了舱底，有充分的葡萄与麦饼作食粮。

素帆上已饱孕着五月的轻风。纵是一芥扁舟，可喜的是大海上并无风暴。

舟子，且睡在船板上，做一度辽远的海的梦吧。

我读来读去，越读越觉得不是出于学生之手，因为学生有作品发表在"文艺"栏，找不出一文有类似文笔者；也不太可能出于其他附中或大学教师之手，因为同时期的大学学报与其他纪念刊物，也读不出类似风格的散文诗。我推测它极有可能出自冯至先生之手，而"作一度辽远的海的梦吧"之"作"字，与上文的"做学问""做事"，是同一个动词和同一种语调。冯至先生是校长，写一篇《赠同学》，以表示学校或老师们的希望，这是自然的，而那一篇也正是以长辈的身份立言。若再应以学生组成的"芥舟编辑委员会"（该委员会由编务和编辑两部分共二十四位同学组成）邀请，写一则富有文学性的"卷头语"，大概也是诗人校长不可推辞的吧？

我在即将出版的《舟行纪——百年同济诗传》第二卷里写到《芥舟》时，有这么一首小诗以咏其事：

这诗写在一九三七年的海上，
而海也开始了自己的远航。

大地送来青黄的麦香，
五月真是醉人的酒浪！

我们读不出你的作者又何妨？
灵感激情文雅本是学子的崇尚！

医工的大学有超凡的诗人，
还有什么可能不可能想象！

冯至还在"文艺"栏里发表了由歌德创作、由他自己翻译的《中德四季晨昏杂咏》。他在小引的第二段里说：

> 当我在大学里读德文时，曾经为卫礼贤（Richard Wilhelm）先生的一篇讲《歌德与中国文化》的文章，把这十四首诗译成中文，后来又被转录在宗白华等编的《歌德研究》里。这翻译的体裁随处还含有旧诗词的痕迹，现在也不便改译，只将几点与原文不甚契合的地方略加修正，送给《芥舟》，作为中德文化接触中历史上的一个小小的纪念。

也就是说，《芥舟》上的《中德四季晨昏杂咏》，与他的同济老校友宗白华先生编的《歌德研究》中的版本，是有一些不同的。冯至将该组修订过的译诗全交给《芥舟》发表，可见其重视程度。他后来成为歌德研究专家，在同济任教的三年多他做了多种准备。

二是冯至全家跟随同济西迁的万里长征。这当然是被迫的，也是艰辛的。1937年8月12日上午7时许，冯至在江湾借用同济附职的教室为附中招考新生，回吴淞后，小火车就断了。他只有坐小船（大约就是两个月前他们所说的"芥舟"吧），侥幸从一艘又一艘日本军舰中穿过，直到夜里 10 点多才回到城里暂借的家中。从此，他们全家与同济一起漂泊，由吴淞到地丰路，由地丰路到浙江金华—江西赣州—广西贺县—云南昆明，只是因为他转职西南联大，才没有流徙最后一站四川李庄。

1938 年夏天，冯至因朋友杨晦（1936 年冯至介绍进附中任历史教员）被迫离校事件等，由赣州赴武汉与朱家骅面晤期间，夫人姚可崑得了一种怪病，连续十天失去知觉。有同事甚至认为，是日本鬼子轰炸赣州，她抱着大女儿冯姚平误跳进了一座塌陷的坟墓时，有鬼附身了，那位同事还自己为姚可崑举行了驱鬼仪式。冯至为妻子的重病吓得不知所措，幸好同济当时有一个名医唐哲（后来做过武汉医学院院长），精心治疗和照顾，使姚可崑逃过一劫。冯至后来写过一篇散文《在赣江上》，读者大概还会记得，那时的姚可崑，身子极度虚弱，是被人抬上民船往广西贺县的八步镇迁徙的。战争带给了冯至一家切身的苦难，但也给了他们此前未曾得到甚或根本不可能得到的精神财富。

三是作为现代文学史的一个重要作家，冯至的文学创作与他在同济经历有深层关联。可以这样说，冯至在同济期间有多少创作，有没有重要作品，这个并不重要。如果一定要追踪，他此间的诗不多——留学、做校长、流奔大西南，"从一九三一到一九四〇十年内我写的诗总计也不过十几首"（《十四行集·序》），其中有一首《给几个死去的朋友》，很可能就写于同济。散文多一些，像《怀爱西卡卜》《罗迦诺的乡村》《在赣江上》等都写于上海和昆明的同济任职期间。至为重要的一点是，同济的教授生涯尤其是万里西迁的见闻、感受与体验，是冯至一辈子的宝贵库存，成就了他与大自然、大社会的交流，读懂了世事的曲折与艰辛，启悟了他的诗思与文思，使他重新并持续地拿起笔，终于成功了一番大事业。无论是姚可崑的《我与冯至》，还是冯至的有关文章与言论，都说明了他们的书生意气一直很重。而深入自然、深入现实与脱离自然与现实对创作是何等的不同。冯至 1990 年回答香港《诗双月刊》时说得明白："不管通过什么方式，我觉得一个诗人离不开他所处的时代。"又说："1930 年至 1935 年我在德国留学，读书、考试、吸收西方的文化，脱离实际。1935 年回国后与中国的现实社会也很疏远，没有直接的感受，所以写得很少。"（《冯至全集·谈诗歌创作》，河北教育出版社，1999 年 12 月，第五卷，第 254、245 页）没有同济 1936 至 1939 年的教育生活，哪有《在赣江上》和《忆平乐》这两篇代表作呢？又哪有他对人的发现和在千难万险中的精神坚守呢？1946 年他在散文集《山水·后记》里写道：

> 十几年来，走过许多地方，自己留下的纪念却是疏疏落落的几篇散文。或无心，或有意，在一些地方停留下来，停留的时间不管是长到几年或是短到几点钟，可是我一离开它们，它们便一粒种子似的种在我的身内了：有的仿佛发了芽；有的则长久地沉埋着，静默无形，使人觉得更是一个沉重的负担。
>
> ……
>
> 在抗战期中最苦闷的岁月里，多赖那朴质的原野供给我无限的精神食粮，当社会里一般的现象一天一天地

趋向腐烂时，任何一棵田埂上的小草，任何一棵山坡上的树木，都曾给予我许多启示，在寂寞中，在无人可与告语的境况里，它们始终维系住了我向上的心情，它们在我的生命里发生了比任何人类的名言懿行都重大的作用。我在它们那里领悟了什么是生长，明白了什么是忍耐。

种子种在土里，那是永远也抹不去的记忆了！生长、向上、忍耐，这本身就是一切生命的形态，创作也是如此。有了"最苦闷"的人生经历，并且战而胜之，对一个智者和诗者而言，那不是最幸福的吗？！

冯至随同济大学到达昆明不久，日机常常来轰炸。当时，同济有一个学生家就住在昆明近郊。出于对冯至的崇敬和保护，与他的家长商议后，专为冯至提供了几间密林中的茅屋。而这几间偏离战火的茅屋，成了冯至一家躲避轰炸、交朋会友、观察山水和从事文学创作的"世外桃源"。离开同济以后的一年左右，冯至就开始在这几间陋室里写他的十四行了，一口气写了二十七首。有一天，这组诗成了中国文学的名著，也被世界读者所接纳。可是，对冯至这些十四行诗写作心境与背景所知甚少的青年读者，尤其是同济的学子们，不知道诗人与同济经历的独特关联，也挖掘不了内藏的同济历史，以及这些历史中氤氲的山水、天地、宇宙和人心，那多少还是一件遗憾的诗事。

就笔者的观察，冯至的二十七首十四行诗，贮满了昆明经验，而采自诗人与同济历史相关的，至少有第七、九、十二、十五、十六、十七、十八、十九、二十一、二十三和二十六诸首。第十二首《杜甫》，灵感就来自西迁，来自西迁途中诗人带的一本《杜工部集》，来自战乱中诗人对杜诗独特的理解与深层的沟通。也因此，冯至后来还成了杜甫研究专家，并有《杜甫传》传世。第十九首《别离》，姚可崑说"是我去狗街后他写给我互相勉励的"（《我与冯至》，广西教育出版社，1994 年 1 月，第 90 页）。狗街何街？它现为昆明市郊宜良县的一个镇，镇上有一个杨家祠和一个西华寺，那是同济大学当年附中师生教室和宿舍所在地，而姚可崑就在那儿上课授徒。再如第十八首《我们有时度过一个亲密的夜》，姚可崑指出这"是回忆过去在旅途中有过的经历"（《我与冯至》，第 90 页）。读者须知，姚氏的这本小书，是冯至在世时写作，并经冯至过目的。我们来欣赏这首诗吧：

我们有时度过一个亲密的夜

我们有时度过一个亲密的夜
在一间生疏的房里，它白昼时
是什么模样，我们都无从认识，
更不必说它的过去未来。原野——

一望无边地在我们窗外展开，
我们只依稀地记得在黄昏时
来的道路，便算是对它的认识，
明天走后，我们也不再回来。

闭上眼吧！让那些亲密的夜
和生疏的地方织在我们心里：

我们的生命像那窗外的原野，

我们在朦胧的原野上认出来
一棵树，一闪湖光；它一望无际
藏着忘却的过去，隐约的将来。

　　这诗将我们带到了同济的长征途中，带到了山水之中，带到了冯姚二人隐秘的世界中，当然也带到了上述冯至的文论中。诗并不神秘，它是诗人对物理和精神两个宇宙的表现，绝不是梦呓，是世界上完全不存在的东西。否则，冯至就不会那么强调"接触现实"了；而我们呢，也不能从他的诗行里去探寻历史的足迹。不管它是同济的，还是包括同济在内的一山一水一校一人的。

　　20世纪30年代还有一个杨晦也不断地进入文学史。他写剧本、搞文学批评与翻译，还有散文作品。剧本《除夕及其他》得到过唐弢很高的评价："各篇都用对话体写，如独幕话剧，而充满散文诗气息，深沉黯淡，令人心碎。我读此书时适在钱家二院，院有海棠一株，时正结果。晚风起处，海棠时时落地，一种黄昏的寂寞浸透身心，及今思之，犹怅惘不已。"（《晦庵书话·〈沉钟〉之五》，生活·读书·新知三联书店，1980年，第212页）

　　此后，20世纪40年代在同济工作和学习的郭绍虞、陈铨、穆木天和杨益言，50年代至2000年在同济城规学院任教的陈从周，2000年以后在同济中文系任教的马原，也成了现当代各类文学史的常客。他们在不同的年代有不同的创作或文学理论贡献，有的还领一代文学之风骚！篇幅关系，以后再谈吧。

2007 年 4 月写于上海

——原载《文景》2007 年第 5 期

——《新华文摘》2007 年第 20 期全文转载

殷夫的情人与情诗

　　九十二年前的 2 月 7 日，一个几乎所有的树枝都抖光叶子的残冬，一个很多山岭都下着大雪的初春，一个连黄昏星都不得不拉下自己睫毛的黑夜，殷夫（原名徐柏庭），左联五烈士之一，还有近二十位重要的革命者，倒在了野蛮而残暴的枪口之下。

　　一树树梅花在火光中开放了。

　　梅花当然有情而且多情，散发着梅香的殷夫，不但是一个少年英雄，一个革命家，一个从同济走出去的大学生，他还是一个诗人，一个被伟大的鲁迅喻为"是东方的微光，是林中的响箭，是冬末的萌芽，是进军的第一步，是对于前驱者的爱的大纛，也是对于摧残者的憎的丰碑"。鲁迅对于一个生于 1910 年，死于 1931 年的小小诗人，给予这么高的评价，不但在当时振聋发聩，就是九十二年后的今天，也让许多文学大家们羡慕得不得了。

　　在写给至亲的信——诗——并与之彻底决裂的角度上，殷夫的《别了，哥哥》，应该是中国文学史上千古以来第一首！它在艺术上不算是最好的（毕竟才二十岁左右），但它在政治上的清醒、在大爱上的决绝、为了革命彻底抛弃保护伞的向死之心，是有史以来绝无仅有的！他用他的革命实践，达成了裴多菲诗歌"生命诚可贵，爱情价更高；若为自由故，二者皆可抛"的崇高境界！若我们把殷夫译诗里的"生命"理解成是个人的，把"自由"理解成他向往的社会，把"爱情"理解成大爱之情——情人、家人、朋友与同志，可以说，年纪轻轻的殷夫、一个大学生殷夫，他是真正用革命实践拥抱革命理想，一往直前且义无反顾的人！

烈士当然是要革命的，革命当然是要准备牺牲的，殷夫在十四岁写下了《放脚时代的足印》之后，他似乎就这么时刻准备着。九十二年过去了，他时常被人提起，也时常被人纪念，但许多人好像只记得他冲锋流血、叱咤风云的一面，却忘记了他还是一面"爱"的旗帜，是一个情种，一个内蕴深情且很会表情的青年诗人。这篇短文只说说他的一个情人（也许是他的唯一），他天堂里的贝缇丽彩，他诗歌中的爱情传奇。

殷夫有一首诗曰《宣词》，是对一个女孩的海誓山盟，这个女孩在他心中非同小可：

> 我的姑娘哟，
> 你是孤独生途中的亲人，
> 一朵在雨中带泪的梨花，
> 你可裁判我的灵魂。

但看官别误会了，殷夫不是准备与她白头偕老，而是相反，他已经坐了两回监牢了，他预感到自己将"青春散殒"了，他最后宣誓道："我不能爱你，我的姑娘！"这是何等的大爱大恸啊，比起现如今得不到爱就大动干戈的极端自私者，那区别就是天上人间了。

那么殷夫爱的人是谁呢？这首诗的第一节其实交代得很明白："亲爱的姑娘，真，／你的心，颤震。／死以冷的气息，／吹透你的柔身。"有论者说，殷夫的全部诗作有自述性和纪实性的特点，这不是没有理由的。诗里所说的"真"，就是一位叫盛淑真的女孩，原名淑真，浙江浦江人。生于1911年，比诗人殷夫小一岁。她1925年随家人迁杭州，入省立女子蚕桑讲习所读书，跟殷夫二姐徐素云同学，由二姐介绍并开始通信，其时殷夫尚在浦东中学念书。

天下的爱情几乎都是从希望开始，慢慢向渺茫的远方走去，不同的只是到底走了多远，在哪一棵树下歇息，又在哪一个路口分手或重逢。如果再加上政治与革命的故事，那就或许有些荡气回肠了。据盛淑真回忆，1928年金秋十月，她应徐素云邀请去象山（殷夫故乡）教书时，特意写信到同济大学，并绕上海而行约见从未碰面的学生诗人。可惜，殷夫那时革命太拼了，也或许学习太忙了，也或许是其他的或许，让一个十七岁的少女在孤独的上海等了四五天，终于缘悭一面。这第一次的失约，也就造成了永恒的失之交臂。尽管殷夫后来多次回象山避祸，与盛淑真见面，但"我们因故被阻没有谈话"。

直到1929年9月，又是一个秋天，盛淑真就读上海法学院专门部法律科，二人"才真正见面"。其时年轻的殷夫已离开同济将近半年，转为职业的革命家了。而盛淑真呢？则回到了中国那个时代许多有地位、有钱财的旧家庭知识小姐的宿命中，遵循父母之命，与一个殷夫一点也不认识的男人结婚了。

对于一个追求着又收敛着的、热烈着又冷却着的、幸福着又痛苦着的 1928 年来说，在殷夫的记忆中绝对是伟大的。这一年，是他创作的丰收期，他一生只创作了一百零几首诗，1928 年他就完成了差不多接近一半，而爱情诗又占了其中的大部分。天下的事就是这么公平：富贵着可能贫乏着，贫穷着可能丰收着。殷夫这一年的爱情诗，有好几首是可以选入百年新诗集，而让那些号称爱情诗人的人不太好意思谈论艺术的爱情诗的。如《想》《给》《致 F》《现在》等，都可以百读不厌。我们来欣赏《想》这首诗：

当夜风奏鸣，
竹涛萧萧时，
我想起你，我亲爱的姑娘，
呵，夜的帷幕下降，
宇宙罩笼着愁惨微光，
我设想我俩缓步，
在旷茫的平野中央。

当朝阳放光，
彩霞与兴鸟齐飞，
赞声四扬时，
我想起你，我亲爱的姑娘，
我如梦般地想见，
你和我同在翱翔，
翱翔于万层的云锦之上，
哟！四望茫茫，

你轻渺的衣纱，

在风涟中奔荡，

我们——呵，如狂。

当星星闪眼，

银河暗移，

夜莺在南欧林中歌唱，

梵尼斯的海波静谧时，

我想起你，我无价的姑娘，

你头披白色的纯纱，

泪光在玉色茉莉叶上闪耀；

你轻提着你姗步，

走上一座云桥，

你高洁的脸，圣光，

你无言，又无微笑，

独步上云桥。

天使的幽乐洋溢，

流星的光沫四溅，

你离地去了，去飘渺

飘渺的天宫，寂寥，

姑娘哟，我见你，

佩着白花离我去——了！

一九二八，于象山

这首三十六行的新诗分三节：第一节是"夜风奏鸣""宇宙

罩笼着愁惨微光"时，"我想起你，我亲爱的姑娘"，分明就是做梦，也呼应了标题"想"不是一般之思想与幻想，而是真正的梦之"想"、非现实之"想"；第二节乃随着时间推移，在"朝阳"与"彩霞"中，两人"如梦般地""翱翔于万层的云锦之上"；第三节时空再推移，再转换，"银河暗移""星星闪眼"，"我无价的姑娘"从"南欧""梵尼斯"（即意大利的威尼斯）的海上"云桥"飞升到"飘渺的天宫"，而"我"只能仰望。

　　这是一首神话般的叙事抒情诗，要读懂它，则必须阅读意大利中古时期伟大诗人但丁的长诗《神曲》，尤其是《炼狱篇》的最后一章和整个《天堂篇》的三十三章，他的情人兼天后贝缇丽彩，如何引导他从月亮天、水星天、金星天、太阳天、火星天、木星天、土星天、恒星天，一直上升到第九层的最高天。我读过好几个《神曲》的译本，有诗译的，甚至有用散文译的，香港中文大学翻译系讲座教授黄国彬博士从意大利原文诗译的三卷本《神曲》（九歌出版社 2003 年 9 月版），保留了三韵体结构和相应的韵式，且做了大量集注性、研究性注释，是最值得信赖和重视的版本。由此书内容，我们知道了十八岁左右的殷夫应该是在同济读书时接触到了《神曲》并有精心解读。更高明的是，他把盛淑真比作贝缇丽彩，当然也就自喻为情种和诗人但丁了。诗中描绘"我亲爱的姑娘"头披白色的纯纱，脸上露出"圣光"，佩戴白花翱翔天际，且有天使陪伴，且在"幽乐洋溢""流星的光沫四溅"的幻象中最后升入天堂，这些都是《神曲》主情节的重现。但小小的诗人为了表达自己的诗境，做了非常中国化的改编和创造，比如他刻画的"竹涛""平野""风涟""云桥"等，都是《神曲》中没有的意象；而将《神曲》中的"桂叶"改为"茉莉叶"，这则是十足的中国江南风物与女性象征。

诗中还有一个精彩的意象更是妙不可言的改写：《神曲·天堂篇》最后，贝缇丽彩神隐般地飞升到天堂一朵白玫瑰高处的座位，但丁只能"举目仰望"，而那朵玫瑰"白得任何白雪都无从比附"。殷夫的《想》用"白花"取代了白玫瑰，并与语境中多次出现"白色的纯纱""玉色""轻渺的衣纱"和画龙点睛的"圣光"形成一个色彩系统与神话系统，并与《宣词》中"带泪的梨花"、以前写的《致F》形成了一个圣洁的花卉体系，这是红色诗人殷夫走进同济大学、接受高等教育之后最大的变化，也是世界文学遗产馈赠给他的宝贵财富（他不掩饰这种借鉴，第三节的"夜莺在南欧林中歌唱，/梵尼斯的海波静谧时"就巧妙地透露了但丁与《神曲》故事的文化与地理背景），使这首具备了比喻、暗示、象征、假托、戏仿、复叠等种种诗艺的爱情诗，成了新诗以来最重要的作品。只是可惜，研究现代文学的学者与编选新诗的选家，往往漏过去了。

这首诗的哀怜、缠绵、纯粹、豁达、决绝与钟情，其实不是一个十八岁的小青年能够做到的，也不是一个只管革命的诗人能够做到的，他必须是一个大理想、大折磨、大人格的先进者，才可能做到。

最后补充一点：盛孰真九十四岁高龄时在上海仙逝，她于1983 年左右给同济校史研究专家写了四封信，就藏在同济大学档案馆的第 163 号里，上文有些故实引自她的第一封信。

她对殷夫一直抱着冷静而崇敬的态度。

2011 年 2 月 26 日写于同济大学校史馆

陈从周二题"龙潭"

　　一提起井冈山，我特别想看山上的十里杜鹃长廊，在春天五百里苍松翠竹中，是一番怎样动人的景象！

　　2006 年 4 月 15 日，为了那一带如海的血红，我一个人到了井冈山。在长途汽车上向人讨教吃、住、行，偶然听到映山红宾馆这个词，就毅然决然将疲惫的行李扔在它雪白的床上。

　　宾馆左侧的山崖边，果然有一排映山红，已近辉煌。我兴奋难耐，急忙找车，又急忙让人把我送到一望无际的杜鹃之海中……

　　不料司机说：山上比山下冷，花还没开哟！

　　我心中早就燃烧得沸腾了，当然不信他说的。沿着观赏井冈主峰的路线，向着远方的灿烂出发了。

　　惊人的温差真的给我开了一个大玩笑，不断地走走停停，在茫茫竹海、杉海、云海中，一朵映山红的花影都没见着。

　　"买一张通票，跟着我跑得了"，司机说。

　　于是到了大名鼎鼎的黄洋界、八角楼，又来到闻所未闻的龙潭。

又不曾料，大惊失色之后是大喜过望！一仰头，我看到了陈从周教授题写的"龙潭"二字。

"他乡遇故知"是什么感觉？我此时真是万语千言，欲说还休了。

陈教授是举世知名的园林大家，他与现代文学及徐志摩的特殊关系，他别具一格的园林散文，是我最感兴趣的。但我来同济时，陈教授已经走了两年多。虽然走得不远，只是定居在海盐的南北湖。不能亲炙他的音容笑貌，总是遗憾的吧。这回在遥远的罗霄山脉中突晤他的手迹，真有如沐春风之感。

龙潭实为五龙潭，又称五龙飞峡。相传荒古时，东海龙王在此建立地下龙宫并育有五个美妙无比的女儿，五龙飞峡就是她们争娇竞艳戏耍流连的五级瀑布。穿过"龙潭"园门，向东北而下约百余米，便有轰雷自天外传来，再直下二百米左右，就是大姊青龙瀑（碧玉潭）了。往下四级分别是二姊黄龙瀑（金锁潭）、三姊赤龙瀑（珍珠潭）、四姊黑龙瀑（飞凤潭）和小妹白龙瀑（玉女潭）了。青龙瀑如滔滔银河倾泻，白龙瀑似低胸长裙妙舞。急缓不同，刚柔相济，庐山三叠泉没有她曲折，诸暨的五泄没有她豪曼，实不愧绿色井冈第一观。后来获知，龙潭广场及"五龙戏珠"雕塑，乃我校建筑系在 20 世纪 90 年代中期所设计。但据专家回忆，他们到达井冈山时，陈先生的墨宝已赫然在目了。

龙潭景区园门制作经年。"龙潭"二字从左至右横排，落款四字竖排，皆繁体，在白底红框的准扇形块面上拓出红线。"龙"字行草，有飞动之势，"潭"字近楷，正是艺术之平衡。莽莽大山中，不能有苏州园林匾对的精致，但卧龙而点睛，深墨而描红，大约也正符合了陈教授所说构园题名"点景"的理想吧？龙潭景区的管理人员说，陈先生 1982 年曾俯瞰五龙潭，并挥毫题额。但陈先生的几个学生都不记得老师曾涉足井冈山，不老的历史渐成谜语了吗？

我一路观瀑，一路思绪如流。遂想起二十五年前我在肇庆七星岩鹿骨洞石壁上看到的"龙潭"二字，亦为陈教授所书。在石灰岩彩壁上，"龙"字更灵动些，而"潭"字更浪漫些，署名"江南陈从周"，多豪迈多潇洒！此时期也正是他的学术顶峰吧，但含而不露，与龙隐于深渊的境界相类。我后来致电星湖文管所的黎先生，素昧平生，他却慨然拍照电邮，这都因了从周大师的字缘。黎先生还说，陈教授 1980 年底受邀七星岩，题"龙潭"与"蟾蜍岩"二幅。1981 年 11 月再游旧地，并写《七星岩》七绝一首：

> 湖边照影动清愁，老去何堪忆旧游。
> 小信异乡为异客，分明山色近杭州。

七星岩素享"桂林之山，杭州之水"的美誉，陈先生以"江南人"自居，乡愁攻心多难免，但直把星湖作杭州，当是以客为主的骄傲，而七星岩也类如天堂的水色山姿了。

想龙在中国文化中的至高地位，想陈先生两次题写"龙潭"，想井冈山之潜龙一飞冲天，我返回龙潭之园门，在沉沉暮色中猛一回首，那一块红额，宛如一丛血亮杜鹃，灿然笑绽了。

2006 年 6 月 27 日

菊未黄时花难期

——金庸先生与同济大学的一份殊缘

两天赶文章，不散步，不上网，不看电视。恰恰这个时间，金庸先生过世了。

31 日早晨一觉醒来，我立马在一个微信群里道歉，随后配了一首联句古风并附上了我与金大侠的一张合影：

> 飞雪连天射白鹿
>
> 笑书神侠倚碧鸳
>
> 廿年虚构侠天下
>
> 千载难敌金庸拳

香港，中环，兰桂坊，灯红酒绿的一派西洋景中，隐藏着一家别有姿韵的中国古建筑风格酒店。记得是 2006 年 11 月，首届世界华文旅游文学国际学术研讨会在香港中文大学召开。23 日报到，招待晚宴就安排在兰桂坊的镛记酒家。在《明报月刊》潘耀明总编辑的安排下，金先生已在宴会厅旁边的一个小会客厅等着我。外表平静的我，控制着激动与不安。那时，朋友为金庸先生和我拍了两张合照：一张坐着，一张站着。坐着是两人饮茶吃点心；站着是快要暂别去参加正式的宴会了。

我那时在同济大学中文系供职。与小说家马原搭档，他做中文系主任，我是副主任。几年间，我们策划了好几拨"同济作家周"的活动。2004年5月校庆期间，我邀请台湾诗人余光中教授来同济做了两场讲座，并受聘为学校顾问教授。在信息爆炸的时代，港澳台的文人和闻人们，也嗅到了这个以工学为主的大学里，一些人文的烟火气。

那时候，港珠澳大桥还只在少数人心目中绘制着草图，但世界华文文化与文学的桥梁，早已由香港的文化与文学人飞架东西南北了，车水马龙，日霞星晖。我与耀明兄反复商议，乘着同济大学2007年百年校庆之良机，探讨将第二届征文奖放在同济举行的可能性；也可仿照余先生模式，请金大侠莅临大会发表演讲，并建议学校聘为顾问教授。

很侠义，金先生爽快地答应了。于是，兰桂坊的二人会晤，就在如兰如桂之清茶的夜幕中开启了。金庸先生时年84岁，但雍容康态，红光满面，白色衬衣上打一条米色小方格领带，领带结大宽长，外面套一件深色西服，与他稳健的体形姿态非常配当。小圆桌中间放着一碟芒果干，一碟看上去松脆的饼干，两个白色的瓷杯里，普洱茶还冒着热气。桌上的托盘有一枚蜡烛，但好像并没有点燃，可能是夜色未深的缘故。这次单独会面，整整占用了金先生二十分钟。

自香港返沪后，我和同仁们就开始筹划，起初都相当顺利，学校相关领导也答应将"金讲"和"征文奖"均列入校庆系列活动。2006年12月15日，由我起草，以万钢校长的名义，请耀明兄转呈金庸先生一封邀请信，大意是经学校商议，诚聘金先生为同济大学顾问教授，并请他于菊黄蟹熟时来同济做一场演讲，题目由他自定。两个月后，我本人又呈上一札催问。再过三月，金庸先生回信，全文如下：

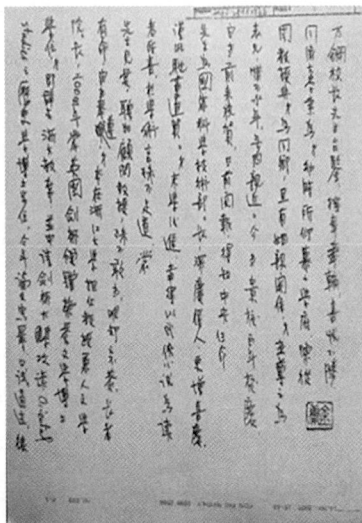

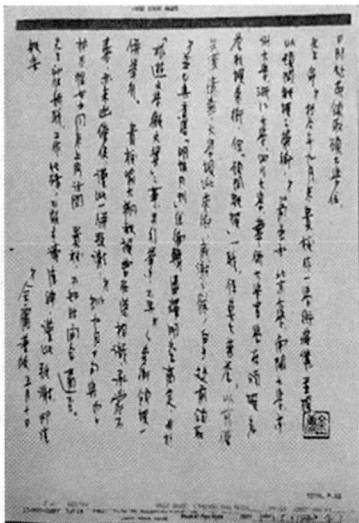

万钢校长先生台鉴：

接奉华翰，喜悦不胜。同济大学素为弟幼时所仰慕之学府，陈从周教授与弟为同乡，且有姻亲关系，弟应尊之为表兄，惜不永年，无因亲近。今当贵校百年校庆，自当前来祝贺！日前阅报，得知中央任命先生为国家科学技术部部长，深庆得人，更增喜庆，谨此驰书道贺。

弟末学后进，幸得以武侠小说为读者所喜，于学术言殊不足道。蒙先生见爱，聘为顾问教授，殊不敢当，唯却之不恭。长者有命，自当奉遵。弟本在浙江大学担任教授兼人文学院院长，二〇〇五年蒙英国剑桥颁赠荣誉文学博士学位，弟即辞去浙大教席，并申请剑桥大学攻读 oriental studies in 历史学博士学位，今年论文写毕，口试通过，后日即赴英领取博士学位。

先生命弟于今年九月来贵校作一学术演讲，并授以顾问教授之荣衔。弟以前虽承北京大学、南开大学、苏州大学、浙江大学、四川大学、华侨大学等学府颁授名誉教授荣衔，但"顾问教授"一职，系莫大荣誉，以前仅台湾清华大学授此荣衔，感谢之余，自当趋前领取。弟并已与香港《明报月刊》总编辑潘耀明先生商定，关于"旅游文学征文奖"之事，另行举办，不与弟之荣衔颁授一并举行。贵校喻大翔教授曾在港相识，承蒙不弃，亦来函催促，谨此一并致谢！弟拟九月下旬与内子林乐怡女士同来上海访问贵校，不知时间合适否？

先生初任新职，工作忙碌，不敢多渎清神，谨此致谢，即请教安！

弟　金庸谨启

五月十日

之后，在学校校办、外办、校庆办和多方协商下，由我起草了"金庸先生来同济大学受聘顾问教授及讲学日程表"，将从苏州接金先生夫妇，重头戏——颁赠证书、演讲、古琴演奏与晚宴，到金庸夫妇和潘耀明先生一行返港等大小事宜，反复琢磨细化。常务副校长李永盛教授于七月二十七日传真金大侠，再次明确表达了同济"恭请先生和夫人林乐怡女士，于二〇〇七年九月二十五日至二十七日驾临上海同济园"，"为先生正式颁赠同济大学顾问教授证书，并请先生为全校师生做一场学术报告"。

《易》曰："潜之为言也，隐而未见，行而未成，是以君子弗用也"，真是太有预见力了。俗语说好事多磨，但多磨有时也未必能成其好事。同济大学 2007 年 5 月 20 日校庆大典过后不久，万钢校长赴京上任，新校长没到位。又听说当时的人文学院相关负责人趁机从中作梗，谓金先生年事已高，若在同济出事，无法交代云云。余后工作便有诸多变数，均影响了"金讲"与"征文奖"继续操办。

8月上旬，我在武汉的华中师范大学开会，接到学校电话，正式通知我金庸先生的行程只能取消了。一桩现实的美事渐渐变成了小说。在万般无奈之下，我于武昌桂子山的桂苑宾馆，给金庸先生发了一个传真，委婉告知大侠讲座延后。一场本可以期待的秋之盛会，就这样在盛夏的汗流浃背中被消解掉了。

不知道金庸先生接到我的信后做何感想，后来听说他不太高兴，这很自然。这次无奈的失约，让我对预约中的菊花满天产生了疑虑，对收获的期许心怀歉意。而且，一朝错失，无法弥补。黄庭坚写道："兰委佩，菊堪餐，人情时事半悲欢"，想起兰桂坊，想起镛记酒家，想起十二年前的九月天，真的非常遗憾！

昨天晚上，我觉得那首联句诗还不能尽意，又给香港的耀明兄发去了一副挽联：

十八年创造了武侠世界

几辈子规范着文字江湖

庸容宛在

想起了《周易》的"庸言之信，庸行之谨"，我对金庸先生的愧疚难以消弭。不管这副联语能不能出现在悼念的场合，我只能用它，送很是在乎同济之行的金庸大侠最后一程了。

——原载《解放日报·上观新闻》2018 年 11 月 4 日

西子湾畔访余光中

余光中这辈子善结"海缘"。

> 我不敢久看他
> 怕蛊魅的蓝眸
> 真的把灵魂勾去
> 化成一只海鸥绕着他飞
>
> ——《与海为邻》

《高楼对海》里有很多海,西子湾的海,高楼上的海,从窗口和露台望去的海。诗集"取名《高楼对海》,是纪念这些作品都是在对海的楼窗下写的,波光在望,潮声在耳,所以灵思不绝"。(《高楼对海·后记》)

不管多远,我一定要去看看那窗,看看那楼,看看那海。

2013 年 7 月中上旬,我喜欢的夏天到了。学校暑假,我随同济大学裴钢校长一行访问台湾的几所大学。公务告一段落,启程往香港前,获准有两天空闲,可以自行活动。10 日一大早,我毫不犹豫地挎起背包，到台北捷运站买票、登车，到海的另一端——高雄去拜访余光中先生。

火车停靠左营，记得是上午十点刚过一些。因为行前有越海的电话，昨晚又在捷丝旅台大尊贤会馆向余先生报告了一遍。立等片刻，那辆被警察追过的美国西部的狂车就出现在眼前。这也是我期待的理由之一：半个世纪之后，那种浪漫的桀骜还流淌在诗翁的血液里吗？

车过一条长路，车过一些窄路，车到海边，再上山。虽然少了些狂野，但那流畅与自由也绝不是一般八十五岁老人能够想象的，何况还是一位老诗人。路上我问：台湾允许八十岁以上的老人开车吗？允许啊！您开这么快，没人拦您的车哦？好像他们都认识我，不找我的麻烦。上山时，中大的保安略略弯腰，对他笑了笑，车子就风一样地飙起。

至今心怀愧意：我先下车，出于好奇，不知道我当时问了一句什么话，分散了诗人的注意力。他下车时，额头撞在门框上沿，有点重，他停了停，又抚了抚。我十分歉疚地立在旁边，轻语地询问了几句。余先生说没事，这才拿了行李，上他的办公室。原来是车库墙上一块蓝底白字的大牌子，吸引了我的视线：

中山大学荣誉退休教授
余光中老师　停车位

下面还有两行英文，也让我第一次知道了诗翁的英语名字：Yu Kwang Chung。我很感动。在海边的小广场，我已见到了刻有余诗的石头。还有老人十年前受邀到同济演讲并受聘为顾问教授，曾送给我一个印有西湾落晖图的诗杯。他告诉我说：中山大学每年有一笔预算，请他挑选印制有他诗文的纪念品，以便赠送世界各地的朋友或机构。真替诗人感到由衷的温暖与欣慰。

余教授的办公室在文学院大楼四楼，编号"534"，下面是余光中三字的印刷体。还没进门呢，我们就拍了两张照片：一张我玩的自拍，不说了。刚好这时来了一个女学生，她帮余老师和我拍了一张合影。门的正中是一张菱形的浅底色的抽象画，看过去，画的左下斜边是梵高的自画像，怀疑的眼神和愤怒的黄胡子；余先生就站在他旁边，浅笑着侧耳倾听梵高的声音。画的左上斜边是红底洒金的一个"福"字，有些像毛笔，又有些像炭笔，现在看来，很像是余先生亲笔书写的。画的右侧尖向就是本人凌乱的长发，似乎通过两张画面在和余先生连线。余先生提着一个手袋，应该是那个学生刚刚交给他的材料。

进屋放下背包，余先生第一个召唤就是去看海！不是步行至沙滩，也不是坐船远行，而是到楼西头的露台上眺海。他办公室的一排窗口朝西南，那里是一座山和一座土红色的楼房，只在远处的右前方，有一线斜斜的绸蓝。我记得，从他门口到西边的露台，中间只隔着一间办公室。步上露台，世界大开！海水一望无际，船影艘艘而点点；近海栈桥纵横，浮标漂浪；更近处和左侧，当然是海堤、山坡和住宅，是一部大蓝大绿大红的音色交响曲。这就是带给余光中画意诗情的视境，源源不断的灵感之泉。

　　余先生指着远方轻轻地说：海峡的对面就是大陆，我已经眺望快三十年了！然后沉默，再然后，还是沉默。因为这一泓海水，因为六十多年日日夜夜的风波，它将诗人的情思拉得又深又细又长：

　　　　大地多碍而太空无阻
　　　　对这些梦与地理之间的问题
　　　　镜中千叠的远浪尽处
　　　　一根水平线若有若无
　　　　是海全部的答复

　　　　　　　　　　　　　　——《梦与地理》

　　其时太阳甚烈，我们都戴着墨镜。我说余先生，我们来张自拍吧？他说好啊！我们靠在露台的石栏上，阳光瀑布似的冲下来，有些令人窒息。诗人曾说，在杜甫之前，江峡一直无主。诗人没有说的是，在光中之后，西子湾有主了，这一湾浅浅的海峡，早可别名为余子湾或栖诗湾了。

在诗翁的办公室谈了不少话题：比如永春余光中文学馆的建设，他拿出了一张设计图给我看；比如大陆一些选本的删存与得失；他还谈到了关于他的评论和传记作品……并说目前为止，这类作品中，徐学的《火中龙吟——余光中评传》是最有分量的。

余先生的办公桌上堆放着很多书刊，有一册香港的《明报月刊》好像刚刚合上。沙发旁的一张小几上放着一沓学生的英文作业，余先生在整理物件的当儿，我翻了好几页，每一页都有先生勾画的笔迹与文字。最后一页原作英文只有三行，其他都是先生的手迹。在他的允许下，我拍下了这一页，以做意外的纪念。在给学生"90"分的嘉赏之下，先生花了十五行对论文做了评价，认为该篇研究"见解深刻，资料翔实，其范围不囿于英国浪漫主义，还旁及世界文学"。此外，先生还引申到浪漫主义诗人雪莱，以柯勒律治笔下的忽必烈汗构建奇异殿堂及花园为例，谈雪莱创作《古舟子咏》的直觉天赋，让学生触类旁通。大陆读者知道余先生中文书写一丝不苟，却未必见过他英文的严整漂亮，且是在学生的一份作业上！这样的诗人学者、这样的批评家教授，能不受到学生的爱戴吗？我在大学任教近四十年，知道一个好老师对学生和学校的重要性。而一个大师级的好老师，其影响和荣耀，更是不言而喻的！

离开余先生办公室之前，他签赠了三本新著给我。不过，我答应为一家大学出版社撰写一部《余光中评传》，需要的资料真的是太多了。但一看他书架上重本不多，又怕麻烦先生，故只向他

借了黄维梁教授早年主编的两部评论集《火浴的凤凰》与《璀璨的五彩笔》，并写下了一张借条，准备半年后奉还。岂料写作并不顺利，二著舍不得按时归还。那张借条一定还躺在诗翁某一个抽屉或文件夹里吧？想起数年来琐事缠身，辜负了先生的期望，而我从此失去当面求教的机会，遗憾终生啊！

在海边安静而优雅的大学饭店用了午餐，又在椰叶搭起的凉棚下拍了照片，穿过几幢教学楼长长的走廊，我们进了中山大学图书馆。下一个活动，就是参访设在该馆的"余光中特藏室"。

这间特藏室面积不大，却是中山大学和他的共同心血，它以余先生亲自设计并以收藏他从香港返台后的全部作品、图片、画像、手稿、书法、影像等为特色。由导览员开了个头、介绍了各种展览形式，并播放了他吟唱的《念奴娇·赤壁怀古》、一位女指挥家指挥合唱的《乡愁四韵》之后，余先生慢慢从中庭环形的棕色沙发上站起来，为我一个人讲解了大约半个小时以上。缓缓的语调，从容不迫的节奏，一书一稿一签一字都如数家珍，真令我这个后学喜出望外又受宠若惊！其间，他特别拿起人民日报出版社《余光中对话集——凡我在处，就是中国》说：里面有郭虹的一篇，超过一万字，是她把问题写好寄给我，我书面回应的，比较可靠。

那时大约下午三点多了。余先生在捷运站接我时就说了：范老师一定要接我到市内的家里住一晚，床上用品洗漱之类都是新的。余先生这时也有些疲惫，说我们该返回办公室拿东西，然后到他家里晚餐歇息了。

再进办公室，余先生斜躺在沙发上，拿一小瓶眼药水滴眼睛。我则继续好奇一书一画一笔一纸，并用带去的小型摄像机进行了扫描式拍摄。片刻，余先生谈兴再起，与我谈起了乡土文学的论争；谈到许多年来饱受一些人的指摘甚至攻击；谈这些年在华人社会的来去对他创作的影响；还有就是心理上的误解、困惑与忧闷……我这时看余先生，是那样的瘦小与羸弱，一股敬惜之情油然而生。

这时电话铃响了，是范我存老师催我们回她的家了。余先生轻轻地说：马上就回。

真是天有不测风云，我的手机也响了，校长秘书说，台风要来了，我们须明天提前飞香港，你今天一定要赶回台北啊！

幸好，我赶上了左营当天最后一班高铁，一边啃面包，一边电影似的回忆起从早上开始的经过……

2017 年 12 月 28 日上海鸿羽堂

——原载《文汇报》2018 年 1 月 9 日

第六辑　他乡

黄山醉月

莲花峰下，蒲团松前，早秋的黄昏向夜伸延。

晚餐，我们在玉屏楼分部喝了一些酒，一种感受黄山夜色、探险撷奇的欲望油然而生。7点30分，晚霞以它底层浓重的酡红，上层大片的橘黄把黄山远处的风景都洗亮了。蒲团松前，一块巨石伸向峡谷，形如乌龟的背脊，要想坐上去，非得经过丈余长的石条，而它竟只一脚之宽。看巨石粗野的模样，没有人敢来骑在它的背上。

孙说：管它呢，上！王安石不是说了，世之奇伟、瑰怪、非常之观，常在于险远吗，我们还能犹豫吗？！他总是这样，善于找根据，不大顾及后果。我们牵了路旁一条柔软的树根，当着一群姑娘的面，居然大模大样走过去了。谁敢站啊，一向胆大、视死如归的孙首先坐了下来。一块危石，万丈深渊，望而寒之、栗之。圣泉峰正在眼底，四周的低谷一派幽黑，只有左前方的天都峰，久久沉迷在夕阳的光海中，飞动的松枝像装了霓虹灯一般光洁透明，山石微红微红，一变豪拔雄峻为异常的腼腆妩媚。我们忽地感到，我们是躺在温馨的黄山的摇篮中了。

最奇妙的是，右前方的莲蕊峰上，生了一弯眉月，亮晶晶的，白雪没有它的纯洁，银子没有它的铮脆，一泓美人鱼梦中才有的、透碧的玉蓝的天海，低，使得触手可掬，把眉月衬得无与伦比的清绝、秀绝，携着旁边的几颗星星，漫洒玉辉于莲蕊、莲花、天都诸峰之上。侧首左右边的牛鼻峰，有两头天然石雕犀牛正高昂着头颅望着莲蕊峰的空际，这正是有名的黄山奇景之一——犀牛望月，不想今夜竟意外遇见了。

天渐渐暗下来，远处的低山淡淡的，有乳白的薄雾遮盖，丛山把我们围裹在一个新奇的世纪中，抬头看夜空、看星星、看月亮，离我们愈来愈近了。高高的莲蕊峰轮廓清晰，酷似静海中的一朵睡莲。峰顶的巧石采莲船，正默默地泊着；峰畔一只刚刚落下的石孔雀，正翘首开屏，游戏莲花峰呢。导游书上有一个艺术的名儿：孔雀戏莲花。月亮默默无语，它不告诉我们从哪个世界走来，又为什么特别钟情于这个世界，一种神秘的伟岸，一腔童稚的温柔，一派诡谲的峻逸，一首洁净的诗歌。蓝空、雪月、青山、苍石、旅人，云停海默，林静山幽，一篇远古的童话，在我们单纯的心间充溢起来。一切都不存在了，不存在了，酒意在我胸中涌动、泪光在我眼眶里荡漾起来，我从没有这般亲近过自然，更没有这般地受到高高的月神的爱抚。这一夜，我是独得了自然的温存与亲密了。

此刻，我把石头骑得更紧，双手的十个指头，一动不动地抠住微凹的石棱，显得晕晕乎乎，不能一忽儿放松。孙看了夜光表：7点55分。眉月渐渐近于莲蕊的顶端了，缺着一半，边缘的虚线若隐若现，有缺中之圆的幻觉美。注目着，注目着，看它怎样眠于莲蕊之中，不敢一刻拿了眼睛去偷看低谷远峦，树影山烟。

月亮的足迹快要踏着碧青的莲瓣儿了，空灵的、虚拟的月的足音响在我们的如痴如梦之中。这将是一幅怎样的月眠香蕊图啊！忽地，在光的折射中，石壁上戏莲的孔雀，变成了一条狗，一条生动的狗，一条凶悍的狗，正匍匐着，伺机咬住月亮；而峰上左侧的石船，又魔术般地成了一个贪婪的大蛤蟆，张着口、鼓动腮帮要跳过去吞掉它。孙突地带着愠怒而悲凉的调子说：天狗吃月亮了，蛤蟆也趁火打劫了，月亮不好了！

正悚然中，眉月在青苍的山顶更明亮、更美丽了。它像是突然识破了狗和蛤蟆的阴谋，不再想眠于诱人的莲蕊之中。它是不能，还是不敢呢？不，它是不愿意呢，它必须走，不停地走！它用了锐利的两角凿开山道，从容地走向山那边的烟海里去了。于是莲蕊峰的轮廓模糊起来，贪婪的"天蛙"模糊起来，阴险的"天狗"也模糊起来。我弄不明白，白天那么美丽动人的景致，采莲船啦，孔雀开屏啦，在夜来的时候，陡地变成了令人厌恶的形象，美变丑了，善变恶了。但是，它们终不能奈何月亮，当光辉的月亮接近它们的时候，它们又懦弱和胆怯起来，后悔和暗淡永属于它们了。我是相信，净亮而朦胧的光界，总是伴随着月亮的。

久久地，久久地，我和孙长嘘了一口气，有一种莫名其妙的愉快的轻松。但是陡然，空气凝结，温度下降，我们失声叫了起来！如悬半空，如浮云际，如坐瑶台，臀下之石似一块若无的飞毡飘动起来，人全然失去依托。山、天、树、石一派空灵，漫漫壑峦，佛光暗射，如同仙界。城市、乡村、航船、旅伴，都好像是远古的记忆，一点儿也弄不清了，如坠深渊的巨大恐怖，使我俩颤颤然了。直到现在，我才领略了明代易洪先所言"三十六峰烟月寒"的境界。一切都不复存在，只有类似大海中的粼粼波光，在大脑中排斥一切地泛着，我只感到，我的手和腿都剧烈地抖动起来，凉鞋磕碰得石面直响，酒意在这个时候全然遁光了，再要迟疑不走，晃下深谷，将是确信无疑的。不幸的是，在我们恐惧的眼睛里，四周都漆黑一团。一脚之宽，丈余长的石路，有如武当山上飞临深涧的灵香台，今天回不去了吗？我默默地害怕着、祈祷着。

正在我们十分困窘的时候，孙说："勇敢地来了，还得勇敢地回。"他嘴里喃喃着，但传递给我手上的，偏是他的抖索和担心。蒲团松下有一束明亮的电光在那儿纵横闪耀着，我呼了一声，那电光就带着两个女高音过来了，照着我们脚下的山石，而我们，顾不得面子了，不得不狼狈地骑着那条石路，双手卡住路脊，一下一下地挪过来，直到站在石级上，才松了一口气，才有一种生命的自由感、安全感，同时冒出一丝历险的、奇妙的骄傲。

天蓝地黑，万籁默然。我们留恋地看了一眼莲蕊峰，它的底座沉睡在无边的夜海里了，而它的上部，苍劲的轮廓，不知几时又镶上了一条毛茸茸的、银灰色的带子，闪闪烁烁，若暗若明，把混浊的状如莲花花瓣的峰峦剪影似的立体起来，一柱入天，叫人莫测高深。

我相信，这杯黄山的月光之酒，够我们一辈子消受了……

写于 1981 年

九华山醉雾

地点：安徽青阳，九华山上九华街。

时间：1982 年 8 月 23 日傍晚。

背景：朦胧的、稠稠的、泛着绿意的灰色。谁能说定啊！

人物：我、孙、N、T。

我怀疑，这一年多来，我是醒过了？那叫人长迷、长痴、长醉的雾啊，用它的温润、微绿、灵动的颗粒滚拂着我的心弦，从没有停止过震颤。这是梦中的震颤，像一小片发了神经的树叶，那样令人不解的频率。没有醒过，没有醒过，真的！没有醒过。

我们借宿祇园寺内。那个傍晚，用完饭食，正好六点。四个人背依廊柱，短诗低歌，随意小聊。忽然，我看见，从天井的一角，斜斜地飘进一丝亮亮的东西，又一丝，又一丝。我几乎是狂叫了一声：雨！于是，四个人一起动了雅兴，提了小伞，悠悠地出了大门，要去踏一踏悠悠的山路，用了我们悠悠的步子，悠悠的心境。

可是我们全傻了！刚才朗静的天宇，现在一条线儿也找不到，密密的雾网勾织了附近若隐若现的古庙苍林。原先的清晰呢？清晰的近峦，近峦下清晰的农舍，农舍旁清晰的石桥，石桥下清晰的流水，流水里清晰的圆石？没有。我们不约而同地相觑了。这一下可好，我们竟模糊了对方的相貌，就这么几步，却像站在遥远的荫蔽下，只有轮廓，只有猜得到的眼神里的惊诧！我用鼻子吸了吸，好玄呀，有了林的熏香，有了山的寂静，更有一股禅空的灵气，很少别处雾里的尘土味。在我吸雾的时候，肥大的颗粒碰湿了我的鼻尖。于是，我用手抓了抓，还真的抓得到呢！五个指尖像是按动了跳跃的琴键，没有声响，却有流动的韵律。

这里的雾，原是看得见，摸得着，也弹得动的。九华山的雾啊，你是来得太快了，来得太大了，来得太浓了！"浓得化不开"，浓得挥不开，甚而吹不开。哪怕是万丈天风，也无能为力。黄山云雾的磅礴，庐山云雾的温柔，它们只围绕在你的身边，风动而雾散，可九华山的雾是一首被夏天淋湿的诗，苍茫、浑厚而富于内在的力度，实实在在地渗进你每一块肌肉，每一个骨节。我惊叹九华山区的奇奥，诧异九华山雾的神速，如流弹一般地来去，且咬住了又不愿走开，真不可思议啊！

纯的雨早不下了，只是雾雨不停。就像潮舔浅滩，一阵一阵，都瞧得见层次呢。我们的头发湿了，衬衣湿了，凉鞋湿了。心，也湿了，是淡淡的湿，甜甜的湿，美美的湿。四把伞，谁也不愿意撑开，只是想与雾相溶，与山相溶，与自然相溶，越紧密越好！对于来自闹市的人们，哪儿去找如此纯净的天地，沉沉的雾笼罩了我们，而我们，就成了树，成了草，成了雾中流动的性灵，与山体不能切割。

我们的脚步，大概是把稠稠的雾踏成了无数的窟窿，费劲地拔啊拔，然后，又慢慢被填满了。不然，怎么挪动得这么慢呢？我的心情从没有这么自由，这么放松。我们猜测着小路两旁的景致，集体吟诵着有关雾的诗文。像秦观的"雾失楼台，月迷津渡，桃源望断无寻处"，像三毛的散文"黄昏，落雾了，沉沉的、沉沉的雾"，四个趣合的青年，竟一时手舞足蹈起来。N的伞撑开了，在我们前头蹦跳着，本是一圈蓝的，又一圈白的，再一圈黄的，雅而且好看，这时只成了大雾中的幻影。突然，她用寒冷的声调叫了起来："你们看，那是什么？"什么呢？我站在她的位置上，抬头望去，只见两柱粗长的雾影，比它四周的雾稍稍浓一些、黑一些，从地底里伸出，又伸进苍冥的雾空，一动不动，泛着清冷的思想。

九华山是中国四大佛教圣地之一，为地藏菩萨的道场，这九华街，更是禅堂林立之地。该不是地藏的幽灵，在雾中的显现吧？迷空大雾，该不是它施展的魔法？一种无边的神秘，使我冷冷然、索索然，怪不得N的声音都是哆嗦的。T不怕，别看她纤弱，可是个胆大的姑娘，竟然走上前去，摸那凌虚的黑影。原来，我们走到太白书堂来了，那两柱幽灵，是大诗人李白亲手栽植的银杏，享岁一千余年了。干粗叶盛，莽莽擎空！我顿然想起郭沫若的句子来："你这东方的圣者，你这中国人文的有生命的纪念塔，你是只有中国才有呀……你的株干是多么的端直，你的枝条是多么蓬勃，你那折扇形的叶片是多么青翠、多么莹洁、多么精巧呀！""你是多么嶙峋而又洒脱呀，恐怕自有佛法以来再也不曾产生过像你这样的高僧。""你不是一位巧妙的魔术师吗？"是的，你是的，你是民族的音乐，洋溢九华，洋溢八荒；你是山的精灵，生出雾，生出霞，生出诗，生出画，生出祖国历史的神奇和瑰丽，生出我们人民的豪放和巍峨。是的，你是精灵，你是主宰一切神灵佛法的高僧，我们，重重地匍匐在你的身下了，我的银杏呀！

N是一个灵活的姑娘，我的学生。欣赏山水，数她的点子最多。她让我们各自撑了伞，站在银杏下，轮流观看这朦胧的距离内朦胧的构图，愿我们各自保存用我们惊异的眸子摄下的、渗透着崇高的、神秘情感的朦胧的底片，永不去冲它洗它，我只觉得，此刻，我是被伟岸的幽灵包容了，一切空间感、距离感、时间感，都化为乌有。有的，只是一个朦胧的永恒。

不知道是怎样离开太白书堂、过了通慧庵的，正在沉迷中，隐约发现一团灯影，如绒似毛，又高又远。我想除非是天外蓬莱的星座，九华山是绝不会有的。N和T也有相同的感觉。孙不然，说此灯一定是阳明旅社。于是，我们三人跟他打赌。将舍里的大西瓜切为八份，他输，只吃一块，我们输，多给他三块。哪晓得，走了几步，阳明旅社兀地现在眼前，像陡地拉近的镜头。结果很明白，孙多吃了三块，差一点胀得不能动弹，但他胜利地笑着。我不得不佩服，在漫天浓雾中，他有如此明快的判断力。

就在我们缓步而归，从屋里搬出西瓜的一刹那，雾，稠稠的雾，无影无踪了。用"一眨眼"来形容，那确然太慢太慢。没有长风，没有大雨，更没有太阳，也没有月亮，雾怎么走的？是那两棵古银杏的魔力吗？它要用它超绝一切的佛法，叫游客永远跟定了它的幻变了？

我又呆了一回，傻了一回，站在祇园寺的门廊下，望着黄昏里肃穆的寺庙、繁茂的古木、清晰的群山。群山的那边，还是群山吗？再那边，该是大海了吧。也许，在海边，在落霞中，有很多很多的人，正在观赏美妙的海市蜃楼呢。他们知道吗，那幻象，就是大雾中的九华胜景啊！

我的思绪，是酒酣后的云絮，颤巍巍飞出身体，飞越丛山，不由支配地随它而去了。

写于 1981 年

——收入红孩主编《名家笔下的灵性文字·致高山》，

学林出版社 2006 年 7 月

奇潮记

　　一九八三年农历八月十七日，我与一白衣女子，起上海，经嘉兴，过硖石，夜从斜桥摇小船至盐官镇。晨八时许，人如潮水，溢满街巷。

　　步行数百米，即临小镇东南海岸，镇海塔孤子而立，塔下游人沿堤纵布，如银河星聚。此时，大江一碧，阒寂如夜，有漩子隐隐翻卷，逝水细纹轻波一片悠然。女子得海宁啤酒，我购中秋月饼，临水而饮而啖而悄吟悄歌。把白乐天之《咏潮》、潘逍遥之《长忆观潮》、苏东坡之《咏中秋观夜潮》，古来摹写钱江潮之诗词佳句，嚼得水沫兴波，盈盈乎与心潮起伏汪洋也。

　　左挤右侧，用尽虎牛之力，始达塔东观潮最前沿。约午一时二十五分，见极目处一亮丝如电光烁然不灭，腾挪跳荡、滚雪而动。观者数万，红白黄黑皆惊呼不已。时有一浅层涌浪在塔前默然滑行。倏忽之间，潮水呈三角形依北塘切进、扩大、拉长，南北连岸，左右齐头，如厚重之绸匹，凝然滞卷，沃水难飘。有细小水声，似山溪鸣弦，持续穿耳，万众皆谛然不语。白衣女子扬起白裤白鞋，待试潮水大小与温凉。不料起落之间，沉雷百排袭江，巨机千架齐下，毁灭之声欲夺万物焉。

　　天地本空漾，昏厥而怵栗，女子惶惑若受仙惊。此刻看潮头足有丈余，断崖带钢，陡立如削，平地飞奔；又如银色火车，满载生生虎豹龙驹，拨江而横突。其涌速恰同三峡飞湍，以每小时二十五公里的速度直达杭州以远。水团乱溅，近岸者无不透湿。潮风过处，雪渊罩魂，冷森森人心似千年冰封。我说，潮之奇者，在形象，在速度，在声响，在众水之前从未有此雄豪夺魄之感慨。

　　女子说，还有一奇，乃在大潮浩浩乎逆行而不惧，又让骑勇男女临涛斗智，且功成潮退，万流归海，自然、人情、社会三理俱合矣！

　　返。读《梦粱录》，有《观潮》一段曰："杭人有一等无赖不惜性命之徒……伺潮出海门，百十为群，执旗泅水上……或有手脚执五小旗浮潮头而戏弄。"忆及我之观潮，苍苍江面，潮头杳无一人，略有所憾。

　　愿当代有万千个"一等无赖"，弄奇潮而搏浪，以荡大海焉。

牙龙湾之冬

    大年初一刚过，就有朋友约我去牙龙湾游泳。

    海南在祖国之南，三亚又在海南之南。傻愣愣白炽炽的阳光十二个月赖在这儿焊呀钻呀，那暖融融的一层层温馨在冬季迷人的诱惑里就生长着。无处躲藏的干冷的内地城头，冻过脚跟又冻过耳根的人，你能逃避那种热带的诱惑吗？

    坐上带彩电的大巴，便刀光剑影无所事事地上路了。一幕幕的村镇，一幕幕的橡胶林，又一幕幕的山峦，一幕幕城市的轮廓与海的远影。当我站在牙龙湾海岸的时候，那已是三亚之东约三十公里处山海之间的沙地了。

    天空不很理想，太阳与阴云交替着来去，山光水色一明一灭。我却被地貌的气氛感染得颇激动，连山很青苍地排列着，从北遥远到东，再从北遥远到西，霸道地阻挡着一个方向的袭击。山不算高，但也绝非一口气能爬上去，有些根本就上不了的。中心的山坳里坐落着竹制的一群小楼，典雅别致得使我感到那是给梦寐以求海南少数民族特色长鼻加卷毛的西洋人高枕无忧的地方。

海边有一群矮屋，朴素而随便多了。因为正月初七的缘故，有那么一两个人走出来再走进去。放眼整个牙龙湾，岸上空寂得很原始，青的青着，黄的黄着，灰的灰着，听不到枪弹般不绝于耳的鞭炮，也看不到非看不可的羊一般拥簇的人群。闻说这儿要大兴土木，为避冬的地球人营造海滨别墅。请一定不要建在一览无余的视线里，让它们都躲到山洼里树丛里去吧，睡美了，喝好了，再款款地、袅袅地踱到海里去，这一定更符合自然的德性，也更加重了牙龙湾不着斧凿的氛围。

再是长长的海岸线，我没见过弯曲得这样耐心又飘逸而又符合黄金分割原理的。依着山势，造成一个天然的怀抱，这自然使湾里的海面曲折回环，搏浪的人有了莫名的安全感。海上左前方不远处，有一座深色而空蒙的岛，据说叫野猪岛。这名字很粗俗，也不知道上面是否真有野猪可观赏，但笔立的边沿让浪一叠一叠地撞上去，却产生着与岛名一点也不相同的情调的律动。两边再远些的地方还有岛，称东洲与西洲，倘若有飞驰的游艇穿梭其间，会不会把你的衣裳和睫毛打湿得蔚蓝欲滴呢？然而还没有看见飞艇。

我们走向沙滩，天啦，沙的那个白，如同置身雪原，这是上帝的造化。沙的那个细，用我这种粗糙的手摸着，简直辨不出颗粒，形同银粉。赤脚陷进去，只有微微的窸窣的轻音，就像喜多郎描写敦煌某一个乐段的最末几个绝妙得听不见的音符。这沙的白与沙的细，大连青岛不能比，北戴河不能比，夏威夷不能比，就是海南的桂林洋、大东海、天涯海角也一概不能比。我想，那些五大三粗的铁汉，那些浑身冒着阳刚之气的所谓女强人，只要肯下功夫来这儿躺着，就会躺出一身温柔如水来。

果然，一对洋夫妇卧在沙滩上看书，脚并脚，肩并肩，头向大海。无论如何，那书不该是武侠小说，也不应是学术论文，应该是诗与小说，比如泰戈尔，比如何立伟的《白色鸟》，或者德昆西的《流沙》一样英美作家们浪漫抒怀的诗化小品。这最符合沙岸与海洋的情调，人与自然的暗语。还有那么五六个人零落着玩耍与拍照。太阳的聚光灯一忽儿扫过来又扫过去，把空落的牙龙湾变成一个庞大的舞台，美丽绝伦的背景。一小群各得其所的人物，这种无言的镶嵌，直觉着进入了老子的大道境界。

　　没有人游泳，我们就去游。水果然还是有些凉，但不至于吓退我这个一贯怕冷的人的勇气。三个人乱疯了一阵，然后沿着海岸排成一线，"一二三"之后，一齐滚向海里。我是不是最后进入水中已忘了，但那奇怪而兴奋的感觉至今还在。人在表现的欲望里能突破环境而获至意外的惊奇，这是肯定的。

　　证明我们好运气的是太阳这一回亮得很长，渐渐觉得暖和了。水边没有任何杂物与污迹，脚板从海底轻轻抽出来，也还是原来的脚板。我发现海水的颜色青蓝青蓝，那样纯洁、那样通透、那样浩瀚，直叫人想哭。我的同伴在我眼里简直是一枚巨大的琥珀，只不过可以活动。不知什么原因，我突然把自己竖起来，在深不可触的水中，将鼻孔露在上面，然后再看我的脚背。哇，我看得一清二楚，还有那颗黑色的小痣。何止如此呢，我脚的周围与底部，有一团鹅黄的水晕，一片淡淡的影子在那儿轻漾。我极其惊异这海水的透明，牙龙湾海水的透明。我的血，我的神经，我的心脏，霎时间觉着也被浸得透明透明的。

　　我没见过盛满这透明的青蓝颜色的海呢。

阴云又堆得厚起来，出水后才觉得风有些大，浑身哆嗦不止，但穿上衣服也就暖和了。我把冬天穿在身上，我把海穿在身上，我把阳光穿在身上，我相信，在中国，唯一在深冬能向世界出口阳光和海滩的地方，只有牙龙湾了。

府城换花节

元宵之夜是府城的换花节，这可算是中国文化的一绝。

荷兰人喜爱郁金香，瑞士人喜爱火绒草，西班牙人喜爱石榴，圣马力诺人喜爱仙客来，巴西人喜爱兰花，美国人喜爱山楂，意大利人喜爱紫罗兰，多米尼加人喜爱桃花心木，而海府地区的人，到了正月十五，喜爱世上所有的花。

府城是一个镇，因为海南历代府治所在地而得名。今为琼山县府，与海口市紧相毗邻，是海南诸县中最得天时地利繁荣昌盛的区域。在忠介路与中山路交叉的府城影院处，即是清代的正台衙，为古时换香的中心地带。现在忠介路、中山路转弯至五公祠一带，都是换花的主要场所，用万人空巷一词还远不足以形容那种热烈鼎沸的节日气氛。

今天的天气不太好，到下午，雨雾愈下愈浓，百余米外的物体已模糊不清，人们一边怀着激动的心情，一边又存着某种担忧。五点半左右，在公祠大门口有几个摊子在卖花。真的假的，好看的和不好看的都有，但气色新鲜，一群一群的青年人打扮得很好，买花的买花，张望的张望，说笑的说笑。雨雾愈下愈浓，预备今晚抢拍到好镜头的摄影家林兄，已有些严重地失望了。能见度太低，伸手就可以抓到一把雾雨。

七时左右，天色完全黑下来，五公祠内却已彩灯悬挂，游人四处闲走，奇怪的是，当我们站在苏公祠的楼上向远处仰望时，明珠大厦几层楼台的轮廓在灯火的映衬下清晰可见。再环视园内，大雾渐散，树姿生动，倒映在池中的灯影艳丽袅娜。圆圆的月亮虽然仍旧躲得很远很远，但天气的面容已有人们期待之外的惊喜了。

五公祠内，有三个节目最吸引人：舞狮比武、放电影、猜谜语，人群大多聚集在这三个地方。换花的人渐渐多起来，一对一对的情侣，一个一个的家庭，一群一群的男女，大多是年轻人，他们穿得比平时更干净更鲜艳，一拨一拨地从门外拥过来，又一拨一拨地从门内拥过去。还有孤独的换花者，不知疲倦地从这头到那头，他或她，一定是在寻找着什么。

八点半左右，我独自出五公祠大门。人声人群立即如大海般铺天盖地，向耳朵向眼睛向心房轰轰隆隆地射来扑来滚来。只要你走路，你就得撞人或被人撞，但人们都是笑嘻嘻，喜洋洋，没有一个会像平时一样瞪眼珠，发怨气。不管你脾气多么急躁多么硬，只要你自动进入这个场合，你就会被和善和友好的温情所软化，我是作为一个旁观者空手进入大街的。手中无花，立刻就有一种被抛弃不入流的感觉。于是挤到街边，花一元钱买了一枝嫩黄的鲜菊花，再进入人流，无头无尾的，走也得走，不走也得走了。

这真是花的世界。从质料上分主要有两种：鲜花和绢花。鲜花大都以菊花、月季、玫瑰、唐菖蒲为多；绢花可就异彩纷呈了，山茶、杜鹃、迎春、牡丹、桃花、玫瑰、郁金香、吊钟花、月季、兰花、水仙、梅花、芍药、蔷薇、虞美人、石竹、萱草、三色堇、丁香、一串红、一品红、木槿、百合等等，还有一些我看不出也说不出的花，还有许多草花，数不胜数。可以肯定的是，没有昙花，也没有仙人掌花，虽然海南到处都是仙人掌。

换花多半发生在人群对流的时候，一边走，一边得观察对面的人和花。每人手里拿着一朵花，也有拿一束的，用漂亮的透明胶纸半裸地裹着，与人交换时也只抽出一枝来。换花多发生在青年男女之间，老人和小孩如果在行列中，必定是看热闹而已。换花一般是用自己手中的花去换别人更好的花，这样双方就往往要交涉，甚至来一番王婆卖瓜，有时几分钟才能成交。很多时候也不必成交，但双方并非不欢而散，而是友好地分手，大家都理解自己也理解对方的需要。有时，姑娘或小伙子冷不丁被人抢了手中的花，那要么是好花被人盯上了，要么还有言外之意，希望被抢的人来追自己，然后在那种神秘的交流中才能产生机会。我没有在现场发现后一种，只看见被抢的姑娘或小子，追过去夺回来，或无可奈何地大喊一声，却绝不出口伤人。也有例外，这种例外并不少见，倘若是个漂亮女孩，有风韵，迷人，即便她手中的花朵很不起眼，某一个男孩必定乐意将自己的好花去交换，因为他得到的不是一朵花，更不是一朵他认为不好的花。也有女孩和女孩换的，但少。还有男孩与男孩换的，极少。最热闹莫过于一群男孩去团团围住一群女孩，那花朵一定比别处好，趣味一定比别处浓，笑声一定比别处高。

府城换花有着悠久的历史。据说，最早源于黎族人的赠香。至清代，已成为府城居民的传统习俗，每到正月十五夜晚，全城青年男女聚集在正台衙附近，或换燃着的香火，或换小叶榕的枝叶。据一位老府城说，前者是传宗接代的暗喻，也与祈求幸福吉祥有关；后者则象征着繁茂昌盛，百年和好，与古榕树同存。古时的换香，多找本城的名门富贾，多福无灾或生有男孩的人家，实际上也就是抢。抢者高兴不说，被抢的人也感到荣幸，有一种价值的肯定。近代以后，海口立市，人们也都奔向府城，年年不衰，直至夜阑才散。经过 20 世纪六七十年代的淘洗，换香渐渐演变成换花，现在，还可见到极少数人持着小叶榕和燃着的香火，含着一种高深的意味与人交换花朵呢。

　　大约晚上十点，我站在府城小车站的丁字路口，由北向南朝中山路望去，彩灯挂满两边的楼宇，闪闪烁烁，犹如七彩天河，满街只见人头攒动，彼起此伏。人群中最醒目的莫过于大人和小孩们提着的灯了，那些灯尺余大小，有蝴蝶，有蜻蜓，有龙，有佛，件件栩栩如生。这般如大海如森林的人群，为自己祈求爱情和幸福的人群，被文明创造又创造文明的人群，我还从来没有见过。

海边红树林

有朋自远方来，呼啦啦一起去看红树林。

这红树林在海南琼山东北部的东寨港，为国家级自然保护区。据说绵延 50 多公里，面积为 3733.3 公顷，在海南是最大的。

沿着金红色的沙土路，看到的牌子却很小，而且旧，字也不讲究，海口没有一家小吃店的招牌比它更可怜。我想，凡世上博大深厚之物事，大约从来不工于招摇。

一站在海边就问红树在哪儿，我想象中是一片火光，把云把风把海水烧得通红，却没有。满眼是一团一带的绿，宽的海水窄的海水穿走其间，一白一绿都很亮。小机动船就停在埠头上，船老大很热情招呼我们上，我们就上，咚咚咚咚冒着黑烟，一忽儿就钻进了林中。船上五六个人，人人都是刘姥姥进大观园。我们就问船老大，他的话颇不难懂，只是往往被轰鸣声盖住了。这时我觉得应该上一只小划子就好了，用一些力，却安静，与无边无际的静默正好谐和。

林子与岸上树木果然不同，高高低低，丛丛簇簇，叶子似乎都蓬在上部，中段的树干目击可稍远一些。现在回忆起来，那些树干倒是有些发红，不少裸露着。阳光很充足，以至于烈，树叶倒是借了它的好处，锃绿锃绿，很厚重很忠诚。叶不算大，长约五至十五厘米，对生，卵形或椭圆形，光泽像是从太阳上滴下来，又滴到海里。一些树间，有红花有白花。大的青果细的红果悬着或举着，不小心就看不出来。书上说美国红树果味甜，有益于健康。不知这儿的果肉能不能吃，是补品也说不定。船愈走愈深，树愈来愈密，却仍然没有一株是红的。原来红树林是一类植物，由红树科、马鞭草科、海桑科和棕榈科一些乔木和灌木统而称之。还有藤状枝条爬上爬下，纠缠不休。它们沿感潮河口、盐沼、泥岸形成稠密的树林或灌丛，是热带亚热带海岸水生森林植物群落，说是海上青纱帐恐怕也错不到哪儿去。

潮是退着的，因为海汊的水不深，有大片泥地暴露着，稀奇古怪的树根，密密匝匝，突出泥面尺许，像一把一把的小号，弯弯曲曲向泥里吹奏一种我们听不见的却肯定是带咸味的音乐。老大说那是气根，也叫呼吸根，与暴露在空气中的支柱根不同。我越是糊涂，红树还有肺吗，有肺就有嘴巴，有嘴巴就有语言，有语言就有大脑，有大脑就有意志。一定是有，它们矮矮的，排得那么整齐，那么坚定，披的是淤泥，立身之地也是淤泥，为红树输送着养料。我这时专门去欣赏根，这真是一个天然的、鬼斧神工的根雕世界，蹲着的、站着的、打坐的、飞腾的都有。如龙如鹿如鸟如人，那是支柱根；如佛如婴如号如笋，那是呼吸根，就艺术生命而言，这些尽情尽性的根真是够富创造性了。它们如此喜爱空气，珍惜空气，并尽可能在空气中用自己的骨肉去做千变万化的要死要活的造型。我想起泰戈尔《飞鸟集》中的两句诗：枝是空中的根，根是地下的枝。反过来说呢，根是空中的枝，枝是地下的根。反正都一样，都是造化，是自然精灵的本能之演出，是机巧的人类模仿不出来的。

船向前开着，有时像进了一条走廊，两侧的红树弯在头上，像穹顶，人凉凉的，甚至有阴森的感觉，这种海上的绿色效应的确很特殊，倘若下去走一走呢，去探一探被称为植物迷宫的更为细部的神秘和趣味呢？不知什么原因，没有人这样提议，好像都急于浏览更多的地方。有人提出一个疑问，这么葳蕤茂密的红树，是怎么繁殖的呢？后来听内行人说，东寨港红树是典型的红树林植物，有两种主要的繁殖方式：一是树干不断往下生出弧形的不定根，定植后再向上生出新的树干；二是果实未掉落时种子在树上就生出胚根迅速下长，直至定植于泥土中。红树林顽强的衍生力是如此惊人，你拔它砍它烧它，它仍然生生不息。红树的好处太多了，食用药用工业用外，还可抵抗各种海患，制衡生态。我不知道人为什么要扼杀自己的朋友，是无奈无计还是无目无珠？

船向前开着，出了长廊，风和太阳都骤然大起来。船老大说，去看看海底村庄，于是大家都跟着去。那地方一片汪洋，浪拍得很凶，有一个渔人在艰难地结网。船边的水里，可看见一些瘦长的水草在起伏，其他则看不到什么，远处更是渺茫。船老大却说，这附近的海底并不深，正是村庄的废墟。因为地震，它们沉入水下已近半个世纪了。这是不幸，是人类无法思考的大难，灭顶之灾。也许水下还有骸骨，还有孤魂。后来我们在野菠萝岛的岸边，曾发现嵌在泥沙里的陶片，很小的块，但一定是人类的文明，也许正是那两个村庄的漂流物。船经过一座小岛，没有见人，树木稠密，有一棵榕树硕大无比，傲然挺立于天地间。有鸟飞来飞去，有风绕来绕去，鸟与风都只在它的枝上与枝间，则更见它的硕大、自在与悠悠然。

　　船向前开着，这次是开到野菠萝岛了。岛很小，像一枚长状的果核。岛上有无所不在的洞穴，细小的螃蟹奔来奔去。还有瘦长的桉树，有带粉红花的灌木，更多的当然是野菠萝树了。野菠萝又大又硬又红，红得很野很妖艳，但似乎再没有人有第一次吃西红柿那种嗜险的劲头了，一瞧一抹一扔就溜之大吉也。野菠萝岛最大的好处是孤单，人在这儿呆一呆，沉一沉，也许俗念会少得多。但是，也有游人污染的成果，罐头盒塑料袋什么的，有点肆无忌惮。看来，找一块纯而又纯的自然界，如今着实不容易。

　　船掉头了，沿着夕阳的归路，沿着青黛色的红树林的云影。渔人在海中向我们兜售刚刚打捞起来的鱼和螃蟹，而我们，带走了大海最后的晚餐。

鹿回头之夜

　　穿过疏落的灯火，穿过临春河，小车就向鹿回岭上的鹿回头公园追去。这回不是追鹿，而是追夜，无边的包容又无限扩张的夜色，谁也无力把握、无法捉摸的夜色。

　　入夜虽然不久，但山上已寂寞得很深，一脚踏下汽车，园林式的景致陌生得我不敢回忆，两年多的时光将粗糙的山头彻底改变了。临坡临崖而设的观景台，一下子把我瞳孔的镜头摇向下界——灯火明灭、若真若幻的三亚市区。背后是鹿回头宾馆，丛林遥没，千回百折。汽车后来载着我们悄悄地溜了一圈，那的确有一点"鬼迷心窍"的味道。有熟知底蕴的人威吓我，倘若你在这里有不纯的动机，并没有什么明显的出路，所有的方向都是一样的，正是古代的那种迷魂阵。

　　这是我们现在站着的鹿回头的正南方，两年前，我与一个可爱的朋友在高挺稠密的椰林间各自无声地走过，那时她掐下一朵扶桑。扶桑如今是她的风景，而椰林只是我眼底的朦胧。右边是大东海，离市区最近也最好的游泳之所在。左边的西方，遥而又远的正是天涯海角，目不能及，手可以指，尽管是一条虚线。然而这恰是一种供人怀想的美德，譬如"天涯何处无芳草"。苏子衔到了芳草没有？他回头的时候生命也就告一段落，是接近一千年的一个段落，是后人诗词里的一个段落，这与鹿回头的故事多么不同。

　　此刻我们就靠近那座庞大的石像底部，古人的喜忧不必去考究了，还是抓紧时间去回味现场的快慰吧。夜空下的三亚的确是美丽的，当深蓝的氤氲无微不至地关怀着她的每一个细节，又当灯火自由自在、有意无意地去燃烧一片，点破一孔的时候，三亚的确是美丽的。她没有香艳的婀娜，没有轰隆的夜声，甚至也没有繁华的霓虹（就那么三四处点缀其间），然而，这与无意粉饰的山水正是一种谐调，不隔绝人间烟火，也不脑满肠肥得让人惶恐，更不见淫邪的荡笑。寻幽探胜，又留恋俗世的心灵，正好暂栖在这素朴的夜色之中。

　　从新桥到金陵度假村口，一带的路线隐约可辨。三亚河借着岸上的光亮传送着些微的波光，而临春河，只是想象中流着一股暗影而已。庞大的弯曲当然是三亚湾了，它在城市的西首，此刻墨蓝着，一条宽大的抛物线很有弹性又很有风度地蜿蜒着，不知是大海把城市抛在我们脚下，还是城市把大海抛在远方，总之，有一种东西在我的意识里延伸，像抛物线一般充满弹性。渔船都泊在旧桥附近，这是我以往的夜晚散步时看见的，很壮观，很令人激动，令我想起三国时的楼船大战，想起柳宗元的蓑笠翁，想起张继的枫桥。其实都不相干，只是灰苍的船只带着古时的颜色。没有风，一切都很静，船们都默想着渔人与海与鱼的关系，还有它自己。这时有人指给我看，忙乱的三亚码头就在正下方，入海处清晰可见，就是靠了这个缺口，所有的水上漂浮物和水下潜游物交替着来去，海水跑进跑出，城在海里，海在城中。涨潮水不患城，落潮城不离水，给三亚一个独具一格的滨海城市之形象。这么看来，并非一切缺口都造成遗憾，反之，它能疏导过分的饱和，也能注满无凭的空虚，缺口很多时候也给人满足呢。

风这时大了些，却并不怎么凉，这是十二月。我猛吸了几口长气，无尘无味，心胸顿觉宽明了许许多多。望望天空，再望望大海，海空一色，都湛蓝得发亮，仿佛有古典的诗意从上面静静地滴落，一丝一丝，无知无觉地涌进海中。

有人说可以走了，我猛回头，发觉今晚最受冷落的竟是这雕像，那头鹿，那少男少女，以缄默的温柔凝视着我们所看过的一切，一切以前的一切，一切以后的一切。这是石质的文化之书，美丽能俘虏强暴，而穷追不舍就能得到真正的爱情。

海这边的风光的确是可以流连的，因为在任何的海边、河边、湖边乃至天下所有的水边，我们再也找不到这个高高矗立着的传说了。

——收入季涤尘　丛培香选编《1991—1993散文选》，
人民文学出版社 1995 年 12 月

日月伴我走天涯

我知道三亚的时候已经很晚了，而三亚的名字流传得很早很长。

走过的地方不算太多，忘记的地方也不算太少。三亚还没有忘，三亚的魅力就是叫你忘不了。

说实话，三亚城并不怎么了不得，三亚的人文景观也和整个海南一样，浅而薄，缺乏纵深感和震撼力，比不了北京和西安，也远逊于杭州和绍兴。三亚的了不得在于海，在海与天、与山、与石、与树、与沙、与水、与船、与大气、与流来流去的自然和人群的结合。三亚是被海包围的，她的美丽在于深藏或显露于这种包围的温柔与力量。

日：牙龙湾

牙龙湾又称牙笼湾，琅琊湾，距三亚城东三十公里。颠颠簸簸坐一小时左右的小车也就到了。我曾三次来过牙龙湾，都为了陪朋友，起点也都在海口。每一次都有新奇和兴奋，就像看见我的老朋友一样。

这次是夏天，海岸线的轮廓还是张如弯弓；长达七公里的沙滩还是宛如半月；列岛还在瞳孔里站着，划开外港与内港，平静而蓝而绿。

所不同的是阳光牵我来，阳光又在这里施展她无穷的古老与新鲜。我曾在另一篇散文《牙龙湾之冬》里写道："傻愣愣白炽炽的阳光十二个月赖在这儿焊呀钻呀，那暖融融的一层层温馨在冬季迷人的诱惑里就生长着。"现在的温馨是冒汗的，只要你站在旷地里，帽子遮不住，伞遮不住，浮云的阴翳也遮不住，唯一能遮住的就是美。

喝一杯冰镇的什么饮料，把心凉一凉，这时的阳光就变成三色的：蓝、白、绿。蓝是海浪里的阳光。风并不算狂，浪却有些醉态，呼呼啦啦地涌来涌去，阳光于是演出许多花样来。上层浅蓝，仍很耀目；下层就是又厚又重的深蓝了。九寨沟上的天池水，比她浅了些妖了些，阳光深处的海水，又亮又蓝又沉，何况浩大无边，心灵这时真的就被沁染了。白的是沙滩。我踏过不少的海滩，仍觉这沙的白和细无与伦比。只说白吧，就在黑夜里它也会发出光来，阳光一照，我只能一晃一晃地看，这么纯洁的地方，俗世的眼睛不敢直视，淘洗它，盛载它，照临它的，竟然都比我们人类要高洁，虽然她们的历史比人类还要古远得多。绿的是山，是阳光与草的交织，与树的交织。当我转过身来用舒展的意绪去看牙龙岭和石龟岭的时候，阳光又忽地柔和并藏起许多阴性了。热带的太阳，却并不显得暴烈残忍，牙龙湾的确是整个地球数一数二的滨海胜地。无论寒暑，不但让人观赏，且能让人沉浸在深深的阳光和深深的海水之中。

月：鹿回头

　　鹿回头的传说已越来越成为一个最为人熟知的传说了，倘若三亚真的变为中国第一个国际型海滨旅游城市。

　　不知你读过这首诗没有：

　　　　前面是咆哮的大海，
　　　　后面是紧赶的猎手。
　　　　你真机灵呵——
　　　　变成个美女回头。

　　　　回头，披一肩长发，
　　　　回头，含满脸羞柔。
　　　　你用甜甜的微笑，
　　　　俘虏了惊喜的枪口。

　　　　这可是爱的化身？
　　　　这可是情的追求？
　　　　怪不得有那么多脚步，
　　　　愿意来这儿停留！

　　诗题是《鹿回头》，作者是苗族诗人石太瑞。写鹿回头的诗歌不少了，我对这一首情有独钟，它把故事里蕴含原生的多重的意义，高度巧妙地概括出来了。自然地理，社区群落，生存方式，恋爱心理，强弱转换，文学母题等等，用诗的语言一一暗示过。如果在鹿回头山上立一块碑，刻一首诗，我以为可以刻上这一首。在月光下读，读出苍冥空远，读出古趣幽幽，读出力量与温情，也读出神秘和迷惘。

许多景致，在日里看，在月里看，在风雨里看或在黑暗里看，只要觉得好，一定会有理由。我到过扩张着无限夜色的鹿回岭，也写过。这回是卧在一个窗口，四楼的窗口，天上缓缓滚动闪亮的银轮，一切独立和高耸着的物体，此时都在我的视界里播放，清晰而又朦胧。最高莫过于那座传说的记载了。天空蓝得可疑，一点杂质也没有，月色如雪，大片大片盖下来。鹿这时就是一团影子，不是剪影，也不是倒影，与烈日和晚霞中的都不同，久久凝视之后，只觉得青年不见了，枪也不见了，鹿缓缓再回头，拔蹄驰腾而起。她不再回归五指山了，而是奔向大海深处，那无数的船的远方。

我想，在月光的幻觉里，人与鹿比，谁更永恒呢？

日：天涯海角

天涯是远，是落寞。海南也是远，是落寞。想起李叔同的诗："天之涯，地之角，知交半零落。一瓢浊酒尽余欢，今宵别梦寒。"将"地"换成"海"，就更适合描写三亚之西二十余公里处那一片大石、白沙和绿水相依无间的天涯海角了。

此地一说是古时交通闭塞，历代王朝流放"叛民""逆臣"的地方。他们感到来去无路，只好望海兴叹，故得此名，原名下马岭可为佐证。还有一解，那是辞典里的。崖州知州程哲于1733年（清雍正十一年）刻"天涯"二字于石上，后又有人刻"海角"等字样，有此合称。如今许多旅人，到此一游后却说并非遥不可及，也不在海天一隅。这实在是对满怀忧患的古代士大夫的误解。天漠漠，海漠漠，石漠漠，沙漠漠，路漠漠……古人有情有识也。四字千古流传，我以为是中国成语里最有分量最有价值的智慧结晶之一。

凡海边皆有水有沙有土地，却不一定有石。天涯海角乱石棋布，或列岸或潜水，立、倚、躺、卧，仪态万方，无不苍厚遒劲，孔武有力。"天涯"二字所摩之石最大，基部直径三十米左右，高二十米左右，四周陡峭，顶上较平，远望如同北地一种独特的山——崮。另有无数奇石，如馒如鼓如龟如蛙如鸟如指者，或象形或写意，人统称天涯石，均可观可画可思。

天涯海角最令人动情处，我以为是看落日，观晚霞，即便是千载古情，百年沉寂，也会被幻化的光影溅起巨潮。此地海阔天空，太阳一览无余。当夕阳深红之际，海浪颜色渐丰渐富，大红橙红紫红橘红浅蓝湖蓝深蓝灰蓝，何止七色俱佳?！石更变灰变紫以至于墨意深浓，顿觉凝重异常，无言有语。阳光穿壁透海，如花如朵，如线如织，真可谓红日崖间照，彩霞石上流，无一位动情者肯罢景归去。

月：金陵度假村

天下最难耐的，莫过于一个人到陌生的地方去上课。白天的时间是别人的，晚上的时间才是你的，况也不全是。孤独的人在尴尬的时间里能做一点什么呢？

这一天晚上月色太好，决意要出去遛一圈。先去三亚国际大酒店，雕一枚章，二字曰"荒野"，阴文。刻章人为杭州碧云轩印社的孙先生，有作品见于印谱。刀法是不错，一方章上竟有荒草、有野径、有乱藤，甚合我意。不料遇一学生，也想玩。于是往东，过临川桥，再上行二公里许，右下行百余米，左拐，金陵度假村即在明月朗照之下，轮廓分明。大楼为船形，南北船向，巍峨壮观。学生告诉我，这楼的每一间客房都直面大海，人住在房子里有航行的感觉。

夜其实很深，已近子时了，我蓦地觉得自己有点像海盗。幸好不敢打劫，只来霸占大海的月光罢了。

入大门，金碧辉煌，格调颇不一般。印象尤深的是迎面一棵藤本植物，婉转而上。叶特大而肥厚，深绿耀眼，想是热带所独有的盆景了。过卡拉 OK 厅，餐厅，室内小桥，一出后门，狂涛入耳。下了台阶，即是沙滩。这时抬头看月，愣愣圆，亮得很惨很邪乎，这就是"海上生明月"吗？在内地，在陆上，从没有如此这般的明月，即便是故乡。

环视四周，右边几座山峦，很高，说就是鹿回岭山脉，左前方有一岛，青紫气象，说舰船可进入岛心，颇为空灵。正左边，沿着沙滩的远处有灯火闪动，说那是大东海浴场了，正在大兴土木，往更美里修缮。沙滩的背后是一带坡地，仙人掌纵横交织，月光下可见挺拔的细刺和一片一片白色的丝绸。晚潮一拨一拨就扑来，猛地撞击沙滩，随之是隐隐的蟋蟀声。这时再看海面，马蹄形的海面，海水像在倾斜，似乎被一种神力无边无际地摇动着。颜色像是油绿，又像是黑蓝。有亮光不时从海面跃起，船的影子在颠簸，月亮仍是静静的，以其巨大的沉思勾起巨大的震动，这始终是不被一般的人类所理解得了的。

我们静卧在乳白的月色下，很久很久才动身。

树的象征

> 整个土地呈现出生物的图案，其上天然与文化的产物，自然与人文的面貌都被巧妙地安排为一个整体，完美地体现了人与自然最有意义的相互作用。
>
> ——〔德〕K.李特尔

当我置身于绚丽之岛的山水之中，听热带季风与植物群落的秘密音响；当我临窗而立，俯瞰天有所变、时有所动，极其熟悉又极其陌生的椰子树、杨桃树、银合欢、木菠萝、凤凰木、白兰树、木麻黄、榄仁树等林木，就感到有红色与绿色两种生命的血浆神秘汇流。在海岛的每个人身上，我身上，每一棵树身上……

凤凰木

武汉念书时，曾意外获读陈植教授的《观赏树木学》，谓凤凰木又名金凤树、金房树，"夏初开花，花大而为红色，花时红英满树，如火如荼，亦南国佳景也"。

凤凰木为热带树种，落叶乔木，高可二十米。原产新加坡，又说马达加斯加，我国引种最早恐怕是海南、广东与云南吧。而就我的体会，凡热带植物，生海南者，比广东云南繁茂葳蕤，更能穷形尽态。在岛上，我长期观察凤凰木，得之渐深。此树尤为人爱者，莫若花朵。约三月下旬，叶间有青蕾。四月中，点红初绽，远观为淡绿片掩，若有若无。五月上中，有花先放，花形奇怪。四瓣大红，一瓣下红上白，布红麻小点，挤在四瓣等距离的某一空处，呈极不规则的五瓣。再几天，万花情炽，满树斗开，大火爆燃，有烈焰灼空。倘有淡蓝与清白远天作衬，群英娇艳夺目，或移或飘，让赤霞自逊矣。这大概是被人称为"红楹"与"火树"之故吧。

至于"凤凰"一说，喻之花朵，不如喻之于全树，在长时而深情的自焚中，一年一年，都有崭新的形象与灵魂交相更替呢。六月上中，残花数点，却有许多半尺见长的嫩青荚果悬挂枝下，但几天之后，又繁花满树，呈鼎盛状。至七月与八月中下旬，仍有零星火点，游亮树冠之左右。求于识者，不觉大异而大喜，得知几度闭开，长有半年，乃凤凰花之常情常性也。

花之外，凤凰木的其他构成也是不能忽视的。其叶互生，偶数二回羽状复叶，形如凤尾，纤弱袅娜，见微风而摇动，叶色浅绿，与花朵迥异，各擅其妙。树枝不囿于人意，却略有虬曲交错，合自然之分寸。组成横阔高耸之树冠，花朵至浓至艳，与她的繁密不能分开。树干质轻而细，耐腐蚀、富弹性，可久站于水中抵御洪波，亦可做成床椅供人们休憩享用。

前日见几位少女争相采摘嫩荚，得浑圆绿豆子。剥其子，再得雪白薄如蝉翼，吃得津津有味。有的荚果一直挂到次年新果问世，仍不凋落。我想，这既是一种力量，也是植物的一种历史意识吧。

山枇杷

　　海南岛上，有一佳木被人漠视了。我们院子里，好几处满树满地的果子，由青而黄，由黄而黑，由黑而腐，无人问津。问几个老海南，都不知其名。后在《香港文学》上读到澳门诗人、琼籍学者云惟利的小品《山枇杷》，特指出"现在海南岛和台湾两地都有种植"，才得识庐山真面目。

　　山枇杷学名榄仁树，也有人称为枇杷树，使君子科，落叶乔木，可高二十米。原产马来西亚，现世界榄仁树属约有二百种，在南亚、热带美洲、西印度群岛与西非都有这热带树木的绿色精灵。我们岛上的一定非常独特，不然，《观赏树木学》在极为简略的两行文字里，不会专门指出"海南榄仁"一种。整个中国大陆找不到山枇杷，而独赋予海岛之厚土，我们的确是该认识它的好处的。

　　山枇杷树干高大，粗而有力，且姿态斜迤。与凤凰木一样，做行道树，供人观赏，给人阴翳，在热太阳下，妙不可言。然并未得到赏识与重视，至有人滥施斧斤，为一小便利，断其踝、断其膝、断其腰部者均有之。但山枇杷生命之欲极其强烈，所断之处，都重长新枝新叶，哪怕过了萌生的季节。她的木材也细而好用，家具、建筑、舟车都可造出上品。其旁根有隆出地面者，苍黑遒劲，蟠卧如蛟龙探海，若隐若现，尤增一美也。山枇杷的果子为倒卵状椭圆形，稍扁而有两棱，熟时橙黄，欠光泽，可以生食。但极少人食，要么海南多佳果顾不上吃它，要么还不懂吃。我削其皮，啖其肉，清香而略带涩味。砸核取果仁，有花生米般大小，洁白清纯，此可长享其大味也。若炒焙来吃，一定香脆可口。此果还能榨油食用，工业用或入药。果核外部的桃红包裹物，相信与树皮、幼叶皆可制成染料、艺术颜料或作装饰之用品。

　　山枇杷尤被人珍贵者在叶子，其得名也赖此。倒卵形，状似长江流域的枇杷，然确比枇杷叶更肖琵琶之状。早春萌芽，芽苞厚稚肥硕，二至四小片时，皆翼然于枝，彩蝶欲飞。小叶与柄和柄附近的新茎紫红、深绿、嫩黄三色交浑，柔光楚楚可人，出世不凡！倘逆晨曦而凝眸则叶片七色浮动，叶底纤毫毕现，薄露晶莹流逸，叫人噙泪良久而不忍旁骛矣。及至盛时，叶甚厚大，皆聚集于权头枝顶，每柄簇有六片、八片至十六片不等，绿光灿灿，波涌晴空。且枝如黄山迎客松状，四野劲出，树形犹一巨大绿色遮阳伞，站其下，丝阳不滴，凉气直逼肺腑，给人休息与宁静，别创一境，令人神远。此乃热岛恩惠之树矣！

椰子树

　　椰子树是海南的骄傲。从北到南，由东至西，无处不有挺拔风姿，无树不有累累果实。广东虽有栽培，但要么不结实，要么很猥琐。台湾虽遍地种植，唯台南有果而已。汉以来，椰子树之于海南人，可说形同骨肉，不能须臾分离。假使有一天她从岛上消失，海南人一定会产生真正的迷惘感，以至有难以弥补的生命之憾。

印度尼西亚人说，椰子树的用途如同一年的天数一样多，这话绝不夸谬。大而言之，可分为食用、日用与特用数种，椰岛的人们深受其利，我不必在此细述。况且，她的应用功能并没有开发完，科学家们还在经年累月地进行研究，新的发现相信还在后面。然有一句不得不提，在我所知道的亚热带名树中，恐怕还找不出一种这样万能的树木呢。

诗人王维洲来海南后曾写道，细读椰树，它比任何植物都更饱含热带的性格，也更饱含热带的风情。这倾诉了无数骚人墨客的共同心声。但不同的人读椰树，不同的心境读椰树，不同的时辰读椰树，椰树一定有不同的美学状貌。她单干通直，厌枝蔓。或高耸不倚，或倾斜倒伏，皆独立强劲。刚韧飘逸的羽叶构成奇特之树冠，有数片抖擞凌空，而更多向四周平伸，渐老才略有下斜。清风徐来，椰叶沙沙颤动，潇洒倜傥，风神入骨，尽显阴柔与清秀；台风劲扫，椰叶在黑云暗雨中如疯如狂，吼声裂岛，却并未伤其筋骨，阳刚迸射而无畏无敌。还有巧夺天工的椰雕呢？还有如泣如诉的椰胡呢？椰子树的观赏价值在其干，在其叶，在其壳，也在其声。

椰树的美妙还不止此。无论有意或无意，我总觉得，她的存在，给予岛人的心理感应一定是非常深刻的。譬如，椰子树能活近一百年，经济寿命也有六七十年，与人的生命及其创造期大体相仿。但椰树四季次第开花，次第结果，次第成熟。几代同树，从不内讧而默默奉献。这说明她营养丰富，精力充沛，有天生的德行。人出入其间，必不能避开这种暗示。可能感到人的无能与无奈；也可能有比较、竞争与超越；更自然的状态则是无言的刺激、支撑与契合。又譬如，椰子树的整体形象为发散型辐射结构，椰叶所指，上下左右无垠无境，并不像很多阔叶树与针叶树，如太极图案，让视觉封闭，只回归自身。她是无拘无束，无涯无岸，一派开放的气度。椰子树的确不自守一隅，而是随着海流的漂浮与人类的移植被传播到世界的整个热带。这样的形象，这样的气质，这样的胸襟与品格，难道没有给予昨天和今天的岛人神秘的启示吗？有的，不然就不会有那么多琼人走向四面八方，就不会有吕宋芒果、爪哇木棉与非洲剑麻。这个岛四面都是海，而四面也都是路呢。

椰子树竭尽心力之创造，人们把她称为"生命之树"！其实何止椰子树，凤凰木持续之热情，山枇杷宽厚之荫蔽，都是生命的完美现象。又何止凤凰木与山枇杷，植物把生命植进我们，我们把生命植进植物。岂非植物，整个生物、大海、天空、台风、气流……给我们以肌肤、血浆、形象、感觉、语言、声音、知识、思维习惯与生活方式。这个岛在一定程度上决定了人们的现存情境；反过来也一样，人们赋予她们浓烈的色彩，优美的线条，丰腴的肌体，永久的香味，玄妙的生命，纤细、婉约、豪放或狂暴的内涵与风格，无穷无尽的象征。

这就是海南岛，是人与自然最和谐的二重奏，是热带植被与社群组成的中国南方的天人群落，一片永远诱人的海中陆地。

——收入吴欢章等主编《20世纪中国散文英华》
（江南、岭南卷），复旦大学出版社 1998 年 4 月

海参崴印象

　　从海参崴遥望莫斯科，往西往西往西……越过哈尔滨，越过乌兰巴托，越过新西伯利亚和伏尔加河……即使坐飞机，没有十个小时以上，也很难到达。

　　一百四十年前，它原本就不是俄罗斯的领土。多少历史与故事之后，这儿的文化怎么样，它的风貌与人物又如何？

　　很偶然地，随着高校一群掌握和发布学术信息的人到达哈尔滨，再到达绥芬河，坐上一辆不怎么舒坦的火车，越过在中国人的记忆中屈辱而惨痛的边境。有人说，过了三个涵洞，就是俄罗斯了。

　　俄罗斯的远东真是又远又东。在时晴时雨的视野中，树长着，花开着，鸟飞着。除了火车上张罗着过境的老太太，火车下指挥着滚滚铁轮的铁路工作人员，半天看不到一个人影。再往前，虽不是一马平川，视野却极其广远，丘陵很矮小地起伏着，野草连天而来又连天而去，却并未看到什么牛羊犬马之类。树也不是什么林海，一丛丛一片片地绿着，车上的北方人没有一个叫得出树的名字。想一百多年前的俄罗斯人有称霸土地的欲望，直到现在仍是让它们荒芜着，心里不是滋味。

突然一阵暴雨袭来……又过去了，这跟中国南方的阴晴不定没什么两样。

好不容易看到了民居，红色屋顶，灰色墙壁，小小的，还带一个院子，与草地连在一起。又有一间，也与草地连在一起。不久，终于第一次看到了小镇，有女兵在路边的小店买东西。接着又看到不少男兵走来走去，兵营的门口有人持枪站岗。

没有再睁圆双眼的兴致了，大睡一阵后终于到了海参崴。

海参崴是中国人的称呼，其来本应有自，但笔者一时还无从查考。俄罗斯人称为"符拉迪沃斯托克"，那是 1860 年的事，意即"统治东方"。强人政治越出国界，灾难就不只是一个民族的事了，何况清末的中国政府已经不怎么顶用了。

这里一切都是俄罗斯化的，俄罗斯的政治，俄罗斯的军事，俄罗斯的经济，俄罗斯的宗教、建筑与民风，总之，典型的俄罗斯文化。据说，这儿以前是俄罗斯的远东军事基地，大裁军之后，才作为滨海城市向世界开放。又据说海参崴近二十年没有基本建设了，它的陈旧，也正是当代俄罗斯政治经济转换期的一个缩影。最富有民族特色也最高雅、漂亮的建筑物，大概是海参崴火车站了，轮廓以尖、圆、方为主；色调以灰、蓝、白为尚。它的后下方，紧连着海参崴的客运码头。印象里旅客很少，小小的候船室还没有坐满。而我们在车站广场拍照时，也只有三三两两的男女出入，绝不像中国大中城市的车站码头，闹哄哄，一派车如流水马如龙的景象。

不错，海参崴是旧，甚至还有残破之气。比如马路，高速公路的影子自然找不到，完整的水泥或柏油街道也未曾发现，路面沟隙纵横，稍微偏僻的地方沙石满地，流水与车轮刻下的岁月那样沧桑，就像饱吞悲辛的农妇行将老去时告别世界的最后表情。然而，海参崴洁净。街道、公园、旅馆及其他建筑物旁几乎看不到杂物。我们屡次被告诫，往窗外或地上扔东西是要罚款的。这已经被证实，当火车刚入俄罗斯境内时，有人往车外扔了一个小小的食品袋，大约十分钟后，"有人"的护照理所当然被扣留了，花了五百卢布才记取了忠告。海参崴因为洁净才朴素，因为朴素才漂亮。尽管我们一路上被黑龙江省某旅行社的诡计敲诈得义愤填膺，但当俄罗斯导游玛丽娜用汉语问我，海参崴怎么样时，我毫不犹豫地送她三个字——朴素美，并写在一张纸条上给她看，她很满足地笑了。

　　海参崴最不干净也最不可思议的是小汽车，据说百分之八十以上的家庭都拥有小汽车，从日本进口的二手货，很便宜，不用洗也不用擦，跑不动就扔掉了事。整个海参崴没有出租车，居民有车可以自己出行，也可以沿街拉客，招手可停，讲好价格便妥。海参崴的路况不好，但辆辆小车都开得飞快，男追女逐，险象环生，说明海参崴人喜欢生活的快节奏，也是个可以冒险的地方。

　　说到海参崴人，这是绝不能轻略的。海市地理独特，金角湾、阿穆尔湾、乌苏里湾三湾绕市，金角湾更深入市内数千米，航道四通八达，海潮波连世界，海参崴人的开放和大方随处都可以感觉到。除了看到一两个小流浪儿，几个苦力，本地居民文化素养一般均较高。八十万左右人口的城市，有高等院校十余所，民众受教育的机会应该很多。我们的俄方导游玛丽娜，今年十九岁，远东国际理工大学二年级学生，学中国经济，暑假里兼做导游工作。她天生丽质，谈吐优雅，颇受同游老少喜爱。玛丽娜穿着简朴，但衣服面料纯正，颜色和式样大方而现代，看上去清新脱俗。海参崴青年女性的服饰与化妆审美品位都很高，不像在海口、武汉、哈尔滨或北京，总有美得难受的女人让你气闷。海参崴青年女性的美衣美饰大多来自外国，且价格不菲，但在金钱和美丽之两端，她们更珍惜后者。

海参崴人好像特别重视自己的政治与经济史，列宁塑像、第一列火车模型、二战用过的枪炮、远洋商队参战牺牲烈士的雕像群等，很艺术地耸立在全市各处，不少人工装饰的地方还有灿烂的火焰经久不熄地跳动着，形成极为厚重的人文历史景观。

这促使我去慢慢翻动近一个半世纪的海参崴史。的确，对于一个民族而言，保持清醒的历史记忆实在太重要了。

——原载《辽宁电视》2000 年第 11 期

"9·11"的曼哈顿

——纽约"9·11"七周年祭

　　些微兴奋，些微好奇，些微焦烦，些微迷离。似睡非睡中，我被摄影师同伴悄悄推醒了。

　　"你看，我刚刚拍的，落基山啊！"

　　我一看，整个人被冻住了！又尖又白的雪山，连绵着，卧耸着，大块的寂静和深蓝浸吞着，下部还有厚厚的暗褐色紧抱着大礐之壁。冷飕飕的灿烂啊！我半天待在座位上，动也不动。

　　飞机于是再飞。从大山到大湖，经过傍晚的芝加哥，最后到达深夜穿短袖的纽约，位于新泽西境内的纽瓦克国际机场（Newark International Airport）。直到取完行李，离开纽瓦克，我的心才松弛下来。2001年9月11日上午9时30分左右，在这个机场起飞的93号航班曾被劫持。现在，离那个时间点不过十多个小时啊！

　　入住在新泽西一间希尔顿酒店。有人提议把表调到美国东部时间：2008年9月10日24时整。这很有趣，飞机在浦东机场滑行时，北京的分钟指向2008年9月10日15时55分，前后两次飞行二十个小时，竟然还在同一天，我第一次觉得地球上的时空如此奇妙。

今天正是 9 月 11 日。天还没完全醒过来，大片的云朵，欲雨不雨。一个东部通带我们穿小路，说是要坐轮渡，经移民岛，去看自由女神雕像，最后到曼哈顿岛。

开始晕头转向，一肚子狐疑。这是美国吗？是纽约的郊区吗？连布什他老家的农场都不如啊！破损的人行道，龟裂的路面，接合部满眼彩色的东西，当然不是九寨沟的水，固体的纽约垃圾也。抬头一望，谁总说美国的输电线都穿到地下了，这不是他们的宇航员带到太空的蜘蛛，在第一时间织出来的那些个网吗？更加令人惊奇的是，右前方多层电线分割的暗空里，被灰乌的云团衬托着，一座阴绿色的雕像兀自立着，高举的右手一点点光亮在闪耀着……我第一个忍不住叫了：看啊，那不是自由女神吗？

从女神的背后，从神话般大城的边缘，从新泽西半城半乡的昏晨里，不意间邂逅半梦半醒的雕像。

走了近半个钟头，我们到了哈德逊河西岸，一个名为"CRRNJ"的旧而洁净的码头。赫然一面国旗，美利坚的，奓拉着，半垂直着，与旗杆一样孤独而肃静，立在一片红砖铺成的广场的中央。视域里一个人也没有，抬头向东，鱼鳞般的刚揉开眼睑的天光水色，夹着暗绿或铜灰的曼哈顿，突然地、冷冷地、拥挤地扎进瞳仁，再钻到镜头和 SD 卡里。

东部通指给我们看，左前方，塔吊的手臂高高扬起的，就是在世贸中心遗址上新建的楼盘。这一看，整个曼哈顿高楼的楼顶，几乎在同一水平线上。昔日那鹤立鸡群的高度真的被摧折了，心里有些隐隐的痛。

轮船往西南走，靠上移民岛，再驶离。撞上眼皮的还是美国国旗，哈德逊河边的国旗，低垂地缓缓地飘摆着。岛上的房子是红白相间的，树是微黄的，草地是翠绿的，但半垂而谦逊的国旗时刻在提醒着一个特殊的日子：9·11。总有些悲情流贯其间，像脚下沉沉的只有些许波纹的一望无际的河水。

人不算太多，天仍然不好。下船后再上船，再下船就上了岛。这不是一般的岛，几乎是一个象征，你站在岛上，你就是一座神，无所不能、与自由女神比肩又比美的自由神！但比肩是不可能的。这神像太高，一百六十英尺左右，再加上多层累叠的高于雕像的基座，当你一登上这座小岛，你就只能仰望，更不要说你站在这座建筑物的草地或圆形绕道的任一方位。如果你踏上底座，你头部的仰角会更大。即使你乘上电梯，直达女神皇冠那穹拱式的瞭望窗，也无法超越皇冠顶上剑状的尖锐；即使你旋转到了她右手擎托火炬的围栏，你也无法到达那燃烧着光明与希望的焰杪。有些抽象的东西，只能回忆、联想与推测，不能体验。

有一只鸽子或海鸥准备从基座的草地上拔起，双翅树成了 V 字形。它可能隔着草坪阅读了地下室里展览的造神史，温习了法国人早在 1886 年就赠送出国的价值观。它现在，要尝试着飞过女神举起的那朵火焰吗？

当一个东方人，站在雕像的东面，从一个特殊角度塑造2008 年 9 月 11 日的自由女神的时候，经意还是不经意，一转身，一幅在我的视野中从未出现过的画面展开了：在西岸的纺织城，哈德逊河与曼哈顿的上空，很多幅超大的美国国旗在很多机翼下凌虚而动，上灰下黑的漫天雨云衬托着，帝国大厦在更东的地方见证着，一只渡轮载着游客仰望着，高高低低的旗，有的化入虚无，有的逆风飞扬，而有的在纺织城开建的楼顶上徘徊，与移民岛上靠近河边的那面半旗呼应着……

后来，我写了一首小诗，用了我们祖先的平水韵：

纽约城头吊大旗，女神一望黑云低。

七年暗浪声声咽，疑有渡轮到晋溪？

有没有人到过晋溪的桃花源不好说，美国东部时间 2008 年 9 月 11 日上午 10 点多，半个多世纪执金融地球牛鼻子的曼哈顿下城，我们是到了。走进炮台公园（Battery Park），走过克林顿城堡，城墙红色砖块的棱角不少已经模糊了，但听说它里面的二十八门大炮从未向任何人发射过炮弹，就想伸手去摸一摸炮口上静默了近两个世纪的灰尘，它们一定有着美国历史的另类记忆。

上行一会儿，或许是海关局，或许就在炮台公园的北端，一个长而夹角的地带，有一个纪念仪式似乎刚刚落幕。一座奇怪的龇牙咧嘴的圆形雕塑在一堆砾石上耸然而立。东部通说，这雕塑 2001 年 9 月前是世贸中心附近街头的艺术品，恐袭发生后，轰然倒下的坚硬击裂、击破、击穿了这座铜皮雕塑。现在，它残破而奇怪地立在这儿，象征了野蛮的暴力呢还是洞穿的坚韧？雕塑基座旁放着一幅用电脑制作的画，世贸中心正在做世纪性的倾斜，看样子是北楼，因为已经有人在救援现场了。几束鲜花卧在那里，一大堆美国国旗围插在雕塑的四周。许多市民和游人默默走过那些国旗，走过沉痛的破碎。

但是，就在夹角地带北首，国旗飘拂的方向，有两个高两米左右，裹着自由女神服饰的真人秀，忙着与游客合影。游客花五美元，随你怎么摆谱都行。在国旗的两边，一边沉痛追悼，一边文化产业，叫我们这些小局之外、大局之内的游客，面容与心灵都无法表情。想这个横霸一世的国家，政治与商业能在一个纪念性空间里如此对比又如此融洽，佩服。

赶到世贸中心遗址的时候，大约是美国东部时间上午11时了，参加纪念活动的人潮正在退去，很多转播车辆和电视新闻从业人员在撤离，大街上的行人白红黄黑来去匆匆，还有几乎每个路口都一身装备的警察，整个纽约仍空气紧张，没有一个人脸上带着笑容。正在建筑的"自由塔"大概休息了，塔吊的巨大手臂指向高空，而用大红工字钢做成的"X"形纪念雕塑，那么矮小在路边，但十分扎眼，仿若巨型信号灯。

我站在三一教堂的街口，东部通说，这个小教堂，2001年之后就成了"9·11"纪念教堂，有三千多亡灵在这儿被上帝看护着。恰好这个时候，有一大队人马从巴克利大街走过来，不少人手里举着各种牌子，一块白色牌子上写着醒目的两行黑体英文"BUSH GANG DID 911"！不知他们是说，布什有意导演了"9·11"呢，还是布什和他的政府造成了"9·11"？！一行简单的英文，就像一根考古的探测棒，从百老汇大街到巴克利大街再到世贸中心遗址。如果纽约是民主党的大本营，那么华盛顿呢？此时此刻，在国会山或白宫的草坪前，也有一支望不到头的游行队伍，也有人打出这么一幅简明而多义的判断吗？

此时的三一教堂背光，看上去又尖又暗又深，从铁栅门的空隙看它前面的小院，红铜色的石质墓碑鳞次栉比。有一位浅蓝色上衣的老人坐在靠椅上，注视着他眼前的一块墓碑。墓碑浅灰色，又新又厚重，不知这儿是否也在上演与"9·11"有关的故事。地下的、地面的、天上的，一旦与人联系起来，与一个特殊的日子联系起来，为何有如此不同的命运呢？也许，在一个新的世纪，一个从不隐讳自己要称霸世界的帝国，在一座教堂深暗的光影里开始叙述不再那么明亮的故事了。

教堂的时钟指向 12 时 21 分。这当然是纽约，是美国东部时间，2008 年的 9 月 11 日。我们要离开世贸中心遗址，离开那座还未建成的自由之塔了。

再见吧，曼哈顿！

《小诗磨坊·第九集》序

　　收到杨玲女士的电子邮件，知道"小诗磨坊"创始于 2007 年，由曾心和林焕彰二位诗人发起，从最初的"七加一"，到 2012 年的"十加一"（十位泰华诗人，一位台湾诗人），"专写六行以内的小诗"。至今坚持了九年，每年出版一部选集。这集子里，曾心的《垂柳》有一番描述：

　　　　驼了背
　　　　站在河边，守望
　　　　日落日出

　　　　远处的涟漪
　　　　送来层层叠叠
　　　　录制九盘"小诗磨坊"的 CD

　　这是对文学的坚守，对信念的坚守，也有坚守换来的喜悦！一连数天看了十一位诗人的全部作品。他们的确写的多是六行，也有少于六行的小诗。我就琢磨：为什么主要定位在六行，与中外诗歌乃至文化传统有着怎样的联系？

中华自古以来就有书写微型文学的传统，楚地的《弹歌》："断竹，续竹。飞土，逐宾。"这大概是中国最早的诗歌了。尽管古人作诗不分行，也没有标点符号，但顿与行的节奏感是存在的，要么四顿四行，要么四顿两行，要么四顿一行，总的来说有两点很明显：一是，由两字构成一顿；二是，它肯定是小诗。这种诗体格局，与古希腊的史诗根本不同，且一直影响到《诗经》、唐诗与宋词，乃至现代和当代的创作。

唐朝主要有两种诗体：一为古风，汪洋恣肆，大体制（也有小诗）；一为格律诗，小巧玲珑，小体制（排律文本很少）。七言律诗最多不过五十六个字，八句或八行；五言的绝句，才二十字，四句或四行而已。无论古风还是律诗，唐朝真的达到了前无古人，后无来者的高度。内容不说，即便是诗体，再展的可能性几乎为零。

佛教给中华文化带来极其深刻的影响，它改造了华人的灵魂，当然也改造了文学与诗歌。有的学者说，格律诗的声韵之学，其实就得益于佛经。还有，佛经中的偈语，是用来唱颂的歌词，著名者如惠能的"菩提本无树，明镜亦非台；本来无一物，何处惹尘埃"，近于格律的古风，小诗也。

白话诗以降，冰心著《繁星》（开篇第一首就是六行诗）与《春水》，乃五四之后最早的小诗经典，开一代风气。有人认为她的小诗受了泰戈尔《飞鸟集》《新月集》等影响，这个不错，但她的根须仍生长在中国文化的土壤里。此后，白话小诗之花开放全球华文界，中国台湾笠诗社、顾城等人，都有佳作行世。

香港20世纪70年代出现了框框杂文，将白话散文越写越短；到了80年代，更有百字（二百字上下）的散文专栏出现在报纸上。此风如春风，渐渐吹遍世界华文之黄土红土与黑土，小说也从短篇、微型压缩至闪小说。近二十年，更成为东南亚各国华文作家之最爱，文本、会议、书籍与社团层出不穷。在非职业作家、非有闲阶级、非主流传媒的世华文坛，他们可能找到了一条通向微型文学、小诗体的光明大道。

上述文学背景，有可能成为催生"小诗磨坊"的原因。但他们的诗体，为何主要定位在六行呢？四行、五行、七行甚至十行，也都是"小诗"啊？我又想起中国最早的一部哲学经典《周易》，这部书对中华文化与文学的影响，再怎么高评也不为过。没有阴阳之颉颃，就没有平仄的格律诗。20世纪60年代，洛夫的长诗《石室之死亡》，由六十四首十行诗组成，无疑与《周易》的卦数关系密切。《周易·系辞传》里有一句话，曰"六爻之动，三极之道也"，那些在异国的磨坊里转动着汗水、转动着思想，也转动着激情的诗人们，是否受到易经每一卦象均由六个爻象构成的启示呢？这个真的不得而知，但"乾""坤"等六十四卦，每一卦均由"初、二、三、四、五"直到"上"的六爻之构型，对六行诗体潜移默化的引导不是没有可能。

这样说来，曾心、林焕彰他们是在琢磨一种新的诗体。因为这些六行诗，既不同于《弹歌》那样的四字双行古诗，不同于四行或八行的格律诗，也不同于冰心、非马、顾城式的小自由诗，他们或许在尝试一种微型的新格律诗。这种小诗，是一般诗体中的"闪诗"，是自由诗中的绝句。做好了这一体，兴许就是当代华文文学界一种不可替代的贡献。因此，"小诗磨坊"殚思竭虑的艺术探索，是值得充分肯定的。

这里的二百五十多首小诗，六行诗占了大多数。而一首六行如何组合，变化也比较复杂，仍需根据意象、情思与节奏等的不同，有相应的安排，以达到形式与内容的贴切之美。诗人们在集子里有相当可称道的表现，如晶莹《江畔夜趣》、林焕彰《变形的猫脸》、曾心《诗人啊，诗人》等，就是这些自由小诗中典型的新格律诗。请看杨玲的《网络世界》：

> 虚无缥缈
> 天上云端
>
> 网内网外
> 上网下网
> 也能捞起
> 几分真情

"云端"当然在"天上"，故前二行置顶排列；下面的四行，则形似一张网，不过，是一张方方正正的网，而"真情"正是对网形的点化。

只要你细细品味这些具有形式感的小诗，你就会觉得小诗同样须用心建筑，它们小而精、小而巧、小而美，有"大诗"不能掌控的优越。

这是关于一部小诗集的序言，不能写得太长了。我还要补充的是：尽管诗集还有不少缺点，比如有些诗意象不足，且流于直叙与直陈，不能提供足够的形象空间与想象可能。但"小诗磨坊"

的诗人们，都用自己擅长的题材、独有的情感、特殊的风格（比如岭南人的持重与苦觉的险峻），加上作为一个团体所秉持的美学观念作为添加剂，的确为读者磨出了一小碟又一小碟的精神美餐。

我在享受的时候，不免也热血沸腾，在想象的磨坊里，顺手写下了这三首小诗，遥祝诗人们取得的成就。这大概也是《周易·系辞传》所谓："君子居其室，出其言，善则千里之外应之。"

1. 火与花

荒野黑暗
两颗石头打亮

八朵夜火红了
十一朵夜火红了

天明我们走进去
满园的花蕊在笑

2. 虫与城

萤火虫举着自己
夜的心灵飞翔

郊野枝叶闪烁
遮蔽了大城灯光

3. 诗与星

有一颗星星说：

我就是宇宙

一首小诗说：

我是宇宙的星

2015 年 5 月 19 日于上海

一卷读毕满园香

——泰华《春色满园——10年散文选集》序

花了约一星期时间，读完《春色满园——10年散文选集》。

此集选自泰国留中校友总会文艺写作学会近十年出版的十三部散文集。一百零五篇作品，改变了我近三十年对泰华散文的印象。

20世纪80年代，我在热带的海南岛阅读《泰华散文集》，只对倪长游、黄水遥、梁方、琴思钢、梦莉、陈博文、姚宗伟、岭南人和司马攻等作者的部分散文产生共鸣。一些不佳的文本，甚至都不能说是文从字顺。那时，我已接触了中国台湾、中国香港、新加坡、马来西亚、菲律宾、印尼和欧美的华文散文。别的不说，觉得东南亚一带，泰华散文的水准还是不太高的。

到了80年代末期，泰国散文崛起，出现数位有生气的作家，写出不少散文佳作，受到中国评论家的点赞。尤其是两位异军突起，一位是司马攻，另一位是梦莉，且都主攻散文。一擅叙事，一擅抒情；一阳一阴，一刚一柔，像太阳和月亮，照亮了泰华文学的天空。不过，天空之中，晶亮的星星屈指可数。不知道是什么原因，失衡的现象比较严重。

近三十年，中华文化与文学的影响日益深远；中泰经济与教育的交流日益频繁；泰华写作人在创作上日益进步。那为什么，笔者还一直保留着近几十年前的文学印痕呢？面对着这一大片满园"春色"，我陈腐的思维忽然被吹进了一道新风——原来，是传播的不畅和阅读的受限，导致我的认识还停留在那一季冬天里。

泰国留中校友总会先后问世的十三部散文集，我竟至今一本也没有看到过。但是，没见过的事物并不是不存在，就像我没到过北极，而北极光仍然在那茁壮成长一样。冰雪挡住的只是我的脚步和眼界，不是北极美丽的景象和七彩的梦幻。

收进这部书中的近八十位作家，都在中国读书或留学。最早的毕业于20世纪40年代，最晚的毕业于新世纪，中间跨越了近八十年，代有才人，前赴后继，佳作不断。在泰国这样一个靠文学和写作绝对不能自我生存，更不能养家糊口的国度，对母语和外语（书中有以泰语为母语的作者）如此痴情，又如此努力，这是中国的作家和学者们难以想象的。何况，这些业余的作者，有的是商人，有的是医生，有的是记者，有的是工程师，有的是家庭主妇，有的是教师，也有的才是六年级的小学生，这样一群自觉奉献自然生命和文化生命能量的写作人，真真让我在不太遥远的国度——产生了书里绝大多数作者母语和文化传统的国度，肃然起敬！

匆匆的快读和悦读中，以我个人的偏好，觉得老羊的《金凤花开》、苏林华的《我的"窗内"与"窗外"》、陈金苞的《茶事摭谈》、蔡志伟的《双亲史迹》、岭南人的《佛国的冬天》、张永青的《惠安女》和《填在表格上的家庭成分》、梦莉的《心中月色长不改》、何锦江的《西江月下续琴缘》、林太深的《合葬》与《玉佛寺：泰国人的精神支柱》、曾心的《猫诗人在小红楼的日子》、阡陌的《一方山水　几度回眸》、廖志营的《血"酿"的洪水》、吴小菡的《山上那个女人》、博夫的《人生是个"？"》和《情系杵臼》、杨玲的《人生单行道》、晶莹的《风采湄南》、莫凡的《阿里山神木》、周飏的《印象恒岳》、李学志的《风雨悲歌》、杨博的《梦里来复少年身》、廖土芳的《女人如歌》、张美芬的《久盼的雨》（以目录中作者排序为准）等，或有精细的叙事，或有浓郁的抒情，或有诗性的象征，或有小说化的演绎，甚或可以将散文、诗歌、小说、新闻甚至戏剧在一个文本里兼类起来，用扎实的生活、生动的语言和精湛的技巧，将与自我有关的父母情、母校情、故乡情、故国情、朋友情、同学情和文友情等等，表现得至真、至诚、至为感人！而我没有提到的作者与作品，虽然也有肤浅的、流水账式的甚或完全没有文学性的文本，但大多数的水准都相当可观。

上述的所有好作品，有些故事闻所未闻；有些细节相当奇巧；有些笔墨出乎意料……而那些关于抗战的、关于土改的、关于"文革"的、关于泰国北部及边境和关于自己家族悲欢离合的故事，不仅弥补了其他国度的华文书写，甚至也弥补了中国文化、历史与政治的书写，是一部只能放在世界文学及中泰文化交往史的大视境中来阅读和衡量，才更有文化价值和文学分量的书。

这部散文选集的出版，不仅证明着中国的语文和文学教育是成功的，也证明着留学中国的泰国华人的聪颖、智慧和努力结出了辉煌的果实，且不仅是散文成就，不仅是文学成就。当然，仅就散文而言，我所说的"满园"也是指多个层次：第一层是说泰国留中总会，这都是历史性的创造；第二层是说泰华文学创作，有了这一支中坚力量，文坛不再青黄不接或失却平衡；第三层是说东南亚华文散文，泰华近十年的创作要刮目相看，已然跻身先进行列；最后一层，将这部书的艺术成就摆在包括中国在内的世界华文散文图书馆中，它也是耀眼的春花一簇，一簇美丽的金莲花，永不谢幕的文学之春。

正可谓：满园春色关不住，一树金莲出境来！

——2016 年 6 月 3 日上海鸿羽堂

附录：中国散文的五大特质

　　"散文"一词，最早见于西晋木华的《海赋》："云锦散文于沙汭之际，绫罗被光于螺蚌之节。""文"与《周易》"物相杂，故曰文"的含义相同；"散文"为动宾结构，指云彩的花色散映在沙岸之上。随后，刘勰在《文心雕龙·明诗》中沿用，所谓"结体散文，直而不野"，虽仍为动宾，却用于论诗，当然就是广义的文论了。我们可以说，这儿的"散文"就是将文采的光华散布在诗字、诗行乃至诗章之中，"散文"进入了文学批评。南宋罗大经在《鹤林玉露》中两次提到"散文"，《文章有体》一则说："山谷诗骚妙天下，而散文颇觉琐碎局促。""散文"与"诗骚"对举，用于文体已经毫无疑问了。

　　《礼记》曰："温柔敦厚，诗教也。疏通知远，书教也。"书教就是《尚书》之教、散文之教。先贤将散文的文明、文德、文学提高到与诗教、乐教、礼教等同样的高度，后世不敢懈怠。曹丕的《典论·论文》谓"文非一体，鲜能备善"，更将"文章"奉为"经国之大业，不朽之盛事"。陆机《文赋》"因论作文之利害所由，他日殆可谓曲尽其妙"。两家之"文"，并不只是论诗，而是包括了散文在内的所有文体。刘勰的《文心雕龙》，所涉体裁凡三十五种，散文占了九成以上，可以看出魏晋南朝时期的散文已有多么发达！其实，散文创作自《周易》之后，从《尚书》《吕氏春秋》等文献的少数章节，到汪洋恣肆的《庄子》，再到汉魏的大赋和历史散文、魏晋南北朝的小赋与骈文、唐宋的古文、明清的小品和现代的美文、杂文、随笔等，都是传统而典型的散文。几千年下来，几乎每一个士子、文人都会写散文，且历朝历代都有经典的文本传世。怪不得郁达夫断言："中国古来的文章，一向就以散文为主要的文体"，何也？中国有"诗教"的传统，其实，更有一个广泛的"文以载道"的"文教"（散文之教）传统，儒家、道家、释家与百科百家，无不想通过平易而深细的散文文本，对现世人生提供生命关怀、生存智慧与生活之道。从这个意义上说，中国就是一个散文的国度。

为了论述的方便，我们有必要给散文有所定义，笔者认为：凡创作主体直接将情怀、物事、观点等，以散体文句真实、自由而又艺术地表达出来，都可视为散文。据此，我们可从五个方面概括中国散文的特质，并阐释散文区别于诗歌、小说、剧本而之所以成为散文的艺术奥秘。

第一个特质：主体的真实性

散文文本一旦形成并进入传播程序，在文本内外就构成多重主体。文前有创作主体（潜伏或贯穿于相当长过程）；文内有叙述主体（一般还有相关角色主体）；文后有阅读与批评主体（批评家），而最重要的当然是创作主体、叙述主体和阅读主体。

就创作主体看，执笔写作的那个人，是一个现实中的言说者，惯于以真在的社会角色或人际身份，以不主张虚构的姿态参与到文本之中，一旦开始叙述、议论或抒情，一般常常以"我"的第一人称代词开始（并不是说一定马上出现在第一个字、第一句话甚至第一个段落中，如东坡的《记承天寺夜游》）述说作品中的一切，每一个符号都打上"我"的印迹。这样的话，这个真在的创作主体与文本中的叙述主体就达到了高度的一致性（少数诗化、小说化、戏剧化的散文文本可能除外）："我"就是创作者，创作者就是"我"。如朱自清所谓"我意在表现自己"，创作主体、叙述主体与文本中的其他角色主体，完全没有虚构的文学距离与心理距离，与自然、人类、一代又一代的读者主体有着极大的历史关联性与艺术亲和力，这在四大文学体裁中是仅此一家，别无分店。朱自清在《荷塘月色》中所言"这几天心里颇不宁静"，说的正是他自己。夫人陈竹隐后来还专门写过一篇文章，指出"不宁静"之所在！小说若采用第一人称，大多都是虚构的，并非真在的社会身份；剧本中的人称绝大多数以角色出现在舞台上，是剧作家和导演的代言人或代言体；诗歌的"我"是抒情海洋上的一座座海市蜃楼，似真似幻，且常在时代的"大我"与抒怀者"小我"之间转换。顾城的《一代人》："黑夜给了我黑色的眼睛／我却用它寻找光明"，这个"我"只是一个诗人主体吗？显然不是，因为题目已经揭示了"我"与"一代人"的关系，也揭示了诗人以小我象征大我的意图；它甚至不只是写人，而且是政治、历史与哲学！我们可以这么说：小说与戏剧里的"我"基本不是作者自己；诗歌里的"我"可能与作者有关，也可能无关；

散文里的"我",则不能不说就是作者(或者与作者相关的那个真在的他人)自己了。

就阅读主体看,读者为什么需要散文呢?可能是为了寻找现实心灵的朋友;为了倾听和开启智能;为了发现别人(多半是创作主体)的人生;甚至可能是对某段历史、某种局势、某本书籍、某条河流、某棵树木等的探索或向往。郁达夫又说:"散文清淡易为,并且包含很广,人间天上,草木虫鱼,无不可谈,平生最爱读这一类书。"人们通过散文,通过那个真在的"我"和那些在历史与现实中真在的角色群体,找到了物事与心灵最真实的联结点,找到了自己也许一辈子都不能亲力亲为的可能性,从而满足自我的好奇、猎奇与追奇之心,可以进行多重真实主体的情理互动,而互动又是在现实与艺术想象中共同完成的。

清代沈三白的《浮生六记》,开篇《闺房记乐》,抬头第一句"余生乾隆癸未冬十一月二十有二日",就让一个真实的"余"(我)在第一个字就出场了。新散文如冰心的《寄小读者》、朱自清的《背影》、鲁迅的《死》、余光中的《咦呵西部》、王鼎钧的《一方阳光》等,都有一个不同时空、不同遭遇和不同心态的"我"在那里叙说。中国散文的这种"体"性也遗传到海外,泰华作家曾心深信"散文不同于小说、戏剧,它是作者的自我表现",甚至带领中国的友人到司马攻、梦莉等人的家里寻找"真迹"。他在《散文名篇"真迹"》的《后记》中说:"如果我是找小说名篇的'真迹',那真的是傻,因为小说是虚构的。而我找的是散文'真迹',一般都是有'迹'可寻的。"足证散文读者对文本真实性的高度信赖!

第二个特质：内容的私密性

定义列举了散文的三大题材，即"情怀、物事、观点"（前者是主观的、中者是客观的、后者是理性的，且与抒情、叙事和议论等手法相匹配），只是类型化的概述而已。实际上，就文体与题材的自洽性而言，诗歌、小说与剧本三大文体有着题材上的偏好——诗歌偏重意象性强的；小说偏重故事性强的；剧本偏重冲突性强的内容，散文则真是无所不写，也无所不能。但散文最擅长的，还是与作者相关的亲身题材与隐私题材，即便要写人类与自然界的种种人事与物事，也基本上要从自己亲身的感受或体验出发并写出来。

所谓亲身题材，当然就是那个"私"，私人的、自己的，侧重于创作主体自身与自心双重相关的题材。不但亲身感觉、体会、经历，而且要在"我"心掀起涟漪甚至波澜。那些能为作者参与和随意支配的此在生活与情境，非系统性、非戏剧性，且非常杂、碎、小的题材或内容，都是散文作者实现"双重相关性"的好资料。所以，散文中的情怀与物事等，都是作者自己的，至少与作者相关的，且随时随地可以采撷的，最有可能与亲身体会生活、亲身阅读散文的读者产生共鸣。如司马迁《报任少卿书》、范仲淹《岳阳楼记》、丰子恺《辞缘缘堂》、三毛写撒哈拉生活的系列散文，尽显亲身生活的感受、情趣或苦涩，不是虚构出来的。

所谓隐私题材，当然就是那个"密"，不但指题材与作者的亲近性，也指一定程度的秘密或隐秘性。我们相信，很多作家将一部分不能在散文中透露的"隐私"用小说或戏剧的体裁去表现了（这不易被人联想与追究），但如果能在散文中透露出让读者与社会达到最大容忍限度的隐私时，一定会有更大的吸引力与感染力，这也是为什么具有纪实性功能的散文，能够招徕大批读者；而历代的大作家、艺术家与政治家等，热衷于自传或请人代自传的妙谛。沈三白的《闺房记乐》，写到新婚之夜"比肩调笑，恍同密友重逢，戏探其怀，亦怦怦作跳"；郁达夫《水一样的春愁》写少年单恋的躁动不安；董桥《中年是下午茶》写手淫的荒诞等等，均是散文中隐私题材的绝佳代表。三毛系列散文中那个神秘的"荷西"到底是真是假？一直有人在怀疑、在追踪，我想只有三毛自己最清楚。但不管怎么说，他一定是她内心深处最隐秘、最幽默、最愿意倚重的那个男人，而我相信确有其人。三毛自弃之前有一篇《说给自己听》，那是我见到的最忧郁、最不能自拔的心灵战争，可与沈从文的《水云》相媲美！但从阴郁转为"明亮"的她，两年后还是决绝地告别了人类，惜哉痛哉！

"亲身"与"私人"决定了散文的个别性与特殊性；"隐私"决定了神秘感与好奇度，散文内容的私密性使这个文体产生了巨大的艺术黏性！散文如果一直像诗歌、小说与剧本那样追求题材的高蹈、曲折与奇巧，失去了与现实人生的亲密关联，那读者就会逃离散文，散文就会消亡。

第三个特质：论说的普遍性

小说、戏剧与诗歌文体，也融贯了作者的情怀、物事与观点，但请注意，那都是通过人物、故事、情节与意象等暗示或象征出来的。有些情怀与个性也不能说就是作者投射到人物身上去的，比如，贾政与王熙凤的性格，未必就是曹雪芹的；而西门庆的霸道与放荡，也不一定是兰陵笑笑生的。四大文学体裁中，只有散文的作者才能面对自我、别人甚至万事万物，"直接"评论或宣泄。

"观点"当然是意义、见解、主张或结论等抽象和理性的东西，在小说、戏剧和诗歌里，写起来令人提心吊胆，比如宋诗的议论化就被历代的诗评家和文学史家所诟病；而在散文尤其是杂文、随笔和书话中，作者可以大摇大摆、毫无顾忌地直陈、直抒和直议（出新的、发人深省的直言，永远是振聋发聩的，何况，艺术的"直接"并不就是直白，它也是一种方法，是相对于隐藏、朦胧甚至含混等来说的）。所以有人认为，现代散文越来越重理性和理趣，这是不无道理的！当代著名文学理论家孙绍振就十分赞赏"把理性、智性散文看得比抒情更为重要"的批评策略。这个传统其实从《周易》就开始了，《吕氏春秋》中的《疑似》；老聃的《道德经》都有杰出发挥；到了庄子的系列哲学散文，更是汪洋恣肆、纵横天下了。一代杂文大家鲁迅，随笔大家周作人、梁遇春、梁实秋、钱锺书、邓拓，书话大家唐弢与董桥，文化散文大家余秋雨等，都有开创性的贡献，他们在作品中的"能说会道"，把现代白话散文的理性大旗飘扬得五彩缤纷。鲁迅能写像《现代史》这样的杂文，用一场街头杂技的骗术象征了现代的种种闹剧；但他更能写论锋如刀、刮骨疗毒的《灯下漫笔》；或透隽如泉、发人深省的《生命的路》，这篇十个段落三百七十七字的随感，几乎段段哲言，字字珠玑："生命的路是进步的，总是沿着无限的精神三角形的斜面向上走，什么都阻止他不得。""生命不怕死，在死的面前笑着跳着，跨过了灭亡的人们向前进。"鲁迅在 1919 年就洞察了人类文化的伟力，"就是一省一国一种"灭亡了，文化生命"也该永远有路"！论理中有比喻，比喻中有理趣，而这团烛火也一直伴随着他的文本在熊熊燃烧。

但请注意，这是散文体性赋予杂文作家的特权，至少也是部分读者所乐见的。若老是或只能从小说、戏剧与诗作中去领悟或颖悟"道"与"理"，读者也未免累得慌，甚至失去对痛快淋漓之散文的信赖！可以这么认为：如果放弃了理性的论说，散文就放弃了文体的"主权"，失掉疆土，生存堪忧！

第四个特质：语言的日常性

典型的散文语言应用散体文句叙事状物、表情达意，从古至今并不要求合律与押韵。《尚书·虞夏书·尧典》曰："岁二月，东巡守，至于岱宗，柴。望秩于山川，肆觐东后。协时月正日，同律度量衡。"又如《周易·乾·象曰》："潜龙勿用，阳在下也。见龙在田，德施普也。终日乾乾，反复道也。"前者杂言，后者四言，即使按王力的上古语音《谐声表》对查，也都不押韵，相较于同期《诗经》的"蒹葭苍苍，白露为霜。所谓伊人，在水一方"，日常口语化十分明显。

有少数诗化的散文，通篇用韵也较少见（汉赋中表现特出一些）。但这种日常语言一定是艺术的，讲究修辞的。这种情形，与儒家的人文传统有很大关系。孔子曰"言之无文，行而不远"——本意是为了修饰，增强言语的分量，却将艺术的说话变成了一种文体——散文！六朝人区分文笔，以韵偶者为"文"，无韵散行为"笔"，"笔"也就成了散文一类文体的代称。所以，中国的散文，一直混迹在艺术和非艺术之间！好在中国文人一直警惕着散文的文学性，日常言说和行文都文采斐然，这就是中国散文历久弥新的奥妙之一。不用说庄史柳苏，即便林琴南也不敢苟且，《洞箫徐五》谓："徐五，南安人，精武技，能吹铁洞箫，声彻云表。隐于货郎，担上恒悬洞箫，遇山水佳处，则弛担而吹之。"其吹箫起死的绝技更似传奇，用字、句式、节奏、夸饰与伏笔无不恰到好处。

五四以来，散文语言更加口语化、生活化，这与现代白话语境中真实主体亲身讲述或谈论，并给现实的接受者诵读和听闻是有关系的，因此，也更逼近创作主体自身与自心的双重现实，与读者更容易交流与沟通。用郁达夫的话说是"清淡"；用张爱玲的话说是"冲淡隽永"。张氏有一篇短文曰《爱》，篇末："于千万人之中遇见你所要遇见的人，于千万年之中，时间的无涯的荒野里，没有早一步，也没有晚一步，刚巧赶上了，那也没有别的话可说，惟有轻轻地问一声：'噢，你也在这里吗？'"无奈、无语、平易而余味无穷！

典型的现代散文语言，日常性如独白如对话脱口而出，平白、素淡、清雅、通俗易懂，与典型的小说、诗歌语言颇有区别。小说与散文在语言上有许多相通之处，像叙述语言特别是景物描写，有时就如散文一般流畅优美；但小说中人物的语言更多受到小说情境、人物性格及其地域文化的限制，一定程度被小说性限制住了。《阿Q正传》中的阿Q说的那些话，可不是鲁迅的日常语言。诗歌语言高度凝练与跳宕，离常态的生活情境已经很远。1976年4月北岛创作小诗《生活》，正文就只一个"网"字，当年不少人仍看不懂，以为朦胧诗。古来散文，从未见到一字如《生活》者。因此，诗歌的意象性规定了文体语言的比喻性、暗示性或象征性，其接受者比起散文来，没有那么普遍而充满平民味，这是很自然的。

第五个特质: 体裁的兼类性

前文定义所说"艺术地表达"，就散文而言涉及很多方面，除上述所讲语言，还牵涉到结构、笔法、风格，甚至运用知识的能力等。本文特别要强调的是散文对其他文体的兼容并蓄与艺术地熔炼。先秦以来，文学文体的互鉴互用是很普遍的，诗歌、小说、戏剧从散文一体获益不少，但反过来，散文作为中国最早发生又几乎无所不包的文体来说，它先天有着更强的包容性和更大的可塑性。

散文所谓"兼类"，也可称"兼体"，从表达方式和文章（广义）类别说，既指兼富议论、叙述和抒情等多种表达方式、难以牵强划入以上三型之一中去的复式散文；又指像书信、日记、序跋等，兼有应用与文学双重体裁与性质，而突出其艺术品质的文学散文。这是散文史中广泛存在的，颇多读者、学人在散文分类中常感无奈，又无人归纳的一种类型。套用"边缘科学"的话说，也可说是"边缘散文"。

《周易》艮卦"象曰:兼山，艮"。就像"乾"对应着天一样，"艮"在八卦中对应着山，由两个纯卦重叠而成"☶"，所以说"兼山"。在《周易》的哲学系统里，这个山既借指大自然中的真山，即"坤"的一部分；也指符号之山，即两阴一阳构形之山；还指它们象征或推衍出来的停止、静处、退隐等意蕴。"兼山"当然不只兼有纯卦，应该也兼有上述多维所指。北宋哲学家张载在《正蒙》中有这样的话："物无孤立之理"，"道则兼体而无累也"。这就是说，天地万物不是孤立的，个体事物可能有偏滞，道（太极变化的过程）却兼有阴阳对立的双方，且一方不会牵累另一方。这个"兼体"，我们其实在书法中已经领悟到了。正宗的书体有篆、隶、草、行、楷等，但"兼体"之后，出现了行草书、行楷书甚至草隶与草篆；而书写它们的工具，也有兼毫之说。这一种思维、器物与行事方式，相信深得《周易》的"兼山"之妙。用在散文文体类型中，我们可以将它扩大——一物两叠、阴阳多极、五行八方相冲相融为一种新的和谐体式，让散文富有吸纳任何文学甚至艺术体裁的能力，使散文成为真正的交叉文学或立体文学。这样的散文文本，从运用多种表达方式、承载的内容及价值目标上看，一般说要比传统分类的议论散文、记叙散文和抒情散文更复杂、更厚实，甚至可能更大气、更有艺术性！

特别是前一样态（兼有多种表达或艺术方式）的兼类散文，不但可增加新的散文类型，尤其可避免面对复式散文，无法分类或只能强行分类的理论尴尬（后一种兼类也可兼有文学各种体裁，甚至更大范围不同文体的散文）。对于创作和批评而言，因为兼类散文鼓励更复杂、更宏大、更艰难也更深刻的散文创造与批评实践，可能为21世纪及以后的中文散文开拓出一个全新的艺术境界。这样的文本，我们在庄子的《逍遥游》《渔父》、荀子的《劝学》、枚乘的《七发》、贾谊的《过秦论》、司马迁的《刺客列传》《报任安书》、王羲之的《兰亭集序》、丘迟的《与陈伯之书》、吴均的《与宋元思书》、杜牧的《阿房宫赋》、苏东坡的《前赤壁赋》中看到过；也在沈从文的《水云》《凤凰》、余光中的《听听那冷雨》、王鼎钧的《红头绳儿》、董桥的《不穿奶罩的诗人》、史铁生的《我与地坛》和余秋雨的《一个王朝的背影》等中看到过，但仍然不多。《兰亭集序》是魏晋时期书圣王羲之为一册诗集所作序言，但成为千古名文与名帖，其文本兼有导读之实用、文学与书法之审美；《与朱元思书》是南朝吴均写给朋友朱元思的一封短信，但历代为人激赏，成为经典的山水小品，其文本之兼类亦显而易见。

文学没有绝对的写作、绝对的文体，因而也就没有绝对的分类（文学与非文学有时也难以明辨）。诗歌与散文诗，记叙散文与小说、兼类散文与戏剧文学，有时界限模糊。至于某一类型中的体式，更是纠缠不清。比如杂文与随笔，散文诗与哲理小品，人物小品与传记散文等等。本文的散文分类完全是开放性的，不做硬性规定。但为什么兼类散文大多出自诗人、小说家甚至学者、画家与书法家之手，而不是单纯的散文家笔下，这个现象颇值得深思。

因为真实性、私密性、论说性、日常性和兼类性的交融，散文不但成了中国最早发生的文学体裁，它包罗万象，又一枝独秀，也成为世界上最富有中华民族品格、文化传统和文体特色的文学作品，这是毋庸置疑的。

2017 年 11 月 8 日上海鸿羽堂
——原载香港《国学新视野》2018 年春季号
2023 年 1 月 27 日修订

后 记

　　此集名曰《六乡书》，盖因书分《故乡》《情乡》《心乡》《衣乡》《学乡》与《他乡》，共六辑也。

　　《故乡》乃乡梓之所忆与所思。吾人故乡在湖北黄陂北乡，且在木兰山之北，生我养我，缘定终生。《情乡》多为抒情之作，大约算是周作人所谓的"美文"。《心乡》顾念世情，向鲁迅的杂文学习，多有芒刺与批评。《衣乡》乃《服饰文化》的专栏文章，太太笑我是纸上谈兵。《学乡》记叙与发挥均与同济大学有关。金庸先生是武侠小说大师，差一步就成为同济的顾问教授；余光中先生已经是同济的顾问教授，并曾登台演讲，语惊四座，至今水花还是湿的。《他乡》乃游记也，因人因事因景因情因思而感发。故乡是别人的他乡，他乡是有人的故乡，所以，觉得比"异乡"更人类共同体一些。

　　想到将《中国散文的五大特质》收作附录，也是为了表达我对散文体性的认识，尤其关于"体裁的兼类性"，大概还没人提过。而我从 20 世纪 90 年代始，即关注此问题，并琢磨着如何有所实践。

本人行年七十，对古人追求的立德、立功与立言，素慕且畏，不敢阐而释之，更不敢攀而附之。近五十年来，竭忠尽智做了三件事：一是教书，勉强称职；二是读散文、写散文、研究散文，稍可自慰；三是读诗、写诗也研究诗，功夫比第二件少些。就说写散文，数十年来也只能挑出这二十万字的拙作，不说面对古人与后人汗流浃背，思之忐之，觉得对自己也不好交代。

六辑所收之文，百分之九十五以上都在海内外的报刊公开发表过了，二十多篇被《新华文摘》、人民文学出版社《1991—1993散文选》、作家出版社《中国二十世纪纯抒情散文精华》等转载或收录。但由于疏懒，未能一一记下原刊处，真是罪过。此次成书，我又将拙作逐篇检阅，并努力做了一些修订，不少文本跟原作可能有些出入了。

《周易》曰："君子居其室，出其言，善则千里之外应之。"予不敢奢求，聊以记录数十载情思之足印而已，也算是对自己七十周岁的一个纪念。

感谢著名诗论家、诗文化散文家李元洛先生和著名散文家、香港作家联会会长潘耀明先生赐序小书；感谢著名篆刻家、书画家沈爱良先生的肖像章与书名章，吾借光生辉，永怀温馨矣！

喻大翔 2023 年 6 月 12 日识于天津旅次